AF234723

Bibliografische Information der Deutschen Nationalbibliothek: Die Deutsche Nationalbibliothek verzeichnet diese Publikation in der Deutschen Nationalbibliografie; detaillierte bibliografische Daten sind im Internet über http://dnb.d-nb.de abrufbar.

Umschlaggestaltung: Nina Hirschlehner
Korrektorat: Mareike Westphal
ISBN: 9783754308844

Herstellung und Verlag: BoD – Books on Demand, Norderstedt

TEIL 1

1. Kapitel

Ein Klingeln ertönte und Sophie fuhr erschrocken zusammen. Der Inhalt ihres Kaffeebechers ergoss sich über ihre Klamotten. Laut fluchend schnappte sie ihr Handy und nahm den Anruf entgegen.

„Na, wie ist es in Italien?", meldete sie sich und ein Lächeln bildete sich auf ihrem Gesicht.

„Ehrlich, wir kommen aus dem Staunen gar nicht mehr raus. Lou und ich haben die leckerste Pizza verschlungen, die es auf dieser Welt gibt", schwärmte David und Sophie hörte sein Grinsen deutlich heraus.

„Wir werden heute eine kleine Runde am Strand spazieren gehen."

„Das freut mich zu hören. Schick auf jeden Fall Bilder", forderte sie ihren Bruder auf.

„Zu Befehl", versprach er ihr und im Hintergrund ertönte ein lautes Lachen.

Sophie klemmte ihr Handy zwischen Schulter und Ohr und wischte den restlichen Kaffee vom Boden auf.

„Ihr habt euch diesen Urlaub mehr als verdient, also genießt ihn zu hundert Prozent."

„Das stimmt. Gönn dir auf jeden Fall ein bisschen Ruhe, setz die Uni aus und nimm eine kleine Auszeit", versuchte David, sie zu überzeugen.

„Das Thema hatten wir schon, bevor du abgereist bist. Ich komme zurecht."

„Ja, ich weiß, aber ich merke doch, dass etwas nicht stimmt. Sophie, ich meine es ernst, wenn ich dir sage, dass ich mir Sorgen um dich mache."

„Hör zu, ich bin schon groß und weiß, was ich tue. Danke für deine Sorgen, aber die brauchst du dir echt nicht zu machen. Ich komme klar."

Er seufzte laut auf, da er wusste, dass es zwecklos war, weiter auf dem Thema herumzureiten. Es war aussichtslos.

„Ist das deine Schwester? Ich werde ihr so bald wie möglich Bilder schicken", schrie Lou ins Telefon und augenblicklich kehrte das Lächeln auf Sophies Lippen zurück.

Es war beruhigend, ihre gutgelaunte Stimme zu hören. „Dann halte ich euch nicht länger auf. Genießt den restlichen Tag", meinte Sophie.

„Ja, werden wir. Durch die Zeitverschiebung ist schon Abend, daher wird der Spaziergang das Letzte für heute sein", sagte er und sie verabschiedeten sich voneinander. David war ihr großer Bruder und sie hatten von klein auf ein gutes Verhältnis. Sophie sah ihn als Vertrauensperson und Vorbild.

Lou war seine Freundin und sie waren erst seit Kurzem zusammen. Gleich zu Anfang der Beziehung hatten sie eine schwere Zeit durchlebt.

Lou war jahrelang in den Fängen von Menschenhändler gewesen, bis ihr die Flucht gelungen war. David hatte sie gefunden und mit dem FBI Team an ihrem Fall gearbeitet. Dabei war er mit seinen Ermittlungen zu nah an den Kopf des Menschenhandelsring geraten und hatte Lou erneut in Gefahr gebracht. Da sie zu viel wusste, war Lou erneut entführt worden. Sophie war einfach am falschen Ort zur falschen Zeit gewesen und ebenfalls entführt worden, obwohl sie damit nichts zu tun gehabt hatte.

Die beiden waren außer Landes geschafft worden und hatten sich in Polen wiedergefunden. Ohne Pass, ohne Handy, nichts hatten sie dabeigehabt. Die Entführer hatten sie in ein Bordell gesteckt.

Lou hatte sie so gut wie möglich beschützt und dafür würde sie ihr ewig dankbar sein. Sophie hatte gesehen, was sie im schlimmsten Fall erwartet hätte. Sie verdankte Lou so einiges. Drei Tage hatten sie in Gefangenschaft gelebt, doch es waren genug, dass Sophie die schrecklichen Geschehnisse nicht mehr aus dem Kopf bekam. Immer wieder tauchten die Szenen vor ihrem inneren Augen auf.

Zwei Monate waren seit der Entführung vergangen, doch das änderte rein gar nichts an den Alpträumen, die sie seitdem hatte. Sie verschlimmerten sich sogar mit der Zeit.

Erneut war es ihr Handy, das sie aus ihren Gedanken riss. Diesmal schaffte sie es, nicht zusammenzuzucken. Kim rief an. Sophie verdrehte die Augen, hob aber ab.

„Hey, was gibts?", meldete sie sich und lief in ihr Schlafzimmer, wo sie alle restlichen Sachen für die Uni in ihre Tasche stopfte.

Sie stellte Kim auf Lautsprecher, schmiss ihr Handy aufs Bett und zog sich schnell saubere Klamotten an.

„Hey, kommst du heute zur Vorlesung?", fragte Kim mit voller Vorfreude.

„Ja, klar. Ich bin schon auf dem Weg"

Sie öffnete ihre Nachttischschublade und holte ein kleines Päckchen hervor. Kurz musterte sie es, dann bildete sich ein Lächeln auf ihrem Gesicht und sie steckte es ein.

„Klasse. Bist du heute Abend dabei?"

„Klar", meinte sie, während sie sich im Spiegel betrachtete und eine lockere Haarsträhne aus dem Gesicht strich.

„Okay, ich freu mich schon", quietschte Kim aufgeregt.

„Ja, bis gleich", beendete Sophie das Gespräch.

Sie steckte ihr Smartphone ein und widmete sich ihrem Spiegelbild eingehender. Ihre roten langen Haare hatte sie zu einem unordentlichen Dutt zusammengebunden und ihre blauen Augen dezent geschminkt, sodass man ihre Augenringe nicht mehr sehen konnte.
Sie entschied sich für eine enge blaue Skinny Jeans und einen großen, gemütlichen Kapuzenpullover.

Als ihr das Tütchen von vorhin einfiel, dass sie eingesteckt hatte überlegte sie nicht lange. Sie lief damit ins Wohnzimmer, setzte sich vor den Tisch auf den Boden und verteilte das Koks darauf. Dann hielt sie ihre Nase hin und schnupfte es. Für einen kurzen Moment genoss Sophie das Gefühl. Es fühlte sich an, als ob alle ihre Probleme verschwinden würden und sie glücklich wäre. Kurzerhand steckte sie sich ein zweites Päckchen in die Tasche, denn sie wusste, dass sie heute Nachmittag noch mal eine Dosis benötigen würde. Sie nahm ihren Becher mit Kaffee in die Hand und verließ ihre Wohnung.

Vor der Uni traf sie auf ihre Freundin Clara. Sophie musterte sie kurz. Ihre blond gelockten Haare waren ordentlich gekämmt und hingen ihr über die Brust. Wie immer trug Clara Markenklamotten, die sehr körperbetont waren. Sie konnte es tragen, da sie sehr schlank war.

„Hey, wie gehts?"

Als Sophie sie umarmte, stieg ihr Claras gewohntes Parfüm in die Nase, das billig roch, und Sophie musste ein Würgen unterdrücken.

„Alles bestens. Und dir? Ich freu mich schon auf heute Abend. Auf der Party lassen wir so richtig die Sau raus", freute sich Clara.

„Auf jeden Fall. Es kann sein, dass ich ein bisschen später dazustoßen werde. Aber ich denke, ich werde es rechtzeitig schaffen."

„Klar, ist ja kein Problem."

Clara sah auf ihre Uhr.

„Echt schade, dass wir nicht das Gleiche studieren."

„Sei froh darum, da kommt nichts Sinnvolles dabei raus. Das Architekturstudium fordert unsere volle Energie und Aufmerksamkeit.", widersprach Sophie. „Ich sehe es doch bei mir und Kim."

„Stimmt, aber zum Glück haben wir immer ein bisschen Zeit vor der Vorlesung und in den Pausen."

„Ja", stimmte Sophie zu und nahm einen Schluck von ihrem Kaffee.

Clara verzog die Nase und musterte sie für einen Moment. „Sag mal, ist da Alkohol drin?", fragte sie mit aufgerissen Augen und Entsetzen in der Stimme.

„Pst, nicht so laut!", zischte Sophie und hielt sich ihren Finger an die Lippen.

„Es ist erst zehn Uhr morgens", ermahnte Clara sie und schüttelte verständnislos den Kopf.

„Ja, chill. Es ist nur ein Schuss im Kaffee. So schmeckt er besser und die Vorlesungen sind erträglicher."

„Ist alles okay mit dir?"

Clara wirkte besorgt. Sophie erkannte, dass sie sich ernsthafte Sorgen um sie machte.

„Klar, was soll sein?", winkte sie trotzdem ab. „Ich muss los. Wir sehen uns heute Abend."

Bevor Clara etwas erwidern konnte, war Sophie verschwunden.

Sie umging damit ein Verhör, das Clara schon vor ein paar Wochen mit Sophie geführt hatte. Sophie hatte keine Lust darauf und wusste, dass sie ihrer Freundin niemals die Wahrheit sagen würde, also ging sie, um Lügen zu vermeiden. Ihr war bewusst, dass sie sich verändert hatte und ihre Freundinnen meinten in letzter Zeit immer häufiger, dass sie sich um sie sorgten. Niemand an der Uni wusste von ihrer Entführung. Sophie wollte sich die mitleidigen Blicke ersparen. Sie hatte ihre Abwesenheit damit entschuldigt, dass sie unter einer schlimmen Magenverstimmung gelitten hatte. Es war zum Glück in den Semesterferien passiert, so war es nicht aufgefallen und sie musste nicht befürchten, dass ihre Lüge aufflog.

Die Entführung lag nun schon zwei Monate zurück, dennoch beschäftigte sie es. Sie konnte kaum schlafen, denn immer, wenn sie die Augen schloss tauchten die Bilder vor ihr auf. Sie nahm ihre Umgebung genauer wahr und bildete sich ein, beobachtet zu werden.

Sophie betrat den Hörsaal und setzte sich in die letzte Reihe, um möglichst unbemerkt zu bleiben.

Im ersten Semester hatte sie weit vorne gesessen, um alles mitzubekommen und sich mit den anderen Studenten auszutauschen, doch seit dem Vorfall bevorzugte sie es, alleine zu sitzen. Die Vorlesung war schneller vorüber, als sie erwartet hatte. Sophie packte ihre Sachen zusammen und wollte verschwinden.

„Miss Campbell, haben Sie kurz einen Moment?", hielt Professor Evans sie in diesem Moment auf.

„Sicher", meinte sie und lief langsam zu ihm nach unten.

Sie wartete, bis ihre Mitstudenten draußen waren, dann erst richtete sie ihren Blick auf den Dozenten. Er war etwas älter, wovon seine grauen Haaransätze an den Schläfen zeugten. Er trug ein Karohemd mit einer schwarzen Krawatte, was ein wenig spießig auf Sophie wirkte. Campbell war einer der beliebtesten Professoren hier an der Uni. Bisher war Sophie immer gut mit ihm zurechtgekommen und hatte nie Probleme gehabt.

„Ihre Leistungen lassen nach. Im ersten Semester waren Sie eine meiner Vorzeigestudentinnen und nun sind Sie eine der schlechtesten. Ist alles in Ordnung mit Ihnen?", erkundigte sich der Professor.

„Ja, ich hatte nur gesundheitlich zu kämpfen", log sie und setzte ein Lächeln auf.

„Okay, doch wenn Sie etwas benötigen, lassen Sie es mich wissen", bot er ihr an.

Sie sah ihn direkt an und erkannte Unsicherheit in seinem Blick. Ihre Lüge war nicht überzeugend genug gewesen.

Sophie bedankte sich, eilte aus dem Hörsaal und lief in die Mensa zu ihren Freundinnen. Sie wollte nicht noch mehr lügen, das machte ihr zu schaffen und sie hasste sich selbst dafür.

Nele, Pia, Clara und Kim saßen bereits an einem Tisch und winkten ihr zu.

„Hey, wo warst du den so lange?", fragte Clara.

„Sorry, mein Dozent hat mich aufgehalten", antwortete Sophie und setzte sich zu ihnen. Die anderen waren bereits beim Essen.

„Holst du dir nichts?", erkundigte sich Pia.

„Mir reicht mein Obst", antwortete sie und holte eine Banane aus ihrer Tasche.

„Okay." Nele bedachte sie mit einem skeptischen Blick.

„Die Party steigt um acht, oder?", fragte Kim an alle gewandt.

„Ja, ich freue mich schon", sagte Clara mit einem Lächeln im Gesicht.

Während ihres ersten Semesters war Sophie kaum auf Partys gewesen, weil sie lieber gelernt hatte, um mit dem Stoff zurechtzukommen. Sie hatte sich vorgenommen, die Beste zu sein. Das wollte sie immer noch, doch merkte, wie sie immer mehr versagte und das machte ihr zu schaffen. Sie versagte auf kompletter Linie.

„Arbeitest du heute Abend eigentlich?", fragte Kim.

„Nein, ich habe meinen Job in der Bar nicht mehr. Es war mir zu anstrengend und jemand anderes brauchte ihn dringender als ich."

Es stimmte, Sophie hatte in einer Bar gearbeitet, ganz in der Nähe ihrer Wohnung. Es hatte ihr Spaß gemacht, doch vor Kurzem hatte sie ihren Job an Lou abgegeben, die ihn dringender brauchte als sie.

„Du sagtest, du würdest heute später dazustoßen. Wenn bist du denn da?"

„So um zehn."

Sophie sah in die Runde und war froh, dass niemand Fragen stellte, warum sie später kam. So blieben ihr weitere Lügen erspart.

„Okay, dann treffen wir uns doch bei dir um, vorzuglühen."

„Ja klar, wenn ihr auf mich wartet, gerne", freute sich Sophie und schmiss ihre Bananenschale weg.

„Ich muss leider wieder los. Bis heute Abend."

Sie schnappte sich ihre Sachen und verschwand schon in der nächsten Vorlesung. Ihre Freundinnen sahen ihr besorgt hinterher, sagten aber nichts weiter.

Um zwei Uhr nachmittags endete ihr Tag und sie war erleichtert, die Uni für heute nicht länger ertragen zu müssen. Solche Tage waren selten. Normalerweise war sie erst abends daheim. Doch so hatte sie Zeit, eine Runde joggen zu gehen. Sie schlüpfte schnell in ihre Sportsachen und machte sich auf den Weg zum Park. Als sie sich umsah, erkannte sie Gabe schon von Weitem. Automatisch bildete sich ein Lächeln auf ihren Lippen.

„Hey", kam sie ihm entgegen und umarmte ihn.

Er überragte sie um einen Kopf, aber das war keine große Kunst. Mit ihren ein Meter sechzig war sie nicht die Größte.

Er trug einen Dreitagebart, was perfekt zu ihm passte, wie Sophie fand. Dabei stachen seine grünen Augen hervor. Sein Haar war dunkelbraun und kurz.

„Hey, Kleine", begrüßte Gabe sie.

Er trug ein FBI T-Shirt und eine Jogginghose mit weißen Turnschuhen. Sie war ähnlich gekleidet, ein schwarzes Top mit einer dunklen Leggins und dazu helle Sportschuhe. Ihre roten Haare kamen dabei gut zur Geltung, obwohl sie diese zu einem Pferdeschwanz zusammengebunden hat.

Die Umarmung dauerte länger als normalerweise. Gabe war ein guter Freund, daran änderte auch der Altersunterschied nichts. Er war elf Jahre älter als sie und Davids Kumpel und Kollege. Mit der Zeit hatten sie sich immer besser verstanden und kurz war da etwas zwischen ihnen gelaufen. Sie hatten rumgemacht, als sie voll gewesen waren. Wie viel sie an diesem Abend getrunken hatten, wusste keiner von ihnen. Sophie hatte ihm klargemacht, dass es ein Fehler gewesen war, und er hatte ihr zugestimmt. Trotzdem schlich sich dieser Kuss immer wieder in ihre Gedanken und sie sehnte sich nach mehr. Sie Unterdrückte dieses Gefühl, da sie keine Zeit für eine romantische Beziehung hatte.

„Bereit für eine Runde Joggen?", fragte er sie und ließ sie los.

„Klar, immer und was ist mit dir?"
Sie stupste Gabe leicht in die Seite, was ihm ein Lächeln ins Gesicht zauberte.

„Was ist das denn für eine Frage. Ich bin in Topform", grinste er.

„Heute keine Arbeit?"

Gabe schnaubte laut und das Grinsen verschwand. Er sah sie ernst an.

„Doch, leider, aber erst heute Nacht. Wir haben da etwas geplant. Was es ist, bleibt geheim", antwortete er und dehnte sich.

„Ja, schon klar. Ändert nichts an meiner Neugierde, aber ich bin es von David gewöhnt, dass er kaum darüber sprechen darf."

Sie stellte sich neben ihn und dehnte sich ebenfalls. Dabei behielt sie Gabe im Auge. Er wirkte so locker und entspannt, doch als sie jetzt in sein Gesicht sah, erkannte sie, dass er angespannt war.

„Ist alles okay? Du wirkst so bedrückt. Ist es, weil ich die Arbeit erwähnt habe?"

„Ja, es ist nur ein Hinweis, nichts Konkretes", verriet er ihr.

„Was dann?"

Sie hörte auf mit dem Dehnen und hockte sich auf die Bank und sah ihn voller Sorge an.

„Du kannst mir vertrauen. Ich schweige wie ein Grab."

„Das ist nicht das Problem", gestand er und setzte sich neben sie. „Es ist nur so, dass ich noch immer die Spur von Oliver Grey verfolge. Ich habe einen Kontakt bei

Interpol und der versorgt mich mit Informationen, doch die sind nicht vielversprechend."

Er gab ein frustriertes Schnauben von sich und sah sie entschuldigend an.

Sophie schwieg nur und hatte keine Ahnung, was sie darauf erwidern sollte. Sie kannte Oliver Grey und hasste ihn aus vollem Herzen. Wenn er eines Tages vor ihr stehen würde, wüsste sie nicht, wie sie reagieren würde. Er hatte Lou und sie entführt und über die Grenze geschafft. Er war verantwortlich für ihren Schmerz und all das Leid. Sie wünschte sich, dass er dafür büßte, was er ihr und vor allem Lou angetan hatte. Lou hatte noch mehr Grund ihn zu hassen und leiden zu sehen. Er hatte ihr das halbe Leben genommen und sie über zehn Jahre gezwungen, ihren Körper zu verkaufen.

„Sorry, ich hätte besser nichts gesagt."

Gabe erhob sich und reichte ihr die Hand.

„Nein, es ist okay. Ich habe Geduld und dann schlägt das Karma zurück."

Er lächelte sie an und sah sie einen Moment nur an.

„Wie schaffst du das nur? Es wirkt bei dir so leicht. Du bist immer so stark, dafür bewundere ich dich."

Sie war froh, dass er nicht merkte, wie es ihr kalt den Rücken herunterlief und ihre Hände anfingen zu zittern. Denn sie war nicht stark, sondern schwach. Weil sie das aber nicht zugeben wollte, versuchte Sophie, es so gut sie konnte zu verstecken.

„Komm, wir legen los", war alles, was sie darauf erwiderte und rannte los.

Es entging ihm nicht, dass sie seiner Frage auswich.

„Gerne. Nächstes Mal unternehmen wir etwas Entspanntes", beließ er es dabei.

Sie joggten los und konzentrierte sich dabei nur auf den Weg. Sie trafen sich ein Mal in der Woche zum Sport und unterhielten sich, daher brauchten sie nicht lange, bis sie ihr gemeinsames Tempo gefunden hatten. Sie waren ein eingespieltes Team.

„Schwebt dir was vor?", fragte er und beschleunigte.

„Nicht so schnell heute", bat sie und er drosselte das Tempo wieder. „Netflix mit Pizza?"

Er sah zu Seite und nickte und Sophie konnte Freunde in seinen Augen sehen.

Während der restliche Runde sprachen sie über Belangloses, doch sie genoss die Stunden mit ihm. Aktuell war das die einzige Freude, die ihr blieb.

Es war acht Uhr abends und Sophie stand in einer abgelegenen Seitengasse. Immer wieder warf sie einen Blick über ihre Schulter.

„Hey, na, zu einer Entscheidung gekommen, Prinzessin?", fragte ein Kerl, der vor ihr auftauchte. Beide sahen sich sorgfältig um, dass niemand das Gespräch belauschte.

„Ich steige nicht komplett wieder ein", sagte sie und steckte ihre Hände in die Hosentaschen.

Es behagte ihr zwar nicht, doch sie benötigte das Geld und Kokain dringend. Er sah sie fragend an.

„Ich fang klein an und halte mich eher zurück", erklärte sie ihm und er nickte.

Sie hatte einen Eindruck davon bekommen, wozu diese Männer fähig waren. Dies blendete sie erst einmal aus, da sie nur das Kokain vor Augen hatte, das sie unbedingt brauchte.

„Okay, der Boss erfährt hiervon nichts. Ich habe gleich ein paar Kunden für dich."

Mit diesen Worten drückte er ihr fünf Packen in die Hand. Sophie hielt den Atem an und musterte die Ware. „Wo findet die Übergabe statt?", erkundigte sie sich und steckte die Drogen ein.

Es war mehr als nur Kokain.

„Zwei Straßen weiter von hier. Du erkennst sie schon, sie waren früher deine Kunden", sagte Jim.

„Gut, wie handhaben wir das mit dem Preis?", fragte sie nach.

„Du kennst doch die Preise, oder?"

Fassungslos sah er sie an.

Er hielt sie am Arm fest. Sophie wusste, dass das ein Zeichen von Misstrauen war.

„Ich spreche hier von meiner Bezahlung", zischte sie und riss sich los.

„Da hat sich nichts geändert", meinte er verwundert.

„Okay, aber ich benötige Koks für den Eigenbedarf."

Sie lächelte ihn an.

„Du nimmst das Zeug immer noch? Wenn du etwas brauchst, dann sag es mir. Ich kann es dir ein bisschen günstiger verkaufen. Ich schlage auf den Preis zehn Prozent Gewinn für mich drauf", gestand er ehrlich.

„Okay, das ist nur fair."

Sie war vor ihrer Entführung ausgestiegen, weil sie das Geld nicht mehr gebraucht hatte, doch dies hatte sich geändert. Davor hatte sie keine Drogen genommen, sondern nur gedealt, um über die Runden zu kommen.

„Schön, dass du wieder dabei bist", meinte er und umarmte sie flüchtig.

Sie nickte ihm zu, bevor jeder in eine andere Richtung verschwand.

Sophie hatte sich das enge schwarze Kleid angezogen, als es an ihrer Tür klingelte. Sie sah sich im Zimmer um und lief los, um die Tür zu öffnen. In letzter Sekunde blieb ihr Blick an einem Tütchen hängen, das sie auf das Bett gelegt hatte.

Sie schnappte es sich und stopfte es unter die Matratze, erst dann öffnete sie ihren Freundinnen die Tür.

„Hey Süße", sagte Clara und schon eine Sekunde später hatte sie einen Kuss auf die Wange.

Kim und die anderen winkten mit ihren Händen, in denen sie Alkohol hatten. Sophie sah ihnen mit einem Lächeln hinterher und schloss langsam die Tür.

„Ich habe Tequila, Wodka und irgendeinen billigen Schnaps geholt", sagte Nele und hielt die Flaschen demonstrativ hoch. Auf ihrem Gesicht bildet sich ein großes Grinsen.

„Ich habe ein paar Sachen zum Mixen besorgt. Im Kühlschrank steht Cola, Ginger Ale und Red Bull. Außerdem habe ich Wein und Rum in der Küche", sagte Sophie und deutete mit ihrem Finger in die entsprechende Richtung.

„Du kümmerst dich die Musik und wir sorgen für leckere Cocktails", ordnete Kim an und war schon verschwunden.

Sophie nahm ihr Handy, das aus dem Wohnzimmertisch lag, und verband es per Bluetooth mit ihren Lautsprechern.

„Habt ihr irgendwelche Wünsche?", erkundigte sie sich.

„Ne, mach irgendwas an", schrie Clara aus dem Bad.

Sophie suchte in ihrer Playlist nach Liedern, fand nichts Passendes und stöberte dann auf Youtube.

„Wie lange brauchst du denn, um die Musik anzumachen? Wir haben schon ein Getränk", meinte auf einmal Nele neben ihr.

Im selben Moment tippte Sophie auf ein Video und es ertönte lauter Bass aus den Boxen.

„Kommst du mal in die Küche?", brüllte Kim.

Sie legte ihr Handy zurück auf den Wohnzimmertisch und lief zu Kim. Die hatte gerade eine Wodkaflasche in der Hand und ein strahlendes Lächeln im Gesicht. Sie drehte sich zu ihr um und hielt ihr ein Glas entgegen.

„Hier, für dich", sagte Kim und Sophie nahm es dankend an.

Gemeinsam tranken sie einen Schluck.

„Sag mal, ist das nicht dein Ex? Du hast mir doch erzählt, dass du etwas mit einem Bullen hattest", fragte Pia und hielt ein Foto hoch, dass mit einem Magneten am Kühlschrank befestigt war.

„Als ob sie sich ein Bild von ihrem Ex aufhängen wird", zog Nele sie auf.

„Nein, das ist mein Bruder, David", antworte Sophie und verdrehte nur die Augen.

„Der ist verdammt heiß, der kann mich auf jeden Fall verhaften. Ist der noch zu haben?", fragte Pia hoffnungsvoll.

„Er hat eine Freundin."

„Was ist eigentlich mit deinem Ex?", lenkte Kim das Thema wieder auf sie.

„Das wüssten wir alle gerne. Du hast nie erzählt, dass du etwas mit einem Polizisten hattest", mischte sich Nele ein.

Plötzlich standen ihre Mädels in der Küche und starrten sie gespannt an. Nur die Musik wummerte im Hintergrund.

„Er ist nicht mein Ex. Wir sind schon länger Freunde und haben nur einmal rumgemacht. Mehr ist zwischen uns nie gewesen.", erklärte sie, mixte sich einen zweiten Drink und nahm einen großen Schluck.

Schnell erkannten die anderen, dass sie darüber nicht reden wollte.

„Wo steigt die Party heute Abend?", wechselte Clara das Thema, sah Sophie aber weiterhin dabei an.

Sie zuckte aber nur mit den Schultern, da es ihr egal war.

„Vor ein paar Wochen hat ein neuer Club eröffnet. Der soll ganz cool sein und es wäre mal was anderes", schlug Nele vor.

Sofort waren alle begeistert.

„Holen wir uns Koks?", fragte Pia in die Runde.

„Können wir gerne machen, ich habe es noch nie probiert", sagte Sophie.

„Das Zeug ist gefährlich. Wir haben gesagt, wir probieren es nur einmal aus. Sophie, du warst da nicht dabei, weil du krank warst."

Clara schüttelte verächtlich den Kopf.

„Mach kein Drama draus, ist ja nur für die Party", rechtfertigte sich Pia und verschränkte die Arme vor der Brust.

„Also ich würde auch nichts nehmen. Einmal hat mir gereicht.", meldete sich Kim zu Wort.

„Gut, dann halt nur ich und Sophie. Wir besorgen was und kommen danach zu euch."

Sophie nickte und war sich nicht sicher, ob das eine gute Idee war, doch das Verlangen nach der Droge siegte. Sie schämte sich dafür, dass sie täglich Koks nahm. Die Drogen waren ihr Geheimnis und daran änderte sich nichts.

Ihre Freunde nickten und nahmen es schweigend hin, doch in ihren Gesichtern erkannte Sophie deutlich, was sie davon hielten.

„Sophie, pass bloß auf und lass dich von Pia nicht überreden. Man kann schnell in eine Sucht verfallen", belehrte Clara sie.

„Ja, ich weiß, aber ich würde es gerne mal ausprobieren. Ist doch nichts dabei", tat sie ab und Clara musterte sie skeptisch.

„Bist du echt so eine Spaßbremse geworden?", zischte Pia und trat ihr mit zurückgestreckten Schultern entgegen.

„Nein, von mir aus macht, was ihr wollt."

Vor dem neuen Club hatte sich eine lange Schlange gebildet. Die Musik dröhnte bis nach draußen. Sie überlegten, ob sie warten oder woanders hingehen sollten. Schließlich platzierten sich am Ende der Reihe und stellten fest, dass es zügig voranging.

Sie betraten die Disco und merkten schon, dass hier verdammt viele Leute waren. Aber das machte ihnen nichts aus. Nachdem sie sich kurz umgesehen hatten, standen sie an der Bar, um sich die ersten Shots zu gönnen.

„Ist echt voll hier", bemerkte Pia und musste brüllen, damit die anderen sie verstanden.

„Ja, aber geile Musik", verteidigte Nele den Club.

Sie nahm Sophie an die Hand und zog sie mit auf die Tanzfläche. Langsam merkte sie, wie der Alkohol wirkte, und sie liebte dieses Gefühl. Sie schloss ihre Augen, legte ihren Kopf in den Nacken und bewegte sich zum Rhythmus der Musik. Für einen Moment vergaß sie alles um sich herum.

Der Song änderte sich und es entstand eine kurze Pause. Also hörte sie auf zu tanzen und suchte nach ihren Freundinnen, die in ihrer Nähe standen.

Sie lächelte Pia zu und entdeckte hinter ihr einen Mann, der abseits an der Wand lehnte. Als sie ihn erkannte, schwand ihr Lächeln. Pia drehte sich um und folgte Sophies Blick.

„Leute, bin dann mal kurz weg. Ich bring dir was mit, okay?", schrie sie Pia ins Ohr.

Sie nickte nur und Sophie lief auf den Mann zu.

„Hey", begrüßte sie den Kerl.

Er hatte schwarze kurze Haare und braune Augen. Seine Unterarme waren voll mit Tattoos.

„Brauchst du wieder Nachschub?", fragte er sie und sie nickte.

Zwar hatte sie bei ihm noch nie Kokain gekauft, kannte ihn aber, da sie ihn öfters bei ihrem Dealer gesehen hatte. Er gehörte zur Gruppe und erkannte sie ebenfalls. Am Arm führte er sie in ein Hinterzimmer, das von einem Türsteher bewacht wurde.

Sie sah sich kurz um. Es waren drei weitere Männer im Raum. Der eine zog eine Line und die anderen beiden saßen auf einer Eckbank, tranken etwas und unterhielten sich.

„Gesell dich doch ein wenig zu uns", bot er an und sie nickte nur.

Sie hockte sich an den Rand der Bank.

„Auch ein Zug?", fragte er und deutete auf den Tisch, über den sich das Kokain verteilt hatte.

Sophie lächelte, dann setzte sie sich auf den Boden und zog Koks durch ihre Nase.

„Sie ist geübt", stellte der eine fest und reichte ihr daraufhin die Wodkaflasche, die sie dankend entgegennahm.

Sie nahm einen großen Schluck. Noch bevor sie die Flasche wieder abstellte, hörte sie ein lautes Krachen an der Tür. Dann ging alles ganz schnell.

„Scheiße, die Bullen", schrie einer der Männer.

Sofort sprangen alle auf und versuchten zu entkommen, doch schon im nächsten Moment trat die Polizei die Tür ein. Sophie hatte Panik, trotzdem konnte sie nicht widerstehen und schnappte sich das Päckchen, das vor ihr auf den Tisch lag. Sie steckte das Kokain in ihre Tasche.

„Polizei! Keiner macht eine Bewegung!"

Sophie kannte diese Stimme.

„Fuck", murmelte sie.

Es war Liam, ein Kollege von ihrem Bruder und Gabe. Er gehörte auch zu ihren Freunden. Liam sah sie zum Glück nicht, da sie hinter einem Mann stand. Dieser drehte sich um und floh. Da sie keine Lust hatte, von Davids bestem Freund und seinen Kollegen verhaftet zu werden, folgte sie ihm. Einer der Polizisten stürmte los und stürzte sich auf den Kerl vor Sophie. Sie stieß ein leises Fluchen aus, denn somit versperrten sie ihr den Weg. Sie drehte sich um und rannte in die andere Richtung, dabei ließ sie die Wodkaflasche zu Boden fallen. Weit kam sie nicht, als sie einen festen Griff um ihre Hüften spürte, der sie zurückhielt.

„Dageblieben, du Schnapsdrossel", drang die Stimme an ihr Ohr.

„FUCK", schrie sie und versuchte, sich zu befreien, doch es gelang ihr nicht.

Ihr war bewusst, wer da seinen Arm um sie gelegt hatte und sie festhielt. Dass es jemals so weit kam, hatte sie vermeiden wollen.

Er drehte sie um, sah ihr ins Gesicht und hielt geschockt inne.

„Hi", sagte sie und grinste ihn mit einem beklommenen Lächeln an.

„Sophie? Verdammt, was machst du hier?", zischte Gabe sie an und sah sich im selben Augenblick um.

Er starrte Sophie mit großen Augen an und dann erkannte sie Wut in seinen Gesichtszügen.

Seine Kollegen waren alle damit beschäftigt, die anderen festzuhalten oder den Laden auseinanderzunehmen. Er packte sie am Arm und zog sie weg. Dabei ging er schnell und nicht sanft vor, war aber nicht grob.

„Was hast du vor?", fragte sie leise.

„Verschwinde", zischte er und gab ihr einen kleinen Schubs nach vorne, aus der Tür heraus.

Sophie zögerte nicht lange und rannte los. Gabe folgte ihr nicht.

2. Kapitel

Sie rannte und versuchte, so viel Abstand wie möglich zum Hinterzimmer zu bringen. Erst nachdem sie um die Ecke bog, erkannte sie die anderen Leute aus dem Club und suchte automatisch nach ihren Freundinnen.

„Sophie, da bist du ja. Wir hatten schon Angst, die Polizei hätte dich geschnappt."

Pia umarmte sie. Sie war die Erste, die Sophie entdeckt hatte, und rannte auf sie zu.

„Es war knapp, aber ich habe leider kein Koks bekommen", flüsterte Sophie Pia zu.

„Das ist egal. Hauptsache, du bist nicht erwischt worden."

Erst jetzt traten die anderen zu ihnen und Sophie atmete erleichtert auf. Sie war unendlich dankbar, dass Gabe ihr die Flucht ermöglicht hatte, doch war sich bewusst, dass es ein Nachspiel haben würde. Spätestens in ein paar Tagen, wenn sie sich wiedersahen, schuldete sie ihm eine Erklärung.

„Feiern wir woanders weiter?", fragte Pia und die Mädels nickten.

„Sorry, ich bin raus", sagte Sophie und zwang sich zu einem Lächeln. Ihr war die Lust vergangen.

„Okay", sagte Pia.

„Ciao und bis bald", verabschiedete sie sich von ihnen.

Daheim angekommen versteckte sie das Koks unter ihrer Matratze, sodass Besuch es nicht finden würde, ohne zu schnüffeln. Ein Päckchen behielt sie aber und steckte es in ihre Hosentasche.

Sie zog ihre hohen Schuhe aus und ließ sich dann auf das Sofa fallen. Genau in dem Moment klingelte ihr Handy. Auf dem Display erschien Gabes Name. Sie gab ein genervtes Schnauben von sich und drückte ihn weg. Zwar war ihr bewusst, dass dieses Gespräch stattfinden musste, doch nicht jetzt. Sie wollte es so lange wie möglich aufschieben. Sophie setzte sich auf den Boden, holte ein kleineres Tütchen Koks hervor und schupfte es gleich weg. Dann schmiss sie schmiss ihren Kopf in den Nacken und wartete, bis die Wirkung einsetzte. Es dauerte nur ein paar Sekunden, dann fühlte sie sich erleichtert und unbesiegbar. Das Klingeln ihres Handys ignoriere sie dabei.

Irgendwann riss die Türklingel sie aus ihrer Trance. Sie starrte zur Tür und erhob sich langsam vom Sofa.

„Wer ist da?", schrie sie und hatte keine Lust auf Besuch.

„Ich bin es, Gabe. Mach auf!", brüllte er und sie fluchte leise vor sich hin.

Es war eine Sache, seine Anrufe wegzudrücken, doch ihn eiskalt vor der Wohnungstür stehenzulassen, brachte sie nicht über sich. Daher stand sie auf und öffnete ihm.

„Kann ich reinkommen?"

Dunkle Augenringe zeugten davon, wie müde und erschöpft er sein musste. Sie empfand Mitleid mit ihm und trat deswegen zur Seite, um ihn hereinzulassen.

„Danke", murmelte er und lief ins Wohnzimmer, nachdem er sich die Schuhe ausgezogen hatte.

Er musste direkt nach der Razzia zu ihr gekommen sein, das verrieten ihr Marke, Waffe und die Jacke mit dem FBI-Emblem.

„Willst du etwas trinken?", fragte sie höflich, doch er schüttelte den Kopf und ließ sich aufs Sofa fallen.

Für einen kurzen Moment schloss er die Augen.

Gabe war schon öfters in ihrer Wohnung gewesen. Es hatte etliche Nächte gegeben, in den die beiden nur geredet oder schweigend nebeneinandergesessen und einen Film angeschaut hatten.

Eigentlich war er einer von Davids besten Freunden. Sie hatten sich ein paar Mal im Club gesehen und sich miteinander unterhalten. So war es passiert, dass er sich immer öfter bei ihr gemeldet hatte und sie hatten die Treffen erweitert, um gemeinsam zu trainieren und zu chillen. Doch dann war jene Nacht gekommen, in der sie zu heftig gefeiert und Gabe getroffen hatte. Sie hatte einiges an Koks und Alkohol intus gehabt. So waren Sophie und Gabe wild knutschend in der Ecke des Clubs gelandet.

Sophie starrte Gabe an und ihr fehlten die Worte. Es war eine beschissene Situation. Sie überlegte krampfhaft, wie sie ihm das Ganze erklären sollte.

„Alles okay?", riss Gabe sie aus ihren Gedanken.

„Ja, klar", meinte sie und setzte sich zu ihm.

„Wir wissen beide, warum ich hier bin. Am liebsten würde ich jetzt daheim unter der Dusche stehen und danach ins Bett fallen und mir nicht den Kopf über dich zerbrechen. Ich habe dich heute laufen lassen, damit meinen Job und meine Karriere riskiert. Wenn das jemand mitbekommen hat, bin ich geliefert."

Er hatte eine Ernste Miene aufgesetzt.

„Ja und dafür bin ich dir unendlich dankbar. Es bedeutet mir sehr viel", bedankte sie sich bei ihm und meinte es ehrlich.

„Verdammt, Sophie, was hattest du da zu suchen?", fragte Gabe.

Dabei lehnte er sich nach vorne, die Arme auf die Oberschenkel gestützt, und sah sie eindringlich an.

„Es war reiner Zufall. Meine Freundinnen und ich hörten von dem neuen Club, und dass da jemand Kokain verkauft. Wir haben uns gedacht, wir könnten es einmal ausprobieren. Da sich niemand getraut hat, habe ich es übernommen", sagte sie und hoffte, dass er sich damit zufriedengeben würde.

Doch sie kannte ihn, diese Erklärung würde ihm nicht reichen. Gabe zog seine Augenbrauen hoch und sah sie eindringlich an. Ihr war bewusst, dass er sie durchschaut hatte. Sie stand auf und fuhr sich durch die Haare. Er war Polizist und hatte täglich mit Drogen zu tun. Zwar war sie bei ihren letzten Treffen immer so gut wie nüchtern gewesen, doch heute hatte er sie überrascht. Sie war high und wusste, dass er das auch erkannte.

„Sophie, lüg nicht! Sag mir dir Wahrheit", forderte er sie auf und sie lief auf und ab.

„Hör zu, ich bin dir dankbar dafür, dass du mich laufen gelassen hast. Aber das Koks war nur für den Eigenbedarf. Deswegen komme ich nicht in den Knast", sagte sie.

„Wie oft und wie lange nimmst du das Kokain schon?"
Nun erhob er sich ebenfalls.

„Nicht oft, nur auf Partys", log sie.

„Weißt du was, Sophie? Mach, was du willst, doch wenn ich dich das nächste Mal erwische, kommst du damit nicht mehr davon. Ich gebe dir hier die Chance, die Karten offen auf den Tisch zu legen. Für Lügen und billige Ausreden habe ich keine Zeit und auch Lust darauf. Mal sehen, was dein Bruder dazu sagen wird."

Nach diesen Worten steuerte er auf die Haustür zu.

Sophie starrte ihm geschockt hinterher und brauchte einen Moment, um seine Worte zu verarbeiten. Sie fuhr sich nervös durch die Haare und fluchte innerlich, dann rannte ihm hinterher, um ihn aufzuhalten.

„Sag bitte David nichts von dem Vorfall. Er hat keine Ahnung davon", bat sie und Gabe blieb stehen, drehte sich aber nicht zu ihr um.

„Dann sag mir jetzt die verdammte Wahrheit", wiederholte er und drehte sich zu ihr um. „Wir waren doch immer ehrlich zueinander."

Er blieb nur wenige Zentimeter vor ihr stehen.

„Angefangen hat es vor ein paar Jahren. Da war es nur bei Partys. Doch seit Kurzen nehme ich das Koks regelmäßig, täglich", gestand sie ihm und es fiel ihr nicht leicht. „Ich pack das Studium nicht und brauche es, um abzuschalten und dem Druck standzuhalten. Ich kann mir keine schlechten Noten erlauben. Alles muss perfekt sein. Ich schaffe es nicht, alles unter einen Hut zu bringen. Das Problem ist das Geld. Das Kokain ist verdammt teuer und auf Dauer nicht finanzierbar, darum habe ich gelegentlich gedealt."

Gabe starrte sie für einen Moment geschockt an, als hätte er nicht damit gerechnet, dass Sophie so schnell nachgab. Die Wahrheit erschütterte ihn und er brauchte ein paar Sekunden, um sie zu verarbeiten. Rittlings ließ er sich auf das Sofa fallen.

„Warum? Es erwartet doch niemand von dir, dass du die Beste bist."

„Ich habe immer in Davids Schatten gestanden. Daher der Druck, dass ich allen beweisen muss, dass er nicht besser ist als ich", erklärte sie.

„Sophie, weißt du, wie gefährlich die Branche ist? Die größeren Dealer verstehen keinen Spaß. Koks ist eine Droge und sie ist illegal und das aus gutem Grund."

„Ja, darum habe ich aufgehört. Ein Jahr lang hat es funktioniert. Aber meine Freundinnen feiern eben wieder öfters und da ist Koks mit dabei. Wer es nicht nimmt, ist uncool", sagte sie und log ihn damit an. Um sich nichts anmerken zu lassen, blieb sie ruhig stehen und sah ihm direkt in die Augen.

„Gabe, sieh mich nicht so an. Es ist keine Sucht. Ich kann jederzeit wieder aufhören", versicherte sie ihm erneut. Sie stemmte dabei ihre Hände in die Hüften, um glaubwürdiger zu wirken.

„Okay. Aber ich will dich nicht noch mal mit dem Zeug erwischen", stellte er klar und ging einen Schritt auf sie zu.

„Verstanden", sagte Sophie und lächelte ihn an. „Sag bitte David nichts davon. Ich meine, er hat schon genug Probleme mit Lou."

„Solange das hier eine Ausnahme bleibt."

„Okay, danke."

„Wir sehen uns." Zum Abschied umarmte er sie und drückte ihr einen Kuss auf die Wange. Sophie sah ihm kurz hinterher. Er glaubte ihr nicht wirklich, wollte es aber. Also ließ er es darauf ankommen.

Nachdem Gabe geduscht hatte, traf er sich mit seinen Kollegen in der Bar.

„Hey, da bist du ja. Du hast aber lange gebraucht", begrüßte Liam ihn.

„Ja, entschuldigt, mir ist etwas dazwischengekommen", sagte Gabe und schon im nächsten Moment war die Bedienung da.

„Ich nehme ein Bier, bitte", bestellte Gabe.

Erst dann sah er sich um. Außer Liam und Valentin war keiner da.

„Wo sind die anderen?", fragte Gabe.

„Die kommen nicht. Sie sind zu müde."

„Ja, kann ich gut verstehen, nach diesem Einsatz", stimmte Gabe zu und in diesem Moment kam schon sein Bier.

Sie stießen an und er nahm einen großen Schluck.

„Der Einsatz ist heute echt gut gelaufen", erzählte Valentin.

„Komm schon, wir reden jetzt nicht über die Arbeit. Die Woche war hart und lang", stellte Liam klar.

„Stimmt."

„Was ist dir denn dazwischengekommen?"

„Ich war bei Sophie und hab nach ihr gesehen."

„Wie geht es ihr?", fragte Liam.

„Sie tut auf stark, aber ich habe so das Gefühl, dass sie ihre Entführung und die Geschehnisse dort noch nicht verarbeitet hat", gestand Gabe.

„Hat sie dir was erzählt?", wollte Valentin wissen.

„Nein, hat sie nicht. Sie meidet das Thema. Ich bedränge sie nicht. Weißt du, ob sie mit David oder Lou darüber geredet hat?"

„Ich habe gestern Abend mit David telefoniert. Er hat sich bei mir nach Sophie erkundigt, denn er macht sich Sorgen um sie. Sie antwortet nicht auf seine Nachrichten, außer mit Smileys, wenn er Bilder schickt. Lou hat schon versucht, mit ihr zu reden, aber sie hat abgeblockt", erzählte Liam und tippte mit seinen Fingern immer wieder auf den Tisch.

„Lou wäre ihr eine Hilfe. Ich meine, sie hat das zusammen mit ihr durchgemacht", sagte Valentin.

„Ja, allerdings war Lou über zehn Jahre lang eine Gefangene von Menschenhändlern. Sie hat wahrscheinlich Schlimmeres erlebt als Sophie in den paar Tagen", erwiderte Gabe und leerte sein Glas mit einem großen Zug.

„Auch wieder wahr, aber darüber reden sollte sie trotzdem."

„Da stimme ich dir zu, aber nicht mit Lou. Sie hat selbst genug Probleme und das Ganze noch nicht verarbeitet. David hilft ihr ja dabei."

„Ich könnte Mary mal darauf ansetzen", sagte Liam.

„Das ist eine gute Idee. Deine Frau und Sophie sind doch Freundinnen, vielleicht vertraut sie ihr", stimmte Valentin zu und winkte der Bedienung, da mittlerweile alle Gläser leer waren.

Sie bestellten jeweils ein Bier und eine Kleinigkeit zum Essen.

„Ich werde ein Auge auf sie haben."

„Das ist nett von dir. Was ist das genau zwischen euch?", fragte Liam.

Gabe sah ihn an und wusste nicht, was er darauf erwidern sollte. Es wäre besser, niemand hätte davon je erfahren. Doch als Sophie mit Lou entführt worden war, waren bei ihm die Sicherungen durchgebrannt und er hatte die Bombe platzen lassen.

„Komm schon, David ist nicht hier, der genießt seinen Urlaub in Italien. Das bleibt alles unter uns", versprach Valentin.

Gabe sah zu Liam, der nickte und ebenso sehr darauf hoffte, Genaueres zu erfahren.

„Da ist nichts zwischen uns. Wir haben nur einmal rumgemacht und ein bisschen Zeit miteinander verbracht, mehr ist da nie gewesen", gestand er ihnen. „Es war nur ein Kuss."

„Der hat aber gereicht, um dich in sie zu verlieben", ertönte es aus beiden Mündern gleichzeitig.

Gabe schwieg und leerte sein Glas, starrte in die Ferne. Es stimmte, er hatte Gefühle für Sophie. Und wusste, dass sie diese nicht erwiderte.

„Erzählt doch mal, was ihr so vorhabt an euren freien Tagen?", wechselte Valentin das Thema und Liam sprang sofort darauf an.

Gabe hörte zu und mischte sich bald wieder ein. Ab dem vierten Bier hatten sie lustigere Themen drauf und bestellten sich Schnaps. Erst um zwei Uhr morgens verließen sie die Bar und Gabe torkelte nach Hause, wo er samt seinen Klamotten ins Bett fiel.

3. Kapitel

Für Sophie brach der Morgen früh an. Um fünf Uhr stand sie auf und joggte eine große Runde, da sie kein Auge mehr zubekam. Sie powerte sich komplett aus und stieg anschließend unter eine lange, warme Dusche. Mit nassen Haaren und nur mit einem Handtuch bekleidet, setzte sie sich auf den Boden und starrte hinauf zur Decke. Diese Nacht hatte sie wieder nicht einschlafen können, denn sobald sie die Augen schloss, tauchten die Bilder von ihrer Entführung auf. Daran wollte sie nicht denken, doch merkte, dass ihr der Schlaf fehlte und sie sich nach einer ruhigen Nacht sehnte. Sie schüttelte den Kopf und stand auf, zog sich an und holte sich eine Dosis Kokain. Das gehörte inzwischen zu ihrem Alltag.

Sie packte sich eine zweite Dosis in ihre Tasche und machte sich, mit einem großen Kaffee, der einen großzügigen Schuss Alkohol enthielt, auf in die Uni.
Vor dem Eingang sah sie schon Pia.
„Guten Morgen, Süße", begrüßte sie Pia und drückte ihr einen Kuss auf die Wange.
„Wie gehts dir?"
„Gut", antwortete Sophie und nahm einen Schluck von ihrem Kaffee. „Wart ihr gestern noch lange weg?"
„Nein, wir sind dann auch alle nach Hause gegangen."

Sie nickte und sah auf die Uhr. „Ich muss los, meine Vorlesung fängt an", sagte sie und winkte zum Abschied.

Endlich war der Vortrag vorbei. Sophie stand auf und stopfte ihre Sachen in die Tasche, die aus allen Nähten platzte. Dann eilte sie aus dem Raum und lief nach draußen zu ihren Freundinnen.

„Hey, wie war es heute bei euch?", erkundigte sie sich und setzte sich neben Nele auf die Wiese.

„Langweilig, das ist mein dritter Kaffee. Ohne die überstehe ich den Tag nicht. Haben wir nicht gleich alle zusammen?", fragte Pia.

„Ich glaube, ja. Kunstgeschichte, oder?"

Ein lautes Schnaufen war von allen zu hören. Sie hatten keine Lust auf diese Vorlesung. Sophie fragte sich, warum sie den Kurs überhaupt gewählt hatte.

„Wie war dein Abend noch?", riss Kim sie aus ihren Gedanken.

„Nicht sonderlich aufregend. Ich bin dann ins Bett gegangen", log sie.

„Wir holen uns was zum Essen, kommt ihr mit?"

Nele und Pia erhoben sich.

„Ja, ich komm mit", sagte Clara und schloss sich ihnen an.

Kim und Sophie waren die Einzigen, die sitzen blieben.

„Sag mal, geht es dir wirklich gut?", fragte Kim, sobald sie alleine waren.

„Ja, warum?"

„Du siehst müde aus und Clara hat gemeint, du hast gestern Alkohol getrunken, in der Uni. Ich habe es ehrlich gesagt auch gerochen. Ich sitze neben dir in den Vorlesungen."

„Ja, ich habe einen winzigen Schuss Rum hinzugefügt. Das war nur ein Mal. Mir geht es gut! Macht euch keine Sorgen", beruhigte sie Kim.

Diese sah sie eindringlich an. Sophie wusste, dass sie ihr nicht glaubte. Die anderen kamen mit Kaffee und etwas Kleinem zu essen zurück.

„Ich bin so froh, dass es wärmer ist und wir endlich wieder draußen sitzen", schwärmte Nele und ließ sich ins Gras fallen.

„Die Kantine ist immer so voll und stickig."

Seufzend lehnte sich Kim an einen Baum.

Sie unterhielten sich weiter über Belangloses, doch Sophie hörte kaum zu, starrte stattdessen in die Ferne und hing ihren Gedanken nach. Ihre Freundinnen bemerkten das, sprachen sie aber nicht darauf an.

„Wir müssen los", meinte Kim dann auf einmal,packte ihre Sachen und sah ihre Freunde an.

Alle folgten ihr, nur Sophie blieb sitzen.

„Kommst du?", fragte Kim und stupste sie leicht am Arm an.

„Ja", gab sie genervt von sich. „Geht schon einmal vor, ich muss noch für kleine Mädchen."

Noch bevor die anderen etwas darauf erwidern konnten, war sie verschwunden.

Auf der Toilette sah sich Sophie um, ging sicher, dass niemand außer ihr hier war. Sie holte eine Packung Koks raus und zog es sich durch die Nase. Dann legte sie ihren Kopf in den Nacken und schloss die Augen. Sie liebte dieses Gefühl. Den Rest stopfte sie in ihre Tasche und lief zur Vorlesung. Zum Glück hatte diese noch nicht angefangen.

Kim hatte ihr, wie immer, einen Platz freigehalten. Sie setzte sich neben sie und kurz darauf begann der Dozent die Vorlesung.

Sophie wollte ihr Studium auf keinen Fall schleifen lassen, daher hatte sie einen Block und einen Stift herausgeholt, um fleißig mitzuschreiben.

„Zum Glück war das die Letzte für heute", freute sich Pia.

„Sorry, Leute, aber ich muss los", sagte Nele.

Verwundert sahen sie zu ihr.

„Normalerweise quatschen wir immer ein bisschen oder lernen? Was ist los?", fragte Sophie.

„Ich habe ein Date. Bevor ihr mich jetzt mit Fragen bombardiert, das erzähle ich euch alles morgen." Nele winkte und eilte davon.

„Da sieh einer an."

Pia schien sich für ihre Freundin zu freuen.

„Die hat es gut. Ich hatte seit einer halben Ewigkeit kein Date mehr", jammerte Kim und ließ sich ins Gras fallen.

„Ehrlich gesagt fehlt mir der Sex", sagte Clara.

„Denkst du, mir nicht? Wie ist es bei dir?", fragte Kim.

„Ich hatte lange kein Date, geschweige denn Sex. Wie fühlt es sich noch mal an?", scherzte Sophie.

„Okay, Mädels. Am Wochenende reißen wir ein paar Männer auf", beschloss Kim.

„Da bin ich auf jeden Fall dabei."

Clara war sofort Feuer und Flamme.

„Samstag kann ich", sagte Sophie.

„Klar. Freitag ist bei mir schlecht, da passe ich auf meinen Neffen auf."

„Okay. Zu mir, oder?"

„Dann kommen wir so um acht wieder zu dir?", fragte Kim und sie nickte.

Die Nacht hatte sie mit Koks und Alkohol in einem Club verbracht. Noch in ihren Klamotten legte sie sich ins Bett und schlief augenblicklich ein. Es war schon vier Uhr morgens. In zwei Stunden würde ihr Wecker klingeln, da sie dann zur Uni musste.

Es kam ihr vor, als hätte sie nur fünf Minuten die Augen geschlossen, da riss das Handy sie bereits aus dem Schlaf.

„Fuck, bin ich müde", murmelte Sophie und torkelte ins Bad.

Sie beschloss, sich unter die kalte Dusche zu stellen, um wach zu werden. Das eisige Wasser half, trotzdem nahm sie einen extra starken Kaffee mit.

Der Tag und die nächsten zwei Wochen vergingen zu schnell. Sophie schlief in dieser Zeit kaum. Unter dem Tag besuchte sie die Uni, vertickte Drogen und feierte.

Heute Abend kam ihr Bruder David mit Lou aus Italien zurück und sie waren gemeinsam mit ihren Freunden verabredet. Sophie freute sich darauf, zu hören, wie der Urlaub der beiden war, doch sie hatte auch Angst. Gabe würde da sein. Seit dem Vorfall hatten sie nicht mehr miteinander gesprochen und sie hatte Schiss vor der Begegnung mit ihm.

Sie rannte zur Bar, denn sie war spät dran. Das war bereits zur Normalität für sie geworden.

Sophie betrat die Bar und atmete erst einmal tief durch.

Als sie ein Lachen hörte, das ihr bekannt vorkam, wandte sie sich lächelnd um. Dort saß ihr Bruder David. Bei ihm waren sein bester Freund Liam mit seiner Frau Mary, Valentin, sein Boss, zwei weitere Kollegen, die neu im Team waren, und Gabe.

Sie setzte sich in Bewegung und schlängelte sich durch die Tische hindurch.

„Sorry für die Verspätung. Ich habe total die Zeit vergessen", entschuldigte sie sich und zog ihre Jacke aus.

„Hey", sagte David und stand auf, um sie in den Arm zu nehmen. „Ist kein Problem. Gabe ist auch erst vor zwei Minuten gekommen."

Sophie grinste und begrüßte die anderen. Dann wollte sie sich setzen und erkannte, dass der einzige freie Stuhl neben Gabe war. Obwohl sie sich nichts anmerken ließ, fluchte sie innerlich. Sie hatte vorgehabt, sich so weit wie möglich von ihm wegzusetzen.

„Das hast du davon, wenn du zu spät kommst", murmelte sie so leise, dass nur sie es hören konnte.

Gabe stand auf und umarmte sie. Sie erwiderte die Umarmung und setzte sich dann hin.

„Wie war es in Italien?", fragte Sophie und lächelte Lou an, die ihr gegenüber saß.

„Warm und wunderschön", schwärmte sie. „Ich zeige dir später ein paar Bilder."

„Ich habe dir sogar was mitgebracht", mischte sich David ein.

„Oh, da bin ich aber gespannt."

Aufgeregt klatschte sie in die Hände.

Die Kellnerin kam und nahm die Bestellungen auf.

„Ich nehme ein Bier."

Liam, Gabe und Sophie schlossen sich David an.

Die Bedienung notierte alles und verschwand wieder.

„Was habe ich verpasst?", fragte David und sah erst seine Schwester an, dann seine Kollegen.

„Nicht viel. Uni und Stress", meinte sie locker und zuckte mit den Schultern.

„Oh ja. Wir haben dich die letzten Wochen nicht einmal mehr erreicht", mischte sich Mary in das Gespräch ein. Sie war Liams Frau.

„Ich habe deine Anrufe gesehen und hätte gerne zurückgerufen, aber es ist immer etwas dazwischengekommen", erklärte sie und Gabe sah sie nur schief von der Seite an.

Sie hoffte, dass er ihr Geheimnis nicht ausplauderte.

„Schon okay", beschwichtigte Mary und lächelte sie an.

„David, sei froh, dass du im Urlaub warst. Wir haben durchgearbeitet, bis gestern Abend", übernahm Liam das Wort.

„Das war nicht mehr schön."

„Ich habe mir heute früh kurz die Akten angeschaut. Die Drogendealer …"

„Ernsthaft? Arbeit? Dafür interessieren wir uns nicht. Lass etwas vom Urlaub hören", unterbrach Mary David und er sah sie nur mit einem Lächeln an. Dann warf er seinen Kollegen einen Blick zu, der besagte, dass sie sich später darüber unterhalten würden.

„Italien war atemberaubend. Wir hatten unser Hotel direkt am Strand und es gab unglaublich gutes Essen und Wein", erzählte Lou.

„Habt ihr euch Rom angesehen?", fragte Sophie.

„Ja, es war so schön. Am liebsten würde ich sofort wieder dahin."

„Nächstes Mal nimmst du uns aber mit", scherzte Mary. In dem Moment kam die Bedienung und stellte die Getränke auf den Tisch. Lou nickte ihr zu.

„Prost", stießen sie alle gemeinsam an und unterhielten sich weiter.

Sophie verschwand unbemerkt auf die Toiletten. Sie sah sich um und erkannte, dass sie alleine war, dann holte sie ein kleines Päckchen aus der Hosentasche und zog sich das Koks schnell rein. Sie legte den Kopf in den Nacken und wartete. Die Wirkung ließ nicht lange auf sich warten.

Sie packte ihre Sachen ein und wollte zurück zu den anderen, als Lou ihr an der Tür entgegenkam.

„Hey, alles okay?"

Die Tür schloss sich hinter ihr und in Sophie regte sich ein ungutes Gefühl.

„Klar, ich war nur für kleine Mädchen", log sie und griff nach der Türklinke.

Lou packte sie am Arm und sah sie eindringlich an.

„Du nimmst Koks."

Sophie lächelte verlegen.

„Was? Nein! Wie kommst du darauf?"

„Verkauf mich bitte nicht für blöd. Ich war zehn Jahre von Leuten umgeben, die damit gedealt und es konsumiert haben. Ich erkenne die Zeichen. Du hast Kokain zu dir genommen", meinte sie und sah Sophie forschend an.

„Ja, okay! Ich nehme Koks, aber nur ab und zu", gab sie zu, da Leugnen ihr gegenüber zwecklos war.

„Mein Gefühl sagt mir, dass es schon mehr als gelegentlich ist. Wie oft nimmst du es?"

Lou ließ ihren Arm los, behielt sie im Blick. Sophie wusste nicht, ob sie antworten sollte. Gabe hatte sie ohne Problem belogen und ihre Freunde ebenfalls, doch bei Lou war das eine andere Sache. Sie brachte es nicht über sich. Sie würde ihr die Wahrheit sagen, sollte sie weiterfragen.

In dem Moment wurde die Tür erneut aufgestoßen und Mary trat ein.

„Findet hier eine Party ohne mich statt", scherzte sie.

„Nein", meinte Sophie und Lou sah sie nur an. Bevor sie etwas darauf erwiderte, verschwand Sophie und atmete erleichtert aus, der Situation entkommen zu sein. Sie wusste genau, dass das Gespräch nur aufgeschoben war. Trotzdem setzte sie ein Lächeln auf, als sie sich wieder zu den anderen gesellte.

„Alles okay?", fragte Gabe besorgt.

„Klar! Warum denn nicht?" Eine Weile starrten sie sich nur an, dann schüttelte Gabe den Kopf.

„Ich gehe kurz eine Rauchen, will jemand mit?"

Er sah Sophie eindringlich an.

„Du rauchst? Seit wann?", fragte David erstaunt und zog die Augenbrauen in die Höhe.

„Ich ...", setzte Valentin an, doch als er Gabes Blick sah, wusste er, dass er mit Sophie reden wollte. „... bestell mir ein Bier", beendete er daher den Satz.

„Nur gelegentlich", winkte Gabe an David gewandt ab.

„Frische Luft schadet nicht. Ich gehe mit und leiste dir Gesellschaft", meldete sich Sophie, da sich keiner der anderen bereit erklärt.

Draußen standen sie kurz schweigend nebeneinander.

„Denkst du, ich merke nicht, dass du Koks genommen hast? Sophie, du hast mir gesagt, dass du es unter Kontrolle hast!"

Gabe war richtig sauer auf sie.

„Was ist schon dabei, wenn man es ein paar Mal nimmt? Nichts. Reg dich nicht auf. Ich habe das im Griff."

Sie legte ihm die Hand auf die Schulter.

„Das letzte Mal habe ich die Lügen geschluckt. Jetzt reicht es!", brüllte er sie an und Unverständnis lag in seinem Blick. „Ich habe dein Handy überprüft und dich überwacht. Du nimmst es regelmäßig und dealst sogar. Das sieht mir nicht danach aus, dass du alles im Griff hast", fuhr er leiser fort und entfernte ihre Hand von seiner Schulter.

Sophies Augen vergrößerten sich und sie starrte ihn geschockt an. Sie hatte niemals damit gerechnet, dass er so weit gehen würde.

„Sag mal, spinnst du? Du überwachst mein Handy? Das ist nicht einmal legal!", sagte sie, doch wusste es nicht sicher.

„Ja, auch ich mache Fehler und bin nicht perfekt", brüllte er erneut. „Das alles wäre nicht notwendig, wenn ich mir nicht so verdammt große Sorgen um dich machen würde."

„Es ist mein Leben und meine Privatsphäre. Dich stört, was ich tue? Dann verhafte mich!", forderte sie ihn auf und verschränkte die Arme vor der Brust, hielt aber seinem Blick stand.

„Vielleicht mach ich genau das!", sagte er und trat einen Schritt auf sie zu, um sie einzuschüchtern.

Kurz entglitten Sophie vor Angst ihre Gesichtszüge, bevor sie schnell wieder ihr Pokerface aufsetzte.

„Dein Ernst? Das willst du tun?"

„Von Wollen ist hier nicht die Rede. Du gehst definitiv zu weit, Sophie."

„Bald ist das Semester vorbei und somit auch der Stress und dann wird alles wieder, wie es mal war", sagte sie und redet es sich damit selbst ein.

„Ach ja? Du warst letzte Woche gar nicht in der Uni."

Ihre Augen weiten sich und sie schluckte schwer. Sie brauchte ein paar Sekunden, um diese Information zu verdauen. Er hatte sie wirklich komplett überprüft und überwacht.

„Lass mich in Ruhe."

Sie drehte ihm den Rücken zu.

„Stopp! So einfach kommst du mir nicht davon", sagte er und packte sie am Arm.

„Ach ja, dann leg mir Handschellen an", brüllte Sophie und provozierte ihn mit Absicht.

Gabe fluchte und warf ihr einen bösen Blick zu, der ihr durch Mark und Bein ging.

„Nein, das wäre zu simpel. Ich sage es hier und jetzt David. In deinen Taschen steckt bestimmt noch Kokain, was als Beweis herhält. Wenn nicht, dann tut es auch ein Drogentest."

„Das wagst du nicht", zischte sie.

„Denkst du? Oh doch", stellte er fest.

Sie sah ihm in die Augen und entdeckte Entschlossenheit Sophie gestand sich ein, dass sie den Kampf verlieren würde.

„Okay, was willst du?", fragte sie versöhnlicher.

„Sophie, so geht es nicht weiter. Dein Verhalten wird immer auffälliger. Es zerstört dich."

„Was willst du?", wiederholte sie ihre Frage und zeigte ihm damit klar und deutlich, dass sie kein großes Interesse an der Unterhaltung hatte.

„Ich mache mir Sorgen um dich. Du bedeutest mir viel."

„Ich bedeute dir viel?"

Sie schüttelte ungläubig den Kopf.

„Du drohst mir."

„Ich will dir helfen, nicht schaden", sagte er sanfter.

Er legte ihr die Hand auf die Schulter, streifte sie hastig ab.

„Denkst du, es würde mir Spaß machen, dich zu verhaften oder es deinem Bruder zu stecken wie eine kleine Petze? Nein, darum suche ich das Gespräch mit dir."

Er hob ihr Kinn an, damit sie gezwungen war, ihn anzusehen. „Ich möchte dir helfen, du musst mich nur lassen."

Sie hatte keine andere Wahl, als sein Angebot anzunehmen. Die Alternative wäre um einiges schlimmer und würde sie komplett zerstören, daher nickte sie.

„Okay", willigte sie ein. „Komm morgen Abend zu mir und wir reden über alles. In Ruhe."

Gemeinsam kehrten sie in das Restaurant zurück und setzen sich an den Tisch. Sophie zwang sich ein Lächeln auf, obwohl ihr gar nicht danach zumute war.

„Was war eigentlich los zwischen dir und Sophie?",
fragte David.

Nach einem unterhaltsamen Abend hatte sich das
Wiedersehen der Freunde aufgelöst. Gabe hatte
denselben Heimweg wie David und Lou.

„Nichts. Wir haben uns nur unterhalten", antwortete
Gabe und fuhr sich durch das Haar.

„Ihr habt euch angebrüllt und ich hatte Angst, dass sie
dich erwürgt", widersprach David. „Ihr hattet einen
heftigen Streit. Worüber?"

„Ist nicht so wichtig", winkte Gabe ab.

Er würde Wort halten und Sophies Geheimnis und
ihr Problem bewahren, solange sie sich von ihm helfen
ließ.

„Hör zu, meine Reaktion, als ich erfahren habe, dass du
was mit ihr am Laufen hattest, war nicht die beste und
dafür entschuldige ich mich. Es war den Umständen
geschuldet."

David war stehengeblieben. Gabe erinnerte sich gut
daran, wie sie sich damals angebrüllt hatten. Es hatte
nicht mehr viel gefehlt, dass David ihm eine verpasst
hätte.

„Was, du und Sophie?", fragte Lou geschockt.

Mit großen Augen starrte sie Gabe an.

„Nicht wirklich. Es war nur ein Kuss, mehr nicht. Und
so bleibt es auch", stellte er klar und mied Lous Blick.
Er wusste, dass sie ihm ansehen würde, wie wenig ihm
diese Tatsache gefiel.

„Sophie ist erwachsen und braucht nicht immer einen
Beschützer. Ich misch mich zwischen euch nicht mehr
ein. Das ist alleine eure Sache", sagte David zu ihm.

Er meinte es ernst. Er liebte seine Schwester, doch
akzeptierte, dass sie groß genug war, ihre eigenen
Entscheidungen zu treffen.

„Danke, das bedeutet mir viel." Gabe nickte und gemeinsam setzten sie ihren Weg fort.

„Wir sehen uns dann in zwei Tagen. Genieß die freie Zeit", verabschiedete er sich von David.

„Werde ich."

„Bis bald", sagte Lou und umarmte Gabe kurz.

Er winkte den beiden und lief dann alleine weiter. Nach einigen Metern blieb er stehen und sah in den Nachthimmel. Nach Hause wollte er nicht, denn da wartet nichts auf ihn. Er war zwar erschöpft von der letzten Woche, doch wusste genau, dass er nicht schlafen konnte. Seine Gedanken kreisten immerzu um Sophie und Gabe fragte sich, warum sie so etwas tat. Sie konsumierte Kokain und dealte, damit brachte sie sich in Gefahr und schadete sich selbst.

Gabe war schon lange genug in der Taskforce beim FBI, die sich nur um schwere Entführungen und Drogenbesitz kümmerte, um zu wissen, dass es für Sophie schnell ungemütlich werden konnte.

Er drehte eine Runde durch den Park und achtete nicht auf seinen Weg. Tief atmete er die frische Luft ein und lief ziellos durch die Gegend. Erst als sie Sonne langsam aufging, kehrte er nach Hause zurück und legte sich ins Bett. Schlaf fand er dennoch nicht.

Sophie dachte ununterbrochen an das Gespräch mit Gabe und dies bescherte ihr eine schlaflose Nacht. Sie hatte versucht zu schlafen und nach zwei Stunden aufgegeben. Nun überlegte sie, ob sie eine Runde joggen sollte, doch verwarf den Gedanken schnell wieder. Ein Blick auf ihren Schreibtisch erinnert sie daran, dass sie lernen musste, wenn sie das Semester bestehen wollte. Es war anstrengend und zeitaufwendig, Architektur zu studieren. Trotzdem machte es ihr Spaß, zumindest hatte es das bis vor Kurzem. Inzwischen zweifelte sie, ob es das Richtige für sie war. Es fühlte sich so falsch an. Sie brachte keine Konzentration für das Lernen auf, denn das Einzige, woran sie denken konnte, waren Drogen und Alkohol.

Letztes Semester hatte sie zu einer der Besten gehört und eine Menge Zeit in Lernen und Projekte investiert. Dass dabei kaum Freizeit übrig blieb, war ihr egal gewesen, denn ihre Freunde waren ständig mit ihr an der Uni und lernten genauso. Sophie hatte jede freie Minute mit ihren Freundinnen verbracht und Spaß dabei gehabt. Doch seit der Entführung war alles anders. Sie konnte die Bilder nicht vergessen. Es war zu brutal gewesen und sie spürte noch einmal die Angst, die sie dort durchlebt hatte. Das alles, die Schmerzen, die Erinnerungen und den Stress, hielt sie nicht mehr aus. Das Kokain half ihr dabei. Dass es ein Spiel mit dem Feuer war, wusste Sophie genau.

Die Entführung hatte ihr einen guten Einblick gegeben, wozu die Dealer alles fähig waren. Drogenhandel und Menschenhandel waren nicht weit voneinander entfernt. Sophie verabscheute den Gedanken, dass sie sich da selbst reinbrachte. Auch wenn Kokain das Einzige war, das ihr aktuell half, schrie die Vernunft in ihr, dass dies keine Lösung war. Es verursachte nur Probleme.

Lou hatte sie schnell durchschaut und auch David und die anderen würden nicht mehr lange brauchen, um zu erkennen, dass mit Sophie etwas nicht stimmte.

Sophie ging ins Badezimmer und wusch sich das Gesicht. Dann starrte sie in den Spiegel. Ihre Haut war blass und unter ihren blauen Augen waren deutliche schwarze Ringe zu sehen. Sie erschrak vor sich selbst.

Sie sah aus wie eine wandelnde Leiche. Sophie schaffte es nicht, den Blick abzuwenden, so geschockt war sie.

Ihr Handy erklang und sie nahm es in die Hand, um die WhatsApp-Nachricht zu lesen.

Morgen Abend trainieren? Liam, Mary, Gabe und Lou sind am Start.

Die Nachricht stammte von David. Das letzte Training war bereits länger her, also schrieb sie ihm zurück, dass sie sich das nicht entgehen lassen würde. Dann packte sie das Handy wieder weg und widmete sich wieder ihrem Spiegelbild. Sie brauchte immer mehr Zeit, um ihre Augenringe und den Schlafentzug zu überschminken. Weil sie jetzt keine Lust hatte, sich hübsch zu machen, beschloss sie, daheimzubleiben. Sophie hatte nicht vergessen, dass Gabe heute Abend vorbeikommen wollte. Bis dahin dauerte es noch eine Weile. Sie setzte sich auf den Fußboden und starrte in die Leere.

Ihre Wohnung war klein, umfasste nur vierzig Quadratmeter. Doch diese reichten ihr komplett aus. Sie hatte ein Bad, ein Schlafzimmer und eine Küchenzeile mit angebundenem Wohnzimmer.

Den Kopf gegen die Badewanne gelehnt spürte Sophie, wie ihre Hände zu zittern anfingen. Seit gestern hatte sie kein Koks mehr genommen. Sie atmete tief durch und beschloss, es sein zu lassen.

Schon jetzt vermisste sie das Gefühl, das ihr das Kokain verschaffte. Sie spürte den Drang, es zu nehmen, unterdrückte ihn aber mit aller Kraft. Mit zitternden Knien lief sie zu ihrem Sofa und legte sich hin, starrte die Decke an. Die Müdigkeit übermannte sie mit solcher Gewalt, dass sie nicht einmal mehr einen gescheiten und vollständigen Gedanken formulieren konnte. Sophie schloss die Augen und die Bilder ließen nicht lange auf sich warten.

Sofort sah sie, wie das Mädchen vergewaltigt wurde.

Wie Lou ihre Schläge einsteckte und die Männer sie lüstern ansahen. Sie hatte Glück gehabt und Lou hatte sie beschützt, doch es machte ihr trotzdem zu schaffen.

Schnell öffnete sie die Augen wieder und merkte, dass ihr der Schweiß über die Stirn lief. Ihre Atmung hatte sich beschleunigt. Sie richtete sich auf, stützte ihre Arme auf die Oberschenkel und hielt sich den Kopf. Sie hatte es unbeschadet überlebt und war dankbar dafür, doch die Eindrücke waren zu erschütternd. Bis zu jenem Tag hatte sie nie etwas derart Schlimmes gesehen oder angestellt. Sie war immer die liebe und brave Sophie gewesen. Nun erkannte sie sich selbst nicht mehr wieder und hatte keine Ahnung, wie sie diesem Alptraum entkommen sollte. Sie wusste nicht, wie Lou es geschafft hatte, zehn verdammte Jahre in dieser Hölle durchzuhalten. Für Sophie waren es nur ein paar Tage gewesen und die hatten gereicht, um sie zu zerstören.

Sie hatte ein Problem und es war an der Zeit, das zu akzeptieren. Ihr war es nicht recht, aber Etwas daran ändern konnte sie auch nicht. Lou und Gabe wussten davon und Leugnen brachte bei den beiden nichts mehr. Lou würde sie erneut darauf ansprechen, aber es dann hoffentlich dabei belassen. Bei Gabe war sie sich sicher, dass er sich nicht abwimmeln lassen würde. Sie genoss die Nähe zu ihm und mochte ihn. Doch er war einer von Davids besten Freunden und gute zehn Jahre älter als sie. Sie dachte an den Kuss, der eine Ewigkeit zurückzuliegen schien. Sie hatte damals eine Menge Alkohol und Koks intus gehabt. Ihre Hemmschwelle war verschwunden und Gabe da gewesen. Er hatte sie geküsst, was sie ihm aber nicht übelnahm, so wie sie davor getanzt hatten.

Schnell verwarf sie diese Gedanken und stand auf, um sich zurechtzumachen. Er sollte sie nicht in diesem Zustand sehen. Sie schämte sich dafür.

Sie verbrachte länger als nötig unter der Dusche, da das warme Wasser auf ihrer Haut guttat. Die Zeit vergaß sie dabei komplett. Sie schnappte sich ein Handtuch und genau in dem Moment klingelte es. Hastig trocknete sie sich ab, wickelte sich das Handtuch um und rannte zu Tür.

Dort war er mittlerweile zum Klopfen übergegangen.

„Ja, ich komm ja schon", rief sie und warf einen kurzen Blick durch ihren Spion, bevor sie die Tür öffnete.

„Sorry, ich war unter der Dusche. Gib mir ein paar Minuten."

Sofort drehte sie Gabe den Rücken zu, da es ihr peinlich war, dass er sie so sah. Sie spürte seinen Blick in ihrem Rücken.

„Okay", brachte er hervor und Sophie verschwand ins Bad.

Sie schnappte sich ihr Klamotten und schlüpfte hinein. Ihre Wahl war auf einen grünen Pulli und eine Skinny Jeans gefallen. Am Spiegel angekommen starrte sie sich selbst an. Sie trug Conditioner auf und Make-Up und Wimperntusche. Die Augenringe waren zwar immer noch zu sehen, sahen aber nicht mehr allzu schlimm aus. Sie kämmte sich die Haare, ließ sie aber nass und trat dann zu Gabe.

„Willst du etwas trinken?", bot sie ihm an.

„Eine Cola, bitte." Er hatte sich auf dem Sofa niedergelassen, während er gewartet hatte, und stand auf.

Sophie lächelte ihn an und lief in die Küche, wohin er ihr folgte. Sie schenkte sich selbst ein und reichte Gabe sein Glas. Dann lehnte sie sich an den Tresen und sah ihn an. Sie wusste, dass sie darüber reden mussten, ansonsten würde er nicht lockerlassen. Doch sie wünschte sich, dass es schon vorbei wäre.

„Du siehst nicht gut aus", durchbrach er das Schweigen und trank einen Schluck.

„Danke für das nette Kompliment", scherzte sie.

„Ich mein das nicht böse. Du hast deutliche Augenringe und wirkst erschöpft."

„Ja, ich schlafe zurzeit nicht gut. Ist nur eine Phase", meinte sie und stellte ihr Glas neben seins.

„Sophie, fang nicht wieder damit an. Tu nicht so, als ob alles okay wäre, denn das ist es nicht."

„Ach ja, woher willst du das wissen? Mein Studium ist immerhin ein Fulltime-Job, da ist das gar nicht mal so abwegig. Es ist verdammt viel, was man an Leistung erbringen muss. Außer Lernen stehen Projekte an, die ich mit anderen erstelle. Das kostet Zeit und Energie."

„Das glaube ich dir sogar, aber du schwänzt die Uni und meine Vermutung ist, dass du hinterherhinkst. Sophie, so geht es nicht weiter. Du schläfst nicht, nimmst Drogen und leidest definitiv unter Schlafentzug. Lass mich dir helfen", sagte er und trat näher an sie heran.

„Wie willst du das anstellen? Dass Kokain gefährlich ist, weiß ich, und ich will auch damit aufhören, nur noch nicht jetzt. Was ich brauche, ist Zeit. Es wird sich alles regeln", bettelte sie ihn an.

„Nein. Koks ist illegal und nicht ohne Grund. Hast du dir schon einmal Gedanken darüber gemacht, was das für deinen Körper bedeutet? Welche Schäden du dir damit selbst hinzufügst? Drogen sind keine Lösung, sie schaffen nur mehr Probleme."

Gabe zeigte sich unnachgiebig.

„Ach echt? Das wusste ich gar nicht", brüllte sie ihn an. „Ich bin nicht bescheuert, es ist mir bewusst, dass sie gefährlich sind und man schnell eine Überdosis zu sich nehmen kann. Ob du es glaubst oder nicht, ich habe mich über die Folgeschäden informiert. Ich brauche es nur, bis es mir wieder besser geht."

„Hörst du dir überhaupt zu? Du bettelst so sehr um die Drogen und redest dir ein, dass du bald aufhörst, doch das macht alles nur schlimmer. Hör sofort damit auf!"

Seine Stimme wurde lauter und er starrte sie böse an. Ihr lief es kalt den Rücken runter, denn ihr war klar, dass er das ernst meinte und nicht locker lassen würde. Dieses Gespräch würde nicht gut für sie ausgehen. Egal, was sie sagte, an seiner Meinung würde sich nichts mehr ändern.

„Gabe, ganz ehrlich. Es ist mein Leben. Ich verstehe ja, dass du mir helfen willst, weil Freunde das so machen, aber ich brauche deine Hilfe nicht."

„Okay, wir drehen uns hier definitiv im Kreis."

Sie sagte nichts, verschränkte die Arme nur vor der Brust.

„Du hörst auf mit dem Dealen und dem Konsum sämtlicher Drogen", warnte er sie.

„Sonst was? Petzt du es meinem Bruder? Na, dann los, worauf wartest du?"

„Nein, ich steck dich in eine Zelle und klage dich wegen Drogenbesitzes an! So wirst du auf Zwangsentzug geschickt. Nicht nur David hat Kontakte, ich ebenfalls", drohte er ihr und sein Entschluss stand fest. „Wir können das auf die harte oder weiche Tour machen. Das ist allein deine Entscheidung."

Er verzog kurz sein Gesicht und Sophie konnte es nicht genau deuten.

„Zu oft in meiner Laufbahn als FBI-Agent habe ich gesehen, was Drogen mit einem Menschen anstellten. Eine Entgiftung wird nicht leicht und ich verfügte nicht über ausreichend medizinisches Wissen, doch das besorge ich."

„Gabe, das ist nett. Ich bin nicht die Jungfrau in Nöten, die gerettet werden muss", meinte Sophie.

„Entscheide dich jetzt! Eine andere Wahl gewähre ich dir nicht", stellte er klar und verschränkte ebenfalls die Arme vor der Brust.

Sophie sah ihn geschockt an. Sein Blick sagte ihr, dass er nicht nachgeben und dabei bleiben würde. Auf eine Anklage und Zelle hatte sie wenig Lust, aber wusste nicht, wie sie es schaffen sollte, aus alldem wieder herauszukommen. Ihr war bewusst, dass ihre Psyche und ihr Körper nach Koks verlangten. Der Entzug würde nicht leicht für sie werden.

Verzweifelt fuhr sie sich durch die feuchten Haare und fluchte leise. Gabe ließ sie dabei nicht aus den Augen. Er gab ihr Zeit, über alles nachzudenken, denn er stellte sie vor die Wahl und wollte sie nicht drängen.

„Warum tust du das?", fragte sie, blieb stehen und sah ihn an.

„Was meinst du genau?", wollte er wissen.

„Wieso machst du das? Du kommst her und stellst mir ein Ultimatum und zwingst mich, deine Hilfe anzunehmen! Warum kannst du mich nicht einfach damit alleine lassen?"

„Denkst du wirklich, so etwas werde ich tun? Du bist mir wichtig und wir sind gute Freunde geworden. Deshalb bin ich hier. Ich ertrage es nicht, mitanzusehen, wie du dich selbst zerstörst. Du bist komplett am Ende und ich habe Angst, dass du jeden Moment zusammenbrichst. Mag sein, dass du das Spiel gut beherrschst und den anderen vorspielen kannst, dass es dir gut geht, doch ich weiß, dass dem nicht so ist."

„Ich will keine Anklage und nicht in die Zelle. Also machen wir es auf deine Tour. Ich habe nur keine Ahnung, wie die aussehen sollen. Denkst du, ich kann so von heute auf morgen aufhören zu dealen und Koks zu nehmen und danach ist alles wieder gut?", fragte sie ihn.

„Nein. Ich glaube, es wird ein harter Weg, bis es dir besser geht. Aber so wie es jetzt ist, kann es nicht weitergehen."

Sie drehte ihm den Rücken zu und dachte nach. Er hatte recht mit dem, was er sagte. Es gefiel ihr nur nicht. Sophie atmete tief durch und wandte sich ihm dann zu.

„Wie geht es jetzt weiter? Rufst du stündlich an? Machst du Kontrollbesuche, so dreimal am Tag, oder wie?" Sie hatte keine Ahnung, wie sein Plan aussah.

Diese Fragen stellte er sich ebenfalls. Er wusste nur, dass er ihr helfen wollte. Er hatte sich die zwei Möglichkeiten überlegt, aber wie es danach weitergehen sollte, soweit war er noch nicht.

„Ich gebe dir nicht vor, wie du es schaffen wirst, das musst du schon selbst wissen, aber ich bin hier, um dir zu helfen. Ich stehe dir bei. Doch wenn du mir etwas vorspielst, sitzt du ganz schnell in einer Zelle", warnte er sie und Sophie wusste, dass sie aus dieser Nummer nicht wieder rauskam.

„Okay."

Eine Weile sagte keiner von beiden etwas, sie starrten sich einfach nur an.

„Ich weiß nicht, ob ich es schaffen kann", gab sie ehrlich zu.

„Ich helfe dir dabei", versicherte Gabe ihr.

„Danke."

Sie nickte ihm mit einem Lächeln zu.

„Ich glaube, ich wäre jetzt dann gerne wieder allein."

„Gut, vorher will ich das Kokain haben", meinte er und hielt ihr die Hand hin.

Fassungslos starrte sie ihn an, auch wenn es nicht überraschend kam. Sie kannte Gabe gut genug, um zu wissen, dass er das verlangen würde. Er vertraute ihr, wollte aber auf Nummer sicher gehen. Sie verzog das Gesicht und ging ins Schlafzimmer, holte das Koks hervor und übergab es ihm.

„Ist das alles?", fragte er auf die fünf Packungen.

Sie nickte und er glaubte ihr.

„Schau mich nicht so an. Ich mache das hier nicht, um dir zu schaden", meinte er und ihm war sein schlechtes Gewissen anzusehen.

„Ich weiß."

„Wenn etwas ist, ruf mich an und ich komm zu dir. Wir schaffen das", sagte er und legte ihr eine Hand auf die Schulter.

„Da bin ich mir nicht so sicher", gestand sie ihm.

Er trat näher an sie heran und nahm sie in den Arm. Sie erwiderte seine Umarmung.

„Bis dann", verabschiedete er sich und ging.

Sophie blieb im Schlafzimmer stehen und starrte ihm einfach nur nach. Kurz darauf hörte sie die Tür zufallen und wusste, dass er weg war.

Auf der einen Seite war sie dankbar dafür, dass er versuchte, ihr zu helfen, doch auf der anderen hatte sie nicht darum gebeten. Sie wollte kein Problem sein. Für niemanden. Sie war derart verzweifelt, dass sie sich auf ihr Bett fallen ließ und die Decke anstarrte. Sie schloss die Augen und dachte nach. Es konnte so nicht weitergehen, das wusste sie, und in diesem Augenblick beschloss sie, es zu schaffen. Sie würde clean werden und ihr Leben wieder in den Griff bekommen. Das würde alles andere als einfach werden, daher war sie froh, Gabe an ihrer Seite zu haben. Sie schätzte ihn für seine Art, dass er ihr eine Wahl gelassen hatte und nicht über ihren Kopf hinweg bestimmte, was zu tun war. Sie war ihm unglaublich dankbar, dass er gegenüber ihrem Bruder dichthält. Sollte er davon erfahren, würde er vor Wut kochen und enttäuscht von ihr sein. Mit diesem Gefühl konnte sie nicht umgehen. Dafür hat sie zu hart gearbeitet, dass jeder sie als stark ansah. Sie wollte nur, dass David und ihre Familie stolz auf sie waren, strebte nach Anerkennung und Lob, und genau in diesem Augenblick fragte sie sich, wofür sie so gekämpft hatte. Sie war nicht glücklich und zweifelte, ob sie es je wieder sein konnte. Sie hasste es, von den Drogen abhängig zu sein und merkte, wie sie sich immer mehr veränderte und das nicht zum Positiven.

Sie schnappte sich ihr Handy und rief Jim an.

„Was gibts?", meldete er sich.

„Ich bin raus", meinte sie nur.

„Okay, machs gut."

Im nächsten Moment war die Leitung schon unterbrochen.

Sophie atmete durch. Sie fühlte sich so leer und war so unglaublich müde. Trotzdem konnte sie nicht schlafen. Sobald sie die Augen für längere Zeit schloss, kam alles wieder hoch.

„Verdammt, so kann es doch nicht weitergehen", murmelte sie und sprang auf.

Aufgeregt lief sie in ihrem Zimmer auf und ab.

Es vergingen zwei Woche, in denen sie gar nicht schlief und keine Drogen nahm. Gabe und David riefen jeden Tag an. Sie wollte Gabe nicht sehen, da sie ihm die

Schuld für ihren Zustand gab. Zwar wusste sie tief im Inneren, dass er nichts dafür konnte, doch es war leichter für sie, ihm die Schuld zu geben, als sich selbst. Daher blieben sie beim Telefonieren. Sophie verließ ihre Wohnung nur, wenn es unbedingt notwendig war, denn sie litt unter Schweißausbrüchen und Panikattacken. Nahrung konnte sie kaum im Magen behalten. Erst seit gestern war es ein wenig besser. Sie konnte wieder eine ganze Mahlzeit zu sich nehmen und die Schweißattacken hatten abgenommen.

Natürlich war sie in diesem Zustand nicht in der Uni gewesen. Kim schickte ihr die Unterlagen und Sophie entschuldigte sich damit, dass es ihr nicht gut ging und sie einen schlimmen Virus hatte.

Ihr Handy riss sie aus der Träumerei. Sie hob ab, ohne zu prüfen, wer an der anderen Leitung war.

„Hey, ich bin es, Lou. Hast du Lust, einen gemütlichen Nachmittag zu verbringen und danach zum Training zu gehen?", fragte Lou und Sophie lächelte.

„Klar, gerne. Zu dir oder mir?"

„Ist mir gleich."

„Gut, dann zu dir. Ich will deine eingerichtete Wohnung sehen", freute sich Sophie und war schon dabei, sich die Schuhe anzuziehen.

Erst an der Tür bemerkte sie, dass sie ihre Sportsachen für später einpacken musste.

„Gut, bis gleich", legte Lou auf.

Sie hetzte ins Schlafzimmer und holte ihre Sporttasche hervor, die zum Glück wie immer bereit lag.

Sophie schnappte sich Jacke, Schlüssel und Handy und machte sich auf den Weg. Sie hatte die Wohnung von Lou erst einmal gesehen und das war kurz nach ihrer Entführung gewesen. Überall hatten Kartons und nicht aufgebaute Möbel gestanden. David und seine

Freunde hatten ihr dabei geholfen. Inzwischen musste sie komplett fertig und eingerichtet sein. Lou wohnte nicht weit weg und somit klingelte sie schon ein paar Minuten später an der Tür.

„Hey, komm rein", begrüßte Lou sie und umarmte sie.

Sophie erwiderte die Umarmung, zog sich dann gleich ihre Schuhe aus. Sie trat ein und hinter ihr schloss sich die Tür, doch dies ignorierte sie, denn sie war zu gespannt auf die Einrichtung.

Sie sah sich in Ruhe um und stellte fest, dass es schön dekoriert war.

„Willst du was trinken?", fragte Lou und ging mit ihr in die Küche.

Augenblicklich musste sie lächeln. Am Kühlschrank waren überall Fotos von David und ihren gemeinsamen Freunden angebracht. Ein Bild stach ihr besonders ins Auge. Auf dem waren sie alle zu sehen. Gabe stand neben Sophie und hatte einen Arm um ihre Hüften gelegt. Sie wusste genau, wann es aufgenommen worden war: An dem Tag, bevor Lou und David in den Urlaub geflogen waren. Sie hatten trainiert und waren danach wie gewohnt essen gegangen. Vor dem Restaurant hatten sie einen Passanten gefragt, sie abzulichten. Sophie starrte das Foto einfach nur an und konnte kaum ihren Blick davon abwenden.

„Erde an Sophie!", riss Lou sie aus ihrer Starre.

„Sorry, was hast du gesagt?", fragte sie.

„Was willst du trinken?"

„Cola", antwortete sie und sah sich weiter um.

Lou hatte einen schönen Geschmack und er ähnelte ihrem. Sie ging zurück ins Wohnzimmer, wo auf der Fensterbank ein paar Blumen standen.

„Hat David sie dir geschenkt?", fragte sie und deutete auf die Vasen.

„Nein, sind selbstgekauft. Ich muss dazu sagen, sie sind künstlich. Echte würden bei mir nur eingehen. Denke ich zumindest", gestand Lou mit einem Lächeln und hielt Sophie ihr Glas hin.

„Warum denn? Kannst es ja mal ausprobieren", meinte sie und setzte sich aufs Sofa.

„Ich habe Angst, dass sie kaputt gehen."

„Na und, dann musst du sie wegschmeißen. Ich habe schon etliche Blumen eingehen lassen. Ist doch nichts Schlimmes dabei."

„Ja, mal schauen."

Ihr Blick fiel auf Sophies Tasche.

„Du hast deine Sportsachen mitgenommen."

„Ja, so spare ich Zeit und wir können gleich los. Ich habe gehört, du fängst ab nächster Woche an, deinen Highschool-Abschluss nachzuholen?", erkundigte sich Sophie.

„Ja, David hat mir geholfen, mich dort anzumelden. Einen Tag vor unserem Urlaub habe ich die Zulassung dafür bekommen."

Lou freute sich sichtlich darüber.

„Das ist doch gut. Wenn du Hilfe brauchst, kannst du gerne zu mir kommen", bot sie an.

Lou nickte und lächele sie zögerlich an. Dann schwieg sie und sah Sophie nur an. Sie musste das Zittern ihrer Hände und die überdeutlichen Augenringe bemerkt haben. Sie sah fast schon wie ein Geist aus. In den zwei Wochen hatte Sophie einiges abgenommen.

„Du siehst nicht gut aus", brach Lou das Schweigen.

„Ja, ich weiß. Fang du nicht auch noch damit an", meinte Sophie genervt und legte den Kopf in den Nacken.

„Ich habe gesehen, dass du Drogen genommen hast. Du konsumierst Koks und so wie du aussiehst, machst du gerade einen Entzug durch", stellte Lou fest und betrachtet sie mit kritischem Blick.

„Ja, und?", fragte Sophie, während sie nur an die Wand starrte.

„Rede mit mir. Lass dir helfen."

„Das ist nett von dir, aber ich glaube, das muss ich alleine schaffen."

Nun sah sie ihr direkt in die Augen. Lou sah gut aus. Ihre blasse Haut hatte einiges an Farbe dazubekommen und so machte sie einen komplett zufriedenen Eindruck. Sie wirkte glücklich.

„Das musst du nicht. David und die anderen und ich sind für dich da", sagte sie und lächelte sie schüchtern an.

„Danke."

„Keine Sorge, ich habe es deinem Bruder nicht erzählt. Er ahnt nicht, dass du Koks nimmst. Ehrlich gesagt will ich es ihm ungern erzählen", gestand Lou ihr.

„Danke. Ja, es ist besser, wenn er davon erst einmal nichts erfährt. Gabe weiß es und er hilft mir, auf seine Art und Weise", sagte sie und legte die Füße aufs Sofa.

„Was meinst du damit?", fragte Lou mit hochgezogenen Augenbrauen.

„Er und das Team haben eine Razzia gemacht. Das Ziel waren ein paar Drogendealer, die sie hochnehmen wollten. David und du wart in Italien. Gabe hat mich erwischt und laufen lassen, doch er forderte eine Erklärung von mir, was das sollte. Ich konnte ihn nicht anlügen. Er hat mich durchschaut", erzählte sie ihr.

Sie mochte Lou und vertraute ihr.

„Das war für ihn bestimmt nicht schwer. Er und die anderen sind Polizisten, die jeden Tag mit so etwas konfrontiert werden. Ich bin mir nicht sicher, ob du das vor David verheimlichen kannst."

„Ja, ich habe total vergessen, mich zu schminken. Ich habe eine Woche nicht das Haus verlassen."

„Komm mit ins Bad, ich richte dich wieder her", sagte Lou und stand auf.

Sophie lächelte sie an und folgte ihr dann.

Lou schminkte sie und währenddessen sagte keiner der beiden etwas. Sophie ließ es über sich ergehen und Lou versuchte angestrengt, alles zu überdecken, damit sie wieder anständig aussah. Am Ende atmete sie erleichtert aus. Für einen normalen Look hatte sie gut eine Stunde gebraucht.

Sophie blickte in den Spiegel. Lou hatte gute Arbeit geleistet. Besser hätte sie es nicht hinbekommen.

„Das hat du perfekt gemacht."

„Ja, man lernt sowas schnell", sagte Lou und lehnte sich gegen die Wand. „Wenn du darüber reden willst, was damals während unserer Entführung passiert ist, bin ich da."

Sophie drehte sich zu ihr um und lächelte sie an.

„Danke, das ist nett, doch ich glaube, du hast genug eigene Probleme, da will ich dich nicht mit meinen belasten. Du hast Schlimmeres durchgemacht. Ich habe kein Recht dazu, mich bei dir auszukotzen und dir was vorzujammern."

„Darum geht es nicht. Ich bin deine Freundin und will dir helfen", stellte Lou klar.

„Ich bin dir dankbar für die angebotene Hilfe. Es fühlt sich für mich nur nicht richtig an, mit dir darüber zu reden. Ich war ein paar Tage dort und du musstest das alles zehn Jahre lang mitansehen und durchleben."

„Ja, das mag sein, aber denkst du, mir ging es am Anfang gut damit? Nein, ich war in derselben Situation wie du. Ich habe etliche Drogen genommen, die schlimmer waren als Koks, habe eine Menge Alkohol getrunken, um alles in mir zu betäuben. Doch dann habe ich Freunde dort gefunden und wieder Hoffnung geschöpft, daher habe ich damit aufgehört. Es war schwer. Glaub mir, wenn ich dir sage, dass du mit mir über alles reden kannst", beruhigte sie Sophie.

„Redest du darüber mit David?"

„Nein, mit David nicht. Aber ich mache eine Therapie und gehe zum Psychologen, zwei Mal die Woche. Es hilft", antwortete sie. „Mir helfen auch immer die Trainingsstunden mit euch. So lerne ich Selbstverteidigung und fühle mich sicherer."

„Ja, Selbstverteidigung ist gut und ich liebe unsere gemeinsamen Trainingsstunden. Danke für dein Angebot mit dem Reden, aber Gabe versucht mir erst einmal zu helfen."

„Das hast du vorhin schon erwähnt. Was meintest du damit, auf seine Art?"

„Na ja, er hat nach der Razzia das Gespräch gesucht und wollte eine Erklärung. Er hat mir gedroht, es David zu beichten, wenn ich nicht damit aufhöre", begann sie.

„Mein Versuch, ihm zu versichern, dass es nur vorübergehend ist, scheiterte. Er glaubte mir nicht, darum hat er mich gezwungen, eine Entscheidung zu treffen."

„Er droht dir?", fragte Lou mit großen Augen.

„Na ja, nicht ernsthaft. Er will mir nur helfen und ich kann ihn gut verstehen. Ich an seiner Stelle würde dasselbe für ihn machen."

„Wie hat er dich erpresst?", hakte sie nach.

„Nenn es nicht Erpressung. Er hat mir die Wahl gelassen. Eine Möglichkeit war es, dass ich in einer Zelle lande und er mich somit auf Zwangsentzug steckt. Die andere war, dass er mir dabei hilft und wir gemeinsam einen Weg finden."

Lou nickte. „Es ist schon hart, dass er dir droht, dich in eine Zelle zu stecken."

„Na ja, ich habe die Drogen nicht nur eingenommen, sondern auch verkauft. Ich habe die Uni vernachlässigt und seit der Entführung nicht mehr durchgeschlafen." Damit sprach Sophie zum ersten Mal die Wahrheit komplett aus. Das war nicht einfach, doch sie fühlte sich danach erleichtert, das zuzugeben. Sie gestand sich ein, dass sie ein Problem hatte und sich etwas ändern musste.

Lou erwiderte nichts, starrte sie nur mit großen Augen an.

„Du weißt, wie gefährlich diese Kerle werden können. Sie gehen meistens über Leichen, um das zu bekommen, was sie wollen", sagte Lou geschockt.

„Ja. Koks ist teuer und ich brauchte das Geld, um mir die Drogen finanzieren zu können. Es fühlt sich so an, als würde mein Leben zusammenfallen wie ein kleines, unstabiles Kartenhaus."

„Du bist nicht allein. Ich bin für dich da und helfe dir, da wieder rauszukommen. Doch zuerst musst du mit dem Dealen aufhören", meinte Lou mit ernster Miene.

„Habe ich schon. Es war nur ein Anruf, um klarzustellen, dass es vorbei ist", sagte sie.

„Gut. Mit diesen Kerlen ist nicht zu spaßen, glaub mir." Besorgt sah sie zu Sophie.

„Ja, ich weiß, aber ich schaffe das alleine. Na ja, mehr oder weniger, da Gabe mir hilft."

„Wichtig ist erst einmal, dass du wieder schläfst. Schlafmangel ist nicht zu unterschätzen."

„Jeden Abend versuche ich es und dann tauchen die Bilder erneut auf. Es ist wie eine Dauerschleife, die abläuft, und ich kann sie nicht stoppen", erzählte Sophie und bevor sie etwas darauf erwidern konnte, klingelte

Lous Handy. Sie holte es aus ihrer Hosentasche und ging ran.

„Hey. Sophie ist bei mir. Wir kommen gleich runter", sagte sie und legte schon wieder auf. „David steht unten."

Sophie nickte und erhob sich.

„Diese Dauerschleife verschwindet irgendwann. Lass deine Augen geschlossen und versuche, dich auf etwas anderes zu konzentrieren. Ich habe es damals geschafft, diese Bilder mit Hoffnung zu überwinden. Ich habe mir ausgemalt, wie mein Leben ist, wenn ich das alles überstanden habe. Wenn du willst, kannst du gerne bei mir übernachten und ich helfe dir dabei", bot ihr Lou an und packte gleichzeitig ihre Sachen.

Sophie sah sie an und dachte über den Vorschlag nach.

„Danke, ich werde es mir überlegen", sagte sie und nickte, dann nahm sie ihre eigene Tasche und gemeinsam gingen sie zu David.

4. Kapitel

„Ich schlage vor, wir laufen sechs Runden, um warm zu werden", verkündete Liam und jeder war damit einverstanden.

Normalerweise war dies ein Leichtes für Sophie, denn das war ihre tägliche Dosis Sport. Doch heute fühlte es sich an wie die Hölle. Sie war auf Entzug und ihr Körper brannte innerlich. Nur mit Mühe schaffte sie die Runden und als sie fertig waren, war sie völlig außer Atem. Sie stützte sich auf ihren Knien ab und versuchte ihre Atmung zu normalisieren. Es gelang ihr nicht und sie ließ sich zu Boden sinken. Sie schwitzte übermäßig und alles in ihr brannte und schrie nach Ruhe.

„Alles okay bei dir? Sonst hast du damit keine Probleme", sagte David und sah sie besorgt an.

Sophie richtete sich auf und erwiderte seinen Blick. Ihr fiel das Atmen schwer und es ließ einfach nicht nach.

„Ja, hatte letzte Woche eine Erkältung und bin nicht so fit wie sonst. Ich muss nur mal für kleine Mädchen", entschuldigte sie sich und verschwand.

Sophie schloss die Tür der Umkleide und ließ sich langsam zu Boden gleiten. Ihre Beine und Hände zitterten und es wurde immer schlimmer. Sie bekam es nicht mehr unter Kontrolle. Ihr Körper sehnte sich nach Koks und sie kämpfte gegen das Verlangen an. Sie atmete ein letztes Mal tief durch und ging dann wieder zu den anderen. Auf dem Flur kam ihr Gabe entgegen.

„Alles okay bei dir?", fragte er sie.

„Nein! Was denkst du denn?", schnauzte sie ihn an und ging an ihm vorbei.

Er biss sich auf die Lippe und ging dann ebenfalls zur Toilette, ohne Sophie hinterherzusehen.

Als sie zurückkam, waren die anderen schon dabei, gemeinsam zu trainieren. Sie sah sich um, doch es war kein Partner mehr frei. Das bedeutete, dass sie mit Gabe üben musste.

Mary trainierte mit Lou und brachte ihr weitere Griffe bei, während Liam und David gegeneinander boxten und sich auspowerten. Sie lieferten sich einen echten Kampf.

„Wollen wir?", ertönte eine Stimme neben ihr und Sophie drehte genervt den Kopf und funkelte Gabe böse an.

Dann machte sie eine Handbewegung, die ihm zu verstehen gab, dass sie anfangen konnten. Er musterte sie für einen Moment und schon begann der Kampf. Augenblicklich stieg Wut in Sophie auf. Sie war wütend auf Gabe, dass er das mit ihr anstellte, fühlte sich hundsmiserabel und schwach. Ihr Körper brannte und zitterte und das Gefühl raubte ihr die Luft zum Atmen. Dass sie so empfand, war allein seine Schuld, denn er zwang sie dazu. Sie unterbrachen den Kampf für eine Sekunde, um kurz durchzuatmen. Doch keiner der beiden ließ den anderen aus den Augen. Dann griff Sophie erneut an und Gabe wich dem Schlag geschickt aus. Dies steigerte ihre Wut und sie ging aggressiver auf ihn los. Er merkte das sofort und tat es ihr gleich.

Dass ihre Freunde mittlerweile aufgehört hatten und ihnen zusahen, bemerkten weder Gabe noch Sophie. Beide waren zu vertieft in den Kampf und so beschäftigt mit dem anderen, dass sie alles um sich herum ausblendeten.

Ihre Wut stieg und sie war nicht mehr in der Lage, sich zu zügeln. Sophie beschleunigte ihr Tempo und plötzlich konnte man ein lautes Klatschen hören.

Geschockt starrten alle sie an und Sophie brauchte einen Moment, bis sie erkannte, was passiert war. Ihre geballte Faust hatte genau sein Auge getroffen. Von Wut getrieben, hatte sie komplett vergessen, wie sie trainieren sollte, und war einfach unbedacht auf ihn losgegangen.

Damit hatte Gabe nicht gerechnet, auch wenn er die Anzeichen bei ihr gesehen hatte. Sophie zitterte und ihre Augenlider flackerten immer wieder. Sie wirkte durcheinander und ihre Atmung ging unregelmäßig. Er hatte sich extra zurückgehalten, um ihr das Training nicht schwerer zu machen, als es ohnehin schon für sie war.

Als Sophie endlich realisierte, was sie getan hatte, schlug sie die Hände vor das Gesicht und sah ihn geschockt an.

„Tut mir leid, das war keine Absicht", brachte sie hervor.

Er nickte und nahm ihre Entschuldigung somit an, dann sah er zu seinen Freunden, die ihn fragend musterten.

„Alles gut. Ist halb so wild."

Er fasste sich mit einer Hand vorsichtig an das Auge, konnte aber keine schlimmere Verletzung spüren. Bis morgen früh würde wahrscheinlich ein dickes Veilchen daraus werden.

„Ist alles gut bei dir?", fragte David und trat näher an ihn heran.

Dabei warf er einen kritischen Blick auf sein Auge.

„Ja. Für mich war es das heute."

Während er sprach, nahm er seinen Blick nicht von Sophie, die ihn immer noch anstarrte. Dann setzte er sich in Bewegung und schnappte sich seine Sachen.

„Du musst doch nicht gehen", meinte Mary.

„Ich habe für heute genug. Bis dann."

Bevor jemand etwas darauf erwidern konnte, war Gabe schon verschwunden. Eine Weile starrten sie ihm, ohne ein Wort zu sagen, hinterher.

Sophie hatte keine Lust, mit ihrem Bruder und ihren Freunden essen zu gehen, daher verabschiedete sie sich von ihnen und machte sich auf den Weg nach Hause.

Sie lief die Straßen entlang und achtete dabei gar nicht mehr auf den Weg. Immer wieder ließ sie sich die Szene durch den Kopf gehen, wie ihre Faust in Gabes Gesicht gelandet war. Ihr schlechtes Gewissen verstärkte sich, umso länger sie darüber nachdachte. Sie verspürte den Drang, sich bei ihm zu entschuldigen. Wo er wohnte, wusste sie, daher beschloss sie, kurz bei ihm vorbeizuschauen.

Als sie vor seiner Tür stand, überkamen sie Zweifel, ob sie das Richtige tat. Ihr tat der Schlag leid, doch dies änderte nichts daran, dass sie wütend auf ihn war.

Sophie hob die Hand, klopfte aber nicht. Sie blickte immer wieder zwischen ihrer Hand und der Tür hin und her. Dann entschied sie, dass das hier unnötig war. Erst als sie seine Wohnung außer Sichtweite geriet, wusste sie, dass es die richtige Entscheidung gewesen war. Sie hätte sich entschuldigt, nur um ihm danach Vorwürfe an den Kopf zu knallen. In ihr tobten Wut, Verzweiflung und Hass. Hass auf sich selbst, Hass auf Gabe und auf alles und jeden um sie herum. Ihre Laune verschlechterte sich mit jeder Sekunde.

In ihrer Wohnung angekommen, schmiss sie ihre Schuhe achtlos in die Ecke und ließ sich auf das Sofa fallen. Müdigkeit und Schlappheit überkamen sie. Sie legte ihren Kopf in den Nacken und fixierte die Decke. Dass sie ihre Jogginghose und einen lockeren Kapuzenpulli nach dem Training angezogen hatte, kam ihr jetzt zugute, denn sie war zu schlapp, um aufzustehen und sich umzuziehen.

Ihre Gedanken und Gefühle verstummten nach und nach und Sophie starrte emotionslos und völlig übermüdet die Decke an. Irgendwann fielen ihr die Augen zu.

Der Schlaf war nicht von langer Dauer. Eine Stunde hatte sie geschafft. Panisch sah sie sich um und ihr Herz hämmerte gegen ihre Brust, als ob es gleich heraussprang. Ihre Panik legte sich erst, als sie ihre Wohnung wiedererkannte. Ihr Puls beruhigte und verlangsamte sich. Erneut tauchten die Bilder der Entführung vor ihr auf. Die Bilder, wie sie sich vor den Männern ausziehen musste und wie diese sie anstarrten, wie die Frau vor ihr vergewaltigt wurde. Doch das Schlimmste war das Gefühl, ausgeliefert zu sein. Sie fühlte sich so hilflos und einsam. Und vor allem spürte sie Hass, auf Oliver Grey und auf sich selbst, weil sie damit nicht umgehen konnte und schwach war. Sie wurde das innere Chaos in ihr nicht los.

Es fühlte sich so an, als würde sie jede Nacht denselben Alptraum erleben und in ihm gefangen sein. Es gab kein Entkommen. Eine Dauerschleife, die sich immer und immer wieder von vorne abspielte, und Sophie hatte nicht den blassesten Schimmer, wie sie das überstehen sollte. Sie wollte nicht mehr schlafen, denn ohne Schlaf verschwanden auch die Bilder. Der

Schlafentzug machte sich bemerkbar und das nicht nur körperlich.

Erschöpft ließ sie sich wieder in die Kissen fallen und starrte einfach weiter die Decke an. So fand sie zwar keinen Schlaf, schaffte es aber immerhin, mit offenen Augen zu dösen.

Erst als ihr Handy klingelte, riss dieses sie aus ihrem Dämmerzustand. Durch den Ruck, der durch ihren Körper ging, fiel sie vom Sofa auf den harten Fußboden. Sie tastete nach ihrem Smartphone und brauchte eine Weile, bis sie es fand.

Ihr Handy erinnerte sie daran, dass sie sich in einer Stunde mit Kim zum Frühstücken traf. Sophie atmete erleichtert aus und sprang schnell unter die Dusche, um sich fertigzumachen.

Pünktlich stand sie vor dem Café und wartete auf Kim. Ihr Blick suchte die Gegend ab, als sie plötzlich innehielt. Dort war ihr Dozent Evans. Im ersten Moment lächelte sie, dann entdeckte sie die große, schlanke Blondine an seiner Seite. Sophie wusste, dass der Professor verheiratet war. Die Frau bei ihm war allerdings eine Studentin. Sie hatte seine Ehefrau einmal auf einer Univeranstaltung getroffen. Zwar konnte sie nicht mehr genau sagen, wie sie aussah, doch die Blondine war zu jung dafür. Sie musterte die beiden genauer. Sie saßen am Tisch und hielten Händchen, ihre Gesichter nicht weit voneinander entfernt. Er flüsterte ihr ctwas ins Ohr und daraufhin lachte sie und drehte ihren Kopf. Jetzt konnte Sophie sie besser erkennen und sie kam ihr bekannt vor. Es war eine Studentin aus ihrem Semester.

„Hey, sorry für die Verspätung. Ich habe ein wenig verpennt", kam Kim angerannt.

Sophie drehte sich zu ihr und umarmte sie.

„Kein Ding."

Ein lautes Lachen ertöne, das Sophie vor ein paar Sekunden schon einmal gehört hatte. Es zog ihre Aufmerksamkeit auf sich und sie sah wieder zum Professor hinüber.

„Sag mal, ist das nicht Professor Evans?"

Das Lachen hatte auch Kims Blicke zu der Szene geführt. „Ja, und so wie es aussieht, hat er eine Affäre mit einer Studentin. Das ist doch Ashley", stellte Kim schockiert fest und gab sich somit selbst eine Antwort auf ihre Frage.

Als hätten die beiden das gehört, lieferten sie den eindeutigen Beweis. Er lehnte sich zu ihr herüber und drückte ihr einen Kuss auf die Lippen.

„Der ist aber leichtsinnig. Ich meine, hier kommen doch öfters Studenten her. Warum zeigt er sich so in der Öffentlichkeit mit ihr?", fragte Sophie.

„Keine Ahnung, anscheinend stört es ihn nicht."

Kim zuckte mit den Schultern.

Sophie zog ihr Handy hervor und fotografierte die beiden.

„Was machst du da?"

„Kann man irgendwann bestimmt gebrauchen."

Sie hatte keinen Plan, was sie mit den Fotos machen sollte, doch das Gefühl, dass diese ihr noch nützlich sein würden.

„Du wirst sie doch nicht gegen ihn oder sie benutzen?", fragte Kim leise, konnte aber den Blick nicht von den beiden abwenden.

„Nein. Ich habe die Fotos gemacht, damit uns die anderen glauben. Ein bisschen Tratsch ist doch erlaubt."

Das war nicht die komplette Wahrheit. Wenn es darauf ankam, würde sie die Bilder benutzten. Wann und wie, das war hier eher die Frage.

„Komm, lassen wir die beiden in Ruhe und gehen selbst etwas essen. Mir knurrt schon der Magen", sagte Kim und zog Sophie mit sich. Sie gingen in ein anderes Café, das nur ein paar Straßen weiter war.

Sie suchten sich einen freien Tisch und schnappten sich die Karten. Sophie brauchte nicht lange, um zu wissen, was sie nahm.

„Ich kann es immer noch nicht glauben, dass Professor Evans seine Frau betrügt. Auf der letzten Veranstaltung wirkten sie so glücklich."

Kim senkte die Karte und sah Sophie betroffen an. Sie wusste genau, wovon sie sprach. Dass er seine Ehefrau mit einer jungen Studentin betrog, fiel sogar ihr schwer zu glauben.

„Mir fällt es auch nicht leicht, das zu glauben, doch wir haben es mit eigenen Augen gesehen", erinnerte sie Kim.

Bevor Kim etwas darauf erwidern konnte, kam die Kellnerin und nahm ihre Bestellungen auf. Beide bestellten sich einen extra großen Kaffee. Sophie entschied sich für die Rühreier mit Speck, Kim für Pancakes mit Banane und Schokosauce.

„Zeig mal das Bild", verlangte Kim, als die Bedienung weg war.

Sophie holte ihr Handy hervor und zeigte es ihr.

„Das ist doch voll das Klischee. Beliebtester Professor hat eine Affäre mit heißer, blonder Studentin. Das klingt ja fast schon wie in diesen Klatschzeitschriften."

Sophie musste lachen und stimmte ihr zu.

„Ja, das ist es. Er wirkt immer so anständig und wenn ich es nicht mit eigenen Augen gesehen hätte, würde ich es für eine Lüge halten."

„Ja, das traut man ihm gar nicht zu. Er ist doch voll der Spießer. Ich bin schon gespannt, was die anderen dazu sagen werden."

In dem Moment kam die Bedienung zurück und stellte zwei Kaffeetassen vor ihnen ab. Dankend nickte Sophie ihr zu und nahm sofort einen großen Schluck.

„Ein bisschen macht mich das schon eifersüchtig. Er hat eine Freundin und eine Frau. Ich wäre schon glücklich, wenn ich eins von beiden hätte", sagte Kim mit ihrer Tasse in der Hand.

„Verstehe, doch das bedeutet Stress. Was muss er für Mühe haben, alles unter einen Hut zu bekommen und aufzupassen, dass seine Lügen nicht auffliegen. Männer bedeuten immer Probleme."

„Wenn dieses Studium nicht neunzig Prozent von meiner Freizeit und Energie fressen würde, könnte ich mir einen suchen, doch dazu habe ich einfach keine Zeit", sagte Kim und trank einen Schluck, während Sophie ihre Tasse wieder abstellte.

Kims Aufmerksamkeit wanderte zu etwas oder jemanden hinter Sophie und sie legte ihren Kopf ein wenig schief. Sophie kannte den Ausdruck bei ihr und wusste, dass sie einen heißen Kerl im Visier hatte. Neugierig drehte sie sich um. Als sie erkannte, wen Kim da anstarrte, blieb ihr das Lachen im Halse stecken.

„Ist der nicht heiß?", flüsterte Kim ihr zu.

Sophie drehte sich wieder zu ihr und nickte nur. Sie hatte keine Lust darauf, dass Gabe sie hier sah.

„Oh mein Gott, er kommt sogar auf uns zu."

Kim hatte ein breites Grinsen im Gesicht und umklammert fest ihre Tasse, sodass Sophie schon befürchtete, sie würde jeden Moment zerspringen.

„Guten Morgen", begrüßte sie die bekannte Stimme.

„Hey", erwiderte Kim sofort mit einem strahlenden Lächeln. Sie stellte die Tasse zurück auf den Tisch und lehnte sich nach vorne zu ihm. Sophie dagegen hatte ihren Blick gesenkt und sah ihn nicht an.

„Willst du dich zu uns setzten?", schlug Kim vor und rutsche schon ein wenig herüber, um ihm Platz zu machen.

„Nein, danke. Ich muss leider gleich weiter", antwortete Gabe ihr und sah sie kurz an, dann ging sein Blick wieder zu Sophie.

Sophie konnte nicht anders und sah auf. Sofort entdeckte sie sein Veilchen. Sie hatte ihn heftig erwischt. Augenblicklich verflog ihre gute Laune und sie war genervt von Gabe. Sie wollte ihn nicht hier haben.

„Dein Auge sieht ja scheiße aus", begrüßte sie ihn und legte ein provozierendes Lächeln auf.

„Wie ist das denn passiert?", mischte sich sofort Kim ein und gab ihr einen kleinen Stoß unter dem Tisch, den sie ignorierte.

„Das solltest du lieber deine Freundin fragen. Sie hat es mir verpasst. Sehen wir uns heute Abend?", antwortete er und im selben Augenblick klappte Kim die Kinnlade herunter.

Fassungslos starrte sie zuerst ihn und dann Sophie an, die ruhig blieb.

Sie nickte ihm als Antwort zu. Wenn sie ehrlich war, hatte sie gar keine Lust, ihn heute Abend zu treffen. Doch sie wusste genau, was auf dem Spiel stand, darum gab sie klein bei.

„War schön, dich kennenzulernen", verabschiedete sich Gabe und winkte ihnen.

Kim hätte ihm nachgeschaut, aber war zu geschockt davon, dass Sophie für sein Auge verantwortlich war.

„Du kennst den und triffst ihn heute Abend?"

„Ja, er ist ein Kollege und guter Freund meines Bruders."

Sie nahm ihre Tasse und lehnte sich zurück, sobald Gabe aus ihrem Blickfeld verschwunden war.

„Wie hast du ihm das blaue Auge verpasst?", fragte Kim. „Wir waren gestern alle gemeinsam trainieren. Du weißt doch, dass ich mich mit meinem Bruder öfters treffe, um Selbstverteidigung zu üben. Ich habe mit ihm trainiert und da ist das passiert. Nicht weiter dramatisch."

Die Bedienung unterbrach ihr Gespräch und stellte das Essen vor ihnen hin. Sofort stopfte sie sich einen großen Happen in den Mund. Kim musterte sie, denn ihr war nicht entgangen, dass Sophie nicht gut auf ihn zu sprechen war. Sie hatte den Umschwung ihrer Stimmung genau mitbekommen.

„Was läuft da zwischen euch?", fragte Kim, während sie ebenfalls ihren ersten Bissen nahm.

„Nichts."

„Komm schon, Sophie, wem versuchst du hier etwas vorzumachen. Du warst seit Langem mal wieder gut gelaunt und plötzlich kommt er und deine gute Laune ist weg und so, wie es aktuell aussieht, bleibt sie verschwunden."

Kim sprach nicht nur von Gabe. Ihr und den anderen war nicht entgangen, dass mit Sophie etwas nicht stimmte. Sie hatten ihr Zeit gegeben, doch es wurde immer schlimmer und sie konnten nicht länger tatenlos zusehen.

„Wir haben uns immer mal wieder gesehen und ihn öfters in der Disco getroffen. Irgendwann war ich zu betrunken und wir haben rumgemacht. Es war ein Ausrutscher, ein Fehler, doch er hat das damals anders gesehen. Seitdem sind wir eben nur normale Freunde. Das ist besser so, für uns beide."

„Das hat man gesehen. Warum bist du so wütend auf ihn? Hat er dir wehgetan?"

Panik lag in Kims Stimme. Für einen Moment starrte Sophie sie nur an. Auf so einen Gedanken war sie nie gekommen. Gabe würde keiner Fliege etwas zuleide tun. „Nein. Meine schlechte Laune kommt nicht von ihm", log sie.

Die Wahrheit konnte sie Kim nicht erzählen, denn dann müsste sie ihr gestehen, dass sie aktuell einen Entzug von Kokain machte und es davor über zwei Monate lang täglich konsumiert hatte. Sie konnte und wollte ihr nichts von alldem sagen. Zum einen Teil schämte sie sich dafür. Die Entführung sollte komplett geheim bleiben. Sie hatte keine Lust, Mitleid zu bekommen und nervige Fragen darüber zu beantworten, darum entschied sie sich für die einfachste Methode: es verschweigen oder zur Not lügen.

„Was macht ihr heute Abend?", bohrte Kim weiter nach. „Das steht nicht fest. Vielleicht trainieren", log Sophie, auch wenn sie genau wusste, dass sie dies nicht tun würden. Sie hatte nicht vor, ihn lange zu treffen, da sie ihn möglichst schnell abwimmeln wollte.

„Was ist los?"

Kim musterte Sophie von oben bis unten.

„Ich will nicht darüber reden, aber das wird schon wieder".

Sie glaubte selbst nicht daran, doch immerhin bemühte Gabe sich.

„Das glaube ich eher weniger. Es geht dir seit über zwei Monaten schlecht und es verschlimmert sich."

Sophie sah sie einfach nur an und sagte nichts dazu, denn sie wusste nicht, was sie darauf erwidern sollte.

„Du kannst mir vertrauen. Ich bin deine Freundin und möchte dir nur helfen", sprach Kim weiter „Bist du krank?"

Die Antwort ließ auf sich warten, doch brachte Sophie dazu, innezuhalten und aufzusehen.

„Wie kommst du darauf?"

Sie runzelte die Stirn und hatte keine Ahnung, wie Kim auf so eine Idee kam.

„Du warst zwei Wochen nicht erreichbar, als das Semester angefangen hat. Du meintest, du liegst krank im Bett, daher meine Vermutung, dass bei dir eine Krankheit gefunden worden ist."

„Nein. Ich bin gesund", sagte sie und Kim kaufte es ihr ab.

„Okay, aber wenn du reden willst, ich bin jederzeit für dich da", bot sie ihr an.

Sie lächelte sie an und war froh darüber. Kim war eine gute Freundin und Sophie vertraute ihr. Darum spielte sie mit dem Gedanken, ihr alles zu erzählen, wenn sie sich das nächste Mal trafen.

5. Kapitel

Das Frühstück war gut gewesen und Kim hatte nicht mehr nachgefragt, was mit Sophie nicht stimme. Sie hatten einen schönen Tag zu zweit verbracht. Gegen Mittag war sie dann zurück in ihre Wohnung gegangen und hatte sich an ihren Schreibtisch gesetzt, um etwas für die Uni zu machen. Dies gelang ihr weniger. Sie schaffte es zwar, eine Arbeit fertig zu bekommen, doch beim Lernen behielt sie nichts im Kopf. Als sie einen Blick aus ihrem Fenster warf, stellte sie fest, dass es schon dunkel war. Ein Blick auf die Uhr verriet ihr, dass sie für heute genug gemacht hatte.

Sie schnappte sich ihr MacBook und googelte die Symptome für Kokainentzug. Dabei wurde ihr Werbung für Entzugskliniken und eine Ausbildung als Sanitäterin vorgeschlagen. Sie las sich schnell die Anzeichen durch und schloss ihren Laptop wieder. Dann klingelte es an der Tür und verwundert ging sie hin, um nachzusehen, wer etwas von ihr wollte. Als sie die Tür öffnete, stand Gabe davor. Er hatte einen großen Karton in der einen Hand und es roch köstlich nach Pizza. In der anderen hielt er eine Flasche Rotwein. Sophie lächelte. Sie trat beiseite, damit er eintreten konnte. Er schenkte ihr ein kleines Lächeln, bevor er ihr die Sachen überreichte.

„Ich hätte nicht gedacht, dass du mir Alkohol vorbeibringst", scherzte sie.

„Denkst du, ich verbiete es dir, Wein zu trinken? Ob es so klug ist, ist die zweite Frage."

Er zog seine Schuhe aus und stellte sie vor die Tür.

„Na, ich dachte, du bist bei der Spaßbremsen-Polizei gelandet. Du hast mir schon das Kokain verboten."

Sie ging in die Küche, um Gläser zu holen und die Flasche aufzumachen.

„Denkst du, mir macht das Spaß? Ich will dir nichts verbieten und dazu bin ich gar nicht in der Lage", sagte er.

„Du zwingst mich."

Sie konnte ein lautes Schnauben von ihm hören und verdrehte kurz die Augen.

„Verdammt, Sophie, ich bin nicht hergekommen, um zu streiten, sondern um dir zu helfen. Nimm weiter Drogen, aber leb dann mit den Konsequenzen. Kokain ist nicht legal, somit würde dich jeder Polizist verhaften. Persönlich und als Freund verbiete ich dir gar nichts. Das kann ich nicht und will ich nicht", sagte er und trat zu ihr.

Sie drehte sich um und sah ihm direkt in die grünen Augen. Er hatte recht, das erkannte sie in dem Moment. Er tat das alles nicht, weil es ihm Spaß machte, ihr etwas vorzuschreiben. Er wollte ihr damit helfen. Die Wut, die sie sonst dabei verspürt hatte, ebbte langsam ab.

„Ja, ich weiß."

Sie drehte sich wieder weg und holte den Korkenzieher aus dem Schubfach. Nachdem sie die Flasche geöffnet hatte, nahm sie zwei Gläser und ging zum Sofa. Gabe schnappte sich schnell die Pizza, folgte ihr und setzte sich neben sie.

Sie schenkte den Wein ein und reichte ihm ein Glas. Dabei fiel das Licht der Lampe genau auf sein Gesicht und sie konnte nicht anders, als ihn anzustarren. Es war ein wenig angeschwollen und unter seinem Auge waren deutliche Blutergüsse zu sehen.

„Es tut mir so leid. Ich wollte dich nicht so verletzten", entschuldigte sie sich erneut.

„Schon okay, sowas passiert beim Training. Ist nicht das erste Mal, dass ich eins bekomme."

Er hob das Glas und sie nahm sich schnell ihres, um mit ihm anzustoßen.

„Wie geht es dir?", fragte er und stellt es wieder ab.

Sie sah kurz zu ihm und schnappte sich dann erst einmal ein Stück Pizza.

„Es wird besser, aber ist noch sehr weit weg von gut", antworte sie ihm ehrlich.

Gabe sah sie an. Ihre roten Haare hatte sie zu einem unordentlichen Dutt zusammengebunden. Sie hatte keine Schminke aufgelegt, so war es ihm möglich, ihre Augenringe klar und deutlich zu sehen. Er musterte sie von unten bis oben und sie machte auf ihn den Eindruck, als wäre sie müde und fertig mit der Welt. Er kannte sie schon eine ganze Weile und ihm fiel auf, dass sie ein paar Kilo verloren hatte. Davor war sie nicht dick gewesen, nicht einmal ansatzweise. Sie hatte die perfekte Figur gehabt, doch jetzt erinnerte sie ihn eher an einen Hungerhaken. Sie war definitiv zu dünn. Sophie schlang das erste Stück Pizza herunter und dies zauberte Gabe ein Lachen ins Gesicht. Dann nahm er sich selbst eins.

„So ein Entzug ist eben nicht leicht", sagte er mit vollem Mund.

„Wenn es nur das wäre, hätte ich damit weniger Probleme. Es ist mir alles zu viel." Sie schnaubte laut und ließ sich nach hinten in die Kissen fallen.

Gabe schluckte den letzten Bissen herunter. Als ihr Blick den seinen traf, wusste er, dass sie keine Kraft mehr hatte.

„Du schläfst nicht", sprach er laut aus. „Das sieht man dir deutlich an."

„Normalerweise überschminke ich es, doch selbst dazu hatte ich heute keine Lust oder Energie."

Sie lümmelte sich in die Decke und sah ihn an, dabei legte sie ihren Kopf auf der Sofalehne ab.

„Immer, wenn ich die Augen schließe, tauchen wieder die Bilder auf. Ich verstehe nicht, wie Lou so perfekt damit umgehen kann. Ich schiebe hier ein Drama, weil ich ein paar Tage dort erlebt habe. Sie hat dort Jahre verbracht und einige Sachen durchgemacht, die viel schlimmer waren, als die Dinge, die sie mir angetan haben. Ich kann das alles nur nicht so einfach vergessen."

Es war das erste Mal, dass sie begann, mit jemandem darüber zu reden.

„Glaub mir, für Lou ist das nicht leicht. Sie war damals nur zu jung, um das alles zu begreifen. Sie hat den Bezug zur Realität verloren. Sie hat andere Kämpfe mit sich zu führen als du. Ihr seid komplett unterschiedlich aufgewachsen."

„Stimmt. Lou hatte schreckliche Eltern. Ihr Vater hat sie geschlagen und ihre Mutter hat da einfach danebengestanden und es geschehen lassen. Sie hat definitiv ein schlechteres Leben gehabt als ich."

„Hier geht es nicht darum, wer das bessere oder schlechtere Leben hatte. Es gibt immer Schicksale, die schlimmer sind, daran darf man sich nicht messen. Lou spricht nicht über die Zeit und die Entführung. David und ich haben keine Ahnung, was da passiert ist. Wir haben nur das abgefackelte Bordell mit den Leichen gefunden, einige Berichte gelesen und das war es gewesen. Was genau da vorgefallen ist, wissen wir nicht. Ich weiß nur durch die Arztberichte, dass eure Verletzungen nicht schlimm waren."

„Ja, Lou hat mich beschützt. Sie wusste genau, wie man mit den Männern dort umgehen musst. Ohne sie hätte es auf jeden Fall ein anderes Ende genommen. Doch es war die Hölle, nicht unbedingt körperlich, aber seelisch."

Gabe hörte ihr zu und er konnte sie verstehen. Er merkte, wie sie sich selbst fertig machte, weil sie der Meinung war, dass sie kein Recht auf Mitgefühl hatte, da es Lou schlimmer erwischt hatte.

„Es war ein Jahr nach der Ausbildung. Mein ehemaliges Team bestand hauptsächlich aus jungen, blutigen Anfängern. Wir alle hatten nie etwas Vergleichbares erlebt und kaum Erfahrung. Eines Tages fanden wir eine Leiche. Der Täter hatte Fingerabdrücke hinterlassen und somit konnten wir ihn schnell ausfindig machen. Er war dabei, eine Party zu feiern. Wir stürmten hinein und entdeckten eine Menge Drogen auf den Tischen. Als er uns sah, wusste er, dass er verloren hatte. Er schnappte sich eine junge Frau, sie war nicht älter als sechszehn. Er drückte ihr die Pistole an die Schläfe und drohte uns. Ich redete mit ihm und schaffte es, dass er sie loslässt. Er schubste sie zu mir und ich fühlte mich so stolz, dass ich ihn überzeugt hatte. Doch dann nahm er die Waffe und schoss sich selbst in den Kopf. Es geschah so schnell, dass keiner von uns ihn davon abbringen konnte. Seinen Anblick, wie er mich davor angesehen hat, habe ich bis heute nicht vergessen. Er verfolgt mich immer noch", erzählte er ihr.

Sophie kannte diese Geschichte nicht und hatte keine Ahnung gehabt, dass Gabe so etwas erlebt hatte.

„Was ich damit sagen will: Einige Tage danach konnte ich kein Auge zumachen. Es machte mich verrückt und ich gab mir die Schuld daran. Es hätte doch verhindert werden können. Er war ein Mörder, aber meiner

Meinung nach hatte er deswegen nicht den Tod verdient. Er sollte ins Gefängnis kommen, um seine gerechte Strafe zu erhalten. Ich sprach mit Kollegen, aber sie machten schnell klar, dass sie das nicht beschäftigte. Im Gegenteil, sie hatten es schon wieder vergessen. Sie hatten dasselbe wie ich erlebt, doch jeder von ihnen ging anders damit um und besaß seine eigene Art, es zu verarbeiten. Die einen verdrängten es, einer redete sich ein, der Täter hätte seine gerechte Strafe bekommen, mich ließ es nicht mehr los. Ich hatte davor nie einen Menschen gesehen, der vor meinen Augen starb. Jeder geht anders damit um. Manche verkraften es, einige nicht. Es gibt kein Richtig oder Falsch. Du hast deinen Weg nur noch nicht gefunden."

Er machte eine kurze Pause. „Mein Boss bemerkte, dass etwas nicht stimmte und schickte mich zum Dienstpsychologen, um sicherzugehen, dass ich diensttauglich war. Ich redete mit ihm, doch es fühlte sich nicht richtig an. Es war mir unangenehm, mit dem Psychologen darüber zu reden. Also entschied ich, dass dies nicht mein Weg ist. Der Psychologe bescheinigte mir, dass ich fit war und gab mir Ratschläge, die ich fortan berücksichtige."

Sie hörte ihm aufmerksam zu und nickte ihm leicht zu, dann ließ sie sich seine Worte einmal durch den Kopf gehen.

„Wie hast du es geschafft, dass es dich nicht mehr verfolgt?"

„Ich redete mit meinem Boss darüber. Wir trafen uns öfters, da wir befreundet waren, und redeten. Die Alpträume verschwanden langsam und ich konnte endlich aufhören, mir die Schuld dafür zu geben. Auch die wenigen Sitzungen beim Psychologen haben mir geholfen, auch wenn ich dies ungern zugebe."

Dass es half, darüber zu reden, hatte Sophie schon öfters gehört, doch sie glaubte nicht daran. Ihre Meinung darüber wollte sie aber vorerst für sich behalten. Sie stieß sich ab, trank einen Schluck und nahm sich noch ein Stück Pizza.

„Ich weiß nicht, ob mir das hilft, zu einem Psychologen zu gehen. Es wurde mir direkt nach der Entführung angeboten, doch ich lehnte ab."

„Das ist völlig okay. Das musst du nicht. Es war mein Weg, damit umzugehen. Aber das bedeutet noch lange nicht, dass es deiner sein muss", sagte er locker und schenkte ihr ein zögerndes Lächeln.

Sie erwiderte es und fühlte sich erleichtert. Sie hatte Angst, dass er sie unter Druck setzen könnte, um zu erfahren, was genau damals passiert war. Es war ihr unmöglich, das laut auszusprechen. Sie wollte es vergessen und nicht erneut aufleben lassen. Dass er dafür Verständnis hatte, beruhigte sie.

In dem Moment war sie so froh, Gabe an ihrer Seite zu haben. Die Wut und der Hass waren komplett verschwunden. Sophie schämte sich sogar, ihm gegenüber diese Gefühle gehabt zu haben. Gabe hatte immer die richtigen Worte auf Lager und es tat gut, zu wissen, dass sie nicht alleine war. Sie erkannte, dass er sie wegen der Drogen nicht verurteilte, es lagen Verständnis und Mitgefühl in seinem Blick. Hätte sie Mitleid darin gesehen, wäre die Wut auf ihn erneut hochgekocht. Dies war das Letzte, was sie wollte und brauchte. Sie hatte Angst davor, dass die Menschen sie mit anderen Augen betrachteten, wenn sie davon erzählte, was sie belastete.

„David ist perfekt. Er hat unseren Eltern nie Sorgen bereitet. Er war der Vorzeigesohn. Seine Ausbildung schloss er mit Bestnoten ab. Er ist gut in seinem Job und könnte locker eine Stufe nach oben gelangen, wenn er wollte. Er hat Lou gerettet und hilft ihr dabei, mit allem umzugehen. Ich stand immer in seinem Schatten und bin diejenige, die sich anstrengt und nie etwas richtig macht. Gegen ihn wirke ich so klein und schwach. Da kommt bei mir der Druck auf, zu beweisen, dass ich besser bin als er."

Als sie die Worte aussprach, erschrak Sophie über sich selbst. Niemals hatte sie diesen Gedanken laut ausgesprochen oder nur ansatzweise erwähnt und jetzt rutschte er ihr so leicht über die Lippen.

„Das stimmt nicht, Sophie. Du musst niemandem etwas beweisen. Vor allem nicht David. Er liebt dich und wird dich immer unterstützen. Es ist keine Schande, mal Schwäche zu zeigen und Hilfe anzunehmen."

„Aber es kommt mir so vor. Ich kann nicht zu ihm gehen und sagen, was los ist. Er wird es verstehen und helfen", sagte sie.

Gabe hatte dieses Gefühl nie gehabt und tat sich schwer, Sophies Ansicht zu begreifen.

„Das ist kein Wettbewerb. Hier geht es doch nicht darum, wer besser ist."

„Ich schäme mich einfach dafür. Ich nehme Kokain und bestehe nicht einmal das erste Jahr an der Uni. Dabei habe ich mir vorgenommen, das alles zu schaffen. Meine Eltern erzählen immer, wie stolz sie sind, dass ich das Stipendium bekommen habe und dass ich einmal eine tolle Architektin werde. Seit der Entführung meide ich es, zu ihnen zu gehen, und schiebe es auf den Unistress, aber sie machen sich Sorgen."

„Du wirst es schaffen. Es ist in Ordnung, wenn du ein Semester wiederholst. Später fragt dich niemand mehr danach, warum du länger gebraucht hast, als die Regelstudienzeit beträgt", beruhigte er sie.

„Das stimmt. Das Studium frisst so viel Zeit und Energie, aber am Anfang war alles so interessant. Jetzt nervt das einfach nur."

„Dann leg eine Pause ein. Setzt das restliche Semester aus und konzentrier dich auf deine Gesundheit. Danach kannst du weitermachen. Dir steht alles offen."

Sie redeten nicht über die Entführung oder die Drogen und dafür war sie ihm dankbar. Diese Unterhaltung ging nicht tief, doch es tat gut, so mit ihm zu reden. Gabe machte ihr keine Vorwürfe. Es waren keine Anschuldigungen, keine Enttäuschung oder Wut in seinen Augen zu erkennen. Diese Worte von ihm zu hören, beruhigte Sophie etwas und sie taten gut.

„Komm, wir essen die restliche Pizza. Sie ist schon kalt."

Er wechselte das Thema, schnappte sich ein Stück und biss hinein. Sophie tat es ihm gleich.

„Danke", sagte sie, nachdem sie die Reste verputz hatten.

„Immer wieder gerne."

Sie nahm einen großen Schluck und lehnte sich dann mit ihrem Kopf an seine Schulter.

„Es tut mir leid, dass ich dich vor ein paar Tagen so angebrüllt und dir vorgeworfen habe, dass du mich erpresst", sagte sie und drehte sich mit ihrem ganzen Körper zu ihm. Sie hob ihren Blick und sah direkt in seine Augen.

„Das ist schon okay. Ich schiebe es einfach auf die Drogen", scherzte er und dies brachte sie zum Lachen.

„Warum tust du das? Ich meine, du deckst mich, behältst ein dunkles, illegales Geheimnis für dich und bringst mir sogar Wein und Pizza mit. Warum gibst du dir so viel Mühe?", fragte sie ihn.

„Weil du es mir wert bist", murmelte er und sah ihr tief in die Augen. „Ich würde alles für dich tun."

Diese Worte brachten ihre Atmung für einen Moment zum Aussetzen und bescherten ihr eine Gänsehaut. Damit hatte sie nicht gerechnet, dass sie direkt einen Weg in ihr Herz fanden, erstaunte sie. Als sie ihn so anstarrte, musste sie an den Kuss in dem Club zurückdenken. Es war schon eine Ewigkeit her, doch sie konnte sich noch genau an seinen Geschmack erinnern.

Sophie beugte sich leicht nach vorne und sah ihm auf die Lippen. Er kam ihr ein Stück entgegen und dann verlor sie die Geduld. Sie packte ihn am Nacken und drückte ihren Mund auf seinen. Gabe war für einen winzigen Moment geschockt, dann erwiderte er den Kuss. Er hatte nicht damit gerechnet und das sicher nicht geplant, als er heute hergekommen war. Vorsichtig tasteten sie sich beide vor und dann entfuhr Gabe ein leises Stöhnen. Sophie konnte einfach nicht genug von ihm bekommen. Wie eine Ertrinkende klammerte sie sich an ihn. Er fasste ihr an die Hüfte und zog sie mit einem Ruck auf seinen Schoß. Sophie drückte sich gegen ihn und zeigte somit, dass es ihr gefiel. Der Kuss vertiefte sich und wurde immer stürmischer und wilder. Doch dann stoppte Gabe plötzlich. Er drehte seinen Kopf weg und räusperte sich.

„Wir sollten damit aufhören", sprach er so leise, dass er sich kaum selbst hörte.

Sophie hatte es gehört und sah ihn verwundert an, denn sie konnte sich nicht erklären, warum er seine Meinung geändert hatte.

„Es liegt nicht daran, dass ich nicht will. Das habe ich mir so gewünscht. Doch jetzt ist der falsche Zeitpunkt dafür. Wenn wir weitermachen, fühlt es sich so an, als ob ich dich ausnutze und du es im Nachhinein bereuen wirst", sprach er diesmal etwas lauter.

Sie rückte ein Stück von ihm ab.

„Du hast recht. Wir sollten nur normale Freunde bleiben", meinte sie und redete es sich selbst damit ein.

Der Kuss war so gut gewesen und sie konnte einfach nicht genug von ihm bekommen. Doch der Zeitpunkt war mehr als ungünstig.

„Genau", meinte er und fuhr sich durch die Haare.

Es herrschte eine angespannte Stimmung zwischen ihnen und keiner der beiden sagte etwas.

„Ich sollte gehen. Es ist schon spät", durchbrach Gabe das Schweigen nach ein paar Minuten.

Er stand auf und schenkte ihr ein Lächeln. Sie erwiderte es und begleite ihn bis zur Tür. Dort verabschiedete sie sich mit einer Umarmung von ihm.

Als sie die Tür schloss und alleine war, fluchte sie leise vor sich hin. Sie verfluchte sich selbst. Erst hatten sie wild in der Disco herumgeknutscht, danach hatte er ihr zu verstehen gegeben, dass er mehr davon wollte und sie hatte ihn weggestoßen. Es geschah ihr jetzt nur recht, dass sie von ihm ein Korb bekam. Sie ging zurück ins Wohnzimmer und roch seinen Duft. Dann sah sie die Weinflasche, die noch halb voll war. Sie schenkte sich ein weiteres Glas ein, leerte es auf ex und schlüpfte in ihren Schlafanzug. Beinahe fiel sie ins Bett und es war das erste Mal, dass sie ohne Alpträume einschlief.

Gabe genoss die frische Luft und machte extra einen großen Umweg nach Hause, um einen klaren Kopf zu bekommen. Es war nicht seine Absicht gewesen, Sophie näherzukommen. Ja, er wünschte es sich. Sie hatte ihm damals klar zu verstehen gegeben, dass sie nur Freunde waren und nie mehr als das sein würden. Ihr jetziges Verhalten brachte ihn zur Verzweiflung, da es so widersprüchlich war.

Der Kuss hatte etwas in ihm ausgelöst. Er hatte sich davor eingeredet, dass er es schaffen konnte, nur platonisch mit ihr befreundet sein. Seine Gefühle für sie hatte er sich ausgeredet und es hatte fast funktioniert, wäre es nicht erneut passiert. Jetzt wusste Gabe, dass es ihm niemals möglich wäre, eine reine Freundschaft mit Sophie zu führen. Er würde immer mehr wollen.

Er blieb stehen und sah sich um. Ein paar Schritte weiter befand sich ein Pub, den er nur zu gut kannte. Hier waren David, Liam und Valentin öfters. Er holte sein Handy heraus und schrieb seinem Boss, ob er Lust hätte, einen trinken zu gehen. Die Antwort kam schnell. In zehn Minuten wäre er da. Gabe grinste und betrat den Pub, der gut gefüllt war. Es spielte eine kleine Liveband, die wenig Beachtung von den Gästen bekam. Die waren eher damit beschäftigt, zu essen oder sich angeregt zu unterhalten. Er suchte sich einen freien Platz und bestellte schon einmal zwei Bier. Die Kellnerin kam gerade, um die Getränke abzustellen, da tauchte Valentin auf.

„Danke, du hast mir echt den Arsch gerettet", begrüßte er Gabe.

Er bemerkte die Bedienung gar nicht und ließ sich gleich gegenüber auf dem Stuhl nieder. Sie sahen sich kurz an, nahmen dann das Bier in die Hand und tranken gemeinsam einen großen Schluck.

„Was ist los?", fragte er.

Valentin schnaubte laut und sah sich erst einmal um, da er dies beim Reinkommen nicht getan hatte. Er hatte Gabe schon von draußen gesehen und war geradewegs zu ihm gegangen.

„Meine Frau und ich lassen uns scheiden."

„Jetzt doch? Vor ein paar Wochen hast du gemeint, ihr geht zu einer Paartherapie und die soll gut sein. Was hat sich geändert?"

„Sie treibt mich in den Wahnsinn und die Gefühle für sie sind weg. Somit sehe ich den Sinn nicht mehr, um etwas zu kämpfen, das es gar nicht wert ist. Ich habe heute meinem Anwalt Bescheid gegeben, dass er die Scheidungspapiere aufsetzten soll. Sie hat davon erfahren und mir die Hölle heiß gemacht."

Valentin wirkte gestresst und genervt. Als er einen großen Schluck von seinem Bier nahm, entspannte er sich ein wenig und erweckte den Eindruck, froh darüber zu sein, dass Gabe ihn hergebeten hatte.

„Meine Ausrede für heute Abend war, dass es einen Notfall in der Arbeit gibt, und hier bin ich. Es ist die Hölle in unserem Haus. Jetzt packt sie ihre Sachen und fährt morgen früh zu ihrer Schwester nach Beaumount."

„Das ist nicht leicht für euch beide", stellte Gabe fest und Valentin nickte.

„Meine Meinung war von Anfang an, uns scheiden zu lassen, doch sie wollte nicht aufgeben. Sie überzeugte mich und ich willigte ein, uns noch eine Chance zu geben. Das Ganze hat es aber nur verschlimmert, wir haben mehr gestritten in den letzten Wochen und jetzt gehen wir nicht einmal friedlich auseinander. Eine freundschaftliche Trennung wäre angenehmer. Sie droht mir, dass sie mein Leben zur Hölle machen wird und daran zweifle ich keine Sekunde."

„Oh je, da wird was auf dich zukommen, denn deiner Frau fehlt es nicht an Temperament", sagte Gabe und empfand im gleichen Augenblick Mitleid mit ihm.

„Und was ist bei dir so los? Du trinkst nicht ohne Grund um elf Uhr", hakte er nach und leerte seine Flasche. Er winkte der Bedienung und bestellte einen Scotch, Gabe schloss sich ihm an.

„Ich war bis eben bei Sophie", gestand er.

Valentin lächelte ihn an und lehnte sich zurück. Sein Blick zeigte, dass er gerne mehr hören wollte.

„Hat sie immer noch mit der Entführung zu kämpfen?" Gabe nickte.

„Mich hätte es gewundert, wenn sie es einfach so weggesteckt hätte. So etwas hat immer negative Einflüsse auf die Psyche. David hat mit mir auch schon über Sophie geredet. Er merkt genau, dass es sie beschäftigt, und er gibt ihr noch gut eine Woche, bevor er handeln wird. Er hat lange genug zugeschaut, wie sie sich kaputt macht."

„Ja, ich versuche ihr wirklich zu helfen, doch sie redet nicht darüber. Sie weigert sich und heute hatte ich das erste Mal das Gefühl, dass ich zu ihr durchdringen konnte. Sie treibt mich in den Wahnsinn."

„Du hast Gefühle für sie, das merkt selbst ein Blinder. Was ist da genau zwischen euch vorgefallen?"

„Nichts. Wir haben immer mal wieder Zeit verbracht, entweder mit David und den anderen oder allein in der Disco. Manchmal ist sie bei mir gewesen und wir haben uns unterhalten und ferngesehen. Eines Abends sind wir beide stark angetrunken gewesen und da ist es passiert. Wir haben rumgemacht. Danach hat sie mir klar zu verstehen gegeben, dass das ein riesengroßer Fehler gewesen ist und sie mich nicht als normalen Freund verlieren will. Ich habe ihr recht gegeben, seitdem hat dies gut funktioniert."

„Aber?"

„Ich war heute bei ihr und wir haben uns geküsst. Doch ihr hat das wenig bedeutet."

„Oh Mann, das klingt deprimierend."

Genau in dem Moment kam die Bedienung und stellte den Scotch ab. Nickend dankten sie ihr und nahmen einen Schluck.

„Frauen bedeuten nur Ärger", sagte Gabe fest und Valentin stimmte ihm vollkommen zu.

„Ich versuche, meine loszuwerden und du bekommst Abstand zwischen dir und Sophie. Das klingt doch nach einem Plan."

„Tja, genau da liegt das Problem. Ich kann sie jetzt nicht einfach im Stich lassen. Sie braucht mich und ich habe ihr versprochen, dass ich ihr helfen werde."

Valentin verzog sein Gesicht, denn er wusste, wenn Gabe ein Versprechen gab, dann hielt er es. Auf Gabe war immer Verlass, das bewunderte er an ihm.

6. Kapitel

Der Sonntag verlief ruhig. Sophie blieb daheim und erledigte einige Sachen für die Uni. Am Abend war sie dann so fertig und deprimiert, dass sie einen kleinen Wutanfall bekam und ihre Kissen durch das ganze Zimmer donnerte. Sie schrie und fiel, wo sie weinend liegen blieb. Ihr fehlte die Kraft, aufzustehen, darum blieb sie auf dem Boden und zog sich eine Decke, die neben ihr gelandet war, heran und schloss die Augen. Zwar schaffte sie es nicht, einen erholsamen Schlaf zu finden, doch konnte wenigstens für ein paar Stunden alles hinter sich lassen. Ein Klingeln ließ sie hochschrecken. Sie hob ihren Kopf und suchte mit Blicken nach ihrem Handy, konnte es aber nirgendwo entdecken. Der Wecker verstummte und sie legte sich wieder hin, denn sie wollte nicht aufstehen. Sophie blieb einfach liegen, schloss die Augen und vergaß die Welt um sich herum.

Erst als ihr die Sonne ins Gesicht schien, schaffte sie es, vom Boden aufzustehen. Sie ging zum Fenster und warf dabei einen Blick auf die Uhr. Es war neun. Fluchend rannte sie ins Bad, schnappte sich irgendwelche Klamotten, stopfte ihre Sachen in die Tasche. Dabei fiel ihr ein kleines Päckchen heraus. Sie starrte es an und konnte nicht glauben, dass sie noch eins hatte. Sophie griff danach und wollte es die Toilette herunterspülen, doch dazu hatte sie nicht die Kraft.

Darum steckte sie es in ihre Tasche, bevor sie zur Uni rannte.

Völlig außer Atem betrat sie den Hörsaal. Alle starrten sie an. Sie suchte sich schnell einen unauffälligen Plätz in der letzten Reihe. Professor Evans blickte einige Sekunden in ihre Richtung, fuhr dann aber mit seinem Unterricht fort. Sophie hörte nicht zu und verfluchte sich selbst, dass sie hierhergekommen war. Sie hätte einfach blau machen sollen. Dann kam ihr das Päckchen wieder in den Sinn und sie verschwand damit auf die Toilette. Es war ein innerlicher Kampf, den sie letztendlich verlor. Es fühlte sich so gut an. Sie warf ihren Kopf in den Nacken und spürte, wie alles von ihr abfiel. Sie fühlte sich großartig und unantastbar.

Niemand könnte ihr jetzt etwas anhaben. Erst jetzt merkte Sophie, wie sehr sie sich danach gesehnt hatte.

Schnell ging sie zurück in die Vorlesung, die kurz darauf endete und alle packten ihre Sachen zusammen. Sie hatte ihre gar nicht erst rausgeholt, sondern sich Kopfhörer in die Ohren gesteckt und nicht aufgepasst. Sie steckte ihre Musik ein und wollte den Raum verlassen, als sie hörte, dass der Dozent ihren Namen rief. Leise fluchend drehte sie sich um und ging mit langsamen Schritten nach unten.

„Es fehlen einige Arbeiten, die Sie bis heute abgeben müssen. Die Deadlines sind bereits abgelaufen, da bleibt mir nur eins übrig, und zwar Sie durchfallen zu lassen", sagte er mit eindringlicher Stimme.

Sie sah ihn ernst an, denn eine große Überraschung war dies nicht für sie. Ehrlich gesagt hatte sie damit schon gerechnet, das Semester nicht zu schaffen. Trotzdem kramte sie in ihrer Tasche und holte zwei Projekte hervor, die sie am Wochenende erledigt hatte, und reichte sie ihm. Er warf ein Blick darauf und las den

Anfang durch. Es dauerte nicht lange, da zog er seine Augenbrauen nach oben und sah sie kritisch an.

„Ist das Ihr Ernst?", fragte er.

Sie sah sich um und erkannte, dass sie alleine mit ihrem Dozenten war. Niemand bekam das Gespräch zwischen den beiden mit. Sophie drehte sich wieder zu ihm und verzog keine Miene.

„Es ist nicht nur so, dass Sie einige Projekte nicht abgegeben haben, sondern auch, dass Sie mir hier zwei geben, die auf den ersten Blick schon dafür sorgen, dass Sie diese ebenfalls nicht bestehen."

Er hob die Blätter hoch. Sie waren voll mit Flecken und Sophie wusste, dass sie irgendeinen Mist hingeschrieben hatte, der keinen Zusammenhang besaß.

„Ich glaube, Sie verstehen nicht, um was es hier geht. Diese Arbeiten sind Ihre letzte Chance, das Semester zu schaffen. Ich mag Sie und erkenne Potential in Ihnen, darum mache ich Ihnen ein Angebot. Sie haben bis nächste Woche Zeit, die anderen Projekte nachzureichen und diese hier neu zu schreiben", sagte er und gab ihr die Blätter wieder zurück.

„Nein." Sophie verschränkte die Arme vor der Brust.

„Was soll das heißen?"

„Sie werden mir auf diese Projekte eine Vier geben, sodass ich sie bestanden habe. Die anderen zwei sind abgegeben und diese haben Sie befriedigend bewertet. Sie sorgen dafür, dass ich dieses Semester durchkomme. Mit welchen Noten ist mir egal, aber ich bestehe."

Er konnte nicht glauben, was er aus ihrem Mund hörte. Eine zweite Chance vergab er nur selten und sie besaß die Frechheit, Ansprüche zu stellen.

„Das kann ich nicht tun", sagte er im kühlen Ton und starrte sie mit eiserner Miene an.

„Oh doch, Sie werden. Es sei denn, Sie wollen Ihre Ehe ruinieren. Denn wenn Sie meinen Forderungen nicht nachkommen, werde ich Ihrer Frau sagen, dass Sie eine Affäre mit einer heißen, jungen Studentin haben. Da ich denke, dass dies sich hier schnell rumspricht, sieht das nicht so gut für Sie aus."

Bei diesen Worten bildete sich ein triumphierendes Lächeln auf Sophies Gesicht. Sie sah ihn an und konnte erkennen, dass er leichenblass geworden war. Er schluckte schwer und hoffte, dass das nur ein blöder Scherz sein konnte.

Zum Beweis holte sie ihr Handy hervor und zeigte ihm die Bilder, die sie am Samstag geschossen hatte. Professor Evans starrte zwischen den Fotos und ihr hin und her und brauchte einige Sekunden, um alles zu verarbeiten.

„Woher haben Sie die?"

Seine Stimme klang brüchig und er taumelte ein paar Schritte nach hinten.

„Sie waren ja nicht diskret, wundert Sie das wirklich? Wichtig ist nur, dass ich das gegen Sie benutzen werden. Es sei denn Sie sorgen dafür, dass ich dieses Semester bestehe."

Sie blieb stur und reckte ihr Kinn, um ein bisschen selbstbewusster zu wirken und ihre Unsicherheit zu überspielen. Das hier war eine Straftat, dessen war sie sich durchaus bewusst. Doch sah sie es als die einzige Möglichkeit, das Jahr nicht wiederholen zu müssen. Er sah nervös zu ihr und wusste nicht so recht, was er tun sollte.

Sophie erkannte, dass er womöglich nicht darauf einging.

„Was glauben Sie eigentlich, was das hier werden soll. Ja, ich war nicht diskret mit Ashley und es war ein dummer Fehler, zu dem ich mich verleiten ließ, doch nur wegen den Bildern gebe ich Ihnen noch lange keine guten Noten", machte er ihre schlimmste Befürchtung wahr.

Ihr wich alle Farbe aus dem Gesicht und Sophie konnte ihre Familie und Freunde deutlich vor sich sehen, wie sie sich über sie lustig machten und wahnsinnig enttäuscht waren. Sie konnte das nicht zulassen.

„Um Ihnen die Entscheidung ein bisschen leichter zu machen, lege ich einen obendrauf", sagte sie und brauchte selbst ein paar Sekunden, um zu überlegen, was sie sagen sollte.

Ob sie wirklich so weit gehen wollte, denn alles in ihr schrie danach, es zu lassen.

„Ich werde jetzt heulend hier rausgehen und völlig aufgelöst sein. Meinen Freundinnen und meinem Bruder, der FBI-Agent ist, werde ich erzählen, dass Sie mich unsittlich angefasst und sexuelle Handlungen gegen gute Noten gefordert haben."

Sie musste um jeden Preis hiermit durchkommen. Dass sie zitterte und ihr Magen sich dabei umdrehte, unterdrückte Sophie.

Professor Evans war leichenblass geworden. Sophie sah ihn an, und dass er ihr nicht sofort eine Antwort gab, machte sie ein wenig nervös. Sie steckte ihre schwitzig gewordenen Hände hinten in die Jeanstasche.

„Das ist Erpressung!", spuckte er ihr geschockt entgegen.

„Nennen Sie es, wie Sie wollen. Mir ist das egal, solange Sie mir die Noten geben, die ich brauche, und ich nicht wiederholen muss."

Sie schluckte schwer und konnte selbst nicht glauben, was aus ihrem Mund kam. Sophie fluchte und schrie innerlich.

„Das ist doch kompletter Wahnsinn. Das geht nicht so einfach", meinte er und fuhr sich durch die Haare.

„Es ist Ihre Entscheidung. Ich kann Ihre Ehe und Ihre Karriere ruinieren. Selbst wenn ich damit nicht durchkomme, bei den Studenten bleibt immer etwas hängen und Ihr Ruf wird zerstört sein. Sie gelten dann als Professor, der mit jungen Studentinnen schläft und sie erpresst und nötigt. Übler Ruf."

Sophie hoffte, er würde nicht bemerken, dass sie bei einem weiteren klaren Nein aufgeben würde.

„Ich kann nicht einfach so gute Noten vergeben", zischte er und packte sie grob am Arm.

„Das können und werden Sie", versuchte sie es weiter.

Sophie wusste genau, dass das hier Konsequenzen für sie haben könnte. Würde sie ernsthaft behaupten, dass er sie sexuell belästigt hätte, wäre das eine andere Nummer. Doch sie würde es tun, um in ihrem Studium weiterzukommen.

„Ich lasse mich nicht von dir erpressen", zischte er und drückte ihren Arm ein bisschen fester.

Sophie bekam Panik, weil ihr Plan nicht aufging. Sie senkte ihren Blick und zauberte sich Tränen in die Augen, die nicht einmal gespielt waren. Denn wenn sie daran dachte, ihr Versagen David und allen anderen preiszugeben, wollte sie wirklich weinen.

„Professor Evans hat mich … Er hat mich belästigt und … er hat mir in den Schritt und an die Brüste gefasst." Sie unterbrach sich und schluchzte laut auf. „Er sagte, er gibt mir schlechte Noten, wenn ich nicht mit ihm ins Bett gehe."

Sie schlang ihre Arme um ihren Körper, machte sich klein und zitterte. Er sah sie fassungslos an und konnte nicht begreifen, was hier vor sich ging. Wenn er nicht wüsste, dass sie log, hätte er ihr diese Nummer abgekauft. Er kannte Sophie und ihren Ruf. Sie war eine gute Studentin und hatte Freundinnen, die ebenfalls anständig waren. Man hörte nichts Auffälliges über sie. Das Problem war, dass jeder ihr Glauben schenken würde. Dazu kam, dass sie im ersten Semester eine der Besten gewesen war. Ihre plötzlich schlechten Noten konnte er sich selbst nicht erklären. Aber seine Kollegen und die Polizei würden das so begründen, dass sie nicht mit ihm geschlafen hatte und deswegen so abschwächte. Zwar hatte er zwei Arbeiten von ihr, die wirklich schlecht waren, doch die waren nicht überzeugend genug, da nur ein paar Punkte zur besseren Note fehlten.

„Na, wie glaubhaft war ich? Meine Freundinnen und mein Bruder werden nicht an mir zweifeln. Es ist Ihre Entscheidung. Entweder geben Sie mir jetzt die Noten und sorgen dafür, dass ich das Semester schaffe, oder ich gehe hier heulend raus und behaupte es."

Sie wischte sich die Tränen weg und sah ihn an. Er erkannte, dass sie es todernst meinte und durchziehen würde. Für ihn stand zu viel auf dem Spiel.

„Gut, Sie bekommen die Vier und ich werde dafür sorgen, dass Sie das Semester bestehen. Aber das ist das einzige Mal, dass ich mich auf sowas einlasse", sagte er und drehte sich von ihr weg.

„Ich will sehen, wie sie meine Ergebnisse für die letzten beiden Prüfungen eingeben", forderte sie und sah ihm dabei zu, wie er ihre Ergebnisse eintrug und an die Leitung übermittelte.

Sie nickte ihm zu.

„War nett, mit Ihnen ins Geschäft zu kommen."

Sie winkte zum Abschied und verschwand.

Er sah ihr einfach nur fassungslos hinterher.

Sophie verschwand aus dem Sichtfeld ihres Dozenten und lehnte sich gegen die Wand im Flur. Übelkeit stieg in ihr auf und sie rannte zur Toilette. Sie fühlte sich so schäbig und dreckig und war geschockt über ihr eigenes Verhalten. Sie ließ ihren Tränen freien Lauf und hasste sich selbst dafür. In diesem Moment fragte sie sich, wie sie jemals wieder in den Spiegel schauen konnte. Ihre Augen schlossen sich und sie legte ihren Kopf nach hinten und atmete tief durch. Dann wischte sie sich ihren Mund ab, spülte am Wasserhahn mit Wasser nach und sammelte sich innerlich, um zu ihren Freundinnen zu gehen.

„Sophie, da bist du ja? Ich habe dich schon überall gesucht", ertönte die Stimme von Kim.

„Ja, Professor Evans wollte mit mir sprechen", antwortete sie. „Ich fühl mich nicht gut. Es ist besser, wenn ich heimgehe."

Bevor Kim etwas dazu sagen konnte, verschwand Sophie schon. Sorgenvoll sah sie ihr hinterher.

Sie ging nicht nach Hause, so wie sie es Kim gesagt hatte, denn in dem Moment, als sie das Hörsaalgebäude verließ, überkam sie das schlechte Gewissen. Sie hatte sich strafbar gemacht und war geschockt über sich selbst. Wie hatte sie so etwas tun können? Sie nahm in Kauf, ihrem Dozenten das Leben zu ruinieren, nur damit sie nicht ein Semester wiederholen musste. Dabei versuchte sie sich einzureden, dass es nicht schlimm war, länger zu brauchen. Jedem war bewusst, dass Architektur schwer und anstrengend war.

Sophie lief planlos durch die Stadt, wieder ihr Musik in den Ohren, und hielt sich dabei etwas abseits der Menschenmengen. Sie wollte allein sein und spielte mit dem Gedanken, ihren Dealer anzurufen und neue Drogen zu kaufen, denn ihr Körper verlangte danach. Sie brauchte Kokain, dringend. Eine Möglichkeit bestand darin, es sich zu holen und ihr Handy daheim zu lassen, falls Gabe sie immer noch überwachte. Sie könnte heute Abend feiern gehen und sich dort welches besorgen. Er musste es ja nicht erfahren. Somit wären ihre Probleme gelöst. Mit dem Koks würde es ihr wieder besser gehen.

Aus einem unbestimmten Grund zweifelte sie an ihrem Plan. Gabe und Lou hatten es schon einmal mit Leichtigkeit herausgefunden, daher würden sie dies auch ein zweites Mal schaffen. Sophie wusste einfach nicht, was sie tun sollte, denn ihr Verlangen nach Drogen wurde mit jeder Minute stärker.

Sie ließ sich auf einer Bank nieder, schmiss ihre Tasche achtlos neben sich und fuhr sich aufgeregt durch die Haare. Sie sehnte sich danach und es machte sie wahnsinnig, zu wissen, dass sie nichts tun konnte. Ihr war bewusst, dass die Drogen keine Lösung auf Dauer waren, doch sie brauchte sie im Moment. Wenn sie sich jetzt entschied, Kokain zu nehmen, würden es mit hoher Wahrscheinlichkeit David und ihre anderen Freunde erfahren. Sie würde als Süchtige hingestellt werden und an Glaubwürdigkeit verlieren und die Erpressung ihres Dozenten wäre enttarnt. Das konnte sie nicht riskieren. Alles, was jetzt zählte, war ihr Studium. Sie musste jedem und sich selbst beweisen, dass sie es schaffen konnte. Wenn sie fertig und Architektin war, würde sie gutes Geld verdienen und sich ihr die Möglichkeit bieten, aus Houston rauszukommen. Sie wollte die schönsten Orte dieser Welt sehen und ein paar atemberaubende Gebäude bauen.

Sie wollte etwas im Leben erreichen und was Sinnvolles machen. Ihre Familie und Freunde sollten einfach stolz auf sie sein und sie ein kleines bisschen bewundern. Da passte die Drogensache überhaupt nicht ins Bild.

Im Internet hatte sie sich informiert, was Drogen und vor allem Kokain für Auswirkungen auf ihren Körper hatten. Diese waren nicht ohne. Sie schadeten ihr und das wollte sie gar nicht. Doch mit ihnen war die Welt etwas erträglicher. Sie ertrug ihr Leben nicht.

Sie änderte ihre Position und stand wieder auf, um ihren Weg fortzuführen. In der Hoffnung, ihren Drang nach Kokain abzuschwächen, lief Sophie immer weiter, doch das half nichts. Ihre Laune war auf dem Nullpunkt und kurz überlegte sie, sich eine Flasche Wein zu holen und ein oder zwei Gläser zu trinken. Das hatte schon einmal geholfen. Ihre Gedanken schweiften zu Gabe. Sie hatte ihn geküsst. Erneut. Wenn sie daran dachte, verschwand ihre schlechte Laune und ein Kribbeln machte sich in ihrem Körper breit. Sie hätte den Kuss weitergeführt. Gabe hatte ihn abgebrochen, womit sie nie im Leben gerechnet hätte. Seine Gründe konnte sie nachvollziehen, aber das änderte nichts an der Tatsache, dass sie gerne weitergegangen wäre. Sie fand ihn attraktiv und er bedeutete ihr sehr viel, wäre da nicht der Altersunterschied. Gabe war einunddreißig und sie dagegen erst süße zwanzig. Das waren elf Jahre Unterschied. Für Sophie war dies einfach eine zu große Spanne und sie war nicht bereit, mit ihm eine Beziehung zu führen. Er war FBI-Agent und stand mitten im Leben. Er hatte sich schon bewiesen, denn in der Taskforce, in der er arbeitete, waren die Besten auf ihrem Gebiet. Daher kam eine Beziehung mit ihm nicht in Betracht. Wären die Umstände anders, hätte möglicherweise eine Chance für sie bestanden.

Abrupt blieb sie stehen. Sie stand vor dem Park, in dem Lou damals die Morde an ihren Freundinnen beobachtet hatte. Das Kribbeln und der Anflug von guter Laune verschwanden sofort wieder. Wut machte sich in ihr breit. Oliver Grey, ein hohes Tier im Justizministerium, hatte Lou das Leben zur Hölle gemacht und Sophie war mitreingezogen worden. Er hatte Lou und sie entführt und nach Polen geschafft. Dort hatte er sie gegen einen Pass getauscht wie eine Kuh. Er hatte Lou und Sophie im Bordell abgegeben und es hatte keine Chance bestanden, zu fliehen. Nur Lous Einfall war es zu verdanken gewesen, dass sie lebend und ohne schlimmere Verletzungen herausgekommen waren.

Interpol und sämtliche Behörden suchten nach ihm. Ihm wurde einiges vorgeworfen und wenn er verhaften werden würde, käme er nie wieder auf freien Fuß. Sogar die Todesstrafe drohte ihm. Doch Oliver Grey war immer noch auf der Flucht.

Sophie fragte sich, was er wohl gerade tat und wenn sie daran dachte, dass er am Strand lag und einen Cocktail trank, stieg ihr die Galle hoch. Er hatte Leid und Schmerz verursacht und kam damit davon. Da stellte sie sich die Frage, wo da die Gerechtigkeit blieb. Erst jetzt konnte sie verstehen, warum Lou den drastischen Schritt gegangen war, das Bordell in Flammen aufgehen zu lassen. Die Männer dort drinnen waren genauso schlimm wie Oliver. Lou hatte nur versucht, sich selbst und Sophie zu retten. Zum Glück war alles gut ausgegangen und sie konnte sich hier ihren Ängsten stellen. In Sicherheit.

Sie warf ihre Gedanken beiseite und sah sich um. Mittlerweile war es schon dunkel geworden. Dass die Zeit so schnell verging, hatte sie gar nicht bemerkt. Den ganzen Tag war sie planlos in der Stadt herumgelaufen.

Sophie ging nach Hause, legte ihre Füße hoch und bemerkte erst jetzt, dass sie schmerzten. Um sich selbst etwas Gutes zu tun, beschloss sie, sich ein Bad einzulassen und dies in vollen Zügen zu genießen.

Gabe hatte die Nacht schlecht geschlafen und sich für eine Joggingrunde entschieden, die um fünf Uhr morgens beendet war. Danach machte er sich auf den Weg zur Arbeit, um den liegen geblieben Papierkram zu erledigen.

Er schaltete die Lichter ein und sah sich um. Es war alles leer, was ihn um diese Uhrzeit nicht wunderte.

„Ist es schon wieder so weit?", ertönte auf einmal eine Stimme und als Gabe zusammenzuckte, stieß er sich das Bein am Schreibtisch.

Erst als er einen verschlafenen Valentin sah, entspannte er sich.

„Was machst du um die Zeit hier im Dunkeln?", fragte Gabe verwundert.

„Meine Frau ist leider da und macht mir das Leben schwer, darum habe ich beschlossen, heute Nacht hier zu pennen. Das war eine schlechte Idee. Das Sofa hier ist ja alles andere als bequem. Was verschlägt dich hierher?"

„Tja, mein Kopf und meine Gedanken sind zu laut, Schlaf ist da unmöglich. Ich kann nicht aufhören, an Sophie zu denken", gestand er und ließ sich auf einen Stuhl fallen.

Valentin nickte Gabe mitfühlend zu.

„Wir sollten unseren ersten Kaffee holen", schlug er vor und erhob sich.

Gabe folgte ihm in die Gemeinschaftsküche. Ein Handyklingeln durchbrach die Stille. Er holte es hervor und hoffte, dass Sophie ihn anrief, doch es war nicht sein Handy, das klingelte, sondern Valentins.

„Hey", meldete sich er „Klar habe ich eine Minute."

Sein Gesichtsausdruck veränderte sich. Er stand auf und blickte ernst drein. Gabe sah ihn fragend an, doch Valentin verließ die Küche. Gabe wollte ihm schon folgen, doch als er seine Bürotür schloss, wusste er, dass das nicht für seine Ohren gedacht war. Es war kein neuer Fall, was er bedauerte, denn er könnte Ablenkung gut gebrauchen.

Er lehnte mit dem Kaffee in der Tür und sah sich um. Die Schreibtische waren alle leer. Diese Taskforce bestand aus fünf Leuten. Valentin war der Boss, David sein Stellvertreter und mittlerweile sein Partner. Liam trat kürzer und hatte damit begonnen, einen Anfänger anzulernen. Vor drei Monaten hatten sie einen Auszubildenden gehen lassen müssen, da er einige Schwierigkeiten gemacht hatte. Seit drei Tagen hatten sie nun einen neuen namens Luke. Er machte auf Gabe einen guten Eindruck, allerdings hatte bisher nur ein paar Wörter mit ihm gewechselt. Dann gab es noch Felix. Er war hauptsächlich im Innendienst und für die Technik verantwortlich. Felix beschaffte Informationen und konnte sich Zugang zu ihnen verschaffen. Davor war er sein Partner gewesen.

Valentin kam wieder aus seinem Büro und sein Gesichtsausdruck verriet nichts Gutes.

„Das war die Polizei. Bei mir ist eingebrochen worden. Sie bringen meine Frau ins Krankenhaus, aber es ist laut deren Aussage nicht schlimm. Nur eine Platzwunde und

Verdacht auf Gehirnerschütterung. Ich soll kommen, um zu sehen, ob etwas fehlt. Ich bin dann mal weg. Wenn David kommt, übernimmt er für mich." Im nächsten Moment raste Valentin schon aus dem Büro. Geschockt starrte Gabe ihm nach. *Hier wird es nie langweilig*, dachte er sich.

Er setzte sich an seinen Tisch und schaltete den PC an. Als er hochgefahren war, spürte er den Drang, Sophies Handy zu checken. Er wollte wissen, wo sie am Wochenende gewesen war, ließ es aber. Er musste ihr vertrauen und das tat er. Er hatte keine Befugnis dazu. Außerdem war er nie der eifersüchtige Typ gewesen, doch sie brachte das Gefühl in ihm hervor. Sie waren Freunde und als solche spionierte man sich nicht hinterher. Er verdrängte seine Gedanken an Sophie, schnappte sich die Akten und fing mit dem Papierkram an.

„Guten Morgen, du bist ja früh hier", begrüßten ihn David und Liam gleichzeitig.

„Ja, ich konnte nicht schlafen. Valentin war ebenfalls schon da, musste aber weg, da bei ihm eingebrochen worden ist. Er meinte, du sollst die Leitung übernehmen."

„Was? Wann ist das denn passiert?", fragte Liam geschockt.

„Er hat selbst erst vor ein paar Minuten den Anruf bekommen", antwortete Gabe. Die beiden sahen etwas geschockt aus, nickten aber nach wenigen Sekunden.

„Wir haben letzte Woche unseren Fall abgeschlossen und bis jetzt keinen neuen. Mal schauen, vielleicht bleibt es so und wir können Valentin helfen", hoffte David und ließ sich auf dem Stuhl nieder.

Jeder erledigte den Papierkram.

„Ich hole mir einen Kaffee. Will jemand einen?", fragte Liam und augenblicklich standen Gabe und David auf. Gemeinsam gingen sie in die Küche.

„Sag mal, hat einer von euch neulich mit Sophie geredet?", fragte David.

Für Gabe kam die Frage etwas überraschend und er blieb kurz stehen. Kurz befürchtete er, dass David von ihrem Drogenproblem erfahren hatte.

„Ich nicht. Warum?", fragte Liam.

Bevor David auf diese Frage antwortete, musterte er Gabe, der kurz überlegte, was er ihm erzählen sollte.

„Ich war am Samstag bei ihr. Wir haben Pizza gegessen und uns ein wenig unterhalten", sagte er und hoffte, dass er damit nicht zu viel verraten hatte.

„Wie ging ihr es da?"

Er setzte Kaffee auf und drehte der Kaffeemaschine den Rücken zu, um Gabe anzusehen.

„Sie war ein wenig erschöpft. Sie hat mit der Uni zu tun und hängt ein bisschen hinterher", antwortete er ihm, ohne zu viel über sie preiszugeben.

Er steckte in einer Zwickmühle fest. David war sein Freund und er wollte ihn nicht anlügen, aber er hatte Sophie versprochen, den Mund zu halten und es für sich zu behalten, dass sie Drogen konsumierte.

„Ich habe den Eindruck, dass mit ihr etwas nicht stimmt. Mag sein, dass sie Stress mit der Uni hat. Mein Gefühl sagt mir, dass da mehr dahinterstecken muss. Mir ist ihr Zustand nicht entgangen. Sie hat an Gewicht verloren und sieht mittlerweile aus wie ein Geist. Ich habe ein paar Mal versucht, sie anzurufen, doch sie drückt mich immer weg. Sie anzutreffen ist schwieriger als gedacht, da sie nie daheim ist. Ich mache mir Sorgen um sie", gestand David.

„Ich habe gesehen, dass du sie überwachst und mich deswegen bis heute rausgehalten. Doch es bessert sich nicht und ich kann nicht länger die Füße stillhalten."

David sah Gabe an, der schwer schluckte. Seine illegale Überwachung war also aufgeflogen.

„Keine Sorge, die Überwachung, die du durchgeführt hast, wird kein Problem sein", sagte er und Gabe war etwas beruhigt.

Der Kaffee war durchgelaufen und David holte Tassen aus dem Schrank und schenkte jedem eine Portion ein.

„Hat sie dir gegenüber was gesagt? Hat sie Probleme mit jemandem oder so etwas?"

„Sie meinte nur, dass sie einige Projekte fertigstellen soll und dass sie hinterher hängt mit der Uni", wiederholte Gabe und trank seinen Kaffee.

Er musste ruhig bleiben, denn nur das kleinste Anzeichen von Nervosität würde David Verdacht schöpfen lassen.

„Ich kann Mary einmal fragen, ob sie mit ihr reden kann", schlug Liam vor und unterbrach somit das Starren zwischen den beiden.

„Ja, das wäre nett. Ich habe schon Lou gefragt. Sie meinte, Sophie hat Probleme und ihr gegenüber Andeutungen gemacht, mehr hat sie dazu nicht gesagt. Da sie loyal zu ihr steht. Das muss ich leider akzeptieren. Aber ich mache mir langsam große Sorgen um sie. Lou hat mir geraten mich da rauszuhalten, da du ihr hilfst, doch langsam fällt es mir deutlich schwer, ihr nicht zu helfen."

Das konnte man ihm deutlich ansehen. Gabe überkam das schlechte Gewissen und kurz spielte er mit dem Gedanken, David alles zu erzählen. Wenn er das tat, wäre Sophie sauer und würde ihm das niemals verzeihen. Das konnte er einfach nicht riskieren, darum hielt er seinen Mund und sagte nichts mehr dazu.

„Keine Ahnung, was mit ihr los ist. So kenne ich sie nicht. Sie ist so anders seit ihrer Entführung."

„Hat dir Lou gesagt, was dort vorgefallen ist?", fragte Gabe.

„Nein, sie spricht nicht gerne darüber, weder von der Zeit, als sie alleine gewesen ist, noch davon, was mit Sophie und ihr geschehen ist. Sie sagte, dass sie in Polen sehr viel Glück gehabt hatten. Was ich nicht verstehen kann, denn Lou hat ein paar Prellungen davongetragen. Aber was dort genau passiert ist, keine Ahnung. Ich habe schon Interpol angefragt, ob sie etwas herausgefunden haben. Ich habe die Berichte gelesen, aber da steht sehr wenig über Sophie und Lou. Es ist schwer nachzuvollziehen, was sie da gesehen haben."

„Und?", hakte Gabe nach.

„Die Kerle, die das Bordell betrieben haben, sind davor schon verdächtig gewesen, doch es haben Beweise gefehlt. Einige junge Frauen haben gegen sie ausgesagt, sodass sie verurteilt worden sind. Sie haben eine Spur zu Oliver Grey, wenn sie da genauere Infos haben, melden sie sich bei mir."

„Du hast überall Kontakte, oder?", fragte Gabe und konnte kaum glauben, dass er mit Leichtigkeit an Informationen von Interpol gekommen war.

„Tja, man muss nur wissen, wie man es anstellt", grinste er und trank in aller Ruhe seinen Kaffee.

„Zurück zum Thema. Ich frage heute Abend mal Mary, ob sie mit Sophie reden kann. Vielleicht bekommt sie etwas aus ihr heraus. Jeder vertraut sich ihr an."

„Ist das nicht ihr Job, als Psychologin, sich mit Leuten zu unterhalten und Sachen aus ihnen herauszubekommen", warf Gabe ein.

„Das ist wahr und sie kann das echt gut. Mary wird es schon schaffen, herauszufinden, was mit Sophie los ist", versicherte Liam ihm und klopfte David auf die Schulter.

Er nickte ihm dankend zu und gemeinsam gingen sie wieder an ihre Schreibtische, um sich dem lästigen Papierkram zu widmen.

7. Kapitel

Sophie beschloss, den Rest der Woche nicht in die Uni zu gehen, da sie keinen Sinn darin sah. Dank ihrer Erpressung würde sie das Semester schon schaffen. Aber sie versuchte, den verpassten Stoff aufzuarbeiten, damit sie im nächsten Semester wieder eine der Besten sein konnte. Sie verbrachte die Zeit daheim, bestellte sich Essen und versuchte sich am Joggen. Da sie es nicht mehr regelmäßig gemacht hatte, war ihre Ausdauer schlechter geworden. Sie wollte dies aufholen.

Sie stand mit einem Handtuch im Bad, als ihr Handy klingelte. Genervt nahm sie es an sich. Wenn es ihr Bruder war, würde sie ihn, wie in letzter Zeit häufiger, wieder abweisen. Doch es war Mary, die anrief.

Sophie wollte sie wegdrücken, da ihr nicht nach Reden zumute war, doch sie brachte es nicht über das Herz. So nahm sie den Anruf entgegen.

„Hey Mary, was gibt es?", fragte sie und hatte Mühe, ihr Handtuch mit einer Hand festzuhalten.

„Ich wollte nur mal fragen, wie du die Idee findest, einen gemütlichen Mädelsabend zu machen. Die zwei Kleinen halten mich ganz schön auf Trab und ich könnte einen Abend ohne sie gebrauchen", schlug sie vor.

Sophie schnaubte laut auf. Ihr war klar, dass David sich Sorgen machte und sich Gabe und Liam anvertraut hatte. Wie so oft, hatte er sich an Mary gewandt, die jederzeit bereit war, jemandem zu helfen. Sophie fand, dass sie ein klein wenig das Helfersyndrom hatte. Normalerweise störte sie das nicht, da sie diese Eigenschaft sehr an ihr schätzte. In diesem Fall wollte sie aber nicht das Problem sein und den anderen Sorgen bereiten. Es war am besten, sie würde sich mit Mary treffen und ihr versichern, dass alles okay war. Dann hätte sie wieder ihre Ruhe.

„Klar, klingt gut", antwortete sie endlich. Sie klemmte sich ihr Handy zwischen Ohr und Schulter und versuchte sich anzuziehen.

„Wie ist es mit heute Abend? Liam kommt früher nach Hause, da sie aktuell keinen neuen Fall haben, und kann somit schön auf die Zwillinge aufpassen."

„Wo wollen wir hin? Feiern oder nur gemütlich Essen gehen und ein bisschen reden?"

Sophie schaffte es, in ihre Jeans reinzukommen.

„Wir können zu dem Spanier bei mir um die Ecke, der neu aufgemacht hat?", schlug Mary vor.

„Gerne."

Punkt acht Uhr war Sophie beim Restaurant angekommen und hielt Ausschau nach ihrer Freundin. Sie entdecke sie an einem kleinen Tisch in der Ecke. Das Lokal war gut gefüllt und es roch köstlich, was ihren Magen laut drauflos knurren ließ. Mary stand auf und winkte ihr zu, um sicherzugehen, dass Sophie sie gesehen hatte. Automatisch schmuckte ihr Gesicht ein großes Lachen und sie ging zu ihr und umarmte sie. In dem Moment tat ihr leid, was sie vorhin über sie gedacht hatte und sie fühlte sich schuldig.

Sophie trug eine einfache Jeans mit einem weißen gestreiften Shirt, das locker saß, aber schick aussah, dazu helle Schuhe. Ihre roten Haare hatte sie sich etwas lockig gemacht und einen kleinen Teil nach hinten gesteckt. Um ihre Augenringe zu verstecken, hatte sie ein auffälligeres Make-up verwendet. Dafür hatte sie den ganzen Nachmittag gebraucht.

„Schön, dass du Zeit hast", meinte sie und setzte sich wieder.

Sophie, die eine schwarze Lederjacke zu ihrem Outfit trug, zog sich diese aus und hängte sie über den Stuhl, zusammen mit ihrer Tasche, bevor sie sich hinsetze.

Es dauerte nicht lange, da kam der Kellner und erkundigte sich, was sie bestellen wollten. Sie waren sich schnell einig, dass sie jeweils einen Wein nahmen. Mary entschied sich für einen süßen Weißwein, während Sophie einen fruchtigen Rotwein wählte. Für das Essen brauchten sie ein wenig länger, da die Auswahl sehr groß war.

„Wie geht es den Zwillingen?", erkundigte sich Sophie.

„Gut. Sie beginnen ihre ersten Schritte zu gehen. Das ist echt anstrengend, wenn ich alleine bin, aber so schön zu sehen, wie sie sich entwickeln und zwischendrin immer wieder Mama sagen."

Sophie konnte die Freude in ihrem Gesicht sehen und beneidete Mary um ihr Glück, wollte sich aber nichts anmerken lassen.

„Und wie geht es dir? Ich habe gehört, dass du ein bisschen Stress hast mit der Uni?", fragte Mary und legte die Speisekarte beiseite, um Sophie genau zu mustern.

„Das kannst du laut sagen. Es sind aktuell einige Prüfungen und Arbeiten, die ich fertigstellen muss. Da weiß ich manchmal echt nicht, wo mir der Kopf steht. Mein Dozent macht ein wenig Stress, aber das bekomme ich schon hin. Daher bekomme ich nicht so viel Schlaf", erzählte sie und legte ihre Karte ebenfalls zur Seite.

„Was ist denn mit deinem Professor?"

„Ach, nichts weiter, nur stresst er mich wegen der Abgabe meiner Arbeiten und will, dass ich einige davon verbessere", redete sie sich heraus.

„Okay."

Mary musterte sie und Sophie blieb gelassen. Doch etwas irritierte sie an ihrem Verhalten, auch wenn sie es nicht ansprach.

„Ich schaffe das Semester schon, aber eher schlecht als recht."

„Das ist doch nicht weiter tragisch. Ich habe in meinem Studium einige grausige Arbeiten abgegeben und danach fragt heute niemand mehr. Das kommt mal vor. Du hast ja auch etwas Schlimmes durchgemacht", begann sie das Thema auf die Entführung zu lenken. Sophie entging dies nicht.

„Ja, ich weiß. Nächstes Semester wird besser für mich laufen", sagte sie und lächelte ihre Freundin an. Sie nahm ihre Karte und suchte sich ein Gericht aus, doch es klang alles so lecker, dass sie nicht wusste, was sie nehmen sollte. Ein kurzer Blick zu Mary verriet ihr, dass es ihr genauso erging.

„Wissen die Damen schon, was sie essen wollen?", fragte der Kellner und stellte den Wein auf den Tisch.

Sophie hob ihren Kopf und nickte, sah dann fragend zu ihrer Freundin, die sich ebenfalls entschieden hatte. Sie wählte eine Portion blind mit ihrem Finger aus und ließ sich überraschen, was sie bestellt hatte.

„Hast du einfach auf ein Gericht gezeigt, ohne zu wissen, was es ist?", fragte Mary und zog die Augenbrauen nach oben.

„Ja, ich konnte mich nicht entscheiden, denn alles klingt so lecker."

„Ich habe ausgelost."

Beide lachten laut los und sie hatte das Gefühl, dass dies ein schöner Abend werden würde. Sophie freute sich darauf und hoffte, dass er nicht so schnell endete.

Das Essen war gut und Mary versuchte wieder unauffällig das Thema auf sie zu lenken, doch Sophie wies sie gekonnt ab und berichtete immer über Oberflächlichkeiten oder wich aus. Sie bekam nichts aus ihr heraus, dennoch genossen sie den Abend.

„Was hältst du davon, wenn wir in den Club gehen?", fragte Sophie, als sie die Rechnung bezahlten.

„Ich weiß nicht, es ist schon spät", versuchte Mary sich herauszureden und ihr behagte dieser Gedanke nicht.

„Ja, aber so eine Stunde. Das wird lustig."

Sie sah Mary mit großen, bettelnden Augen an. Mary beschlich das Gefühl, dass Sophie auch ohne sie feiern gehen würde. Vielleicht verriet sie ihr etwas, wenn sie ein wenig mehr Alkohol intus hatte. Beim Essen hatte jeder von ihnen zwei Gläser Wein gehabt.

Sie überlegte kurz, dann willigte sie ein und sie machten sich auf den Weg. Glücklicherweise standen nicht viele Menschen in der Schlange, somit dauerte es nicht lange, bis sie im Club waren. Mary sah sich um und fühlte sich augenblicklich unwohl. Woran das lag, konnte sie selbst nicht genau sagen. Einige Kerle kamen ihr kriminell vor, obwohl es oberflächlich war, sie auf ihr Aussehen zu reduzieren. Bevor sie sich komplett umgesehen hatte, war Sophie schon bei der Bar und orderte die ersten Drinks. Mary verdrehte die Augen und ging langsam zu ihr herüber. Im nächsten Moment hatte sie einen Schnaps in der Hand. Sie roch daran und erkannte, dass er stark war.

Sophie kippte ihren Shot runter und bestellte zwei weitere. Mary verzog das Gesicht und schluckte ihn nur schwer herunter. Gleich darauf hatte sie schon den nächsten in der Hand. Sie schüttelte den Kopf und Sophie versuchte noch einmal, den Drink an Mary zu bringen, doch diese blieb hartnäckig. Sie zog ihre Schultern hoch und trank die beiden Shots.

„Wollen wir nicht lieber woanders hin?", brüllte sie ihr ins Ohr.

„Warum? Hier ist es schön. Die Musik ist gut und die Drinks sind günstig."

Mary versuchte es weiter, doch Sophie ließ sich davon nicht abhalten. Sie tanzte und trank immer mehr Alkohol. Mary behielt Sophie im Auge und achtete darauf, dass sie keine Dummheiten anstellte.

Gabe war nach dem Dienst gleich eine Runde joggen gegangen, um sich komplett auszupowern. Er machte sich ein Bier auf, schaltete den Fernseher ein und ließ sich auf sein Sofa sinken. Er genoss diesen Abend. Der Tag war schrecklich für ihn gewesen. Zum Glück endete er bald. Schon nach dem Aufwachen hatte er schlechte Laune gehabt und der Papierkram auf der Arbeit hatte dies nicht besser gemacht.

Ruhe, das war es, was er brauchte. Einfach abschalten und entspannen und die Zeit genießen und sich vor allem keine Sorgen um Sophie zu machen.

Als er den ersten Schluck nehmen wollte, bimmelte sein Handy. Er schnaubte genervt und verdrehte nur die Augen. Er holte es gar nicht heraus, um zu sehen, wer ihn da erreichen wollte. Er beschloss, es zu ignorieren, doch als es fünf Mal hintereinander klingelte, wusste er, dass es dringend war.

Mary rief an. Verwundert sah er auf das Display, nahm aber ab.

„Mary? Ist was passiert?", fragte er und schloss dabei die Augen.

Er hoffte, dass alles in Ordnung wäre, doch sein Gefühl sagte ihm, dass dies kein gemütlicher Abend mehr werden würde.

„Nein. Ich war mit Sophie verabredet und jetzt sind wir in der neuen Disco. Sie hat etwas zu viel getrunken und tanzt auf dem Tresen. Dabei fängt sie an, Leute dumm von der Seite anzumachen. Es wird hier gleich ungemütlich. Kannst du bitte kommen und sie aus dem Club herausbringen? Ich schaffe das nicht allein."

„Klar, ich bin unterwegs. Schick mir die Adresse", sagte Gabe und legte schon auf.

Er starrte auf sein Bier und verzog das Gesicht, schloss die Augen und schnaubte genervt.

Er trug noch seine Jogginghose und überlegte, ob er sich schnell etwas anderes drüberziehen sollte, entschied sich aber dagegen. Er steckte seine Marke ein und dann fuhr er schon los.

Nachdem er sein Auto in der zweiten Reihe geparkt hatte, stellte er das Blaulicht aufs Dach, sodass jeder es als Polizeiwagen erkennen würde. Er sah sich um und erkannte die lange Warteschlange vor dem Club. Er hatte so überhaupt keine Lust, Eintritt zu zahlen und zu warten. Jetzt war Gabe froh, dass er seine FBI-Marke mitgenommen hatte. Er ging die Schlange nach vorne.

„Hey, Kumpel, stell dich gefälligst hinten an", pöbelte ihn jemand an und versetzte ihm einen leichten Stoß gegen die Schulter.

Gabe blieb stehen und warf ihm einen bösen Blick zu.

„Ich bin nicht dein Kumpel", erwiderte er und hielt ihm seine Marke unter die Nase.

Der Typ hob die Hände, ging ein paar Schritte zurück und sah ihn entschuldigend an. Beim Türsteher angekommen, zeigte er seine Marke ebenfalls vor, woraufhin der ihn dann ohne weitere Probleme hinein ließ.

Gabe sah sich erst einmal um und erkannte, dass hier niemand mehr nüchtern war. Allerdings konnte er weder Sophie noch Mary entdecken. Er ging herum, drängte sich durch die Menschenmenge und hatte überhaupt keine Lust, hier zu sein. Dann plötzlich blieb er stehen und entdeckte sie. Sophie stand auf einem Tresen und hatte mittlerweile ihr Oberteil ausgezogen, war nur in Jeans und BH gekleidet.

„Hey, sorry, dass ich dich angerufen habe", schrie auf einmal Mary ihm ins Ohr.

Sie hatte Sophies Shirt und das Top bei sich. Er winkte mit der Hand ab, was ihr zeigen sollte, dass es halb so schlimm war. Dann quetschte er sich weiter nach vorne. Vor Sophie blieb er stehen und sah sie an.

„Gabe, tanz mit mir", brüllte sie ihm zu.

„Definitiv nicht", stellte er klar und hielt sie an ihren Füßen fest. „Du kommst jetzt da runter."

„Hey Kumpel, lass sie doch in Ruhe", rempelte ihn jemand von der Seite an.

„Das hier ist meine Angelegenheit. Misch dich da nicht ein", sagte Gabe, der mittlerweile seine Geduld verloren hatte.

„Ach, sonst was?", lachte er ihn aus.

„Verhafte ich dich wegen Behinderung der Justiz", brüllte er und zeigte wiederholt seine Marke.

Der Kerl verstummte und machte zügig die Biege. Er hasste es, wenn er den Cop raushängen lassen musste, doch dies vereinfachte die Sache manchmal. Er hatte beim Anruf schon das Gefühl gehabt, dass seine Marke ihm heute helfen würde.

„Sophie, du kommst da jetzt sofort runter!", widmete er sich wieder ihr.

Er griff nach ihrem Arm und zog leicht daran, doch sie schüttelte ihn schnell ab.

„Nein."

Entschlossen schlug sie seine Hände weg und tanzte einfach weiter, ignorierte ihn. Er hatte heute wenig Geduld und Lust dazu, sich um sie zu kümmern, darum packte er sie grob am Arm und an den Beinen und hob sie mit Leichtigkeit herunter. Dabei griff er sie an den Knien und um die Hüfte und stellte sie dann wieder auf ihren Füßen ab, hielt sie jetzt nur noch leicht am Arm fest.

„Die Party ist für dich vorbei", grummelte er und lenkte sie Richtung Ausgang.

Der Alkohol in ihrem Blut reichte aus, dass sie bei dem sanften Stoß von Gabe über ihre eigenen Beine stolperte. Sie taumelte nach vorne und verlor das Gleichgewicht. Diesmal packte er sie ein wenig grober am Arm und zog sie wieder hoch.

„Hey, du musst mich nicht festhalten. Ich kann alleine laufen", lallte sie ihn an.

„Ja, sieht man", gab er genervt zurück.

Er zerrte sie weiter, doch auf der Hälfte angekommen entdeckte er Mary, die ihre Klamotten hatte. Gabe sah genervt zwischen ihr und Sophie hin und her, schnappte sich schnell das Shirt und stülpte es grob über ihren Kopf. Er zog es ihr drüber wie eine Zwangsjacke. Die Arme waren nicht in den Ärmeln. Er packte sie wieder und zog sie aus dem Club. Dabei verlor sie öfters mal das Gleichgewicht, sodass er ein bisschen fester zugreifen musste, damit sie nicht hinfiel. Mary lief ihnen hinterher.

Erst als sie draußen waren, sah er sie genauer an. Ihre Augen waren wässrig und er kannte diesen Blick. Es würde nicht mehr lange dauern, bis sich ihr Mageninhalt entleerte. Schnell trat er ein paar Schritte zur Seite und machte ihr Platz. Leider schaffte der Kerl, der hinter ihnen aus dem Club kam, es nicht, Sophie auszuweichen. Somit landete alles auf seinen Schuhen. Gabe wusste nicht, ob er davon genervt sein oder lachen sollte. Er schmunzelte und ließ sie erst mal das Erbrochene von ihrem Mund wischen, bevor er sie wieder am Arm packte und dem Typen eine Entschuldigung zu nuschelte. Er wollte hier keine Sekunde länger bleiben als nötig.

„Steig ein. Ich fahr dich nach Hause", sagte er zu Mary und verfrachtete Sophie auf den Beifahrersitz.
„Was machst du jetzt mit ihr?", erkundigte sie sich, während Gabe die Autotür zuschlug und seine öffnete.
„Ich nehme sie mit zu mir, damit sie keine Dummheiten macht."

Er stieg ein und warf Sophie nur einen kurzen Blick zu, dann wartete er, bis Mary eingestiegen war und sich angeschnallt hatte.
Es dauerte nicht lange, da hielt er vor ihrem Haus.
„Wirst du Liam davon erzählen, was heute Abend passiert ist?"
„Nein. Er wird es David sagen und das wird Sophie nur mehr Probleme bereiten, als sie eh schon hat", sagte sie.
„Wir kennen David. Wenn er davon erfährt, wird er stinkwütend sein und wieder den Beschützer für sie spielen. Er wird mit härteren Mitteln durchgreifen. Außerdem ist mir bewusst, wie sehr Sophie ihm beweisen will, dass sie besser ist als ihr. Dieses eine Mal

lasse ich sie damit durchkommen, doch das nächste Mal nicht mehr."

Sie lächelte und er nickte und war dankbar dafür, dass dies hier unter ihnen blieb. Mary stieg aus, wünschte Gabe einen schönen Abend und winkte ihm zum Abschied. Er fuhr erst los, als sie im Haus war. Davor warf er einen Blick zu Sophie, die einfach stillschweigend aus dem Fenster sah. Ihr war übel, das konnte er deutlich sehen. Er hoffte nur, dass sie es drinnen behielt.

Er parkte das Auto direkt vor seiner Haustür und stieg aus, doch sie machte keine Anstalten, ebenfalls auszusteigen. Ein paar Augenblicke lang warte er. Als sie sich nicht in Bewegung setzte, lief er zu ihr herüber, öffnete die Tür und sah sie genervt an. Sie erwiderte seinen Blick und folgte ihm. Dabei taumelte sie heftig und er packte sie wieder am Arm, damit sie nicht auf den Boden fiel. Er führte sie schnell und vorsichtig in seine Wohnung und ging sofort mit ihr ins Bad. Dort konnte sie am wenigsten Schaden anrichten. Sie standen einfach da und starrten sich an. Dabei merkte Gabe, dass Sophie nicht komplett da war. Sie hatte ordentlich getrunken und würde am nächsten Tag einen heftigen Kater haben. Zum Glück musste sie morgen nicht in die Uni, da Wochenende war.

Genau in dem Moment stieg ihm ein unangenehmer Duft in die Nase. Er brauchte nicht lange zu überlegen, um zu wissen, dass es Sophie war, die so stank. Alkohol, Rauch und Erbrochenes waren nicht die besten Gerüche. Er hob sie hoch und sie war so betrunken und fertig, dass sie nicht einmal protestierte. Er setzte sie in die Badewanne und holte einen Waschlappen aus dem Badschränkchen heraus. Er hielt ihn unter den Wasserhahn und ließ absichtlich kaltes Wasser drüber laufen. Kurz warf er einen Blick in den Spiegel und fragte sich, was er hier nur tat. Dann wrang er den Lappen aus und drehte sich wieder zu Sophie. Ihre rotblonden Haare hingen ihr überall ins Gesicht und er sah an ihr herab. Dabei entdeckte er einen Haargummi an ihrem Handgelenk. Sie trug immer einen bei sich, das wusste er. Er nahm ihn und band ihre Haare zu einem chaotischen Pferdeschwanz, erst dann reichte er ihr den kalten, nassen Waschlappen.

„Hier, damit kannst du dich ein bisschen abwaschen", sagte er und sie funkelte ihn böse an.

„Ich bin kein Kind."

Sie warf den nassen Waschlappen in sein Gesicht, doch er erkannte ihre Absichten rechtzeitig und fing ihn mit Leichtigkeit auf.

Langsam waren seine Geduld und sein Verständnis aufgebraucht. Er hatte keine Lust mehr, ihren Babysitter zu spielen. Für heute war es genug. Er legte den Waschlappen auf die Badewanne und ließ Sophie alleine dort sitzen. An der Tür drehte er sich noch einmal zu ihr um. Sie hatte sich mittlerweile etwas zurückgelehnt und die Augen geschlossen. In dem Moment empfand er Mitleid mit ihr. Was war nur passiert, dass sie so geworden war. Er erkannte sie nicht wieder und vermisste die lebensfreudige und freundliche Sophie, in die er sich verliebt hatte. Doch von dieser Version war aktuell nichts mehr zu erkennen.

Kurz überlegte er, ob er sie einfach dort liegen lassen sollte und verschwand dann ohne zurückzublicken. Unter dem Sofa hatte er eine alte Decke, die er hervorholte. Zurück im Bad, hatte sie die Augen geschlossen und er glaubte, dass sie eingeschlafen war. Gabe schmiss die Decke über Sophie und ging selbst in sein Schlafzimmer. Es fiel ihm nicht leicht, sie dort liegen zu lassen, doch es war besser so, falls sie sich übergeben musste. Und außerdem stank sie gewaltig. Da der Tag nicht der beste gewesen war, beschloss er, sich aufs Ohr zu legen, um ihn endlich zu beenden. Es dauerte nicht lange, da war er schon eingeschlafen.

Sophie erwachte und augenblicklich stieg Panik in ihr auf. Als sie sich aufsetzte, um sich umzusehen, entdeckte sie nichts Bekanntes. Sie wusste nicht, wo sie war. Außerdem brauchten ihre Augen eine Weile, bis sie sich an die Dunkelheit gewöhnt hatten.

Sophie stand auf und erkannte, dass sie in einer Badewanne gesessen hatte. Dann bemerkte sie, dass sie ihr Shirt nicht komplett anhatte. Es hing einfach an ihr herab und sie schlüpfte schnell in die Ärmel. Sie tastete die Wand ab, bis sie einen Lichtschalter fand. Vor Helligkeit kniff sie ihre Augen zusammen und erst dann sah sie sich um. Das Bad war schön und ordentlich, doch sie hatte keine Ahnung, wem es gehörte. Ihre Wohnung war das nicht, das konnte sie mit Sicherheit sagen. Wie war sie hierhergekommen? Sie lehnte sich an die Tür, schloss die Augen und rieb sich über das Gesicht. Langsam kamen die Erinnerungen zurück und sie wusste, was passiert war. Als sie sich erneut umsah, erkannte sie das Badezimmer.

Schnell ging sie zum Waschbecken, um sich im Spiegel zu betrachten. Doch der Alkohol war nicht komplett aus ihrem Körper und es war ihr egal, wie sie aussah. Sophie nahm die Decke, die in der Badewanne lag, und schaltete das Licht wieder aus. Einen Moment blieb sie einfach nur stehen und wartete darauf, dass sich ihre Augen an die Dunkelheit gewöhnten. Erst dann lief sie durch die Wohnung und kuschelte sich dabei in die Decke.

Sie war hundemüde und ihr Kopf begann zu schmerzen. Jeder Muskel fühlte sich wie Blei an und Sophie sehnte sich danach, in ein gemütliches Bett zu fallen. Sie blieb am Schlafzimmer stehen. Dort erkannte sie die Umrisse von Gabe und beobachte ihn. Ruhig und gelassen lag er da und es war offensichtlich, dass er schlief. Die hellen Ziffern seines Weckers zeigten ihr an, dass es vier Uhr morgens war. Leise und langsam ging sie auf die andere Seite des Bettes und legte sich einfach hinein. Sie war froh, dass Gabe ein Doppelbett hatte und somit genug Platz für sie beide war. Schlafmangel und Alkohol hatten die Kontrolle übernommen, sonst hätte sie sich niemals zu ihm gelegt, sondern auf das Sofa.

Sie ließ sich in die weichen Kissen fallen und brauchte nicht lange, bis sie tief und fest eingeschlafen war.

Gestank, das war das Erste, was Gabe wahrnahm. Sofort richtete er sich auf und schaltete in den Alarmmodus. Panisch sah er sich um. Schnell erkannte er, woher der Geruch kam: Sophie lag neben ihm und schlummerte seelenruhig. Ihre Haare waren zerzaust und sie klammerte sich an der Decke fest, hatte sie sich bis zu ihrem Kopf gezogen. Einige Sekunden lang beobachtete Gabe sie und sah erst dann auf seinen Wecker. Es war sechs Uhr morgens. Normalerweise stand er immer um diese Uhrzeit auf, doch heute war einer seiner wenigen freien Tage. Er überlegte kurz, ob er sich noch eine Runde hinlegen sollte, entschied sich aber dagegen. Stattdessen holte er sich die Sportsachen heraus, achtete dabei aber darauf, keinen Lärm zu machen, der sie aufwecken könnte.

Schnell zog er sich die lange schwarze Jogginghose und ein FBI-Shirt drüber und verließ die Wohnung, um joggen zu gehen. Für seine tägliche Runde benötigte er immer eine Stunde und fünfzehn Minuten, danach duschte er und an freien Tagen frühstückte er sogar. Wenn er arbeiten musste, nahm er sich für unterwegs etwas mit.

Während dem Joggen konnte er meistens seine Gedanken abschalten und sich nur auf den Sport konzentrieren, heute gelang ihm das nicht. Er dachte wieder einmal an Sophie. Das tat er in letzter Zeit ununterbrochen, dabei mischten sich größere Sorgen unter. Seine Neugierde, was mit ihr während der Entführung passiert war, stieg. Gabe wollte ihr helfen, doch er hatte keine Ahnung, wie er das anstellen sollte. Er hatte sie dazu gebracht, mit dem Koks aufzuhören und jetzt ließ sie sich mit Alkohol vollaufen. Er erkannte keine Verbesserung, dabei hatte er gedacht, dass sich ihr Zustand bessern würde, sobald sie von den Drogen wegkam. Ihm kam der Gedanke, einfach damit aufzuhören, für sie da zu sein, und sich von ihr zu distanzieren. Schnell verwarf er ihn wieder, denn Gabe war nicht bereit, sie komplett aufzugeben. In ihrem aktuellen Zustand erkannte er sie nicht wieder, doch er glaubte daran, dass sie die alte Sophie werden konnte, in die er sich verliebt hatte.

Es war offensichtlich, dass es ihr schlecht ging. David hatte es bereits bemerkt und würde nicht ewig abwarten, bis er eingriff. Sophie kapselte sich von allen ab. Sie errichtete eine Mauer um sich herum, sodass sie niemanden an sich heranließ.

Gabe konnte nicht mehr und blieb stehen. Er hatte sein Tempo aufs höchste beschleunigt und war am Ende schon gesprintet, doch selbst das half ihm nicht. Seine Hände stützte er auf den Oberschenkeln ab und verschnaufte ein wenig, danach sah er sich um. Er hatte seine Runde fast geschafft und dies in Rekordzeit.

Den Rest des Joggens verbrachte er damit, angestrengt über andere Sachen nachzudenken.

Daheim angekommen, stellte er sich unter die kalte Dusche. Er kochte h Kaffee und machte sich ein Müsli. Erst dann sah er ins Schlafzimmer, wo Sophie immer noch seelenruhig schlief. Ein leises Vibrieren ließ ihn aufhorchen und er konnte es nicht einordnen, woher das Geräusch kam. Es musste ihr Handy sein, doch er konnte es nirgendwo entdecken. Er ging näher an Sophie heran und erkannte, dass sie ihr Smartphone mit ins Bett genommen hatte. Es lag etwas abseits neben ihr. Er hob es hoch und sah auf das Display. David rief an und es wunderte ihn, was er um diese Uhrzeit an einem Sonntag wollte. Abheben wollte Gabe aber nicht, daher legte er es wieder zurück.

Diese Bewegung weckte Sophie. Sie richtete sich plötzlich auf und Gabe entfernte sich ein paar Schritte von ihr.

„Entschuldige, ich wollte dich nicht wecken. Dein Handy hat nur geklingelt", begrüßte er sie.

Müde rieb sie sich die Augen, bevor sie ihn ansah. Sie drehte ihren Kopf und blickte auf die Uhr.

„Fuck! Scheiße, ich habe verschlafen", murmelte sie und sprang schnell aus dem Bett.

„Sorry, aber mir war nicht bewusst, dass ich dich wecken sollte", meinte er trocken und entfernte sich von ihr.

„Das war kein Vorwurf, sondern eher eine schockierende Tatsache. Ich habe total vergessen, dass wir bei unseren Eltern zum Frühstück eingeladen sind", sagte sie und schenkte ihm ein Lächeln.

„Dann solltest du dich beeilen."

„Das wird nichts bringen. Ich stinke nach Rauch und Alkohol und mein Kopf tut weh. Es ist unmöglich."

Sie fuhr sich mit den Händen durch die Haare und hielt sich das Gesicht. Als Gabe sie so sah, hatte er Mitleid mit ihr. Er sagte nichts, sondern drehte sich um und ging einfach. Sie sah ihm hinterher und schämte sich in dem Moment. Gabe hatte so viel für sie getan und sie benahm sich daneben. Sie musste sich bei ihm entschuldigen. Sophie wollte ihm folgen, doch wenige Sekunden später kam er bereits zurück. Ein Glas Wasser und eine Tablette hatte er dabei und reichte ihr beides. Verwundert sah sie ihn an.

„Aspirin, hilft gegen den Kater."

„Danke."

Sie nahm die Medizin und das Wasser, hoffte dabei, dass sie schnell wirkte.

„Ich rufe David zurück."

Er nickte und ging wieder auf Abstand.

Sie wählte die Nummer ihres Bruders. Nach dem ersten Klingeln nahm er ab.

„Wo bleibst du? Wir warten schon auf dich?", fragte er.

Sie konnte deutlich raushören, dass er sauer war.

„Sorry, ich schaffe es nicht. Ich habe vergessen, mir einen Wecker zu stellen und verschlafen. Ich bräuchte jetzt zu lange, um zu euch kommen", entschuldigte sie sich.

„Das ist keine Ausrede. Mom hat sich so auf dich gefreut. Ich gebe dir eine halbe Stunde, dann bist du hier."

David legte auf und machte somit deutlich, dass es zwecklos war. Sie kam aus dieser Nummer nicht mehr raus.

Gabe fuhr sie nach Hause. Sie duschte sich schnell und zog sich an. Dann vibrierte ihr Handy. Kim hatte ihr eine Nachricht geschrieben und erkundigte sich, wie ihre Ergebnisse waren, die sie am Freitag bekommen hatten. Sophie musste sich eingestehen, dass sie gar nicht nachgesehen hatte, da sie davon ausgegangen war, bestanden zu haben. Aber etwas fühlte sich dabei komisch an. Dies veranlasste sie dazu, sich in das Portal der Uni einzuloggen und nachzusehen.

Sie rief ihre Testergebnisse auf und für einen Moment hörte ihr Herz auf zu schlagen. Es waren fünf Ergebnisse dazugekommen und überall stand durchgefallen - dabei hatte die Erpressung dafür sorgen sollen, dass genau diese Ergebnisse anders ausfielen. Damit war klar, dass sie das Semester nicht schaffen würde und Professor Evans nicht auf ihre Erpressung eingegangen war. Sie musste wiederholen. Wut überkam sie und gleichzeitig fühlte sie sich so hilflos. Die Erpressung des Dozenten hatte wenig gebracht. Sophie fuhr sich verzweifelt durch die Haare und wusste einfach nicht, was sie jetzt tun sollte. Es war eine Sache, damit zu drohen, doch das Ganze in die Tat umzusetzen, eine ganz andere.

Ein erneutes Vibrieren ihres Handys riss sie aus ihren Gedanken. David fragte, wo sie blieb, da die halbe Stunde um war. Schnell verdrängte sie alles, wollte nicht weiter darüber nachdenken.

Mit einem lauten Fluch schnappte sie sich ihre Tasche und rannte zum Bus, mit dem sie zwei Stationen fuhr. Eine Viertelstunde später stand sie vor dem Haus ihrer Eltern. Es dauerte nicht lange, da öffnete David ihr die Tür. Er sah sie böse an, lächelte aber dann und nahm sie in den Arm.

„Schön, dass du es einrichten konntest", sagte er mit etwas Bitterkeit in der Stimme.

„Tut mir leid, ich habe einfach verschlafen."

Es war nicht mal eine wirkliche Lüge, aber auch nicht die ganze Wahrheit.

„Ja, Liam erzählte mir schon, dass du und Mary gestern lange gemacht habt", sagte er und ging ins Esszimmer. Sophie folgte ihm, begrüßte ihre Eltern und setzte sich dann ebenfalls an den Tisch, der voll gedeckt war.

„Wir haben extra auf dich gewartet", meinte ihre Mutter Natalie mit einem warmen Lächeln.

„Das hättet ihr nicht tun müssen. Es tut mir leid, dass ich verschlafen habe."

„Möchtest du Kaffee?"

Sie nickte als Antwort.

Sophie spürte die Blicke ihrer Mutter, ihres Vaters und die Davids auf sich und fühlte sich leicht unwohl. Sie griff nach dem Orangensaft, schenkte sich ein Glas ein und nahm den ersten Schluck.

„Können wir anfangen oder wartet ihr auf etwas?", fragte sie schüchtern und verspürte ein komisches Gefühl in ihrem Magen.

Es sagte ihr, dass dieses Frühstück nicht ruhig und friedlich ablaufen würde. Nervosität überkam sie, doch sie versuchte, Ruhe zu bewahren.

„Nein. Wir haben lange genug gewartet."

David sah sie an und griff sich ein Brötchen.

„Warum ist Lou nicht mitgekommen?", fragte Sophie und nahm sich ebenfalls eine Semmel.

„Sie hat gestern die Nachtschicht in der Bar gehabt und es ist spät geworden. Sie ist erst um sechs Uhr morgens heimgekommen, da wollte ich sie jetzt nicht schon wieder aus dem Bett schmeißen", sagte er und belegte seine Semmel mit reichlich Salami.

Sophie nickte und schmierte sich Frischkäse auf das Brötchen.

„Wie gehts dir? Wir haben letzte Woche ein paar Mal angerufen, doch du bist nicht rangegangen. Langsam machen wir uns Sorgen um dich", sprach Matthew, ihr Vater, aus.

Sophie hielt in ihrer Bewegung inne, denn sie hatte gehofft, dass dieses Thema erst später zur Sprache kommen würde.

„Ich wollte zurückrufen, doch die Uni lässt mir kaum freie Zeit. Ich verbringe sehr viel Zeit mit Lernen."

„Du hängst dich ja ganz schön rein. Im ersten Semester hast du immer nur Einser gehabt und so viel, wie du für die Uni tust, scheint sich das ja nicht zu ändern", freute sich ihr Vater.

„Aber so kann es nicht weitergehen. Sieh sie dir doch einmal genau an. Schwarze Augenringe und sie hat bestimmt fünf Kilo abgenommen. Sie sieht nicht gut aus", sprach Natalie ihre Sorge laut aus.

Sophie biss schnell einen großen Happen ab, damit sie nicht antworten musste.

„Da gebe ich ihr recht. Du siehst nicht gut aus und seit deiner Entführung distanzierst du dich immer mehr von uns. Dir geht es nicht gut", beteiligte sich David.

Alle Blicke waren auf sie gerichtet und Sophie rutschte unruhig auf ihrem Stuhl hin und her, wusste einfach nicht, was sie sagen sollte.

Sie sah erst zu David und dann zu ihren Eltern.

„Ach, das Semester ist bald vorbei. Nur noch zwei Monate. Die schaffe ich schon", log sie und biss erneut von ihrer Semmel ab.

„Also sind deine Noten so gut?", fragte David. „Ich meine, du hast gefehlt und eine Menge Unterricht verpasst, während der Entführung."

Sie verschluckte sich und brach in lautes Husten aus.

„Komm schon. Es kann doch nicht nur der Stress sein, der dich so fertig macht. Erzähl uns, was los ist", drängte Natalie sie.

Sophie hustete immer noch und David klopfte ihr auf den Rücken, damit es besser wurde. Als es aufhörte, sah sie ihre Mutter an.

„Ja, ich habe gefehlt, aber das habe ich aufgeholt", log Sophie und nahm einen Schluck Kaffee, um das Kratzen in ihrem Hals verschwinden zu lassen.

„Was ist dann los? Irgendwas ist doch? Macht dir die Entführung zu schaffen? Du weißt, du kannst immer mit mir reden", sagte David und sah sie liebevoll an. Sorge schwang deutlich in seinem Blick mit.

„Nein, dort ist mir ja kaum etwas passiert. Es war schlimm zu sehen, aber das habe ich schon verkraftet."

„Raus mit der Sprache!", forderte er sie im strengen Tonfall auf.

„David, dräng sie nicht. Wenn sie nicht darüber reden will, ist das okay", unterbrach Natalie ihn. „Sophie weiß, dass sie jederzeit zu uns und zu dir kommen kann und wir für sie da sind."

Sie griff nach ihrer Hand, drückte sie sanft und schenkte ihr dabei ein Lächeln.

Sophie wusste, dass ihre Mutter dies ernst meinte und merkte, dass sie neugierig war und sich Sorgen machte.

„Ich hab schlechte Noten und werde das Semester nicht bestehen, doch das liegt nicht an mir. Mein Dozent erpresst mich", kamen die Worte aus ihr heraus.

Die Augen aller Anwesenden vergrößerten sich und sie starrten Sophie geschockt an.

„Was?", fragte David als Erster. „Womit?"

Sophie hatte das gar nicht sagen wollen. Es war ihr einfach so herausgerutscht. Sie verstrickte sich in die Lügen und wusste, dass sie dies jetzt nicht mehr rückgängig machen konnte. Sie streckte ihre Schultern ein wenig nach vorne und bewegte sich nervös.

„Er wusste, dass ich im ersten Semester gute Noten gehabt habe und als ich nach meiner Entführung wieder da war, rief er mich zu sich. Er machte sich Sorgen und fragte, was los sei. Ich wollte ihn loswerden und erzählte ihm, dass ich bloß krank gewesen und alles in Ordnung sei", sprach sie aus.

„Okay, und er gibt dir deswegen schlechte Bewertungen und lässt dich durchfallen?", hakte David nach, da es ihm nicht glaubhaft erschien.

„Nein! Er hat mich sexuell belästigt und verlangt mehr, damit ich erneut gute Noten bekomme", log sie und fluchte innerlich.

Doch die Lüge war raus und Sophie wusste, dass das alles Konsequenzen haben würde.

„Wie bitte?"

Fassungslos starrte ihre Familie sie an und konnte einfach nicht glauben, was sie da gehört hatte. David ballte die Hände zu Fäusten und stand ruckartig auf.

„Was genau hat er getan?", zischte er und Sophie sah ihn an.

„Er hat mich begrabscht und öfters abgefangen, nach dem Unterricht. Darum bin ich in letzter Zeit nicht mehr oft hingegangen. Er hat verlangt, dass ich das mache, was er will, im Gegenzug bekomme ich gute Noten. Er hat gemeint, dann sind wir beide glücklich."

„Dieses Schwein!", brüllte David und schmiss in einer wütenden Bewegung den Stuhl um.

Ihre Eltern schenkten ihm keine Aufmerksamkeit, sondern starrten weiter Sophie fassungslos an.

„Hast du Anzeige gegen ihn erstattet?", fragte ihre Mutter und hielt erneut ihre Hand.

„Nein, das ist doch sinnlos. Er lässt mich so oder so durchfallen. Ich wiederhole das Semester und belege Kurse, in denen ich ihn nicht habe", meinte Sophie und hoffte, dass sie es dabei beließen.

„Das wirst du nicht tun! Er ist Dozent und Lehrer. So etwas darf und kann er nicht einfach mit seinen Studenten machen. Er hat das mit hoher Wahrscheinlichkeit nicht zum ersten Mal gemacht. Du musst ihn anzeigen. Ich werde dir dabei helfen und dich unterstützen", sagte David und setzte sich wieder auf den Stuhl und sah Sophie eindringlich an.

„Was bringt das? Es gibt keine Beweise. Es wird Aussage gegen Aussage stehen. Die Chancen, etwas gegen ihn zu bewirken, sind gering", tat sie ab und fühlte sich immer unbehaglicher.

„Du willst ihn damit davonkommen lassen? Er kann mit Leichtigkeit so weitermachen, ohne dass ihn jemand zur Verantwortung zieht. Nein."

Er glaubte ihr, genau wie ihre Eltern. Sophie hatte nie zuvor gelogen. Erst seit der Entführung hatte sie damit begonnen, Drogen zu nehmen, nicht mehr zu schlafen und vor allem jeden in ihrem Umfeld anzulügen. Davon wusste hier niemand.

David sah nur, dass es seiner Schwester nicht gut ging und sie müde und distanziert wirkte. Dass sie ihn belog, kam ihm gar nicht in den Sinn, denn er sah keinen Grund, warum sie dies tun sollte. Er kannte Sophie gut und wusste daher, dass sie viel Wert auf Ehrlichkeit legte. Sie war aufgeweckt, direkt und dachte vor allem erst nach, bevor sie sprach. Ihre offene Art kam bei ihren Freunden immer gut an. Dass sie sich jetzt so verändert hatte und genau das Gegenteil tat, konnte niemand ahnen. Sie wollten es nicht glauben, da sie keinen Grund dafür sahen.

Es war zu spät, jetzt einen Rückzieher zu machen.

„Er hat recht. Er kann und darf damit nicht durchkommen. Dein Dozent nutzt junge und verzweifelte Studentinnen aus. Du musst ihn auf jeden Fall melden", mischte sich ihr Vater ein.

„Ich sehe das genauso. Wir unterstützen dich", versicherte ihre Mutter ihr.

„Ich kann ihn nicht anzeigen", redete sie sich heraus und verstrickte sich dabei mehr in ihre Lügen.

„Warum nicht? Selbst wenn er nicht verurteilt wird, weil es keine Beweise gibt, wird es sich herumsprechen. Er wird seinen Job dadurch verlieren und sein Ruf wird ihm immer folgen, egal wohin er geht. So etwas hält sich hartnäckig und eventuell melden sich andere Frauen, die bis jetzt geschwiegen haben. Du musst es auf jeden Fall versuchen", sagte David und sah sie eindringlich an.

„Gib mir Zeit, das zu überdenken. Ich will nichts überstürzen. Ich kann morgen einmal mit ihm reden, mit meinen Freunden an der Seite. Vielleicht knickt er ein und gibt mir gute Bewertungen und lässt mich dann in Ruhe."

„Er kann deine Noten nicht so einfach verändern, nachdem er sie bekannt gegeben hat. Aber er wird dadurch seinen Job verlieren."

Sophie fluchte innerlich, denn ihr Bruder hatte recht. Er würde und konnte die Ergebnisse nicht mehr ändern, da er sie weitergegeben hatte.

„Ich schlafe eine Nacht darüber und teile dir morgen meine Entscheidung mit", bat sie ihn. „Ich will jetzt nicht weiter darauf eingehen, okay?"

Sophie sah zu ihren Eltern und sie waren geschockt. Sie konnten nicht glauben, was sie erfahren hatten, doch nickten und taten Sophie den Gefallen.

Sie frühstückten weiter. Die Stimmung war betrübt und angestrengt versuchten sie, ein anderes Thema zu finden, doch sie spürte die besorgten Blicke auf sich.

8. Kapitel

David war so aufgewühlt, dass er nicht einfach nach Hause gehen und einen gemütlichen Abend mit Lou verbringen konnte. Er spürte den Drang, zu dem Dozenten zu fahren und ihm einmal ordentlich die Meinung sagen, doch er wusste nicht, welchen Lehrer Sophie genau meinte und musste die Füße stillhalten. Dies fiel ihm nur schwerer, als gedacht, und es war ihm nicht möglich, ruhig rumzusitzen. Darum rief er Gabe an, ob er kurz Zeit für ihn hatte.

Nur ein paar Minuten später stand er vor Gabes Haustür.

„Hey, ist alles okay?", fragte er, als er David die Tür öffnete.

Gabe trat beiseite, damit er eintreten konnte, und sah ihn an. Es war David deutlich anzusehen, dass er aufgewühlt war.

„Hast du es gewusst?", fragte er und ging weiter ins Wohnzimmer.

Vorher hatte er sich schnell seine Schuhe abgestreift.

„Was denn?", hakte er nach.

Gabe hoffte darauf, dass er nicht von dem Drogenproblem sprach.

„Dass Sophie von ihrem Dozenten erpresst und sexuell belästigt wird? Hast du das gewusst?"

Er fuhr sich durch die Haare und sah ihn fragend an. Gabe brauchte eine Minute, um zu realisieren, was David da von sich gegeben hatte. Das war ihm neu und kam völlig unerwartet.

„Nein", gab er ehrlich zu und schüttelte den Kopf.

David atmete erleichtert auf und ließ sich auf das Sofa fallen. Gabe konnte sich aus seiner Schockstarre befreien und setzte sich neben ihn.

„Sie hat mir nichts gesagt! Ich habe mich zwar ein paar Mal mit ihr getroffen, doch das hat sie gut verschwiegen", erklärte Gabe wieder und sah zu David.

„Ja, das glaube ich sogar. Ich kann es einfach nicht fassen, dass ihr so etwas passiert. Erst die Entführung und dann das. Sie hat nicht gesagt, wie lange das schon so geht. Warum ist sie nicht sofort zu mir gekommen? Ich hätte ihr doch helfen können", fluchte David und stand wieder auf. Aufgeregt lief er durch den Raum.

„Ich weiß es nicht, aber selbst mir gegenüber hat sie geschwiegen."

Gabe senkte den Blick und konnte verstehen, warum Sophie nicht schlief, mit den Drogen angefangen hatte und so arg auf die schiefe Bahn geraten war. Ihre Entführung war nicht ohne gewesen und dann ihr Dozent, der sie sexuell belästigte.

„Er erpresst sie? Womit denn?", fragte Gabe und stand ebenfalls auf.

„Sie hat einige Zeit gefehlt, darin hat er eine Chance gesehen. Sophie hat erzählt, dass er ihr nur dann gute Noten gäbe, wenn sie mit ihm ins Bett ginge. Sie hing hinterher mit dem Stoff und schaffte es nicht komplett, alles aufzuholen. Er hat ihre Situation schamlos ausgenutzt."

„Hat sie ihn angezeigt? So jemand darf nicht junge Erwachsene unterrichten. Er könnte noch schlimmere Sachen anstellen", sagte Gabe.

„Das waren meine Worte. Sie war nicht begeistert und versprach mir, das noch einmal zu überdenken. Da Aussage gegen Aussage stehen wird, will sie es dabei belassen und versuchen, ihm aus dem Weg zu gehen. Sie will das Semester einfach wiederholen."

„Das kann doch nicht ihr Ernst sein? Sie lässt ihn ungeschoren davonkommen? Er nutzt ihre Situation aus. Laut Statistik ist es sogar wahrscheinlich, dass er das nicht zum ersten Mal macht. Ich will ja keine voreiligen Schlüsse ziehen."

Gabe hob unschuldig die Hände.

„Ja, versteh ich. Ich denke genauso."

David machte eine kurze Pause.

„Ihr habt euch in letzter Zeit öfters getroffen?"

Gabe sah ihn an und setzte sich dann auf den kleinen Stuhl, den er in der Küche zu stehen hatte.

„Ja, das habe ich dir doch gesagt."

„Ich weiß auch, dass du sie überwacht hast, habe es mir aber nicht angeschaut. Aber warum hast du das überhaupt getan?"

Gabe fuhr sich durch die Haare. Es war ihm peinlich, dass David davon erfahren hatte. Die Überwachung fand nicht autorisiert statt, doch darüber machte er sich am wenigsten Gedanken.

„Ja, ich habe mir Sorgen gemacht und etwas übertrieben. Mir ist bewusst, dass ich dazu nicht die Befugnis gehabt habe. Ich habe es Sophie erzählt und sie hat mir verziehen", sagte er und ließ dabei einige Details aus.

„Wir haben nicht mehr über das Thema gesprochen, seit Sophie entführt worden ist. Ich will, dass du weißt, dass es für mich komplett in Ordnung ist, wenn ihr zwei etwas miteinander habt. Doch ich habe nur eine Bitte an dich."

Er sah ihn eindringlich an und Gabe zog fragend die Augenbrauen nach oben.

„Tu ihr bitte nicht weh."

David sagte dies mit so flehender Stimme, dass Gabe nicht anders konnte, als ihn anzustarren.

„Das ist nicht meine Absicht. Ich habe mich in sie verliebt und das Letzte, was ich will, ist, sie zu verarschen oder ihr wehzutun", versicherte Gabe ihm.

„Gut, das habe ich gehofft zu hören."

David stellte die Flasche ab und fuhr sich erneut durch die Haare. Seine Körpersprache war angespannt und Gabe fragte sich, was er wissen wollte. Er spürte, dass dies nicht alles gewesen war.

„Was hat sie dir erzählt? Mir ist bewusst, dass es mich nichts angeht. Sie vertraut dir und das sollst du nicht ausnutzen. Ich mache mir nur ernsthaft Sorgen um sie. Sie sieht aus wie eine Leiche. Ihre Augenringe werden dunkler und sie wandelt nur so durch die Gegend. Ihre Lebensfreude, die sie immer an den Tag gelegt hat, ist auf einmal verschwunden. Ich will ihr nur helfen und sie verstehen."

Seine Verzweiflung war deutlich herauszuhören und Gabe hatte Mitleid mit ihm. Doch er würde die Drogen nicht erwähnen, das hatte er ihr versprochen.

„Sie hat mir gegenüber zugegeben, dass die Entführung sie belastet. Sehr sogar. Darum kann sie nicht schlafen, die Bilder von dort verfolgen sie. Doch was genau sie gesehen oder durchgemacht hat, erzählt sie mir nicht. Ehrlich gesagt wollte ich sie dazu nicht drängen. Ich habe ihr klar zu verstehen gegeben, dass sie mir vertrauen kann und ich immer für sie da bin.

Zwar erwähnte sie, dass sie mit der Uni Problem hat, weil es schwer ist, alles nachzuarbeiten. Die Belästigung hat sie aber in keiner Weise angedeutet. Glaub mir, wenn ich das gewusst hätte, wäre ich nicht so ruhig und gelassen geblieben und er hätte das deutlich zu spüren bekommen …"

„Mit diesem Gedanken habe ich ebenfalls schon gespielt, doch Sophie hat seinen Namen nicht gesagt und nicht nur einen Dozenten."

„So hart dies klingen mag, es ist allein ihre Entscheidung, was sie macht. Sie hat mit dem Argument recht, dass er dafür mit hoher Wahrscheinlichkeit nicht verurteilt wird, da es keine Beweise gibt. Das Einzige, was wir tun können, ist, sie bei ihrem Entschluss zu unterstützen."

Gabe erhob sich und holte sich selbst ein Wasser aus dem Kühlschrank. Er blieb stehen, lehnte sich dagegen und musterte David. Es war ihm anzusehen, dass es ihn beschäftigte und in den Fingern juckte, etwas zu unternehmen. Für Gabe war dies ebenfalls nicht leicht und er tobte innerlich, doch er zügelte sich und versuchte, ruhig zu bleiben.

„Wenn ich weiter darüber nachdenke, wird mir schlecht und meine Selbstbeherrschung verschwindet."

David schnaufte laut und sah zu Gabe herüber, der seine Wasserflasche fast zerquetschte, so fest hielt er sie.

„Darf ich fragen, was da genau zwischen euch läuft?"

Er wollte unbedingt das Thema wechseln, doch wusste nicht, ob dies die richtige Richtung war. Darum lag eine gewisse Unsicherheit in seiner Stimme.

„Sophie ist völlig neben sich, daher sind wir aktuell nur normale Freunde. Ihren Zustand werde ich auf keinen Fall ausnutzen."

David ließ sich die Worte durch den Kopf gehen und nickte. Dann sahen sie beide schweigend zu Boden und hingen ihren eigenen Gedanken nach.

Sophie konnte die ganze Nacht nicht schlafen, denn ihr ging das Gespräch mit ihren Eltern und David nicht aus dem Kopf. Sie hatte gelogen und da sie nicht dumm war, wusste sie, dass es einen Rattenschwanz nach sich ziehen würde. Irgendwie musste sie aus der Nummer wieder rauskommen, ohne dass jemand Schaden davontrug. Sie wollte doch nicht die Karriere ihres Dozenten kaputt machen. Nie im Leben hätte sie Anzeige gegen ihn erstattet, denn das brachte sie nicht über sich. Es waren genug Lügen und sie hatte keine Kraft mehr, weitere zu verbreiten. Sophie schämte sich und fragte sich, wie es so weit hatte kommen können. Niemals hatte sie so werden wollen und sie erkannte sich selbst nicht wieder. Sie hasste es, dass sie so geworden war. Die Drogen, das Trinken und Party Machen.

Ihr komplettes Leben hatte sie in Davids Schatten gestanden und darauf hingearbeitet, jedem zu zeigen, dass sie besser und toller als ihr Bruder war. Sie hatte das Gegenteil bewirkt. Sie war eine Schande und versagte auf ganzer Linie.

Zum ersten Mal spürte sie den Drang, darüber zu reden und griff nach ihrem Handy. Dann zögerte sie, denn sie wusste nicht, wen sie anrufen sollte. Kim und Gabe waren die Einzigen, denen sie blind vertrauen konnte.

Sie wählte die Nummer von Kim. Es dauerte nicht lange, da hob sie ab.

„Bitte sag mir, dass du mich dringend brauchst!", flehte Kim.

„Ja, das tue ich tatsächlich. Hast du Zeit, um vorbeizukommen?", fragte Sophie hoffnungsvoll.

„Ja, auf jeden Fall. Ich bin gleich bei dir", verabschiedete sich Kim von ihr und legte schon auf.

Verwundert sah sie ihr Telefon an und versuchte zu verstehen, was gerade passiert war.

Nur eine halbe Stunde später klingelte es an ihrer Tür und sie machte auf, um Kim hereinzulassen.

„Du hast mir den Arsch gerettet. Meine Mitbewohner streiten sich und wollten mich als Streitschlichterin einsetzen. Du bist meine Heldin."

Mit diesen Worten fiel Kim ihr um den Hals.

„Habe ich gerne gemacht."

Kim zog ihre dünne Jacke aus, hängte sie an ihre Garderobe und stellte ihre Schuhe gleich daneben.

„Was ist los?"

Sie sah sie eindringlich an und wirkte nicht überrascht, dass Sophie reden wollte.

„Das könnte länger dauern. Willst du was trinken?"

Sie nickte und warf ihr einen vertrauten Blick zu, den sie sofort deuten konnte.

Sophie ging in die Küche und schenkte Kim ein Glas Wein ein. Kurz überlegte sie, sich ebenfalls eins einzuschenken, doch nahm lieber eine Cola, da sie gestern Abend schon zu viel Alkohol getrunken hatte.

Gemeinsam setzten sie sich auf ihr Sofa und Sophie erzählte Kim alles. Dass sie regelmäßig Drogen genommen hatte, dass Gabe sie dabei erwischt hatte und ihr helfen wollte. Sie ließ kein Detail aus, sogar ihre Entführung erwähnte sie und das, was heute mit ihrem Bruder passiert war.

Kim starrte sie einen Moment geschockt an, denn dies waren viele Informationen, die sie erst einmal verdauen musste.

„In was bist du da nur hineingeraten?"

Fassungslos nahm Kim ihr Glas und trank einen großen Schluck von ihrem Wein.

Sophie lehnte sich im Sofa zurück und sah sie einfach nur an.

„Ich habe eine Menge Scheiße gebaut, doch das war nie meine Absicht."

„Du darfst unseren Dozenten auf keinen Fall der Polizei melden. Er hat das nicht getan und das kann und wird seine ganze Karriere zerstören", redete sie auf Sophie ein.

„Denkst du, das weiß ich nicht! Ich werde ihn nicht anzeigen, soweit lasse ich es nicht kommen."

Kim stellte ihr Glas ab, das mittlerweile leer war, und lehnte sich ebenfalls zurück.

„Ich kann das alles kaum fassen. Deine Entführung, die Drogen und dann das mit der Uni"

„Ja, ich weiß, es ist heftig."

„Ich verstehe nur eins nicht. Du kämpfst so hart darum, nicht zu wiederholen. Es ist doch keine Schande. Clara fällt in einigen Fächern durch und braucht auch einen zweiten Anlauf."

„Echt? Das ist neu für mich."

„Du warst in den letzten Wochen so neben dir, dass du nichts aus deinem Umfeld bewusst wahrgenommen hast."

Sophie musste ihr recht geben. Sie war so auf sich konzentriert gewesen, dass sie ihre Freunde und Mitmenschen komplett vergessen hatte. Erst jetzt wurde ihr das ganze Ausmaß dessen bewusst, was die Drogen angerichtet hatten. Sie wusste nicht, wie sie es so weit hatte kommen lassen und schämte sich dafür, denn nichts hiervon war in Ordnung für sie.

„Ich mag das Studium nicht mehr wirklich. Es macht mir keinen Spaß. Am Anfang fand ich es interessant und nicht einmal so übel. Jetzt quäle ich mich nur durch. Irgendwie habe ich das Interesse daran verloren", gestand sie endlich.

„Dann hör auf und wechsle den Studiengang", riet ihr Kim „Das ist alles nicht dramatisch. Ich habe davor auch ein Semester in Jura belegt und abgebrochen, wie du weißt."

„Du hast ja recht und ich weiß das mit deinem Studium. Es ist nur so, vor einem Jahr, als meine Eltern davon erfahren haben, dass ich das Stipendium bekomme, sind sie außer sich vor Freude und Stolz gewesen. Diesen Blick von meiner Mutter werde ich nie vergessen, denn es hat mich so glücklich gemacht. Sie kommt aus einer ärmlichen Familie und mein Dad hat es auch nicht einfach gehabt. Als Architektin verdient man gut und sie wünschten sich das für mich. David ist der perfekte Sohn. Er ist ein Held und unantastbar und man kann nicht anders, als in seinem Schatten zu stehen. Mein Wunsch ist es, besser zu sein und Stolz von meinen Eltern zu erfahren und nicht immer die schlechtere Hälfte von ihm sein."

Während sie das sagte, sammelten sich Tränen in ihren Augen, wie auch schon beim vorherigen Gespräch.

„Oh Mann. Dass das nicht gut gehen wird, muss dir klar gewesen sein. Du lebst nicht dafür, dass du deine Eltern oder David glücklich machst. Es ist dein Leben und da kannst du tun und lassen, was du möchtest. Beweisen solltest du niemandem etwas."

Sophie sah sie an und wusste, dass sie recht hatte. In ihrem Inneren war ihr dies bewusst, doch es fiel ihr verdammt schwer, das zu akzeptieren. Ihr Leben lang hatte sie darauf hingearbeitet. Jetzt den Kurs zu ändern und diese Einstellung abzulegen, war heftig für sie.

„Geh zu ihnen und erzähl die Wahrheit, so wie du es mir erklärt hast. Sie lieben dich. Es kann sein, dass sie sauer und enttäuscht von dir sind, doch das wird sich nach einiger Zeit wieder legen. Es ist deine Familie, sie werden dir verzeihen und verstehen."

„Leichter gesagt als getan", meinte sie und blickte an die Decke. Sie ließ es sich gründlich durch den Kopf gehen. Kim musterte sie und gab ihr ein paar Minuten.

„Danke, dass du so ehrlich zu mir bist", sagte Kim und sah sie freundschaftlich an.

Sophie fühlte sich erleichtert, dass sie die Neuigkeiten so gut aufnahm und nicht sauer war, sich nicht von ihr abwendete. Kim war eine gute Freundin, die ihr eine große Last von den Schultern nahm, denn es fühlte sich befreiend an, endlich einmal alles auszusprechen.

„Seit wann nimmst du keine Drogen mehr?", fragte Kim nach.

„Seit drei Wochen. Es wird von Tag zu Tag besser. Klar, das Verlangen ist da, aber ich kämpfe dagegen an. Es ist Gabes Verdienst gewesen, dass ich mit dem Zeug aufgehört habe. Er hat mich erwischt und ist mir auf die Schliche gekommen. Wäre das nicht passiert, stände mir was Schlimmeres bevor. Er hat mich rechtzeitig aus dem Dreck gezogen und mir so sehr geholfen. Ich bin ihm unglaublich dankbar dafür. Ich schulde ihn einiges." Dabei verschwieg Sophie ihr, dass sie einen Ausrutscher gehabt hatte und den mittlerweile sehr bereute.

„So wie du es mir erzählt hast, ist das wahr. Ich werde langsam gehen, immerhin ist es schon spät und morgen ist wieder Uni. Wir sehen uns."

Sie verabschieden sich voneinander und dann war sie allein. Mit Kim darüber zu reden, hatte ihr die Augen geöffnete. Sophie fühlte sich so schuldig und schämte sich für ihr Verhalten.

Sie sah auf die Uhr. Es war schon zehn und kurz überlegte sie, ob sie Gabe anrufen sollte, doch sie schrieb ihm nur eine SMS und fragte, ob er morgen Zeit hätte.

Es kam keine Antwort und Sophie legte sich ins Bett und versuchte zu schlafen. Dabei machte sie sich viele Gedanken darüber, wie es jetzt weitergehen sollte.

Gabe schrieb Sophie am nächsten Morgen zurück. Er wollte wissen, ob er am Abend vorbeikommen könnte. Er rechnete nicht mit einer Antwort, da es vier Uhr in der Früh war.

Als er ins Revier kam, war es eine Stunde später und Gabe vermutete, ein leeres Büro vorzufinden. Doch in der Küche brannte Licht und er ahnte, dass sein Boss schon da war. Er ging zu ihm. Valentin sah fertig aus. Er starrte ausdruckslos in seine Tasse machte den Eindruck, im Stehen zu schlafen. Kurz überlegte Gabe, ob er ihn aus seiner Starre reißen sollte.

Dann ging er zu ihm und schenkte sich ebenfalls einen Kaffee ein, der zum Glück noch heiß war. Plötzlich zuckte Valentin zusammen und sah ihn mit großen Augen an.

„Ich habe dich gar nicht kommen gehört", sagte er und beruhigte sich wieder, nachdem er Gabe erkannt hatte.

„Ja, das habe ich gemerkt. Seit wann bist du hier?", fragte Gabe und sah auf seine Armbanduhr.

„Seit einer halben Stunde. Wie war dein Wochenende? Sport und Erholung?", erkundigte er sich und trank einen großen Schluck von seinem Kaffee.

„Joggen war ich, aber Ruhe blieb ein Traum. Bei dir?"

Gabe lehnte sich an den Tresen und starrte ebenfalls in seine Tasse.

„Der Einbruch war nicht weiter schlimm, sie haben nichts gestohlen und sind eine Stunde später schon geschnappt worden. Meine Frau ist aus dem Krankenhaus raus und fährt heute zu ihrer Schwester. Dann kann ich endlich wieder in dem Bett schlafen", meinte Valentin und Gabe konnte Erleichterung in seinem Gesicht erkennen.

„Ich musste Sophie betrunken aus dem Club holen. Sie hat ihre Klamotten dort gelassen und war völlig außer Kontrolle. So viel zu einem ruhigen Tag." Gabe nahm erneut einen großen Schluck.

„Sie hat sich echt verändert. Ich verstehe nicht, was du noch an ihr findest", gab Valentin ehrlich zurück.

„Redet ihr hier über meine Schwester?", kam David dazu.

Gabe schreckte hoch und war froh, dass er nicht geantwortet hatte. David sah zwischen ihnen hin und her und sie wirkten ein wenig verlegen und ertappt.

„Ich habe nur gesagt, dass Sophie sich etwas verändert hat. Mehr nicht", sagte Valentin, stellte dabei seinen Becher in die Spüle und ging.

Er sah ihm nach und wandte sich an seinen Freund.

„Ist der Kaffee alle oder habt ihr was übriggelassen?"

Gabe schüttelte den Kopf und hielt David die Kanne hin. Er schenkte sich ebenfalls eine Tasse ein.

„Hast du ihm von der sexuellen Belästigung erzählt?"

„Nein, aber Sophie hat sich gestern bei mir gemeldet und will reden. Ich treffe mich heute mit ihr, daher gehe ich ein bisschen früher, falls nichts los ist."

„Soll mir nur recht sein."

In dem Moment kamen die anderen herein und machten sich an die Arbeit.

Statt sich mit den laufenden Ermittlungen zu befassen, versuchte David, den Dozenten ausfindig zu machen, der Sophie belästigt hatte. Tatsächlich hatte er bald einen Verdacht. Er ging schnell in die Küche und rief Sophie an, um seine Vermutung zu bestätigen. Sie wollte ihm zwar nichts verraten, doch am Ende gab sie es zu und nannte ihm den Namen.

David kochte vor Wut und schnappte sich seine Sachen. „Komm mit, wir gehen einem Hinweis nach", sagte er und Gabe sah ihn fragend an.

Er holte sich ebenfalls seine Jacke und schon fuhren sie los. Als sie vor der Uni hielten, wusste er was Davids Plan war.

„Lass es bleiben. Sophie hat keine Anzeige gegen ihn erstattet. Wir können erst einmal nichts tun", meinte Gabe und wollte David von einer Dummheit abhalten.

„Ich will mich doch nur nett mit ihm unterhalten. Das ist nicht verboten."

Er grinste ihn an und Gabe konnte sich gut vorstellen, dass es nicht dabei bleiben würde. Sie gingen ins Sekretariat und fragten, in welchem Saal Professor Evans war.

„Du willst doch nicht in seine Vorlesung platzen."

„So ein Assi bin ich nicht." David schüttelte den Kopf.

Sie warteten vor dem Raum und betraten ihn erst, als die Studenten draußen waren. Sie gingen hinein und sahen den Dozenten mit einer jungen, blonden Studentin. Er stand nah bei ihr und hatte eine Hand an ihr Gesicht gelegt. Sie sah nicht glücklich aus, ihr Blick war nach unten gerichtet. Gabe und David konnten einfach nicht glauben, was sie da sahen. Er war so unvorsichtig und dumm, es so öffentlich zu machen. Seit dem Ende der Vorlesung waren erst ein paar Minuten vergangen.

„Stören wir?", fragte Gabe und grinste ihn frech an.

Damit war er David zuvorgekommen.

Professor Evans und die junge Studentin fuhren vor Schreck auseinander und sahen sie mit großen Augen an.

„Wir sind vom FBI und haben ein paar Fragen an Sie."

David hielt ihm die Marke hin und Gabe holte sie ebenfalls hervor.

„Es ist legal, was wir getan haben", platzte die junge Frau heraus. „Wir haben zwar eine Affäre, aber ich bin schon volljährig und deswegen können er und ich nicht belangt werden."

Sie war deutlich aufgeregt und hatte Angst. Dies brachte Gabe und David zum Lächeln, denn so würde sie alles ausplaudern, was sie wusste.

„Ach, ist das so? Ich bezweifle das", meinte Gabe und machte sie mit dieser Aussage nur nervöser.

„Wie kann ich den Herren hier helfen?", mischte sich der Dozent ein und versuchte, sie zu retten.

Beide verständigten sich mit einem stummen Blick. David ging mit der Studentin ein bisschen abseits, um sie zu befragen.

„Sie nutzten gerne verzweifelte junge Studentinnen aus?"

Gabe steckte die Hände in die Hosentaschen und sah den Professor eindringlich an. Er konzentrierte sich allein auf ihn und blendete das Gespräch, das David im Hintergrund führte, komplett aus.

„Was meinen Sie genau? Es ist nichts passiert", rechtfertigte er sich.

„Weil wir rechtzeitig gekommen sind? Oder hätten Sie sie gezwungen, mit Ihnen ins Bett zu gehen, damit sie gute Noten bekommt?"

Professor Evans wurde unruhig, seine Hände schwitzten und er steckte sie in die Hosentasche, genau wie Gabe.

„Ich weiß nicht, wovon Sie reden?", stotterte er und blickte verlegen zu Boden.

„Ach, wirklich nicht? Wir haben den anonymen Hinweis bekommen, dass sie junge Studentinnen erpressen und sie sexuell belästigen. Ich kann das schwer glauben, doch diese Situation eben wirkte auf mich wenig vertrauenerweckend."

Gabe musterte Evans von oben bis unten. Seiner Meinung nach war er angezogen wie ein kleiner Spießer, und er wirkte unsympathisch auf Gabe.

„Ja, ich habe eine Affäre mit ihr, aber dies ist einvernehmlich. Ich habe Sophie nicht erpresst oder sie zu irgendetwas gezwungenen", platzte er heraus und hatte sich somit verraten.

„Ach, Sophie also. Ist sie das?", fragte er und deutete auf seinen Kollegen, der die junge Studentin befragte. Die Situation war amüsant und es begann, ihm Spaß zu machen.

„Nein, mein Name ist Ashley."

Sie trat näher an die beiden heran.

David und Gabe wechselten einen Blick – sie wirkte wütend.

„Ich kenne Sophie. Wir sind nicht befreundet oder so, aber ich habe mich öfters kurz mit ihr unterhalten. Zumindest im ersten Semester, da habe ich sie nach Unterlagen gefragt. Es spricht sich rum, dass sie schlechte Noten hat und höchstwahrscheinlich wiederholen muss."

„Ach, echt? Und was hört man noch?"

„Professor Evans ist dafür bekannt, streng zu sein. Er ist bei einigen Studentinnen nicht beliebt, aber ich finde ihn gut. Das zwischen uns ist einvernehmlich."

„Okay, dann glauben wir das einmal. Sie haben Sophie erwähnt. Was hat sie damit zu tun?", richtet Gabe die Frage an den Dozenten.

„Nichts."

„Ach? Sie haben doch gesagt, dass Sie Sophie nicht sexuell belästigt oder erpresst hätten. Von meiner Seite aus ist der Name nicht gefallen. Es scheint so, als ob Sie mehr wissen als wir."

„Du hast was?", brüllte Ashley ihn an. „Du hast weitere Affären mit Studentinnen und grabscht sie einfach an? Du mieses Schwein!"

Die Situation eskalierte, was nicht einmal Gabes und Davids Ziel gewesen war. Sie standen nur da und warteten ab, was passierte.

„Das stimmt nicht. Ich habe Sophie oder sonst jemanden nicht unsittlich berührt, geschweige denn erpresst. So etwas mache ich nicht." Er drehte sich zu ihr und beachtete die Männer nicht mehr.

„Ach nein? Ich habe dich neulich um eine gute Note gebeten und du hast sie mir gegeben, weil ich dir einen geblasen habe! Da soll ich glauben, dass du kein perverses Schwein bist? Mir sind deine sexuellen Vorlieben bekannt und sind wir mal ehrlich, du bist ein bisschen verrückt. Ich will nichts mehr mit dir zu tun haben. Jeder an dieser Uni wird es erfahren, dafür sorge ich", brüllte sie und bevor jemand etwas sagen konnte, stürmte sie aus dem Raum.

Sie musste gar nicht erst Gerüchte streuen, das würde sich von allein erledigen. Die Studenten für den nächsten Kurs hatten sich schon vor dem Zimmer versammelt und alles mitangehört.

„Es tut uns leid, für diese Unannehmlichkeiten. Wie gesagt, wir haben nur einen anonymen Tipp bekommen, dem wir nachgehen wollten", sagte David und musste sich ein Grinsen mit Mühe verkneifen.

Sie verabschieden sich wieder und stiegen in ihren Wagen.

„Die ganze Uni wird davon erfahren, das ist dir doch bewusst", meinte Gabe und Schadenfreude zeichnete sein Gesicht.

„Ja, aber ehrlich gesagt tut mir das nicht leid für ihn. Er hat es verdient", gestand David und fuhr los.

„Du weißt, dass es gegen die Vorschriften war, was wir getan haben, oder?", fragte Gabe und hatte plötzlich Zweifel, ob sie richtig gehandelt hatten.

„Ja, das stimmt, aber wir haben ihm unsere Namen nicht genannt. Und wenn es die Runde macht, wird er andere Sorgen haben als uns. Mach dir keine Sorgen", sagte David, doch Gabe konnte deutlich in seinem Gesicht erkennen, dass er ebenfalls zweifelte. Sie hatten gerade ihre Marken benutzt. Gabe dachte daran, was der Dozent getan hatte und war der Meinung, dass er es verdient hatte, so vorgeführt zu werden.

9. Kapitel

Am Nachmittag wachte Sophie auf und sah auf ihr Handy, das gar nicht mehr aufhörte, ihr neue Nachrichten anzuzeigen. Einige ihrer Mitstudentinnen hatten ihr geschrieben und etwas in Facebook gepostet. Mit einem unguten Gefühl öffnete sie alle Benachrichtigungen und vor Schock ließ sie ihr Smartphone fallen. Es war der absolute Alptraum. Sie war das top Gesprächsthema unter den Mitstudenten, die eine Hasskampagne gegen Professor Evans starteten. Sophie fluchte und schloss die Augen. Sie fuhr sich aufgeregt durch die Haare und redete sich ein, dass dies hier nur ein böser Traum war. Tief in ihr wusste sie, dass es Realität war. Sie nahm ihr Handy wieder in die Hand und las sich die Nachrichten durch. Einige bezeichneten sie als Schlampe und Lügnerin, doch dies waren die wenigsten. In den meisten Posts wurde der Professor fertig gemacht. Ashley hatte das alles ins Laufen gebracht, indem sie ihre Affäre öffentlich gestellt und gesagt hatte, sie habe freiwillig mit ihm geschlafen, um gute Noten zu bekommen. Sie beschuldigte ihn, dass er Sophie dazu erpresst hatte und für ihre schlechten Leistungen verantwortlich war. Die ganzen Benachrichtigungen, die eintrafen, fragten sie, ob das wahr wäre.

Sie schmiss ihr Handy in die Ecke. Warum hatte sie das nur gegenüber David erwähnt und was zum Teufel hatte er angestellt? Ihr Plan war es gewesen, das heute aufzudecken, bevor es große Wellen schlug. Jetzt war es dafür zu spät und sie konnte nichts mehr rückgängig machen oder in Ordnung bringen. Genau das war es, was sie vermeiden wollte. Sie hatte keine Ahnung, wie es weitergehen sollte.

Ihr Handy klingelte und sie erhielt einen Anruf einer unbekannten Nummer.

„Hallo?"

„Miss Campbell?", meldete sich die Stimme am anderen Ende des Telefons.

„Ja."

„Hier spricht die Dekanin Anstold. Sie haben mit hoher Wahrscheinlichkeit mitbekommen, dass gewisse Sachen im Umlauf sind. Wir wollen gerne persönlich mit Ihnen sprechen? Ist das möglich?"

„Natürlich. Ich komme sofort in Ihr Büro", sagte sie und legte schon auf und fluchte.

Sie musste versuchten, das wiedergutzumachen und weiteren Schaden zu verhindern. Doch dies war gar nicht so leicht und vor allem wusste sie nicht, wie. Sophie zog sich schnell ihre Klamotten an und fuhr zur Uni. Dort angekommen richteten sich aller Blicke auf sie und es war ihr unangenehm. Sie konnte leider ihre Freunde nicht sehen, daher ging sie einfach weiter und versuchte, die Leute zu ignorieren. Sie sahen sie nicht böse an oder beleidigten sie. Im Gegenteil, sie bekam Applaus und manche pfiffen ihr sogar zu. Sophie hatte sich im ersten Semester bei vielen beliebt gemacht, da sie ihre Notizen weitergegeben und anderen immer geholfen hatte. Die Jungs waren von ihr angetan gewesen und hatten ihr von Anfang an schöne Augen gemacht. Mit einigen hatte sie sich angefreundet und war oft auf Partys gewesen, doch dort hatte sie sich meist mit dem Alkohol zurückgehalten, zumindest bis die Entführung passiert war. Die anderen wussten davon nichts und Sophie konnte sich gut vorstellen, dass sie ihr komisches Verhalten und ihre Distanziertheit auf den Skandal schoben.

„Hey, ich bewundere dich. Du hast deinen Mund aufgemacht. Ich will nicht wissen, bei wie vielen er es davor schon gemacht hat", sagte eine und eine kleine Menge jubelte.

Sie stimmten ihr absolut zu und für einen Moment war Sophie baff. Mit so einer Reaktion hatte sie nicht gerechnet und war damit überfordert. Niemand machte sie schlecht, bis auf ein paar einzelne Studenten, die nicht weiter auffielen. Die ganze Uni sprach über sie und den Dozenten und als sie weiterging, sah sie Ashley. Sophie blieb stehen und hörte aufmerksam zu. Ashley erzählte alles und so erfuhr Sophie, was passiert war. Wut stieg in ihr auf. David hatte ihr doch versprochen, die Füße stillzuhalten.

Vor dem Büro der Dekanin sah sie sich um und erkannte, dass es zu spät war, die Dinge jetzt noch richtigzustellen. Der Schaden war angerichtet und würde sich nicht mehr rückgängig machen lassen. Es gab kein Zurück mehr für sie. Sophie schloss die Augen und klopfte an.

Sie trat ein, blieb stehen und wartete, bis die Dekanin wieder Platz genommen hatte.

„Miss Campell, schön, dass Sie kommen konnten. Setzen Sie sich doch bitte".

Sie reichte ihr die Hand und deute auf den freien Stuhl. Sophie sah sich kurz um, nahm aber dann zögerlich Platz.

„Wie Sie mitbekommen haben, spricht es sich herum, dass Professor Evans Sie sexuell belästigt haben soll, sich Ihnen aufgedrängt hat. Es waren sogar zwei Beamte hier, die Fragen gestellt haben", erzählte sie und sah Sophie eindringlich an.

„Okay", meinte sie nur und rutschte etwas in ihrem Stuhl herunter.

Die Situation war ihr mehr als unangenehm und sie wünschte sich, dass der Boden sich unter ihr auftun und sie verschwinden lassen würde. Doch das passierte nichts.

„Ich möchte gerne von Ihnen wissen, ob dies stimmt und wie es so weit kommen konnte", fragte sie im mitfühlenden Ton.

Sophie sah sie an und überlegte kurz, die Wahrheit zu sagen. Wären Gabe und David hier nicht aufgetaucht, hätte sie es als dummes Gerücht abtun können, doch mit den Polizisten im Hintergrund würde ihr das niemand glauben. Daher entschied sie sich, die Lügen weiterzuspielen.

„Es ist wahr, was erzählt wird. Ich werde keine Anzeige gegen ihn erstatten, solange er mir verspricht, dass er mich in Ruhe lässt."

Die Dekanin schluckte schwer und sah Sophie geschockt an.

„Es tut mir unglaublich leid, dies zu hören", begann sie und machte eine kurze Pause. „Es ist schon einmal nett, dass Sie ihn nicht anzeigen, obwohl es Ihr gutes Recht ist. Es fehlen Beweise, die Ihre Aussage bekräftigen. Professor Evans behauptet das Gegenteil. Er erzählte mir, dass Sie ihn erpressen."

„Das ist doch nicht wahr, womit denn?", fragte Sophie etwas aufgebracht und Panik machte sich in ihr breit.

Sie musste ihre Haut retten. Es konnte nur einer gewinnen und das wollte sie sein.

„Er sagt, dass Sie gedroht hätten, Anzeige zu erstatten wegen sexueller Belästigung, falls er Ihnen gute Noten vorenthält."

„Hören Sie! Ich habe dazu keinen Grund. Im ersten Semester war ich eine Vorzeigestudentin, hatte einen Schnitt von eins Komma null, und jetzt habe ich eine glatte Fünf. Ja, zwei Wochen fehlen mir, weil ich krank und mit hohem Fieber daheim gewesen bin, doch das rechtfertigt nicht meine schlechten Noten. In letzter Zeit habe ich öfters gefehlt. Weil ich Angst vor ihm hatte. Er ist immer aufdringlicher geworden. Ich wollte gar nichts sagen, da ich mich vor so einer Situation hier am meisten gefürchtet habe. Das Semester sollte normal enden und dann hätte ich gewechselt, um ihm aus dem Weg zu gehen", sagte sie und ihr kamen die Tränen.

Sie musste das hier glaubhaft rüberbringen, doch in ihrem Kopf schrie alles, dass es falsch war. Sophie verdrängte diese Gedanken schnell und schniefte laut auf.

Die Dekanin musterte sie und schenkte ihr dann einen mitleidigen Blick.

„Das tut mir leid, was passiert ist. Für mich ist es ein Rätsel, warum Sie auf einmal so schlecht abschneiden sollten, und die Geschichte, die Sie mir hier erzählen, wirkt glaubhaft. Es spricht alles für Sie."

Kurz herrschte Schweigen und Sophies Herz schlug so schnell, dass sie Angst hatte, es würde ihr aus der Brust springen.

„Sind Sie sicher, dass Sie keine Anzeige erstatten werden?", fragte die Dekanin nach und sah Sophie eindringlich und mitfühlend an.

„Ich möchte nur nicht länger seine Kurse besuchen und so den Kontakt, so gut es geht, vermeiden. Außerdem verlange ich eine Entschuldigung. Doch wenn dies erneut vorkommt, werde ich die Polizei informieren."

Die Dekanin atmete erleichtert auf und nickte ihr dann zu.

„Professor Evans bekommt eine Abmahnung und bleibt auf Bewährung an der Uni eingestellt. Falls Sie jedoch Anzeige erstatten, bleibt mir nichts anderes übrig, als ihm zu kündigen. Es tut mir aufrichtig leid, was Ihnen passiert ist. Sie haben die Möglichkeit, alle Prüfungen zu wiederholen und können hoffentlich wie gewohnt weitermachen", verkündete die Dekanin. „Wegen seiner Kurse lasse ich mir etwas einfallen."

„Danke", sagte Sophie und erhob sich.

Sie verabschiedete sich und verließ das Büro. Vor der Tür stand Professor Evans und sie blieb wie angewurzelt stehen.

„Schön, dass Sie gewartet haben", meinte die Dekanin mit strengem Unterton und trat beiseite, damit er das Büro betreten konnte.

Professor Evans blickte Sophie böse an und als er an ihr vorbei ging, raunte er ihr zu: „Das wirst du büßen."

Sophie blickte ihm geschockt hinterher. Dann schloss sich die Tür und sie brauchte einen Moment für sich, um zu kapieren, was gerade passiert war. Sie war froh, dass ihre Mitstudenten schon in den Vorlesungen waren und sie somit unbemerkt die Uni verlassen konnte.

Als sie im Bus saß, atmete sie erleichtert aus. Ihre Hoffnung, alles hätte ein Ende, war in der Luft zerrissen worden. Es war nicht in einer kompletten Katastrophe geendet – obwohl es kaum schlimmer hätte kommen können, dachte sie zumindest. Sie hatte es nicht so weit kommen lassen wollen. Es war Davids Schuld, dass das hier so aus dem Ruder gelaufen war. Das schlechte Gewissen überkam sie, weil sie Lügen über einen Dozenten verbreitet hatte. Er durfte den Job behalten, da sie keine Anzeige erstattete. So war es nicht offiziell und nur ein Gerücht. Sie hoffte, dass es sich bis nächstes oder übernächstes Semester wieder beruhigt hätte und jeder sein Leben wie gewohnt weiterführen würde. Dass dies naiv war, wusste sie. Ehrlich gesagt glaubte sie selbst nicht daran, doch es war ihre einzige Hoffnung.

Sie stieg aus dem Bus, lief aber nicht zu ihrer Wohnung, sondern stand kurz darauf vor Davids Büro. Sophie ging hinein und augenblicklich kam ihr ein junger Mann entgegen, den sie nicht kannte. In dieser Taskforce war sie schon länger nicht mehr gewesen, daher konnte es gut sein, dass sie nicht alle Kollegen ihres Bruders kannte.

„Hey, kann ich dir helfen?", fragte er höflich und lächelte sie an.

Er war einen guten Kopf größer als sie, hatte blonde Haare und braune Augen. Sein Kinn war etwas kantig und er hatte breite Schultern. Auf den ersten Blick wirkte er nicht wie ein Polizist. Doch er strahlte Freundlichkeit aus.

„Ich suche David", antwortete sie ihm und nahm die ausgestreckte Hand entgegen.

„Der ist mit den anderen Kollegen in der Kaffeeküche. Ich kann dir zeigen, wo sie ist", bot er ihr an.

„Schon gut, ich weiß, wo sie ist. Aber danke."

Sie hatte nicht sonderlich Lust auf ein Gespräch, darum ging sie weiter, bevor er etwas sagen konnte. Dabei spürte sie seine Blicke in ihrem Rücken.

„Hey, störe ich euch bei irgendwas?", trat Sophie in die Küche.

Sie sah Liam, Valentin, Gabe und David an den Tresen gelehnt und es erinnerte sie an Hühner auf der Stange. Daher konnte sie sich ein Grinsen nicht verkneifen. Sie hoben gleichzeitig die Köpfe und sahen verwundert zu ihr.

„Sophie? Was machst du denn hier?", fragte ihr Bruder.

Er sprach wer derjenige, der die Frage laut aussprach, doch Sophie konnte den Männern deutlich ansehen, dass sie das alle gerne wissen würden.

„Kann ich mit dir unter vier Augen sprechen?", meinte sie und schenkte den anderen ein Lächeln.

„Wir sind schon weg", sagte Valentin und legte ihr eine Hand auf die Schulter, als er an ihr vorbeikam. Liam und Gabe folgten ihm. Er war der Letzte und schloss die Tür.

„Was ist los?", fragte David mit besorgter Miene.

„Warst du heute bei mir in der Uni, um meinen Dozenten zu befragen?"

Er sah sie an und lehnte sich wieder zurück. Jetzt wusste er, worum es ging, hatte aber keine Lust, darüber zu reden. Seiner Meinung nach hatte er alles richtig gemacht.

„Ja. Bevor du etwas sagst, ich habe ihn und Ashley nur befragt. Wir haben zwar unautorisiert gehandelt, aber irgendjemand musste diesem Schwein doch auf den Zahn fühlen", rechtfertigte er sich.

Sie brauchte eine Weile, bis sie wusste, was sie darauf sagen sollte.

„Nur dumm, dass ich heute in das Büro der Dekanin gerufen worden bin und dazu Stellung nehmen musste. Die ganze Uni weiß Bescheid und redet über das Thema. Sie sehen mich mit mitleidigen Blicken an und lästern eine Menge."

„Dass es so schnell geht, habe ich nicht erwartet. Ich dachte, es braucht ein paar Tage länger", gestand er und war darüber ernsthaft erstaunt.

„Ach nein? Hättest du mich mal gefragt! Ashley verbreitet immer Klatsch und Tratsch. Sie ist ein Lästermaul hoch zehn. Sobald nur ein Funke Skandaloses ihre Ohren berührt, wird es aufgebauscht. Ich konnte die Situation aber mit der Dekanin klären."

„Echt? Und wie?"

Jetzt war er neugierig und richtete sich auf.

„Ich werde keine Anzeige gegen ihn erstatten und er bleibt auf Bewährung an der Uni. Außerdem darf ich meine Prüfungen im Sommersemester wiederholen."

„Ist das dein Ernst? Du lässt ihn damit durchkommen?" David war aufgebracht und sah sie böse an.

„Ja, es ist nichts passiert und ich glaube nicht, dass er weitergegangen wäre. Er hat eine Mahnung erhalten und bei einem erneuten Verstoß fliegt er."

„Das soll alles gewesen sein?", brüllte er sie an.

Die anderen hörten dies von draußen und wurden neugierig, darum blieben sie vor der Tür stehen.

„Doch, das kann und werde ich. DU!" Sie ging mit erhobenem Zeigefinger auf ihn los und stieß an seine Brust. „Du wirst die Füße stillhalten und mich die Sache allein klären lassen. Du bist nicht mein Beschützer. Ich bin groß genug und brauche keinen Helden, der mir zur Rettung kommt."

„Ach, echt? Sieht mir im Moment nicht danach aus. Es erweckt eher den Eindruck, als ob du die Kontrolle über dein Leben verlierst."

Er funkelte sie böse an.

„Sagt der perfekte Bruder. Ich will keine Hilfe. Ich bin groß und alt genug, meinen Scheiß alleine zu regeln.

Wenn sich daran etwas ändert, lasse ich es dich wissen. Du musst aufhören, immer den Helden zu spielen."

David setzte an, zurückzubrüllen, doch die Worte blieben ihm im Hals stecken. Er sah seine Schwester an. Sophie war nicht mehr das kleine Mädchen, das zu ihm aufsah, sie machte ihr eigenes Ding. Es ging ihr nicht gut, dass konnte er deutlich sehen, aber sie brauchte seine Unterstützung nicht. Das zeigte ihr Verhalten mehr als deutlich. Wenn er sich erneut einmischen würde, distanzierte sie sich nur noch mehr und das war die falsche Richtung. Also ließ er sie machen. Sie stieß ihn weg und weigerte sich, seine Hilfe anzunehmen. Es fiel ihm schwer, doch er akzeptierte ihre Entscheidung. Er würde sich nicht mehr einmischen, solange sie ihn nicht darum bat.

„Denkst du, es macht mir Spaß? Ich sehe eindeutig, dass es dir nicht gut geht und da kann ich nicht einfach so drüber hinwegsehen. Du bist meine kleine Schwester und ich möchte, dass es dir gut geht."

Er hatte seine Stimme gesenkt, denn er wollte nicht mit ihr streiten.

Mit dieser Reaktion hatte sie nicht gerechnet, eher damit, dass er sie wie zuvor anbrüllen würde.

„Das ist nett von dir, doch ich bin alt genug, um mein Leben selbst zu regeln. Ich kann nicht immer auf dich angewiesen sein. Wenn mir alles zu viel wird und ich Unterstützung brauche, lasse ich es dich wissen", sagte sie und sah ihn flehend an.

„Okay, es fällt mir nicht leicht, doch ich werde es versuchen", gestand er und nahm sie in den Arm.

Sophie drängte sich an ihn und lehnte ihren Kopf an seine Brust. Es tat gut, dass er sie verstand. Sie war froh, nicht mit ihm zu streiten. Endlich einmal passierte etwas Positives.

„Ich muss leider los, aber danke", sagte sie und drückte ihm einen flüchtigen Kuss auf die Wange, bevor sie die Küche verließ.

„Du gehst schon wieder? Du kannst ruhig ein bisschen bleiben. Es ist aktuell wenig los", meinte Valentin und schenkte ihr ein Lächeln.

„Falls dir langweilig ist, back doch Kuchen für uns."

Liam streckte seinen Kopf hoch und sah über den Schreibtisch zu ihr herüber, sodass sie deutlich die Hoffnung darin sehen konnte.

„Ja, du hast schon echt lange nicht mehr gebacken, das hat dir doch immer so Spaß gemacht", stimmte Valentin zu.

„Ich bevorzuge einen Schokokuchen", lachte David, setzte sich auf seinen Stuhl und grinste frech.

„Mal schauen, welchen und ob ich überhaupt backe. Hast du irgendwelche Wünsche?", fragte Sophie an Gabe gewandt, der in ihrer Nähe stand.

Tatsächlich hatte sie schon lange nicht mehr gebacken und es war etwas, das ihr Spaß machte.

„Ich esse jeden Kuchen von dir", gab er zu und lächelte sie an.

„Okay, dann überlege ich es mir und gehe jetzt und halte euch nicht weiter von der Arbeit ab." Sophie drehte sich um, als gerade der Neue um die Ecke kam.

„Ich begleite dich,", stellte Gabe klar und ging mit ihr raus.

„Können wir uns heute Abend treffen? Ich möchte mit dir über was reden", sagte sie so leise, dass nur er es hören konnte.

„Ich ruf dich an", meinte er und umarmte sie zum Abschied.

Bevor sie ging, drehte sie sich zu ihn um und lächelte.

Sophie legte sich aufs Sofa und ließ den Tag noch einmal Revue passieren. Immer mehr Schuldgefühle überkamen sie, weil die Lüge den Ruf des Dozenten zerstört hatte. Zum Glück durfte er seinen Job behalten, würde aber Gesprächsthema Nummer eins werden. Dies bewiesen ihr die ganzen Nachrichten auf dem Handy. Es sprach sich rum. Es kam ihr vor wie eine Pest, die niemand aufhalten konnte. Nicht nur in den Lerngruppen, in denen sie war, diskutierten sie darüber, sondern auch auf Facebook und Instagram teilte jeder diese Neuigkeit und es wurden Hasskampagnen gegen Professor Evans erstellt.

Sie schüttelte den Kopf, in der Hoffnung, dass das nur ein böser Alptraum war, doch sie wusste, dass sie nicht aufwachen würde. Ihr Professor wurde in den Dreck gezogen und auf das Übelste beschuldigt. Sie dagegen bekam Lob, dass sie sich so etwas nicht gefallen lassen hatte, und Mitleid. Sie warf ihr Handy beiseite und fluchte laut. Sie hasste sich und wünschte sich, wirklich zu verschwinden. Sie hatte Scheiße gebaut und wusste nicht, wie und ob sie das jemals wiedergutmachen konnte. Und das zerfraß sie innerlich. Sophie spürte so einen Hass auf sich selbst und wusste nicht mehr, wie sie damit leben sollte.

Sie sehnte sich nach Kokain. Das Verlangen verstärkte sich von Sekunde zu Sekunde und sie durchwühlte ihre ganze Wohnung, in der Hoffnung, etwas zu finden, doch blieb erfolglos. Sie raufte sich die Haare und fragte sich, wie es überhaupt so weit hatte kommen können. Sie hatte die Kontrolle über ihr Leben verloren, das wurde ihr schmerzlich bewusst. Diesen Zustand hasste sie und fühlte sich so hilflos. Das brennende Verlangen nach Drogen ließ sie durchdrehen. Sie ging in ihrem Zimmer auf und ab und fluchte dabei, doch das half nichts. Ihr

Kopf und ihre Gefühle explodierten und sie hatte keinen Überblick mehr, nicht über sich selbst, geschweige denn über ihr Leben. Jede Sache lief schief und sie begann, alles um sich herum zu hassen, aber vor allem sich selbst.

Ihre Gedanken waren so laut, dass sie schreiend zu Boden ging. Sie hielt diesen Zustand nicht mehr aus. Sie brauchte etwas, um sich abzulenken und zu entspannen. Normalerweise griff sie zu Koks und Alkohol. Sie erhob sich und ging in ihre Küche, dort stand zum Glück eine Flasche Wodka, von der sie einen großen Schluck nahm. Doch selbst dies half ihr in keiner Weise.

Es gab noch eine andere Möglichkeit, die ihrem Körper nicht schadete. Joggen. Eilig schlüpfte Sophie in ihre Sportsachen und rannte los. Ihr Tempo war schnell und sie achtete kaum auf ihre Umgebung. Sie wollte sich auspowern und alles um sich herum vergessen. Weg aus ihren Leben und von den Lügen, die sie umgaben.

Sie hetzte durch den Park, als ob der Teufel hinter ihr her wäre. Sie beschleunigte immer mehr und konnte einfach nicht aufhören. Ihre Muskeln und ihr Körper brannten vor Anstrengung. Sie ignorierte es und hörte nicht auf. Ihre Grenze erreichte sie innerhalb einer halben Stunde, doch das war ihr egal. Wie besessen rannte sie weiter. Bis sie keine Kraft mehr hatte und zu Boden sank. Zum Glück war sie im Park und konnte sich auf das weiche grüne Gras legen. Ihr Atem ging schnell und sie schnappte immer hastiger nach Luft. Ihre komplette Energie hatte sie in dieses Rennen gesteckt. Jede noch so kleine Bewegung war zu viel für sie und so blieb sie einfach liegen. Ein paar Personen kamen zu ihr und boten ihre Hilfe an, erkundigten sich, doch sie sagte, dass alles gut sei. Mit kritischem Blick gingen sie weiter und ließen Sophie erneut alleine.

Ihre Augen schlossen sich und sie konzentrierte sich nur auf ihre Atmung. Als diese sich wieder normalisiert hatte, blickte sie in den strahlend blauen Himmel und beobachtete die Wolken. Erst als sie so still da lag, machte sich der Alkohol, den sie davor getrunken hatte, bemerkbar. Er verschaffte ihr eine Lockerheit, die sie sich so sehr gewünscht hatte. Sie vergaß komplett die Zeit und genoss die Ruhe. Als es dunkel und kalt wurde, stand sie wieder auf und ging langsam nach Hause. Dort angekommen stellte sie sich unter die Dusche und ließ das warme Wasser auf ihre Haut prasseln.

Sie starrte in den Spiegel und ertrug zum ersten Mal ihren Anblick nicht. Hass kam auf. Hass auf sich und auf die Lügen, die sie verbreitete. Sie machte einen Fehler nach dem anderen und ertrug es nicht länger. Sie konnte nicht mehr mit sich selbst leben. Sie verfluchte sich und verspürte den Drang, zu schreien, um sich zu schlagen und abzuhauen. Irgendwohin, wo alles besser war.

Mit nassen Haaren und nur mit einem Handtuch bedeckt, legte sie sich ins Bett und schlief sofort ein. Mit ihrem letzten Gedanken versprach sie sich, dass ab jetzt alles anders werden und sie sich die Kontrolle über ihr Leben zurückholen würde. Der erste Schritt dahin war, jedem die Wahrheit zu sagen. Doch weiter kamen ihre Bedenken nicht, denn sie fiel in einen tiefen Schlaf. Und vergaß dabei komplett, dass sie noch mit Gabe reden wollte.

Erst der Wecker am nächsten Morgen riss sie aus dem Schlaf. Sophie schreckte hoch und beschloss, in die Uni zu gehen. Sie zog sich an und schnappte sich ihre Sachen.

Dort angekommen, waren sofort alle Blicke auf sie gerichtet und sie fühlte sich unwohl. Gestern Abend hatte sie sich selbst versprochen, dass sie sich ihr Leben zurückholen und die Wahrheit erzählen würde. Jetzt schien ihr dies unmöglich, da sie nicht einmal wusste, wo sie anfangen sollte.

„Hey, wir haben versucht, dich zu erreichen, doch du bist nicht rangegangen", sagte Clara und rannte auf sie zu, genau wie ihre anderen Freunde.

„Ja, tut mir leid. Ich habe Zeit für mich gebraucht", entschuldigte sie sich und umarmte ihre Freundinnen.

„Das ist verständlich. Können wir dir in irgendeiner Weise helfen?", bot Nele ihre Hilfe an und sah sie mit einem mitleidigen Blick an, den Sophie verabscheute.

Sie wollte es nicht und brauchte es nicht, da es nur eine fette Lüge war, die große Wellen schlug.

„Nein, danke. Ich will das nur hinter mich bringen und hoffen, dass dies schnell vergessen ist."

Ihre Freundinnen nickten und musterten sie kurz, bevor sie sich alle in Bewegung setzten und in die Kantine gingen. Die Vorlesungen begannen erst in einer halben Stunde.

Ihre Freunde waren zurückhaltender als sonst und warfen ihr immer wieder mitleidige oder sorgenvolle Blicke zu. Die anderen Studentinnen, die an ihnen vorbeiliefen, sahen sie an und tuschelten dann. Sophie versuchte, es, so gut sie konnte, zu ignorieren und konzentrierte sich auf die Unterhaltung mit ihren Freundinnen, die nicht lange andauerte, da die Vorlesungen anfingen.

Als sie zum Hörsaal liefen, packte Kim sie am Arm und zog sie kurz in eine kleine Ecke.

„Was soll das?", fragte sie wütend. Ihre Augen verengten sich.

„Das war nicht geplant", rechtfertigte sich Sophie und wusste, dass Kim die Wahrheit kannte.

Kim musterte sie einen Moment lang, schüttelte aber nur den Kopf und ließ sie achtlos stehen. Sie sah ihr nach und fluchte leise, dann ging sie in ihre Vorlesung und nahm sich vor, aufzupassen und alles aufzuholen.

Sie hielt den ganzen Tag durch und machte sich zahlreiche Notizen, die sie daheim ordentlich abschreiben wollte. Die vergangenen Unterrichtsstunden wollte sie nachholen und fasste neue Hoffnung, das zu schaffen.

„Zum Glück haben wir es für heute geschafft. Soll ich dir die Unterlagen geben, von den verpassten Unterrichtsstunden?", fragte Clara, die dasselbe wie Sophie studierte.

Sie nickte und war dankbar für die Hilfe.

„Wir gehen dann mal nach Hause", verabschiedeten sich die anderen.

Übrig blieben nur Clara, Kim und Sophie. Gemeinsam gingen sie den Stoff durch und Sophie merkte, wie sie ihr Studium langsam hasste. Es interessierte sie nicht mehr und machte ihr immer weniger Spaß. Sie quälte sich.

„Brauchst du sonst noch was?", erkundigte sie sich.

„Nein, danke."

„Ich gehe, kommt ihr mit?", fragte Clara, während sie ihre Sachen zusammenpackte.

„Wir bleiben", ergriff Kim das Wort und funkelte Sophie böse an.

Sie wollte in dem Moment aufstehen, doch Kim hielt sie davon ab. Daher verabschiedete sie sich von Clara und war dann alleine mit Kim.

„Was?", fragte Sophie und hatte eine böse Ahnung, was jetzt folgen würde.

„Es ist eine Sache, dass du die Affäre zwischen Ashley und Professor Evans aufgedeckt hast. Da ist er nur selbst schuld. Dass du ihn so in den Dreck ziehst und es zulässt, dass sein Ruf ruiniert wird, hätte ich echt nicht erwartet. Was hast du dir dabei nur gedacht?", zischte Kim und packte sie grob am Arm, da sie die Befürchtung hatte, Sophie könnte die Flucht ergreifen.

„Es war nie meine Absicht, dass es so weit kommt. Ja, ich habe ihm gedroht, damit er mir gute Noten gibt, doch das hat nicht funktioniert. Er hat sich nicht darauf eingelassen."

„Und dann warst du so dreist und hast die Gerüchte gestreut und sogar die Polizei eingeschaltet?"

„Ich habe gelogen, ja. Er hat mich nie angefasst oder etwas Falsches gemacht. Ich habe ihn erpresst und die Lügen verbreitet", gestand sie.

Kim stand auf, verschränkte die Arme vor der Brust und blickte sie böse an. Sophie sah sich um, in der Angst, jemand könnte ihr Gespräch belauschen. Es war niemand zu sehen.

Kim gab sich mit ihrer Begründung nicht zufrieden. Sie wollte eine Erklärung für alles.

„Das war nicht geplant. Ich war bei meinen Eltern essen und David hat Antworten verlangt. Da ist mir die Lüge herausgerutscht, dass Professor Evans mich sexuell belästigt und erpresst. Ich war dumm und habe nicht darüber nachgedacht. Ich bat ihn, die Füße stillzuhalten und er hat gesagt, er hat es mir versprochen, dass er sich raushält. Er hat sich nicht daran gehalten. So ist der Ball ins Rollen gekommen."

„Verdammt, Sophie, sag mal, hörst du dir selbst noch zu? Du bist kokainsüchtig gewesen oder bist es sogar immer noch Du hast unseren Dozenten erpresst und

Lügen verbreitet. Wieso hast du es nicht widerrufen und gesagt, dass es nur ein Missverständnis ist?"

Kim war jetzt wütend und ging auf sie zu. Sie fuhr sich dabei durch die Haare und drehte ihr dann den Rücken zu.

„Es war eine Lüge mit der sexuellen Belästigung. Ich brauche die guten Noten, um das Semester zu bestehen. Es stimmt, ich nehme regelmäßig Kokain und Alkohol zu mir, weil es anders nicht erträglich ist."

„Du ruinierst nicht nur dein Leben dadurch, sondern auch das von Professor Evans. Das ist falsch und du musst die Wahrheit sagen."

Sie drehte sich wieder zu ihr um und sah sie flehend an.

„Denkst du, dass mir wohl bei dieser Sache ist und ich glücklich damit bin? Nein! Ich fühle mich verdammt schuldig. Es sollte niemals so weit kommen."

„Das mag sein, doch ehrlich gesagt erkenne ich dich nicht wieder. Die alte Sophie hätte so etwas nie im Leben zugelassen. Sie verabscheute Lügen und Intrigen."

Kim sah sie enttäuscht an und entfernte sich einige Schritte von ihr.

„Du musst das aufklären. Ich bitte dich, steh zu deinen Fehlern und sag die Wahrheit. Denn wenn du es nicht tust, tu ich es."

Ihr gefror das Blut in den Adern und sie starrte Kim mit erschrocken an.

Kim hatte Tränen in den Augen und sah sie flehend an.

„Ich werde morgen zur Dekanin gehen und es klarstellen und mich bei Professor Evans entschuldigen, während die Studenten anwesend sind. Sodass es jeder mitbekommt. Ich will meine Fehler wiedergutmachen, doch bitte wende dich nicht von mir ab. Die anderen werden es tun, sobald die Wahrheit rauskommt."

Kim schnaubte verächtlich und sah sie mit abfälligem Blick an.

„Verwunderlich ist das nicht, oder?"

Sie machte eine kurze Pause, schnappte sich ihre Sachen und ging. Dann drehte sie sich noch mal um. „Ich erkenne dich nicht wieder."

Mit diesen Worten ließ sie Sophie stehen und blickte nicht mehr zurück. Sie hatte Tränen in den Augen und konnte nicht glauben, was passiert war.

Daheim angekommen stand Gabe vor ihrer Tür. Ihr war nicht nach Gesellschaft und sie wollte ihn schon wegschicken, doch brachte es nicht über das Herz.

„Hey", begrüßte sie ihn.

„Ich hab dich gestern versucht zu erreichen. Du bist nicht rangegangen."

Er nahm sie in den Arm und sah sie an. Sie lächelte und sperrte dann ihre Tür auf.

„Ja, ich war joggen und habe mich ausgepowert und bin danach tot ins Bett gefallen. Tut mir leid."

Sie zog sich die Schuhe aus und er tat es ihr nach.

„Schon okay, habe mir nur Sorgen gemacht, wie so oft", murmelte er die letzten Worte. „Ich habe das mit deinem Dozenten gehört. Ist das wahr?"

Sie blieb stehen und starrte ihn an, wusste nicht, was sie darauf sagen sollte.

„David hat es dir erzählt. Können wir das Thema bitte lassen?", fragte sie und er nickte. „Es tut mir leid, dass du dir Sorgen gemacht hast, das wollte ich ehrlich nicht. Mir geht es gut, oder zumindest bin ich auf dem Weg dorthin."

Einen Moment sahen sie sich einfach nur an und Sophie genoss seine Gesellschaft.

„Magst du was trinken?"

Sie ging in die Küche, holte sich eine kleine Wasserflasche heraus und reichte ihm eine.

„Du wolltest gestern mit mir reden?", fragte er und nahm die Flasche dankend entgegen.

„Ja, ich möchte mich bei dir bedanken und entschuldigen."

Sie gingen ins Wohnzimmer, wo sie sich auf das Sofa setzten.

„Was genau meinst du?", fragte Gabe und runzelte die Stirn.

Sie lehnte sich zurück und sah ihm direkt in die Augen. Sie wollte hier und jetzt anfangen, alles in Ordnung zu bringen. Morgen würde sie der ganzen Uni sagen, dass sie gelogen hatte und David würde sie es zuerst erzählen. Erst dann konnte sie sich selbst wieder ertragen.

„Ich habe an dem Abend mit Mary zu viel getrunken und die Kontrolle verloren. Das war nicht meine Absicht. Die Entschuldigung betrifft nicht nur, dass du mich nach Hause gebracht und dich um mich gekümmert hast. Mir ist bewusst, dass ich dir in den letzten paar Wochen einige Probleme beschert habe, das war nicht gewollt. Ich bin frei von Kokain und versuche, keinen Alkohol mehr zu trinken. Ich will mich bessern und es tut mir so leid, dass ich dir so viele Sorgen bereitet habe." Es tat gut, die Worte einmal laut auszusprechen.

Gabe atmete erleichtert aus.

„Du glaubst nicht, wie froh ich bin, das von dir zu hören. Es ist der erste Schritt in die richtige Richtung und ich unterstütze alle weiteren", sagte er und schenkte ihr ein Lächeln.

Sie beugte sich zu ihm nach vorne und lächelte ihn an.

„In den letzten Wochen habe ich dich nicht wiedererkannt, du hast dich so verändert. Du hast es ernsthaft geschafft, dass ich an all dem hier gezweifelt habe. Heute erinnerst du mich an die Sophie, in die ich mich verliebt habe", gestand er offen und erst als das Lächeln von ihren Lippen verschwand, begriff er, was er da gesagt hatte.

Seine Gefühle für sie waren zwar David und seinen Freunden bekannt, doch ihr hatte er dies nie erzählt. Er hatte warten wollen, bis der richtige Zeitpunkt gekommen war.

Sie starrte ihn mit großen Augen an, wusste nicht, was sie darauf sagen sollte. Ihr war bewusst gewesen, dass Gabe sie mochte und sie attraktiv fand, doch das dahinter solche Emotionen steckten, hatte sie nicht einmal geahnt. Sophie hatte gedacht, dass es um rein körperliche Anziehung ging, so eine Art Freundschaft Plus.

„Vergiss einfach, was ich gerade …"

Weiter kam er nicht, denn sie schnitt ihm das Wort ab, indem sie ihre Lippen auf seine legte.

Sie küsste ihn. Im ersten Moment war er überrascht, doch dann erwiderte er den Kuss. Seine Hände wanderten zu ihrer Taille und zogen sie ein Stückchen näher an sich heran. Der Kuss war nicht sanft oder zurückhaltend. Er war voller Verlangen und stürmisch. Keiner der beiden konnte genug von dem anderen bekommen.

Sie spürte seine warme Haut auf ihren Hüften und freute sich schon darauf, wie diese ihren Körper erkunden würden. Die Sehnsucht nach ihm stieg und Sophie konnte nicht widerstehen, ihre Finger in sein Haar zu krallen und ihn näher an sich heranzuziehen. Er keuchte leicht auf und hob sie hoch und zog sie zu sich. Sie drückte sich an ihn und fuhr unter sein Shirt. Bei der Berührung stöhnte er auf und verlor ein bisschen seiner Selbstbeherrschung. Seine Hände lösten sich von ihren Hüften und bevor sie protestieren konnte, zog er ihren Pulli aus und schmiss ihn achtlos zu Boden. Er wanderte mit seinem Mund an ihrem Hals entlang. Sophie legte ihren Kopf in den Nacken und keuchte laut auf, ihre Augen hatte sie dabei geschlossen. Sie klammerte sich an ihn, konnte gar nicht genug von seinen Küssen bekommen, die jetzt wieder ihren Lippen galten. Sie griff ebenfalls nach seinem Shirt und zog es ihm über den Kopf, dann warf sie es zu ihrem, auf den Boden.

Er stand auf und hob sie dabei mit hoch, hielt sie fest. Sie schlang ihre Beine um seine Hüften und ihre Lippen wanderten an Gabes Hals entlang. Er umfasste ihren Po mit den Händen und griff zu, denn er fühlte sich so gut an. Sie presste sich näher an ihn und spürte seine Härte. Sie stöhnte lustvoll auf und konnte es kaum erwarten, ihn zu spüren.

Im Schlafzimmer angekommen, schmiss er sie sanft aufs Bett, hörte dabei nicht auf sie zu küssen. So fiel er mit ihr und drängte sich an sie.

Ihre Hände strichen seinen Rücken hinab und verharrten bei seinem Po. Plötzlich unterbrach er die Küsse und drückte sich fort von ihr. Dabei konnte er die Augen nicht von ihr nehmen.

„Nein, das ist falsch", murmelte er und sein Atem setzte für ein paar Sekunden aus.

Sie brauchte einen Moment, bis sie realisierte, was er gesagt hatte. Er sah sie mit einem lustvollen Blick an und brachte es nicht über sich, sich weiter von ihr wegzubewegen. Was sie gerade getan hatten, war in den letzten Wochen immer wieder sein Traum gewesen.

Gabe hatte es sich so gewünscht und jetzt aufzuhören, war das Schwerste, was er je tun musste.

„Nein, es fühlt sich richtig an", meinte sie und begann, seinen Hals zu küssen.

Er wusste, dass er das unterbinden sollte und Abstand zwischen ihnen bringen musste, doch er schaffte es nicht und gab sich ihren Zärtlichkeiten hin. Gabe schmiss den Kopf in den Nacken und stöhnte leise auf, als ihre Lippen immer weiter nach unten wanderten. Sie brachte ihn dazu, seine sonst so starke Selbstbeherrschung innerhalb von wenigen Sekunden aufzugeben. Seine Gedanken, das hier abzubrechen, lösten sich in Luft auf und er packte sie an den Hüften und klammerte sich wie ein Ertrinkender an sie. Dann glitten seine Hände in ihre Jeans und zogen sie ein Stück nach unten. Als seine Finger ihre empfindlichste Stelle berührten, konnte sie ein lautes Stöhnen nicht mehr unterdrücken. Sie schloss ihre Lider und genoss seine Berührungen. Er hatte seine Augen geöffnet und sah sie an, während er langsam mit einem Finger in sie eindrang. Sie war so schön warm und feucht, dass ihn der Gedanke, bald in ihr zu sein, wahnsinnig machte.

Ihre Hände wanderten zum Gürtel und öffnete ihn. Er zog sich aus ihr zurück und streifte seine Jeans ab, sodass er nur seine Boxershorts trug. Sie grinste ihn an, zog sich ebenfalls die Hose aus und schmiss sie achtlos zu Boden. Als er sie so vor sich sah, war es um ihn geschehen und sein Verstand setzte komplett aus. Er biss sich auf die Lippe, um sich ein bisschen zu beherrschen, doch das schwand, als sie ihren Mund wieder auf seinen legte.

Der Kuss war stürmisch und die Begierde und Lust aufeinander stieg immer mehr an. Er fummelte am Verschluss ihres BHs herum, doch schaffte es nicht, ihn sofort zu öffnen. Er brauchte ein paar Anläufe, bis er offen war.

„Sind wir ein bisschen aus der Übung?", lachte sie und küsste ihn im nächsten Moment schon am Hals.

„Kann gut sein", gestand er und schmiss ihren BH auf den Boden zu den anderen Sachen.

Er spürte, wie ihre Lippen sich zu einem breiten Grinsen verzogen, doch sie sagte nichts dazu. Kurz darauf waren ihre Hände erneut auf seinem Hintern, unter den Boxershorts. Sie zog etwas daran und schon war seine Unterhose komplett verschwunden. Es brauchte nur ein paar weitere Sekunden, dann folgte ihre.

Für einen Moment hielt er den Atem an und blickte sie einfach nur an. Sie sahen sich tief in die Augen und erkannten die Begierde des anderen. Sie konnten es kaum erwarten und die Küsse zwischen ihnen wurden stürmisch. Er ließ seine Finger wieder zu ihrer warmen, feuchten Stelle wandern und verwöhnte sie. Mit einem lauten Stöhnen gab sie ihm zu verstehen, dass sie es genoss und es ihr Lust bereitete.

Zögernd tastete sie sich an ihn heran und nahm seinen Penis in die Hand. Augenblicklich stöhnte er auf und das bestärkte sie nur, weiterzumachen. Sie verstärkte den Druck und bewegte ihre Hand langsam auf und ab. Ihre andere Hand fuhr ihm dabei durch die Haare und trieb Gabe in den Wahnsinn. Er zog seinen Finger aus ihr heraus, nur um im nächsten Moment auf ihr zu liegen. Als sein Penis ihren Eingang berührte, stockte er und weitete die Augen.

„Ich habe kein Kondom dabei", grummelte er und sah sie an, in der Hoffnung, sie hätte eins da.

Dies machte sie zunichte, indem sie den Kopf schüttelte und ihn verlegen anblickte.

„Ich nehme die Pille und bin sauber", versicherte sie ihm.

Er sah sie einen Moment an und sie konnte sehen, dass er überlegte.

„Ich ebenfalls", sagte er dann und senkte seine Lippen wieder auf ihre.

Sie grinste und erwiderte den Kuss mit solcher Heftigkeit, dass sein Penis leicht zuckte.

Er verharrte ein paar Sekunden, bevor er sich langsam in sie schob. Sie drückte ihren Kopf fester in das Kissen und er begann, sich in ihr zu bewegen, was ihr den Atem raubte. Sie hatte einen kurzen Moment gebraucht, um sich an seine Größe zu gewöhnen, doch jetzt bewegte sie sich ihm entgegen und beide stöhnten laut auf. Er beschleunigte seine Stöße und es dauerte nicht lange, da erlebten sie gemeinsam den Höhepunkt ihrer Lust.

10. Kapitel

Am nächsten Morgen erwachte Sophie, als die ersten Sonnenstrahlen ihr ins Gesicht schienen. Sie drehte sich um und spürte einen Druck um ihre Hüften. Verschlafen öffnete sie die Augen und erblickte Gabe schlafend an ihrer Seite. Sie verharrte einen Moment und musterte ihn einfach nur, genoss den Augenblick. Er sah so friedlich und glücklich aus und Sophie wünschte sich, jeden Tag neben ihm aufzuwachen. Sie schüttelte den Gedanken schnell beiseite, genau wie seine Hand, die auf ihren Hüften ruhte. Langsam und leise schlich sie sich aus dem Bett, blieb aber in der Tür stehen und sah ihn an. Sie schnappte sich sein Shirt, das auf dem Boden lag, und zog es sich drüber.

Sie schaffte es nicht, ihren Blick von ihm abzuwenden. Dann tauchten die Bilder der vergangenen Nacht vor ihrem inneren Auge auf und sie strahlte über das ganze Gesicht. Es war wunderschön gewesen und es überraschte sie, dass Gabe Gefühle für sie hatte. Sie überlegte kurz, konnte sich gut vorstellen, eine ernsthafte Beziehung mit ihm zu führen. Er kannte sie in guten und schlechten Zeiten und akzeptierte sogar ihre dunkle Seite. Sie hatte den Eindruck, bei ihm die sein zu können, die sie wirklich war, und sich nicht verstecken zu müssen. Er war ihr wichtig und der Gedanke daran, ihn zu verlieren, brach ihr das Herz.

Als hätte er ihre Überlegungen gehört, bewegte er sich plötzlich, öffnete die Augen und sah sie verschlafen an. Er brauchte ein paar Momente, bis er zu sich gekommen war.

„Steht dir gut, das Shirt", murmelte er und grinste dabei.

„Ja, danke. Ich denke, ich behalte es", sagte sie und legte sich wieder zu ihm ins Bett „Wie wäre es mit einem Kaffee?",

„Da sag ich nicht nein", gähnte er und richtete sich komplett auf.

Sie wollte wieder aufstehen, doch er zog sie zu sich und drückte ihr einen festen und langen Kuss auf die Lippen. Augenblicklich durchflutete sie eine Welle der Lust. Sophie öffnete die Augen und sah direkt in seine, erkannte, dass es ihm genauso ging.

„Wir sollten reden, über das, was passiert ist", sagte er und sah sie mit ernstem Blick an.

„Ja, das auf jeden Fall. Können wir damit ein bisschen warten?"

Mit hoffnungsvollem Blick sah sie ihn an.

Bevor er etwas sagen konnte, waren seine Lippen mit ihren verschlossen. Sie bekamen nicht genug voneinander und lagen so wenige Minuten später erschöpft nebeneinander.

Gabe sah sie mit einem Lächeln an und strich ihr zärtlich durch die Haare, während sie auf seiner Brust lag. Er wollte etwas sagen, als ein Handy klingelte. Am Ton erkannte er, dass es sich um sein Diensthandy handelte. Dieser Ton erklang nur bei Notfällen. Genervt drehte er sich weg und sah, dass Valentin ihn anrief. Sophie richtete sich auf und sah ihn fragend an.

„Hey, was gibts? ... Ja, ich komm sofort", sagte er und schmiss sein Handy aufs Bett.

„Können wir heute Abend reden? Es ist ein verdammt wichtiger Fall reingekommen", erklärte Gabe, während er sich seine Klamotten holte und sie schnell anzog.

„Klar, ich laufe dir nicht weg", meinte sie und zog sich ebenfalls an.

„Bis heute Abend."

Er gab ihr einen zärtlichen, langen Kuss und war schon aus der Wohnung gestürmt. Für einen kurzen Moment sah sie ihm nach, dann blieb ihr Blick an der Uhr haften und Sophie beschloss, in die Uni zu gehen. Da es erst sieben Uhr morgens war, würde sie sogar rechtzeitig kommen.

Sie stieg aus dem Bus und augenblicklich begegneten ihr böse Blicke. Ihre Mitstudenten spuckten in ihre Richtung und murmelten etwas, was Sophie nicht verstehen konnte. Verwirrt und geschockt sah sie sich um und konnte sich nicht erklären, was hier passierte. Ihre gute Laune und ihr Optimismus verschwanden mit dieser Sekunde und in ihr machte sich ein Gefühl breit, das ihr sagte, dass alles schlimmer gekommen war, als sie sich je hatte vorstellen können. Sie ging weiter und die Leute spuckten ihr hinterher.

„Miststück."

„Drogenschlampe."

„Lügnerin."

Je näher sie dem Unigelände kam, umso deutlicher konnte sie die Beschimpfungen hören, die sie ihr zuriefen. Fragend suchte sie ihre Freundinnen, doch sie fand sie nicht. Einige Mitstudenten schubsten sie und grinsten sie dabei frech an.

In Sophie machte sich eine böse Vorahnung breit. Ihr wurde schnell klar, was hier vor sich ging. Alle mussten ihre Lügen erfahren haben, aber woher? Es wussten nur wenige Personen davon und denen vertraute sie.

Endlich entdeckte sie ihre Freundinnen und atmete erleichtert auf. Sie eilte zu ihnen, doch sie sahen sie mit vernichtenden Blicken an. Dies veranlasste Sophie dazu, einige Schritte entfernt stehenzubleiben und sie fragend und ängstlich anzublicken.

„Wie konntest du so etwas tun?", fragte Nele und baute sich vor ihr auf.

„Das hätte ich niemals von dir erwartet!", spuckte ihr Clara entgegen.

„Lasst es mich erklären", versuchte Sophie sich zu verteidigen.

„Sorry, aber ich glaube, es ist alles gesagt. Du hast Professor Evans fälschlich beschuldigt und dadurch seiner Karriere und seinem Ruf geschadet. So etwas bleibt immer haften, ob es wahr ist oder nicht. Du hast gelogen und betrogen. Mit einem Wort, du warst egoistisch. Du hättest vor nichts Halt gemacht, damit dein Drogenkonsum nicht aufliegt und dein Image keinen Schaden nimmt. Nicht einmal uns hast du die Wahrheit gesagt!"

Nele verschränkte die Arme vor der Brust und Sophie taumelte einen Schritt zurück, denn sie konnte nicht glauben, was sie da hörte.

„Ich kann das alles erklären", startete sie erneut einen Versuch.

„Lass stecken. Du hast unser Vertrauen missbraucht und gelogen. Wir wollen erst einmal nichts mehr mit dir zu tun haben", sagte Clara.

Sie schnappte sich ihre Sachen und ließ sie stehen, die anderen folgten ihr. Nur Kim verharrte kurz und sah sie mitleidig an.

„Kommst du, Kim?", fragte Clara.

Kim murmelte eine Entschuldigung und verschwand mit ihren Freundinnen. Sophie taumelte einige Schritte zurück und Tränen stiegen in ihr auf. Sie verstand, was hier passierte. All ihre Fehler, die Lügen und Spielchen, kamen zum Vorschein und sie war selbst schuld daran. Sie erkannte, dass sie es nicht wiedergutmachen konnte, dass sie alles zerstört hatte und alleine war.

„Da sind Sie ja endlich", ertönte die Stimme der Dekanin hinter ihr.

Sie brauchte einen Moment, um sich umzudrehen und sie anzusehen. Bevor sie in das strenge Gesicht sehen konnte, wischte sie sich die Tränen weg und schluckte alles herunter, um sich nicht anzumerken zu lassen, wie sie innerlich zerbrach.

„In mein Büro, sofort!", brüllte sie und jeder konnte es mitanhören.

Die Dekanin ließ ihr keine Zeit und stürmte schon davon. Ein Lachen erfüllte die Uni und Sophie schämte sich wie nie zuvor in ihrem Leben.

„Ich hoffe, wir müssen ihre Drogen- und Lügenfresse nie wieder sehen."

„Hoffentlich fliegt sie haushoch von der Uni."

„Die landet im Knast, das Miststück."

All diese Aussagen und einiges Schlimmeres begleiteten sie auf dem Weg ins Büro. Die Dekanin knallte die Tür mit einem lauten Krachen ins Schloss, nachdem Sophie eingetreten war.

„Mir fällt es verdammt schwer, zu begreifen, was Sie alles angerichtet haben. Ich habe mich in Ihnen getäuscht!"

„Bitte geben Sie mir die Chance, es zu erklären", bat sie. Doch statt einer Antwort drehte die Dekanin Sophie ihren Computerbildschirm zu und spielte ein Video ab. Es zeigte die Unterhaltung zwischen ihr und Kim. Alles war laut und deutlich darauf zu hören. Irgendwer musste es heimlich gefilmt und veröffentlicht haben.

„Ich glaube, das ist Erklärung genug."

Sie setzte sich auf ihren Stuhl, faltete die Hände und sah Sophie mit einem wütenden Blick an.

„Was haben Sie sich nur dabei gedacht?", fragte sie mit etwas ruhigerer Stimme.

„Es war nie meine Absicht, dass es so weit kommt. Ich habe nicht nachgedacht und nur gute Noten erschleichen wollen, weil ich mich dafür geschämt habe, das Semester nicht zu schaffen."

„Ich kann es einfach nicht glauben, dass Sie zu so etwas in der Lage sind. Das hat nichts mehr mit Blödsinn oder einem Streich zu tun, das ist schon kriminell. Es würde mich nicht wundern, wenn Sie mit einer Anzeige rechnen müssten."

„Sie wollen Anzeige erstatten?", fragte Sophie geschockt und riss die Augen auf.

„Gestern Abend fand eine Sitzung aller Dozenten statt, auch Professor Evans war anwesend. Wir haben uns beraten und es war nicht leicht, zu einem Entschluss zu kommen."

„Bitte nicht die Polizei einschalten", bettelte sie.

Es war schon schlimm genug, dass die Uni davon wusste. David und Gabe würden davon erfahren, denn Sophie wollte es ihnen persönlich sagen. Ihr war klar, dass sie dadurch ihre Freunde und das Vertrauen verlor, das man in sie hatte. Damit hatte sie sich abgefunden und es war ihr schmerzlich bewusst. Doch wenn sie polizeilich auffällig war, verbaute ihr das die Zukunft. Als sie der Dekanin in die Augen sah, wusste sie, dass es sogar noch schlimmer kommen würde.

„Sie sind hiermit exmatrikuliert. Ich werde keine Anzeige erstatten, doch das bedeutet nicht, dass

Professor Evans dies genauso sieht. Er bat um ein Gespräch mit Ihnen."

Sie erhob sich und in den Moment klopfte es schon an der Tür. Die Dekanin öffnete sie und ihr ehemaliger Dozent trat ein und sah sie ebenfalls mit strafendem Blick an.

Sophie stand auf und erkannte, dass sie alles verloren hatte. Ihre Freunde, ihr Studium und mit hoher Wahrscheinlichkeit auch ihre Zukunft.

„Es tut mir so leid. Es war nie meine Absicht. Ich entschuldige mich aufrichtig bei Ihnen", begann Sophie und sah beschämt zu Boden. Ein lautes Seufzen erfüllte den Raum und sie traute sich nicht, aufzusehen.

„Sie weiß von ihrer Exmatrikulation", flüsterte die Dekanin ihm zu.

„Ihnen ist bewusst, dass ich Sie anzeigen könnte und Sie deswegen ins Gefängnis gehen würden."

Sophies Hände zitterten und sie traute sich nicht, ihn anzusehen, darum hielt sie den Blick gesenkt und ließ sich auf den Stuhl gleiten. Er setzte sich neben sie. Die Dekanin blieb stehen und sah zwischen den beiden hin und her.

„Ich möchte von Ihnen gerne den Grund erfahren, warum Sie so etwas getan haben? Denn ich verstehe es einfach nicht", bat er sie und in seiner Stimme lag kein Zorn.

Langsam hob sie den Kopf und sah ihn direkt an.

Sophie holte tief Luft und fasste den Entschluss, ihm die Wahrheit zu sagen.

„Es begann alles damit, dass ich ein paar Wochen der Uni fernbleiben musste. Angeblich war ich krank, doch das stimmte so nicht ganz. Ich hatte private Probleme, die mir über den Kopf gewachsen waren", erzählte sie und wollte nicht erwähnen, dass sie entführt worden war. Das würde ihr nur Mitleid einbringen oder sie glaubten ihr nicht und dann würde sich ihr Hass auf sie nur steigern. Darum beschrieb sie es so.

„Mir wurde schnell bewusst, dass es ein Ding der Unmöglichkeit war, alles perfekt aufzuholen. Doch ich wusste, dass ich wiederholen muss. Mein Stolz war mir im Weg und ich schämte mich dafür, also versuchte ich einen anderen Weg."

Sie machte eine Pause und überlegte kurz, wie sie weitererzählen sollte.

„Meinen Sie mit privaten Problemen den Drogenkonsum?", hakte er nach.

„Ja, ich habe Drogen genommen und am Anfang redete ich mir ein, dass das schon wieder wird und nur vorübergehend ist. Ich nahm Kokain, um länger wach bleiben zu können und darauf hinzuarbeiten, wieder die Beste zu sein. Ich merkte erst zu spät, dass dies der falsche Weg ist."

Sie holte tief Luft, bevor sie weitermachte, und erhob sich, da ihr die Situation mehr als unangenehm war. Nervös lief sie im Zimmer auf und ab.

„Es fing damit an, dass ich mir und allen anderen beweisen wollte, dass ich besser bin als David. Er ist so perfekt und ich stand immer in seinem Schatten. Mein einziges Ziel und mein einziger Wunsch waren, da herauszukommen. Daher strengte ich mich so sehr an für das Studium. Nachdem ich für längere Zeit gefehlt hatte, wurde mir bewusst, dass es unmöglich war, alles wieder aufzuholen und gute Noten zu schreiben. Dann entdeckte ich Sie zufällig mit Ashley und konnte es nicht glauben. Darum das Foto. Erst später kam mir die Idee, es zu benutzen, doch es stellte sich als Reinfall heraus und mir wurde klar, dass ich immer mehr versage. Mein

Stolz wollte es nicht akzeptieren. Daher legte ich einen obendrauf."

Sie schämte sich so sehr, dass sie rot anlief.

„Daran kann ich mich gut erinnern. Aber erklären Sie mir bitte, warum sie die Polizei eingeschaltet haben?", wollte er wissen und Sophie hob den Blick, um ihn anzusehen.

„Das habe ich nicht. Es ist keine Akte angelegt worden. Mein Bruder ist beim FBI und als erkannte, dass es mir nicht gut ging, fand er heraus, dass ich das Semester wiederholen muss. Er fragte mich, was los sei, mir rutschte die Lüge raus und diente mir als Ausrede. Er glaubte es und versprach mir, nichts zu unternehmen und die Füße stillzuhalten. Es musste ein Schuldiger für mein Versagen her und das durfte nicht ich sein. Da stand mir der Stolz im Weg. Darum stellte ich Sie als den Bösen und Sündenbock dar. Es war nie geplant oder gewollt, dass es so weit kommt. Doch leider hat David nicht stillgehalten und ist zu Ihnen gekommen. Ashley hat dann alles verbreitet, was man ihr nicht übelnehmen kann. Die Zügel rutschten mir aus den Händen und ich spielte mit, da mir der Mut fehlte, mit der Wahrheit herauszurücken."

Sie setzte sich wieder hin und sah Professor Evans genau an. Er blickte auf sie herab und sie konnte seinen Blick nicht deuten, da er unschlüssig wirkte. Hoffnung keimte in ihr auf.

„Ich weiß, dass das alles ein großer Fehler gewesen ist, gerne würde ich es ungeschehen machen. Das geht nicht, daher entschuldige ich mich aufrichtig bei Ihnen. Es war nie meine Absicht, jemandem wehzutun."

Für ein paar Minuten sprach niemand ein Wort, doch Sophie konnte dem Dozenten ansehen, dass er überlegte, was er tun sollte. Diese Spannung brachte ihr

Herz zum Rasen. Ihre Hände klebten und sie fühlte sich wie auf heißen Kohlen.

„Ich glaube, Sie sind genug gestraft. Ihre Freunde wenden sich ab, ihr Studium ist beendet und Sie durchleben einen Entzug. Dieses Video ist außerdem im Internet gelandet und wird diskutiert, was mich annehmen lässt, dass Sie es in Zukunft nicht einfach haben werden. Daher werde ich keine Anzeige gegen Sie erstatten, aber nur unter der Bedingung, dass ich Sie nie wieder in meinem Leben sehen muss."

Er erhob sich und bevor Sophie etwas dazu sagen konnte, war er schon verschwunden. Einige Sekunden lang starrte sie ihm hinterher und konnte nicht glauben, was sie da gehört hatte. Ein Stein fiel ihr vom Herzen.

„Das ist großzügig von ihm", murmelte die Dekanin und war überrascht von seiner Aussage, genau wie Sophie.

„Ich bitte Sie, ihre Sachen aus der Universität mitzunehmen und sich hier nicht mehr blicken zu lassen. Ihre Zukunft an unserer Uni ist mit sofortiger Wirkung beendet", sagte sie und reichte ihr ein Schreiben, bevor sie ihr die Tür aufhielt.

Sophie blickte sie an und trat dann heraus. Im Gang sahen sie alle an und beschimpften sie augenblicklich. Sie wollte hier nur weg. Sie holte ihr Zeug und rannte aus der Uni. Auf dem Weg sie ihre ehemaligen Freundinnen. Sie blieb kurz stehen, sah sie an und erkannte, dass sie ihr diese Sache nie verzeihen würden. Sophies Blick verharrte auf Kim, die sie unschlüssig ansah. Sie konnte ihr keinen Vorwurf machen, dass sie sich gegen sie stellte. Zwar hatte sie ihr alles gesagt, doch das entschuldigte noch lange nicht ihre Taten. Tränen stiegen in ihr auf und sie hetzte zum Bus, der sie von hier wegbrachte.

Sie machte sich direkt auf den Weg zu ihrer Wohnung und schleuderte dort ihre Sachen achtlos ins Eck. Sie schmiss sich auf die Couch und weinte und schrie.

Als sie keine Kraft mehr hatte, hörte sie auf zu weinen und blieb erschöpft und völlig fertig auf dem Sofa liegen. Sie wusste, dass es erst der Anfang war. Sie musste es ihrer Familie und ihren Freunden sagen. Aber vor allem Gabe. Er würde sie hassen und sie rechnete schon damit, ihn aus ihrem Leben zu streichen.

David war ihr Bruder, er würde wütend und enttäuscht sein. Er würde sie bestrafen, indem er sich von ihr distanzierte und seine Abneigung öffentlich zeigte. Somit war klar, dass ihr Freundeskreis sich gegen sie stellte. Sie hatte das Vertrauen aller missbraucht und verloren.

Ein Hämmern an der Tür riss sie aus ihren Gedanken. Ein Blick in den Spiegel sagte ihr, dass sie furchtbar aussah, doch sie wischte sich auf die Schnelle den verschwommenen Mascara weg.

Wieder ertönte ein Klopfen und sie eilte zur Tür. Vor ihr stand Kim. Für einen Moment war sie zu verwundert, um etwas zu sagen, darum starrte sie Kim einfach nur an.

„Kann ich reinkommen?", fragte sie schüchtern und Sophie trat beiseite, um ihr Einlass zu gewähren.

„Ich wusste nicht, dass uns jemand filmt und das Video anschließend herumschickt. Es war nicht mein Plan, dich so vorzuführen", erklärte sie und verschränkte die Arme vor der Brust.

„Okay, das habe ich nicht gedacht."

Sophie lächelte sie an und trat einen Schritt auf sie zu und augenblicklich wich Kim ein Stück zurück. Sie schluckte schwer, senkte ihren Blick und lehnte sich dann an die Wand.

„Unsere Freundinnen haben mich darauf angesprochen und ich wollte und konnte sie nicht anlügen. Somit habe ich ihnen die ganze Wahrheit gesagt."

„Daraus mach ich dir keinen Vorwurf", erwiderte Sophie.

„Das wäre ja noch schöner!", erhob Kim die Stimme. „Was tue ich nur hier?"

„Ich habe es dir anvertraut und dich nicht belogen", verteidigte sie sich.

„Das glaube ich nicht. Du hast jeden angelogen, sogar deine Familie, die dir immer nur helfen wollte. Da vertraue ich dir nicht, wenn du sagst, dass du zu mir ehrlich gewesen bist, aber zu allen anderen nicht. Es ist dir so leichtgefallen, dass Leben und den Ruf von Professor Evans zu ruinieren. Du hast nicht eine Sekunde über die Folgen nachgedacht und so kenne ich dich nicht", sagte Kim.

Sophie wusste nicht, was sie darauf sagen sollte und traute sich nicht, ihren Kopf zu heben. Sie mochte feige wirken, doch der Grund, aus dem sie still blieb, war der, dass Kim mit allem recht hatte.

„Ich erkenne die Person vor mir nicht mehr. Mein Vertrauen und meine Freundschaft hast du verloren. Es geht nicht einmal um die Taten selbst, die du getan hast, sondern um die Folgen, die sie mit sich ziehen", fuhr sie fort.

Sophie hob den Kopf und holte tief Luft.

„Verständlich. Ich muss mit den Konsequenzen klarkommen. Ihr werdet mich auf der Uni nicht mehr sehen, da man mich exmatrikuliert bin. Meine Familie weiß davon noch nichts und ich werde es ihnen heute erzählen."

„So blöd das klingt, da musst du alleine durch", sagte Kim und ging wieder zur Tür.

Sie machte ihr Platz. Kim blieb an der Tür stehen und blickte sie an.

„Es tut mir ehrlich leid, wie das hier endet. Ich brauche Zeit, um darüber nachzudenken und das Ganze zu verarbeiten", meinte sie und Sophie nickte. Dann war Kim schon verschwunden.

Sie stützte sich an der Tür ab und ließ sich zu Boden gleiten. Sie schloss die Augen und fuhr sich mit den Händen durch die Haare, dachte über das Geschehene nach. Sie war selbst schuld, hätte sie doch bloß nicht mit den Drogen angefangen, wäre das hier nie passiert. Ihren Kopf hob sie hoch und lehnte sich an die Tür. Sie wollte alles vergessen. Ihr Körper verlangte nach Kokain und Alkohol. Das würde die Sache erträglicher machen. Sophie schluckte schwer, denn sie musste das Verlangen unter Kontrolle bringen. Das war der Grund, warum es überhaupt so weit gekommen war. Sie war so in ihrem Drogenkonsum und den Entzugserscheinungen gefangen gewesen, dass sie alles um sich herum nicht mitbekommen hatte. Dies war keine Ausrede für sie, doch sie erkannte die Ursache ihrer Fehler und beschloss, so etwas nicht noch einmal vorkommen zu lassen.

Allerdings wusste sie nicht, wie es jetzt weitergehen sollte. Ihre Eltern und David mussten davon erfahren, und vor allem Gabe. Davor hatte sie am meisten Angst. Er war immer für sie da und hatte sich sogar auf ihre Seite gestellt, doch wenn er erfuhr, was sie getan hatte, dann würde er enttäuscht sein und sein Vertrauen zu ihr wäre weg. Sophie dachte darüber nach und das war das Schlimmste. Sie konnte es ertragen, dass sie von der Uni geflogen war, ihre Freunde nichts mehr mit ihr zu tun haben wollten und dass ihre Familie wütend und sauer auf sie war. Doch dass sie Gabe verlieren würde, brach ihr das Herz. Denn in diesem Moment wurde ihr bewusst, dass sie ihn liebte und alles, was sie sich aufgebaut hatten und in Zukunft haben könnten, hatte sie einfach so weggeschmissen. Mit dem anderen wurde sie fertig, doch der Verlust und die Enttäuschung von Gabe, das ging über die Grenze dessen, was sie ertragen konnte.

Ruckartig stand sie auf und fasste den Entschluss, dass Selbstmitleid nicht weiterhalf, beschloss, gleich zu ihren Eltern zu fahren, um es hinter sich zu bringen.

David war mit Gabe gerade zurück von dem Außeneinsatz, als sein Handy klingelte. Er schnaubte genervt und ließ sich erschöpft auf den Stuhl fallen.

„Willst du nicht rangehen?", fragte Gabe, der ebenfalls sichtlich müde war.

„Ja, schon, aber meine Motivation ist weg. Schlaf ist das Einzige, an das ich denken kann", gestand er.

„Geht uns allen so", mischte sich Liam ein und drehte seinen Kopf zu ihm.

Genau in dem Moment fielen ihm die Augen zu und das Handyklingeln verstummte. Es startete einen neuen Versuch.

„Ich glaube, es ist wichtig", meinte Gabe.

„Geh endlich ran, damit ich weiterschlafen kann", murmelte Liam.

Er holte sein Handy hervor und sah, dass seine Mom ihn anrief. Verwunderung machte sich in ihm breit.

„Hey Mom, was gibts?", nahm er ab.

Gabe war auf einmal hellwach. Davids Mutter rief nie während der Arbeit an, außer es handelte sich um einen Notfall. Er sah kurz selbst auf sein Handy und erkannte, dass der Tag noch lange nicht rum war. Sie hatten nur eine kleine Pause.

„Es geht jetzt nicht. Ich komm heute Abend vorbei",
durchbrach David seine Gedanken. „WAS? Bin
unterwegs."

„Was ist passiert?", fragte Gabe und war in
Alarmbereitschaft.

David schmiss das Handy auf den Tisch und Wut
stand deutlich in seinem Gesicht.

„Sophie ist von der Uni geflogen und hat etwas
angestellt", spuckte er ihm entgegen und war schon in
Valentins Büro verschwunden.

Es dauerte nicht lange, da trat er wieder heraus.

„Ich bin in ein paar Stunden zurück", brüllte er und
rauschte aus dem Revier.

Gabe brauchte einen Moment, um diese Informationen
zu verdauen. Sophie war exmatrikuliert worden und er
vermutete, dass die Drogengeschichte herausgekommen
war. Doch er wunderte sich, dass dies reichte, um sie
von der Uni zu schmeißen.

11. Kapitel

Sophie war bei ihren Eltern und hatte ihnen alles gesagt. Sie trauten ihren Ohren nicht und brüllten sie an und wollten eine Erklärung dafür haben. Sie stritten sich und Sophie konnte deutlich die Enttäuschung in ihren Augen lesen.

Nun saßen sie schweigend da und warteten darauf, dass ihr Bruder kam und es ebenfalls erfuhr. Sie wünschte sich nur, dass dieser Tag endlich vorbei ging und sie wieder alleine war. Denn genau das würde sie danach sein.

Die Tür wurde aufgerissen und David stürmte ins Wohnzimmer, wo er sie alle stillschweigend vorfand.

„Was ist passiert?".

Sein Kopf war knallrot und sie konnte deutlich die Verwirrung in seinen Augen erkennen.

„Das solltest du deine Schwester fragen."

„Hat der Dozent das veranlasst, der dich sexuell belästigt hat?", fragte David und tappte damit vollkommen im Dunkeln.

Augenblicklich lachte sein Vater laut auf. Verwirrt blickte er zu ihm herüber.

„Das war doch alles gelogen", spuckte er Sophie verächtlich entgegen.

„Stopp! Was?"

Ihr Dad fuchtelte mit seiner Hand herum, da er nicht verstand, was hier los war.

„Du hast nur gesagt, dass sie von der Uni geflogen ist? Warum?", fragte David und sah sie eindringlich an.

„Mein Dozent hat mich nie sexuell belästigt. Ich habe ihn damit erpresst, dass er mir gute Noten geben sollte, sonst würde ich seine Affäre öffentlich machen", erzählte Sophie die Wahrheit und sah ihm direkt in die Augen.

Der Schock war deutlich in ihnen zu erkennen. Er ließ die Worte sacken und ging ein paar Schritte zurück.

„Was hast du angestellt?", fragte er geschockt.

„Ich habe dich und alle anderen angelogen. Er hat nie etwas getan, außer nicht auf meine Erpressung einzugehen. Ich habe das Gerücht in der Uni verbreitet und seinem Ruf geschadet."

„Ja, das habe ich schon verstanden! Warum? Wie kommt man bitte auf so eine dumme Idee?", brüllte David.

„Sie hat lieber Party gemacht und dabei Drogen konsumiert, anstatt zu lernen", antwortete ihr Vater.

Natalie stieß ihn an die Schulter und er warf ihr ebenfalls einen bösen Blick zu.

„Du hast was?", fragte er.

„Seit meiner Entführung habe ich regelmäßig Kokain genommen. Erst ein paar Tage nach deiner Rückkehr aus dem Urlaub habe ich damit aufgehört", gestand Sophie. „Ich wollte einfach besser sein als du und habe das Bedürfnis verspürt, mir und euch etwas zu beweisen, damit ihr stolz auf mich sein könnt. Versagen kam nicht in Frage. Die Drogen haben mir geholfen, alles erträglicher zu machen und zu verhindern, dass ich schlafe. Alkohol und Kokain verdrängten das Schlimme in meinen Leben. Ich redete mir ein, dass es nur eine

Phase ist. Ich habe nicht nachgedacht und bin dem erstbesten Gedanken gefolgt. Ich habe jeden angelogen und euer Vertrauen missbraucht", erzählte Sophie und stand auf.

„Kein Wunder, dass du exmatrikuliert worden bist. Du kannst froh sein, wenn man dich deswegen nicht anzeigt. Drogenbesitz, Erpressung und falsche Beschuldigungen. Dafür könntest du hier in den Knast kommen. Ist dir das bewusst?"

Mit diesen Worten kam der Polizist aus ihm heraus.

„Aber viel wichtiger ist: Warum hast du mir nichts erzählt und mich angelogen?", fragte er sanfter und trat zu ihr.

„Ich wollte es alleine schaffen. Mein Stolz stand mir im Weg. Es war schon schlimm, als Gabe davon erfahren hat", gestand Sophie ihm und in dem Moment, als sie es aussprach, wurde ihr bewusst, dass sie sich verraten hatte.

„Was hat Gabe mit der Sache zu tun? Wusste er von Anfang an Bescheid?", hakte David nach und Neugierde stieg in ihm auf.

„Nein! Er hat mich auf einer Razzia erwischt, aber mir geholfen, zu entkommen. Danach forderte eine Erklärung von mir und war außer sich vor Wut. Er wollte sofort zu dir und alles erzählen, dich ich konnte ihn davon abhalten. Wir handelten einen Deal aus. Er half mir, meine Probleme in den Griff zu bekommen, und zwang mich zu einem kalten Entzug. Mir gefiel das nicht, aber es war die einzige Möglichkeit. Seitdem nehme ich keine Drogen mehr. Ohne ihn hätte ich weitergemacht und es wäre mit hoher Wahrscheinlichkeit schlimmer ausgegangen."

„Wusste er davon, was du getan hast? Dass du Straftaten begangen hast?"

„Das mit den Drogen, ja. Das mit der Erpressung und der falschen Beschuldigung nicht. Das war mein Geheimnis. Ich will mich nicht herausreden, aber es ist alles einfach so passiert."

David lachte laut auf.

„Einfach so passiert? So was ist kein Versehen, das hast du schon bewusst gemacht. Du hattest immer die Möglichkeit, dich dagegen zu entscheiden. Ich kann es nicht glauben, dass du so etwas getan hast. Um was? Nicht zuzugeben, dass du durch ein paar Prüfungen gefallen bist? Wenn du ehrlich gewesen wärst und gesagt hättest, dass dir die Entführung zu schaffen macht, dann hätten das alle verstanden und ich wäre die letzte Person auf Erden gewesen, die dir nicht geholfen hätte. Du bist meine Schwester und ich will dich beschützen."

Er sah sie verärgert an und fuhr sich aufgeregt durch die Haare.

„Aber das ist unglaublich. Ich dachte, wir wären immer ehrlich zueinander. Wir haben uns immer alles anvertraut, egal ob Gutes oder Böses. Doch du hast mich eiskalt angelogen und wärst du nicht von der Uni geflogen, hättest du dieses Spiel fortgeführt."

Sie sah ihn an und nickte. Sie hätte weitergemacht und gehofft, dass es die Leute vergessen und es alles werden würde, wie es einmal gewesen war.

„Ich kann es einfach nicht glauben. Du hast mich hintergangen und ich bin verdammt sauer auf dich! Drogen zerstören einen echt und ich erkenne meine Schwester nicht mehr. Vor mir steht eine Fremde", brüllte er sie an und drehte ihr den Rücken zu.

„David, du darfst nicht vergessen, dass sie entführt worden ist und Schlimmes durchgemacht hat", wies ihn seine Mutter zurecht.

„Das mag ja sein, aber das gibt ihr noch lange nicht das Recht, Lügen zu verbreiten, die ein anderes Leben zerstören. Das mit dem Koks kann ich ja noch verstehen, aber die Lügen und das Erpressen ihres Dozenten, dafür fehlt mir jede Art von Verständnis", brüllte er und sah sie direkt an.

„David, es tut mir leid", eilte sie ihm hinterher.

„Mag sein. Ich glaube dir nicht mehr. Du hast hiermit mein Vertrauen verloren", sagte er, dann ging er.

Sie wollte ihn zurückhalten, doch er war schneller und fuhr davon.

„Schöne Scheiße hast du da angerichtet", sagte ihr Dad und sah sie strafend an.

„Ja, das weiß ich."

„Du hast mich und deinen Vater mehr enttäuscht und unser Vertrauen ebenfalls verloren", meinte ihre Mutter.

In Sophie stiegen die Tränen auf und sie sah ihre Mom an.

„Ich glaube, es ist besser, wenn du jetzt nach Hause gehst und wir alles erst einmal sacken lassen", sagte sie zu ihr und strich ihr dabei über den Rücken.

David war verdammt wütend auf Sophie und stürmte in das Revier.

„Was war denn los?", fragte Gabe und brannte vor Neugierde.

Er funkelte ihn böse an, packte dann seinen Arm und ging mit ihm in den nächstbesten Raum, der ausgerechnet zum Verhör gedacht war.

„Du hast Sophie bei einer Drogenrazzia laufen lassen?", fragte David und verschränkte die Arme vor der Brust. Er sprach normal und wollte die Wahrheit von ihm erfahren, denn ihm vertraute er.

Gabe nickte und ihm wurde bewusst, um was es hier ging. Er setzte sich auf den Stuhl, ließ seinen Freund dabei nicht aus den Augen.

„Ja, das stimmt. Danach forderte ich eine Erklärung von ihr und …"

„Ihr handeltet einen Deal aus. Seitdem nimmt sie keine Drogen mehr. Ja, das hat sie mir gesagt", unterbrach David ihn und er beruhigte sich etwas.

„Mein erster Gedanke war es, dir alles zu erzählen, doch ich kenne Sophie und es war ihr so peinlich. Sie wollte nicht, dass du enttäuscht von ihr bist. Sie verehrt dich und will immer besser sein als du. Ich habe dir nichts davon erzählt, weil sie eine zweite Chance verdient hat, um zu zeigen, dass sie es ohne Koks schafft. Ich mag sie verdammt gerne und ich wollte ihr dadurch nicht wehtun", gestand er.

„Ich bin gar nicht sauer auf dich. Mir und jedem hier ist bewusst, dass du Gefühle für sie hast und wenn ich an deiner Stelle wäre, hätte ich es genauso gemacht."

Gabe sah ihn verwundert an und fragte sich, warum David so aufgebracht war. Er ging ein paar Schritte im Zimmer auf und ab und setzte sich dann auf den anderen Stuhl.

„Was ist da noch?", hakte er nach.

„Sie hat ihren Dozenten erpresst, damit er ihr gute Noten gibt. Er hat sich nicht darauf eingelassen und Sophie hat die Affäre veröffentlicht und die Lüge verbreitet, dass er sie sexuell belästigt hat", spuckte er aus.

Gabe ließ sich die Worte durch den Kopf gehen und sank dann zurück. Das hatte er nicht gewusst und ihr niemals zugetraut.

„Tja, dich hat sie ebenfalls angelogen", meinte David nur trocken und wunderte sich darüber nicht.

„Das habe ich nicht im Ansatz geahnt. Wird Anzeige gegen sie erstattet?", fragte er.

„Keine Ahnung, denke aber nicht. Ehrlich, selbst wenn, ich kann sie da schon raushauen. Ein guter Anwalt bekommt das hin", meinte er und Gabe atmete tief durch.

„Was hat sie sich dabei nur gedacht? Sie hat mich und jeden anderen angelogen. Sie tut es so ab, als ob sie einen Geburtstag vergessen hat. Sie bereut es zwar und entschuldigt sich, aber ich habe so das Gefühl, dass ihr das wenig ausmacht. Ich erkenne sie einfach nicht wieder. Niemals hätte ich gedacht, sie wäre dazu im Stande, doch jetzt? Keine Ahnung, was sie noch getan hätte. Es schien ihr alles so leichtzufallen. Sie hat nicht einmal mit der Wimper gezuckt, als sie mir die Lüge gebeichtet hat."

Gabe hatte sie nur kurz auf die sexuelle Belästigung angesprochen und sie war dem Thema ausgewichen. Somit hatte sie ihn nicht angelogen, doch er war verwundert und geschockt, dass sie so etwas getan hatte. Er hätte ihr das nie zugetraut und musste feststellen, dass er sie nicht mehr kannte. Er war enttäuscht von ihr und fasste den Entschluss, dass es so nicht mit ihnen weitergehen konnte. Diese Taten zeigten eine Seite an Sophie, die er ihr niemals im Leben zugetraut hätte. Er hatte sich in ihr getäuscht und begann zu zweifeln, ob sie immer ehrlich zu ihm gewesen war. Gerade hatte er sich noch gefreut, dass es besser zwischen ihnen lief, und sich schon vorgestellt, wie es wäre, wenn sie ein Paar sind. Doch diese Tatsachen änderten einfach alles. Er konnte mit ihr keine Beziehung führen, nicht bevor er wusste, wer sie in Wahrheit war. Er musste auf jeden Fall mit ihr reden.

Sophie knallte die Tür mit einem lauten Schlag zu und zog ihr Handy heraus, um Gabe anzurufen. Es klingelte kurz, dann drückte er sie weg. Sie schluckte schwer und wusste, was das bedeutete. Er wollte nicht mir ihr reden und war enttäuscht von ihr. Sie setzte sich auf ihr Sofa und ließ sich alles durch den Kopf gehen. Sie hatte Scheiße gebaut und bereute es. Ihre Gedanken überschlugen sich, denn sie hatte keine Ahnung, was sie jetzt machen sollte. Sie war alleine und auf sich gestellt. Sie hatte niemanden mehr, an den sie sich wenden konnte, und das hatte sie sich selbst zuzuschreiben. Ihr fielen Lou und Mary ein, doch sie traute sich nicht, ihnen unter die Augen zu treten.

Sie schnappte sich das Handy und machte Musik an, um sich etwas abzulenken. Sie scrollte in Instagram und Facebook und es dauerte nicht lange, bis sie sich selbst fand. Sophie war in verschiedenen Uni-Gruppen, in denen normalerweise immer der neuste Tratsch verbreitet wurde, doch jetzt war sie das einzige Thema. Obwohl sie wusste, dass die kommenden Worte hart für sie werden würden, konnte sie nicht wegklicken. Sie las sich jeden Kommentar durch, sie beschimpften sie aufs Übelste und Sophie kämpfte mit den Tränen. Alle ihre Mitstudenten hassten sie und das zu Recht. Sie gab sich selbst die Schuld daran und ertrug das nicht mehr, darum schmiss sie ihr Handy in die Ecke und es zerbarst in tausend Teile. Mit unruhigen Atemzugen schnappte sie sich ihre Sportsachen und ging eine Runde joggen, in der Hoffnung, dass sie das auf andere Gedanken bringen würde. Ein Plan musste her, wie es jetzt weitergehen sollte. Ihr Studium war beendet und sie konnte es nicht wiederaufnehmen.

Über eine Stunde joggte sie und war am Ende fix und fertig. Schweißnass ging sie zurück in ihre Wohnung und stellte sich unter die Dusche. Eine Ewigkeit blieb sie dort stehen und überlegte und ein Gedanke in ihrem Kopf wurde von Sekunde zu Sekunde größer. Sie musste raus aus Houston. Hier konnte sie nicht bleiben, denn diese Sache würde ihr ewig angehängt werden. Ein Neuanfang war für sie hier nicht mehr möglich. Doch wohin sollte sie? Sie hatte keine Freunde, die weiter weg wohnten und ihr helfen konnten. Jemanden um Rat und Unterstützung zu bitten war das Letzte, was sie jetzt tun wollte.

Doch dann kam ihr eine Idee. Die ganze Nacht dachte sie darüber nach und als die Sonne aufging, beschloss sie, den Plan in die Tat umzusetzen.

Sophie klopfte an die Tür und es dauerte nicht lange, da öffnete sie sich. Sie blickte in das verwunderte Gesicht ihrer Freundin Mary.

„Sophie? Hey, was machst du denn hier?", fragte sie mit großen Augen.

„Kann ich reinkommen?"

Mary lächelte sie an und trat dann beiseite, um sie hereinzulassen. Als sie die Schuhe ausziehen wollte, entdeckte sie Lou auf der Treppe. In der Bewegung blieb sie stehen und blickte verwundert zu Sophie.

„Lou ist vorbeigekommen. Wir wollten frühstücken. Du kannst gerne bleiben", lud Mary sie freundlich ein und Sophie war überrascht über die Höflichkeit. Sie hatte damit nicht gerechnet.

„Seid ihr gar nicht sauer oder wütend auf mich?", sprach Sophie ihre Gedanken laut aus.

„Nein, jedoch enttäuscht, weil ich das niemals von dir erwartet habe", sagte Mary.

„Es tut mir so leid …", begann sie und hoffte, dass sie bereits alles wussten und sie es nicht wiederholen musste.

„Das glauben wir dir und wir möchten die ganze Geschichte hören. Aber jetzt lass uns erst mal den Frühstückstisch herrichten. Wer mag Kaffee?", unterbrach Mary sie mit fröhlicher Stimme.

Sie sah zu Lou, die nickte. Sie brauchte einen Moment, um mit der Situation klarzukommen.

„David war gestern Abend aufgebracht und hat mit mir, Liam und Gabe darüber geredet. Ich habe ihn beruhigt und dich verteidigt. Er wird sich wieder beruhigen", sagte Lou leise, sodass Mary es nicht hören konnte.

„Warum hast du das getan?", fragte Sophie.

„Weil ich Verständnis dafür habe. Besser, als du denkst", gab sie offen zu. „Ich habe selbst Drogen genommen, anders hätte ich es in der Hölle niemals so lange ausgehalten. Mir ist bewusst, was man tut, um das Zeug zu bekommen, und was ein Entzug mit einem anstellt. Man macht vor nichts mehr Halt, aber will seinen Stolz bewahren, damit fängt alles an. Lügen und Intrigen gehören da zwangsläufig mit dazu."

Bevor sie etwas erwidern konnte, war Lou Mary in die Küche gefolgt, wo es herrlich nach Kaffee roch. Sophie konnte ein Stöhnen nicht unterdrücken.

Sie setzten sich alle hin und begannen mit dem Essen. Sophie erzählte ihre Geschichte und ihre Freundinnen hörten ihr gespannt zu. Sie hatten zwar gestern Abend schon die Version von David und Liam gehört, wollten aber ihre Sicht erfahren. Doch die nahmen sich beide nichts. Sie waren identisch.

„Es tut mir einfach so leid. Es war ein Fehler und ich habe Scheiße gebaut", entschuldigte sie sich.

„Das kannst du laut sagen. Liam und die anderen waren schon betroffen. Sie hätten dir so etwas nie zugetraut und ich dir ebenfalls nicht."

„Wichtig ist nur, dass du einsiehst, dass es falsch gewesen ist und in Zukunft so etwas nicht mehr vorkommt", sagte Lou und schenkte ihr ein aufmunterndes Lächeln.

„Ich mache so etwas nie wieder. Seit einigen Wochen habe ich keine Drogen genommen und weiß, was sie anrichten, somit lass ich die Finger davon. Das müsst ihr mir glauben", erklärte sie ihnen.

„Das tun wir, aber wie soll es weitergehen? Du hast deinen Studienplatz verloren und an die Uni kannst du nicht mehr zurückkehren. Es gibt aber ein paar andere hier in der Nähe", meinte Mary.

„Ich habe beschlossen, Houston zu verlassen. Es wird umso schwieriger und fast unmöglich, mir hier einen Neuanfang aufzubauen, daher habe ich den Entschluss gefasst, von hier wegzugehen", sprach Sophie ihr Anliegen aus.

Diese Worte überraschten beide, denn damit hatten sie nicht gerechnet. Schockiert stellte Mary ihre Tasse etwas zu heftig auf den Tisch, sodass Kaffee überschwappte.

„Wie bitte? Wohin willst du?", fragte sie geschockt.

Lou sah sie an und lehnte sich zurück.

„Keine Ahnung, aber ich muss hier weg, um einen klaren Kopf zu bekommen. Hier kennen mich einfach zu viele Leute. Es wird hier nicht möglich sein, neu anzufangen, denn man wird es mir hier unnötig schwer machen", meinte sie.

„Sie hat recht. Ein Tapetenwechsel ist das Beste. So kann sie sich darüber im Klaren werden, was sie will und wie es weitergehen soll. David und die anderen sind megawütend auf dich und brauchen erst einmal Abstand", stimmte Lou ihr zu und Sophie war so erleichtert, dass sie ihr beistand.

„Okay, aber denk ein paar Tage darüber nach. Dann kannst du immer noch weg."

„Das habe ich bereits getan. Der Grund, warum ich hierhergekommen bin, ist, dich um Hilfe zu bitten. Bevor du mich unterbrichst: Es ist mir bewusst, dass ich hier einiges von dir verlange", sagte Sophie und Mary sah sie fragend an.

„Deine Cousine wohnt in Atlanta. Mein Gedanke war, dass ich erst einmal bei ihr unterkommen könnte. Sie besitz doch ein Hotel und ich kann ihr dort aushelfen", meinte sie und Mary dachte darüber nach.

Es dauerte eine Weile, bis sie dazu etwas sagte.

„Sie braucht dringend eine Aushilfe und kann niemanden Gescheites finden. Wir haben erst gestern telefoniert. An sich ist das gar kein dummer Plan."

In ihr stieg Freude auf und Sophie konnte es kaum erwarten. Gemeinsam riefen sie Marys Cousine Alison an und besprachen mit ihr alles. Sie war total begeistert von der Idee und stimmte sofort zu.

Sophie hatte sie bis jetzt nur selten getroffen, um genau zu sein erst zwei Mal, aber sie hatten sich gut verstanden. Sie klärten weitere Details und in ihr keimte Hoffnung auf.

Als der Abend anbrach, war Sophie wieder allein in ihrer Wohnung, packte ihre Klamotten und schrieb die Kündigung für ihr Apartment, da sie nicht vorhatte, so schnell zurückzukommen.

Als ihre Sachen gepackt waren, sah sie sich um. Mary hatte ihr versprochen, sich um die Möbel zu kümmern. Sie würde sie verkaufen und ihr das Geld überweisen. Sophie war so froh, dass Mary und Lou zu ihr standen.

Doch als sie ihr Zeug so sah, überkam sie Trauer. Sie hatte ihr ganzes Leben hier in der Stadt verbracht und jetzt brach sie Hals über Kopf auf. Mochte sein, dass das ein weiterer Fehler war. Sie musste ihr Leben wieder in den Griff bekommen und das alleine schaffen. Hier konnte sie einfach nicht bleiben. Es fiel ihr schwer, Abschied zu nehmen, und doch wusste sie tief in sich, dass es das Richtige war.

Ihr Flug ging morgen Mittag und bis dahin wollte sie sich von allen verabschieden.

Spätabends klopfte Sophie an Davids Tür. Er machte nicht gleich auf und sie hämmert immer wieder dagegen, da sie wusste, dass er daheim war, weil Licht brannte.

„Ja, verdammt, ich komm ja schon", hörte sie ihn fluchen.

Einen Augenblick später riss er die Tür auf und stand nur mit einem Handtuch bekleidet vor ihr.

„Sophie? Was willst du hier?", fragte er und lehnte sich an die Tür.

„Kann ich reinkommen? Es ist wirklich dringend und wichtig", sagte sie.

Er sah sie an und überlegte kurz. Sie erkannte, dass er kurz davor war, sie abzuweisen.

„Glaub mir, wenn ich dir sage, dass du hören willst, warum ich hier bin", meinte sie und sah ihn an.

„Meinst du? Ich denke, es ist besser, Abstand zwischen uns zu bringen. Lass mir und den anderen ein bisschen Zeit, alles zu verarbeiten", erwiderte er und war dabei, die Tür zu schließen.

„Stimmt, du hast recht. Darum verlasse ich morgen die Stadt", sagte sie und er hielt inne, kurz bevor die Tür ins Schloss fallen konnte.

Geschockt sah er sie an und trat beiseite, sodass sie eintreten konnte.

„Wohin? Wie lange?", fragte er, während er die Tür schloss.

„Weit weg von hier. Ich muss mein Leben in den Griff bekommen und mir ist klar geworden, dass es hier nicht funktionieren kann. Das hier ist ein Abschied", sagte sie und schenkte ihm ein schüchternes Lächeln.

Davids Gesicht zeigte, dass er verwirrt war. Er wusste nicht, was er davon halten sollte.

„Ich zieh mir nur schnell etwas an."

Er war schon in seinem Zimmer verschwunden und es dauerte nicht lange, da stand er in Joggingsachen wieder vor ihr. Sie war währenddessen ins Wohnzimmer gegangen und hatte sich hingesetzt.

„Sophie, denkst du, es ist wirkliche eine gute Idee, wenn du von hier weggehst?"

Mit ruhiger Stimme setzte er sich zu ihr. Ihre Blicke trafen sich und sie konnte deutlich die Sorge darin lesen.

„Ich habe verdammt großen Mist gebaut. Das Vertrauen von euch allen habe ich verloren und bin mir bewusst, dass ihr Zeit braucht, um mit dem Geschehenen zurechtzukommen. Genau wie ich. Ich will mich ändern. Das ist hier aber nicht möglich. Ich muss mir erst einmal im Klaren werden, wie es weitergehen soll und dabei kann mir niemand helfen. Das ist etwas, was ich mit mir selbst ausmachen muss."

David nickte und auf einer Seite konnte er sie gut verstehen. Er lehnte sich zurück und atmete laut aus, doch dabei wandte er den Blick nicht von ihr ab.

„Kann ich dir helfen?", fragte er und dies kostete ihn einige Überwindung, da er immer noch enttäuscht und wütend auf sie war.

„Nein. Ich bin nur hier, um mich zu verabschieden. Wir bleiben in Kontakt, also verschwinde ich nicht komplett. Kann ich dich dennoch um was bitten?", fragte sie und er nickte. „Ich möchte nicht, dass jemand weiß, wo ich bin. Ich will das alleine schaffen."

Er starrte sie mit großen Augen an, doch es überraschte ihn nicht, denn so etwas hatte er schon vermutet.

„Das fällt mir schwer, aber wenn du versprichst, dass wir regelmäßig telefonieren, lass ich dich in Ruhe", gestand er und lächelte ihr zu.

„Dann heißt es jetzt Abschied nehmen. Machs gut, David."

Sie stand auf und umarmte ihn.

„Pass gut auf dich auf."

Er schloss kurz die Augen und keinem von beiden fiel dieser Abschied leicht.

„Ich sage es unseren Eltern erst morgen früh, so haben sie nicht mehr die Möglichkeit, mich davon abzuhalten. Mary und Lou wissen es schon", meinte sie und öffnete die Tür.

„Von Gabe kannst du dich nicht verabschieden."

Verwirrt blieb Sophie stehen.

„Dass er sauer und enttäuscht ist, kann ich mir denken. Wahrscheinlich will er mich gar nicht erst sehen, doch das hält mich nicht auf."

„Das glaube ich dir, aber er ist aktuell nicht erreichbar. Er hat einen Undercover-Auftrag angenommen, der mindestens vier Wochen geht. Sie benötigten einen Mann, und zwar sofort", erklärte David und diese Worte sorgten dafür, dass Sophie alle Farbe aus dem Gesicht wich.

„Er hat mir gesagt, dass er Zeit braucht und sich danach bei dir meldet", versicherte David ihr.

Gabe hatte am meisten Erfahrung auf dem Gebiet der Drogen und Mordfälle, daher hatte er nicht lange gezögert, das Angebot anzunehmen. Die Sache mit Sophie hatte ihn hart getroffen. Er wollte mit ihr darüber sprechen, aber in seinem Kopf herrschte Chaos und es war ihm bewusst, dass er so nicht mit ihr reden konnte. Er brauchte dafür einen klaren Kopf. Also hatte er es für das Best gehalten, den Auftrag anzunehmen und somit Abstand zu ihr zu erlangen. Doch da hatte er noch nicht gewusst, dass sie weggehen würde.

„Ich ändere meine Nummer nicht. Er kann mich erreichen, wann immer er will, nur finden soll er mich nicht. Sorg bitte dafür", sagte Sophie und David zögerte, nickte aber.

Sie umarmten sich und dann verschwand sie schon wieder. Es fiel David schwer, sie gehen zu lassen und er sah ihr nach, bis sie komplett verschwunden war.

12. Kapitel

Seit drei Wochen war Sophie schon bei Alison in Atlanta und sie fühlte sich hier wohl. Wenn sie an den Abschied von ihren Eltern dachte, überkam sie wieder die Traurigkeit. Sie hatten die Nachricht nicht so gut aufgefasst und versucht, es ihr auszureden. Erfolglos. Doch am meisten schmerzte sie, dass sie sich nicht von Gabe hatte verabschieden können. Ohne einen Abschied wollte sie aber nicht gehen, daher hatte sie ihm ein Brief hinterlassen, den er lesen sollte, sobald er vom Einsatz daheim war.

Ein Krachen ließ sie hochschrecken und verdrängte ihre Gedanken. Schnell öffnete sie ihre Zimmertür und sah sich um. Sie drehte ihren Kopf nach rechts und entdeckte Alison, die eine schwere Kiste zu heben versuchte. Diese war mit einem lauten Rums auf dem Boden gelandet. Der ganze Inhalt hatte sich über die Fliesen verteilt.

„Warte, ich helfe dir", sagte sie und eilte schon zu ihr, um die Sachen wieder in die Box zu stopfen.

„Danke. Wollen wir später gemeinsam essen?", fragte Alison und sah sie an.

„Klar, gerne."

„Aber nur, wenn ich dich nicht vom Packen abhalte."

„Ach quatsch, bin fast fertig. Außerdem habe ich morgen noch einen Tag Zeit", winkte Sophie ab und hob die Box an, die wirklich schwer war. „Wie hast du die überhaupt hochbekommen?"

„Tja, tägliches Muskeltraining macht sich bezahlt." Alison lachte und packte mit an.

Gemeinsam trugen sie die Kiste nach unten und stellten sie in die Abstellkammer.

„Komm, wir gehen gleich rüber zum Italiener, oder?", fragte Sophie und ihr Magen knurrte seine Zustimmung. Dies brachte Alison zum Schmunzeln und sie nickte.

Sophie bestellte sich eine große Pizza mit extra Käse und dazu ein Wasser.

„Sag mal, geht es dir gut?", fragte Alison, als sie am Tisch saßen und ihre Getränke bekommen hatten.

„Ja, warum? Ich bin nur etwas aufgeregt, wegen Montag."

„Das kann ich mir gut vorstellen. Immerhin ziehst du in eine WG und beginnst eine Ausbildung als Rettungssanitäterin."

„Ja, wir sind dann zu dritt. Ich habe mich letzte Woche ein paarmal mit ihnen getroffen und sie sind nett. Gemeinsam fangen wir neu an und ich kann es kaum erwarten", erzählte Sophie, lehnte sich in dem Stuhl zurück und genoss die Sonne, die auf ihr Gesicht schien.

„Das freut mich."

„Du brauchst dir keine Gedanken darüber zu machen. Ich helfe weiterhin im Hotel aus, da es mir ernsthaft Spaß macht. Zwar werde ich nicht mehr so viel Zeit wie jetzt haben, aber ein paar Stunden stehe ich dir zur Verfügung", nahm sie ihr die Sorge ab.

„Danke. Eine neue Aushilfe wird bald anfangen. Ich freu mich für dich. Bei deiner Ankunft vor drei Wochen hast du schlecht ausgesehen. Du hast so traurig und erschöpft gewirkt. Doch jetzt kann ich davon nichts mehr erkennen", gab sie zu.

Alison war ehrlich und sprach aus, was sie dachte und Sophie konnte mit dieser Art gut umgehen.

„Ja, das stimmt. Der Tapetenwechsel tut mir gut und ich fühle mich besser."

Der Kellner unterbrach das Gespräch, indem er das Essen auf den Tisch stellte und sie unterhielten sich über belanglose Dinge.

Die nächsten paar Wochen verbrachte Sophie damit, sich in der Ausbildung und in ihrer neuen WG einzugewöhnen. Sie stellte fest, dass sie dabei überhaupt keine Probleme hatte. Sie verstand sich gut mit den Mädels und das Lernen war angenehm.

Es war schon Abend und sie saß alleine auf dem Sofa und sah fern, als die Tür mit Schwung aufgerissen wurde. Vor Schreck zuckte sie mit einem kleinen Schrei zusammen.

„Oh, tut mir leid, ich wollte dich nicht erschrecken", sagte Callie, ihre Mitbewohnerin.

„Schon in Ordnung", sagte sie und sank wieder ins Sofa. „Wie war dein Date?"

Sie seufzte laut auf und hatte dabei ein Grinsen im Gesicht, das alles andere überstrahlte. Ihre langen schwarzen Haare waren durcheinander und nicht so geordnet wie vor ein paar Stunden. Sophie brauchte sich nur ihren Rock ansehen, der ganz schief hing. Es war offensichtlich, dass sie heftig rumgeknutscht hatten.

„Na, war der Kuss gut? Er hat dich ja fest an die Hauswand gedrückt", stürmte Caro aus ihrem Zimmer und sah Callie mit großen Augen an.

Sie konnte nicht anders und lachte laut drauflos. Es war so klar, dass Caro aus dem Fenster gestarrt hatte, bis ihre Mitbewohnerin nach Hause gekommen war, da sie neugierig gewesen war, wie der Kerl aussah.

„Es war der Hammer. Er hat mich um den Verstand geküsst", schwärmte sie und ließ sich neben Sophie auf die Couch fallen. Sie seufzte einmal laut auf und schloss dabei ihre Augen.

„Wie ich sehe, hat es dich vollkommen erwischt. Du bist verliebt", lachte Caro und setzte sich ebenfalls auf das Sofa.

Sophie saß in der Mitte, sah die beiden an und konnte ein Grinsen nicht unterdrücken.

„Erzähl schon, was habt ihr gemacht?", hakte sie nach und war verdammt neugierig.

Callie erzählte von ihrem Date und Sophie musste dabei an Gabe denken, der sich immer noch nicht bei ihr gemeldet hatte, obwohl sein Einsatz vor ein paar Tagen geendet hatte. Sie hatte Sorge gehabt, dass etwas passiert sein könnte, doch als sie David nach ihm gefragt hatte, hatte er ihr versichert, dass alles gut war. Die Frage, warum er sich nicht bei ihr meldete, blieb und sie brauchte dringend eine Antwort.

„Erde an Sophie?"

Sie zuckte zusammen und starrte fragend in die Runde, da sie gar nicht mitbekommen hatte, um was es ging.

„Hat sich Gabe immer noch nicht gemeldet?", fragte Caro und Sophie schüttelte traurig den Kopf.

Sie vertraute ihren neuen Mitbewohnerinnen, die Freundinnen waren, und hatte ihnen von Gabe erzählt und dass sie Mist gebaut hatte, aber nicht alles verraten. Sie akzeptierten das und drängten sie nicht.

„Vielleicht rufst du ihn einfach einmal an?", fragte Callie.

„Ich glaube, das ist eine gute Idee. Ein paar Tage gebe ich ihm noch", sagte sie.

„Okay. Darf ich dich mal was fragen?", wechselte Caro das Thema und Sophie nickte nur. „Geht es dir gut? Seit letzter Woche verhältst du dich anders als sonst. Du strahlst etwas aus, was ich nicht einordnen kann. Du wirkst schnell und leicht gereizt."

„Ja, mir geht es gut. Das mit Gabe belastet mich zwar, die Gereiztheit hat damit aber nichts zu tun, das ist einfach nur mein Temperament", versicherte Sophie ihr.

„Echt? Du warst in letzter Zeit oft auf dem Klo? Ich mach mir ein bisschen Sorgen", gestand Callie und blickte sie besorgt an.

„Ja, mir ist ebenfalls aufgefallen, dass ich oft auf Klo muss, normalerweise ist das nur so, wenn ich Alkohol trinke."

„Das hast du aber nicht, oder?", fragten beide gleichzeitig.

„Nein, seit über sechs Wochen habe ich keinen Schluck zu mir genommen", versicherte sie und es entsprach der Wahrheit.

Sie dachte darüber nach und ein Gedanke tauchte in ihrem Kopf auf. Aus ihrem Gesicht wich alle Farbe und sie konnte die Vermutung, die ihr gerade in den Sinn gekommen war, nicht einmal aussprechen.

„Was ist los?", fragte Callie, die bemerkte, dass mit Sophie etwas nicht stimmte.

„Ich bin seit drei Wochen überfällig", murmelte sie.

Sie hatte es vor lauter Aufregung vergessen, aber jetzt, da sie bewusst darüber nachdachte, fiel es ihr ein.

Sie war so geschockt über diesen Gedanken, dass sie aufsprang und panisch durch das Zimmer lief. Callie und Caro versuchten, sie zu beruhigen, doch dies schaffte erst der Test am nächsten Morgen.

Sie starrte gespannt auf das Ergebnis. Sie war schwanger.

Es vergingen drei Wochen, in denen Sophie überlegte, was sie tun sollte. Caro und Callie waren ihr eine große Stütze und sie war der Meinung, dass sie es mit ihrer Hilfe schaffen konnte. Sie wollte das Kind behalten. Gabe hatte sie immer wieder versucht anzurufen, doch sie war noch nicht bereit, mit ihm darüber zu reden. Zumindest nicht, bis sie wusste, was sie wollte, und sich mit der Situation abgefunden hatte.

Es war später Abend und sie saß auf dem Sofa und starrte ihr Smartphone an. Sie wählte seine Nummer. Er ging nicht ran. Irgendwie war sie erleichtert, doch sie musste es ihm unbedingt sagen. Ihr Handy leuchtete auf.

Gabe: Kann gerade nicht reden, bin noch im Büro. Was ist los?

Sophie: Kannst du mich später zurückrufen. Es ist dringend.

Gabe: Was gibt es denn?

Sophie: Ich bin schwanger.

Sie konnte es einfach nicht länger für sich behalten und es war ihr sogar lieber, es zu schreiben, als es ihm persönlich am Telefon zu sagen.

Gabe: Ernsthaft?

Sie starrte die Nachricht geschockt an. Mit so einer Reaktion hatte sie nicht gerechnet. Was sie genau gedacht oder gehofft hatte, konnte sie nicht sagen, doch das war nicht im Bereich ihrer Vorstellung gewesen.

Sophie: Ja.

Als Beweis fotografierte sie das Ultraschallbild vom Arzt ab und schickte es ihm.

Gabe: Ist es meins?

Ihr stockte der Atem, das konnte er doch nicht allen Ernstes fragen.

Sophie: Sag mal, was denkst du denn? Ja, es ist von dir.

Gabe: Okay.

Sophie: Mehr hast du dazu nicht zu sagen?

Gabe: Ist mir egal. Lebwohl.

Sie musste die Nachricht fünf Mal lesen, um zu realisieren, was er geschrieben hatte. So kannte sie ihn nicht und es schmerzte so sehr. Sie hatte erwartet, dass er geschockt war und unsicher, wie es weitergehen sollte. Sie hatte gehofft, dass er das Gespräch mit ihr suchen würde. Es war ihm total egal. Tränen stiegen in ihre Augen und sie wollte dies nicht wahrhaben. Sie rief ihn noch mal an, doch schon nach dem ersten Klingeln drückte er sie weg.

Gabe: Lass mich in Ruhe!

Diese Nachricht war klar und deutlich und sie konnte ihre Tränen nicht länger zurückhalten. Sie warf ihr Handy achtlos in die Ecke und schmiss sich mit dem Kopf in einen Berg voller Kissen, ließ alles aus sich heraus. Caro und Callie hörten dies und kamen aus ihren Zimmern. Sie setzten sich neben sie und strichen ihr tröstend und beruhigend über den Rücken. Als ihr Heulkrampf vorbei war, wischte sie sich die Tränen weg und zeigte ihren Freundinnen den Chatverlauf. Sie waren genauso geschockt wie sie.

„Das Schlimme ist, es klingt gar nicht nach ihm. So kenn ich ihn nicht", sagte sie mit schluchzender Stimme. „Hmm, vielleicht ist er einfach überwältigt und muss es erst verarbeiten."

Sophie nickte und hoffte dies. Immerhin war es für sie genau so ein Schock gewesen und sie hatte ebenfalls Zeit gebraucht, bis sie sich mit dem Gedanken angefreundet hatte.

Sie probierte es die nächsten Tage, aber er ignorierte sie. Erst nach dem sechsten Anruf hatte sie es kapiert und rief ihn nicht wieder an. Das änderte nichts an ihrer Entscheidung, dieses Kind zu bekommen. Sie schämte sich dafür und beschloss, es niemandem zu sagen. Stattdessen konzentrierte sie sich auf das Leben hier in Atlanta mit ihren neuen Freunden und deren Unterstützung.

TEIL 2

DREI JAHRE SPÄTER

13. Kapitel

„Mami", kam ihr Kian entgegengerannt.

Sophie ging in die Knie und er rannte ihr direkt in die Arme. Sie strahlte über das ganze Gesicht und drückte ihn fest an sich.

„Hallo, mein Schatz", sie gab ihm einen Kuss auf die Stirn und erhob sich.

Silvia, eine von Kians Erzieherinnen, kam auf sie zu.

„Wie ist deine Prüfung gelaufen", erkundigte sie sich.

Silva war nicht nur eine Erzieherin, sondern Sophie auch eine Freundin geworden. Darum wusste sie, dass sie heute die letzte Prüfung ihrer Ausbildung als Sanitäterin gehabt hatte.

„Ich habe bestanden und bin offiziell Rettungssanitäterin", jubelte sie und Silvia freute sich mit ihr und drückte sie fest.

„Ich bewundere dich wirklich, wie du das hinbekommst, mit einem zweieinhalbjährigen Sohn."

„Schatz, hol doch schon mal deine Schuhe und Jacke", forderte sie Kian auf.

Dieser nickte und rannte sofort los. Sophie blickte ihm hinterher und wusste, dass es nicht immer einfach gewesen war, doch wenn sie ihn ansah, rückte alles andere in den Hintergrund. Er war das Beste in ihrem Leben und sie bereute es keine Sekunde, ihn bekommen zu haben.

„Ja, ohne eure Unterstützung hätte ich es nicht geschafft", meinte sie und richtete ihren Blick auf Silvia.

„Bevor er zurückkommt, muss ich dir sagen, dass er das Thema Vater immer öfter anspricht. Er fragt, wo seiner ist", sagte sie.

„Mich hat er ebenfalls schon ein paarmal gefragt, wo sein Dad ist. Mir ist bewusst, dass ich es ihm nicht ewig verschweigen kann."

„Du solltest es ihm langsam sagen. Er verdient die Antwort."

Das Thema war damit schon beendet, denn Kian kam mit seinen Sachen angelaufen.

„Können wir heute in den Park gehen?", fragte er sie und seine Augen leuchteten hoffnungsvoll auf.

„Oh ja, das ist eine gute Idee, und dann essen wir gemeinsam ein großes Eis", versprach ihm Sophie.

Er strahlte über das ganze Gesicht, nahm ihre Hand und zog sie schon nach draußen, da er es kaum erwarten konnte.

„Ich lass mir deswegen etwas einfallen", meinte sie und sah ein letztes Mal zu Silvia. Mit einem Winken verabschiedete sie sich von ihr.

Sie fuhren direkt zum Park, wo Kian sofort auf den Spielplatz stürmte. Sie beobachtete ihn und war unglaublich stolz auf ihren Sohn. Er war so aufgeweckt und ein schlauer Junge. Sie wollte ihm weiter beim Spielen zusehen, als eine Stimme sie aus der Starre riss.

„Wusste ich doch, dass du hier bist", sagte Grant und setzte sich neben sie.

„Wie lief es bei dir?", fragt sie ihn.

Er hatte nach ihr die Prüfung gehabt.

„Bestanden. Du hattest ja heute früh schon. Ich erst jetzt", meinte er und wischte sich die schwitzigen Hände an der Hose ab.

„Glückwunsch", sagte sie und umarmte ihn.

„Wollen wir heute Abend zu dritt essen gehen?", fragte er und deutete auf ihren Sohn, der mit den anderen Kindern spielte.

„Ehrlich gesagt ist das keine gute Idee. Es ist Zeit, dass ich meine Familie in Houston besuche und ihnen Kian vorstelle."

„Okay, sie werden sich freuen", meinte er und zwang sich zu einem Lächeln.

„Ja. Seit drei Jahren habe ich sie nicht gesehen und sie fehlen mir."

„Das kann ich gut verstehen. Meine Eltern wohnen nur zwei Autostunden von hier entfernt, aber es muss schrecklich sein, sie so lange nicht mehr zu sehen."

„Ja, es war schon hart. David und ich telefonieren oft, aber das ist nicht das Gleiche", gestand sie.

„Du hast ihm immer noch nichts von Kian erzählt?", schlussfolgerte er.

„Nein, ich möchte das nicht am Telefon machen. Sie werden geschockt sein, aber dann werden sie sich für mich freuen."

Grant sah sie an und lächelte.

„Auf jeden Fall."

Ihm brannte seit Jahren eine Frage auf den Lippen, die er bisher nie ausgesprochen hatte, doch er brauchte endlich Gewissheit.

„Darf ich dich mal was Persönliches fragen?", begann er.

Sophie drehte ihren Kopf zu ihm und nickte ahnungslos.

„Du hast nie über den Vater von Kian gesprochen? Wirst du ihn in Houston wiedersehen?", fragte er sie.

„Ja, das werde ich. Er ist einer der besten Freunde meines Bruders, da ist es fast unmöglich, ihm nicht zu begegnen", erklärte sie. „Bevor du fragst, er weiß von seinem Sohn, ich habe es ihm erzählt. Er hat deutlich gemacht, dass er kein Interesse daran hat. Ich habe ein paarmal versucht, ihn danach zu erreichen, doch er hat mich ignoriert."

„Er hat nie nach dir gesucht oder dich kontaktiert?", fragte Grant, da er genau wusste, dass Sophie ihrer Familie nicht gesagt hatte, wo sie ihr neues Leben begann.

Sie wollte nicht, dass sie sie überraschten und plötzlich vor ihrer Tür standen.

„Er hat mich etliche Male angerufen, aber ich habe ihn immer ignoriert. Aber dann habe ich ihm von der Schwangerschaft erzählt und er hat den Spieß umgedreht", antwortete sie ihm.

„Dein Bruder ist doch neun Jahre älter als du, oder?", erkundigte er sich.

Sie nickte, wusste aber nicht, worauf er hinauswollte. Eine Sekunde später glaubte sie zu wissen, auf was er es abgesehen hatte.

„Gabe ist genau elf Jahre älter als ich."

„Das ist schon ein hoher Altersunterschied", meinte er. „Aber er hat dich nicht einmal finanziell unterstützt?"

„Nein, ich habe es dabei belassen und bin ohne ihn zurechtgekommen."

„Krass."

Sophie erwiderte nichts darauf, sondern richtete ihren Blick wieder auf Kian. Sie bekam mit, wie Grant sie ansah. Caro hatte ihr letzte Woche klargemacht, dass er sich Hoffnungen machte, da wäre mehr zwischen ihnen. Sie hatte es abgetan und verleugnet, da sie die Anzeichen nicht bemerkt hatte. Doch diese Unterhaltung bewies ihr, dass Caro recht hatte.

„Wie denkst du, wird Gabe auf dich reagieren?", fragte er weiter.

„Keine Ahnung. Er wird mir, so gut es geht, aus dem Weg gehen und mich ignorieren", antwortete sie.

Ein Klingeln riss sie aus ihren Gedanken und Grant zuckte zusammen. Sie holte ihr Handy hervor und sah, dass David anrief.

„Ich gehe, wir sehen uns später", verabschiedete er sich und so schnell, wie er gekommen war, verschwand er auch wieder. Kurz blickte sie ihm nach.

„Hey, Bruderherz", begrüßte sie David und verschwendete keinen Gedanken mehr an Grant.

„Hey, wie lief deine Prüfung", erkundigte sich David am anderen Ende der Leitung.

„Ich habe bestanden und genieße den Erfolg", antwortete sie ihm.

„Das freut mich für dich. Du könntest ja zu Besuch kommen und es mit mir feiern. Das Essen geht auf mich", sagte er und hoffte, dass sie die Einladung annahm.

„Das hört sich verdammt gut an. Ein Besuch wird nicht schaden", gestand sie ihm.

„Ich habe dich jetzt über drei Jahre nicht gesehen und es würde mich und unsere Eltern freuen. Da dein Aufenthaltsort immer noch unbekannt ist …"

Sie hatte sich regelmäßig bei David und ihrer Familie gemeldet und sie auf dem Laufenden gehalten, doch Kian bis jetzt nicht erwähnt. Sophie wollte sich beweisen, dass sie erwachsen war und ihr Leben regeln konnte. Hätten sie von ihrem Sohn gewusst, hätten sie alles Mögliche getan, damit Sophie zurückkam, um sie zu unterstützen. Sie hätten daran gezweifelt, dass sie es allein schaffte.

„Ich komme und bleibe für ein paar Wochen", eröffnete sie ihm. „Ich muss was mit der Arbeit regeln und buche mir dann einen Flug."

„Ist das dein Ernst?", sagte er mit geschockter Stimme.

„Ja, ich fliege nach Houston und bleibe für eine Weile", meinte sie und lächelte.

„Das muss ich gleich unseren Eltern erzählen, die werden aus dem Häuschen sein."

„Ich rufe dich heute Abend wieder an", sagte sie und bevor er darauf etwas erwidern konnte, legte sie schon auf. Denn genau in dem Moment kam Kian zu ihr gerannt und fragte nach einem Eis. Sie steckte ihr Handy weg, erhob sich von der Parkbank und ging mit ihm zur Eisdiele, wo sie ihm ein Eis kaufte.

„Mami muss kurz etwas regeln, danach gehen wir", sagte sie und er nickte.

Sie hatte das Angebot bekommen, bei einer Feuerwache als Sanitäterin anzufangen. Während ihrer Ausbildung hatte sie dort immer wieder einmal gearbeitet und ein Praktikum gemacht, daher kannte sie die Leute und war erleichtert, dass sie so nett und verständnisvoll waren. Ihrem neuen Chef sagte sie, dass sie etwas Privates wegen Kian erledigen wollte, bevor sie hier anfing. Für ihn war das kein Problem und sie einigten sich darauf, dass Sophie in vier Wochen hier beginnen würde. Sie war so dankbar dafür, dass sie ihm vor lauter Freude um den Hals fiel.

„Genieß die freie Zeit. Wir freuen uns hier alle schon auf dich", freute er sich und Sophie nickte.

Sie unterhielt sich mit ihren neuen Kollegen und ging dann mit Kian nach Hause. Callie und Caro hatten heute ebenfalls die Prüfung geschrieben und wollten einen draufmachen, um das zu feiern. Sie hatte heute Abend also die Wohnung für sich und ihren Sohn allein.

Sie machte ihm etwas zum Essen und dann durfte er eine halbe Stunde fernsehen, bevor es Zeit für das Bett war. Sie strich ihm über die rotbraunen Haare, drückte ihm einen Kuss auf den Kopf und ging. Leise schloss sie die Tür und setzte sich auf das Sofa. Sie war froh, dass sie in der WG hatte bleiben können, als Kian auf die Welt gekommen war. Ursprünglich war es eine WG mit fünf Zimmern gewesen, mit vier Schlafzimmern und einem großen Wohnzimmer. Kurzzeitig hatten sie eine vierte Mitbewohnerin gehabt, doch die war schnell wieder ausgezogen, da sie keine Lust gehabt hatte, mit einem Kleinkind zusammenzuwohnen. Daher war ein Zimmer frei und stand ihm zur Verfügung.

„Mami, ich kann nicht schlafen", kam Kian wenig später zu ihr.

Sophie legte ihren Laptop weg, erhob sich und ging mit ihm wieder ins Bett.

„Was ist los, mein Schatz?"

„Warum habe ich keinen Daddy, so wie die anderen?", fragte er sie mit traurigen Augen.

Diese Frage war in den letzten Wochen immer häufiger aufgetreten und sie wusste nie, was sie darauf sagen sollte. Meistens erzählte sie ihm, dass sie ihn liebte und sein Dad nicht hier sein konnte.

„Daddy ist weit weg und muss arbeiten", sagte sie heute zum ersten Mal.

Augenblicklich richtete er sich auf und sah sie mit strahlenden Augen an.

„Wir machen morgen eine lange Reise und du lernst deinen Onkel David kennen", erklärte sie ihm und er freute sich.

„Wirklich?"

„Ja."

Sie erzählte ihm nichts von Gabe. Er hatte damals klar und deutlich gemacht, dass er einen Schlussstrich gezogen hatte und sie sich aus seinem Leben fernhalten sollte.

„Aber dafür musst du morgen fit und ausgeruht sein, daher solltest du schlafen", versuchte sie ihn zu animieren, sich erneut hinzulegen. Er nickte wild mit dem Kopf und legte sich sofort hin.

Während sie ihm weiter über die Haare strich, schloss er die Augen und murmelte immer wieder etwas vor sich hin, was sie nicht verstehen konnte. Innerhalb von fünfzehn Minuten war er eingeschlafen und sie schlich sich leise aus dem Zimmer. Im Wohnzimmer nahm sie sich ihren Laptop und setzte sich auf das Sofa. Sie buchte zwei Flüge nach Houston und rief David an.

„Hey, die Tickets sind gekauft. Ich lande um drei Uhr nachmittags", sagte sie direkt ohne Vorwarnung.

„Gut, ich werde dich abholen. Es freut mich, dass du kommst."

„David, davor muss ich noch etwas loswerden."

„Okay. Was?", fragte er und danach war es eine Weile still.

Sophie überlegte, ob sie ihm von Kian erzählen sollte, doch sie wollte das nicht am Telefon machen.

„Ich bringe jemanden mit, der mir wirklich sehr viel bedeutet. Er ist das Beste, was mir passiert ist und er ist der Grund, warum ich mich geändert habe", gestand sie. Schweigen herrschte am anderen Ende und sie hielt ihr Handy weg, um zu sehen, ob die Verbindung noch bestand.

„Hallo?", fragte sie.

„Ja, ist okay, dann bin ich schon einmal gespannt, wer der Glückliche ist."

„Wirst du Gabe erzählen, dass ich komme."

„Nein, er will nichts mehr von dir wissen. Er hat abgeschlossen."

Sie nickte und hatte das erwartet, dennoch wollte sie mit ihm reden, um ihm einmal eine Chance zu geben, seinen Sohn kennenzulernen. Sie erhoffte sich nicht zu viel davon.

„Kannst du es ihm bitte trotzdem sagen? Es wäre schön, wenn wir uns treffen könnten", meinte sie und hoffte, dass David ihr half.

„Ich rede mal mit ihm", sagte er „Aber mach dir nicht zu große Hoffnungen."

Danach redeten sie über Belangloses und David beschloss, das Gästezimmer herzurichten, da Sophies alte Wohnung vermietet war.

Der Flug war turbulent und nervenaufreibend. Doch als sie David sah, rückte alles in den Hintergrund. Sie wollte schon losstürmen, doch eine kleine Hand hinderte sie daran. Sophie nahm Rücksicht auf ihren Sohn. Er lief hinter ihr her und versteckte sich. Da er große Menschenmengen nicht mochte, zeigte er sich immer ein bisschen schüchtern und ängstlich. So sah David nur sie und Kian blieb in ihrem Schatten. Doch dann trat er hervor, stellte sich neben sie und drückte ihre Hand fester. David entdeckte ihn und sah Sophie geschockt und verwundert an. Er konnte einfach nicht glauben, dass sie mit einem Kind kam. Er hatte etwas anderes erwartet.

„Hey, Bruderherz", sagte sie und umarmte ihn.

„Sophie", er lächelte und dann fielen sie sich in die Arme.

Sie hielten sich einen Moment lang fest und genossen das Gefühl von Glück.

„Das ist dein Onkel David."

„Davdav", sagte er schüchtern und automatisch mussten alle lachen.

  Sie löste sich von ihrem Bruder und nahm Kian wieder an die Hand, da sie erkannte, dass er Angst hatte. Er sah seinen Onkel schüchtern an und breitete die Arme aus, sodass Sophie ihn hochnahm.

„Das ist Kian, mein Sohn", stellte sie David seinen Neffen vor.

Er sah sie geschockt an, doch dann zierte ein Lächeln sein Gesicht.

„Hallo, Kleiner", sagte er.

Kian sah ihn mit großen, neugierigen Augen an und winkte.

„Er ist am Anfang immer ein wenig schüchtern, aber das legt sich schnell", erklärte sie ihm und wollte Kian wieder runter lassen.

„Du musst leider selbst laufen, denn ich muss das Gepäck nehmen", sagte sie liebevoll zu ihm, doch er schüttelte nur den Kopf und schlang seine Arme um ihren Hals.

„Lass ihn auf dem Arm. Die Koffer sind meine Sorge. Einen Kindersitz habe ich aber nicht", bot David an und grinste die beiden an.

„Darum kümmere ich mich schon. Es war mir klar, dass wir früher oder später mit dem Auto unterwegs sein werden, daher habe ich einen mitgenommen", sagte sie und deutete auf die drei riesigen Koffer hinter sich.

Er lachte auf und schüttelte dabei den Kopf, dann machten sie sich auf den Weg.

Nach einer guten Stunde waren sie in seiner Wohnung angekommen und Kian war so müde und erschöpft, dass er auf dem Sofa einschlief. Ihr Bruder deutete auf die Küche und sie ließen ihn schlafen.

„Du hast einen Sohn?", fragte David noch einmal, als sie allein waren.

„Ja. Nach dem, was mit Gabe vorgefallen ist, habe ich mich so sehr geschämt und mich nicht getraut, es euch zu sagen", verteidigte sie sich.

„Ja, ist er gesund?", fragte er etwas unsicher.

„Ja. Falls du das Thema Drogen und Alkohol ansprechen willst: Ich bin seit drei Jahren clean und habe mit dem Zeug nichts mehr zu tun. Niemals würde ich Kian gefährden."

David sah sie an und wusste nicht, wie er darauf reagieren sollte.

„Wie alt ist er?", fragte er.

„Frag doch gleich, wer der Vater ist. Ja, es ist Gabe. Kian wird in ein paar Monaten drei Jahre alt", rückte sie mit der Sprache heraus und er starrte sie mit großen Augen an.

Er hätte es sich denken können, den Kian ähnelte ihm sehr.

„Sophie, wie konntest du das nur verschweigen", fand er seine Worte wieder.

„Habe ich nicht komplett, aber ich habe mich geschämt, nach dem, was mit Gabe passiert ist."

„Gabe wird geschockt sein und verdammt sauer auf dich", meinte er und setzte sich auf den Stuhl.

„Das glaube ich kaum."

„Sophie …", begann er, doch sie unterbrach ihn.

„Bevor du mir sagst, dass dies ein riesiger Fehler ist, will ich dir sagen, dass mein Leben total gut geworden ist. Ich bin ausgebildete Sanitäterin, habe eine Wohnung, die ich mir mit Freunden teile, und einen Job bei einer Feuerwehrwache. Drogen und Alkohol sind für mich in den Hintergrund gewandert. Ich bin eine gute Mutter und ihm fehlt es an nichts. Er ist der Grund, warum mein Leben jetzt so gut ist. Er ist das Beste, was mir passieren konnte, ohne ihn wäre alles anders gekommen", verteidigte sie sich.

„Ich habe niemals, nicht einmal für eine Sekunde, gedacht, dass du dich nicht gut um Kian kümmerst. So sieht er nicht aus. Er trägt gute Klamotten und liebt dich, dass erkennt man sofort. Doch du musst meine Seite verstehen. Gabe ist einer meiner besten Freunde und außerdem der Boss. Er wird geschockt und sauer auf dich sein. Wie er auf ihn reagieren wird, kann ich nur vermuten. Ich bin nur dein Bruder, den du seinen Neffen verheimlicht hast. Das nehme ich dir übel und es enttäuscht mich, dass du mir so wenig vertraust. Doch das ist ja okay, denn ich bin nicht sein Vater, der ein Recht darauf hatte, es zu erfahren."

„Gabe ist dein bester Freund, aber ich denke, er hat dir etwas verschwiegen. Er hat mit mir abgeschlossen und damit habe ich mich abgefunden. Kian wird nichts an seiner Meinung ändern. Glaub mir. Er wird nicht geschockt sein. Sauer, eventuell", gestand sie. „Mein Leben ist gut und ich will mich bei euch allen dafür entschuldigen, was ich damals getan habe. Es tut mir ehrlich leid."

Bevor David etwas darauf sagen konnte, ging die Haustür auf und Lou kam herein. Als sie Sophie in der Küche sah, kreischte sie laut auf und beide sprangen sich in die Arme.

„Endlich sehe ich dich einmal wieder. Es ist so lange her", freute sich Lou und drückte sie fest an sich.

Genau in diesem Moment wachte Kian auf und heulte los. Lou zuckte erschrocken zusammen und sah erst Sophie fragend an, dann David.

Sie antwortete ihr nicht, sondern lief in das Wohnzimmer, um ihren Sohn zu beruhigen. Er hörte auf zu weinen, sobald er seine Mutter sah. Sie setzte sich zu ihm und er krabbelte auf ihren Schoß. Sophie hob ihn hoch und gemeinsam gingen sie wieder in die Küche, wo David gerade Lou erzählte, dass sie ein Kind hatte.

Mit großen Augen starrte Lou zwischen David und Sophie hin und her.

„Ich habe es vor ein paar Minuten erfahren. Meine Vermutung war ja, dass sie einen neuen Freund mitbringt." Er hob unschuldig die Hände.

„Du hast nicht mit einem Wort erwähnt, dass du einen Sohn hast", meinte Lou fassungslos.

„Ich weiß."

„Mami, ich habe Hunger", mischte sich Kian ein und rieb sich müde die Augen.

„Wir essen gleich was, mein Schatz", sagte sie und strich ihm beruhigend über die verwuschelten Haare.

„Wir können etwas bestellen", schlug David vor und alle waren mit diesem Vorschlag einverstanden.

Nach dem Essen badete sie ihren Sohn, was immer eine Weile dauerte. Lou half ihr dabei und war sofort vernarrt in den Kleinen. David lehnte in der Tür und beobachte die drei. Mit der Zeit erkannte er, dass Kian auftaute und seine Schüchternheit ablegte. Er hatte Gabes Augen und Sophies Nase. Wie er lachte und sich die Hand vor den Mund hielt, erinnerte ihn an sie, als sie ein Kind gewesen war.

Kian saß in der Badewanne und plantschte immer noch und ein Dauergrinsen zierte sein Gesicht. Sein Lachen erfüllte den ganzen Raum und alle Anwesenden lachten automatisch mit. Sophie und Lou spritzen ihm vorsichtig mit Wasser vor und er schlug dadurch fester drauf.

Ein Handyklingeln befreite David aus seiner Starre und er blickte auf das Display. Gabe rief an. Die zwei

Frauen sahen in fragend an und er ging, ohne ihnen eine Antwort zu geben.

„Hey, was gibts?", meldete sich David.

„Hey, du hast angerufen und hast dir heute frei genommen."

„Ja, war nichts Wichtiges, wollte nur einen trinken gehen", tat er ab.

„Okay, ich war gestern Abend aus, sorry", sagte Gabe.

„Ach ja, mit wem?", fragte er neugierig, denn dies war neu für David.

Er hatte sich seit Sophies Verschwinden in Arbeit gestürzt und keine andere Frau angesehen. David hatte sich an das Versprechen gehalten, das er seiner Schwester gegeben hatte, und nicht versucht sie zu finden. Er hatte mit aller Kraft auch Gabe davon überzeugen müssen und das war nicht einfach gewesen. Er hatte sie unbedingt finden wollen und dass David ihn davon abgehalten hatte, hatte ihm sehr zu schaffen gemacht. Gabe wirkte deprimiert und hatte nichts außer Arbeit im Kopf. Er traf sich nicht mit seinen Kumpeln, sondern blieb lieber allein zu Hause. Heimlich sah er sich immer wieder Fotos von Sophie an und litt unter der Trennung. Dass er genau jetzt anfing, sich mit anderen zu treffen, konnte David nicht glauben.

„Ich hatte gestern ein Blind Date. Bevor du fragst, es war eine reine Katastrophe", erzählte er ihm.

„Echt, warum? War sie hässlich?", scherzte er.

„Nein, sie war genau mein Typ. Doch ich konnte mich einfach nicht darauf einlassen", gestand er.

„Warum? So ein bisschen Spaß hat niemandem geschadet."

„Ja, das stimmt. Ich habe Sophie in ihr gesucht. Keine Ahnung, aber ich vermisse sie immer noch", sagte er.

„Sie hat mir deutlich zu verstehen gegeben, dass sie

mich nicht sehen will und ich bin verdammt sauer auf sie, dass sie mich einfach so zurückgelassen hat, nach alldem, was wir durchgemacht haben. Ich habe ernsthaft gedacht, dass sie Geschichte wäre und ich etwas Neues anfangen könnte."

David schwieg. Er wollte Gabe erzählen, dass sie wieder hier war und er einmal mit ihr reden sollte, doch dann hörte er einen lauten Knall und erschrak. Er ließ sich Gabes und Sophies Worte durch den Kopf gehen und die Aussagen stimmten nicht überein. Etwas lief hier gewaltig schief.

„Was war das?", fragte Gabe, der den Knall sogar durch das Telefon gehört hatte.

„Keine Ahnung, Lou ist im Bad. Ich muss Schluss machen", sagte David und legte im nächsten Moment auf, um ins Bad zu rennen.

„Was ist denn hier passiert?", fragte er.

„Nichts Schlimmes. Er hat nur seine Körpercreme gegen die Wand geschmissen. Das macht er öfters", sagte Sophie und alle lachten.

Sie beseitigten die Sauerei, brachten Kian ins Bett und da Sophie die Strapazen der Reise merkte, legte sie sich dazu und schlief mit ein.

14. Kapitel

Kian wachte früh auf und da Sophie David und Lou nicht wecken wollte, zogen sie sich an und verschwanden nach draußen. Ihr Sohn war ein Morgenmensch und sehr aktiv. Sie frühstückten in einer Bäckerei, die sie noch von damals kannte. Danach ging sie mit ihm ein bisschen auf den Spielplatz, der im Park war. Sie stand auf und lief zum Mülleimer, um ihren leeren Kaffeebecher zu entsorgen. Die Jogger bemerkte sie dabei nicht.

„Sophie?"

Geschockt sprach Gabe ihren Namen aus und konnte seinen Augen nicht trauen.

Er hielt in der Bewegung inne und konnte es kaum glauben, wer da vor ihm stand. Es war über drei Jahre her, dass er sie das letzte Mal gesehen hatte. Doch in dieser Zeit war nicht ein einziger Tag vergangen, an dem er nicht an sie gedacht hatte.

„Gabe", sprach sie leise seinen Namen und war ebenfalls überrascht von seinem Anblick.

Er musterte sie und bemerkte, dass sie nervös war. Sie blickte öfters nach hinten und fuhr sich mit schwitzenden Händen durch die offenen Haare.

„Du bist wieder hier? David hat nichts gesagt."

„Ja, ich bleibe nur ein paar Tage in der Stadt", sagte sie und starrte ihn an.

„Seit wann bist du hier?", fragte er und hielt Abstand zu ihr. Er musterte sie und verschränkte die Arme vor der Brust.

Sie erkannte in seinem Blick, dass er Distanz wahren wollte. Sie war sich nicht sicher, vielleicht ganz kurz Freude und Verlangen darin erkannt zu haben. Doch als sie jetzt genauer hinsah, war davon nichts mehr zu sehen.

„Seit gestern Nachmittag."

Er nickte. Sie warf einen Blick über die Schulter und sah, wie Kian auf sie zu gerannt kam.

„Mami, können wir wieder zurückgehen?"

Er blieb vor ihr stehen, nahm ihre Hand und sah sie mit großen Augen an.

„Gleich, mein Schatz", sagte Sophie mit liebevoller Stimme und strich ihm über seine zerzausten braunen Haare, die einen feinen Rotstich hatten.

„Du hast einen Sohn?", stellte Gabe fest und starrte den Jungen an.

Erst jetzt bemerkte Kian seinen Vater. Er sah ihn ängstlich an und versteckte sich dann hinter Sophie und klammerte sich an ihr Bein.

„Ja, aber das ist ja nichts Neues", meinte sie und hob ihren Sohn auf ihren Arm, der Gabe immer noch schüchtern anstarrte.

Er musterte ihn und Sophie hatte Angst, was jetzt folgen würde.

„Bis dann", sagte sie und wollte schon gehen, doch Gabe holte sie schnell ein und stellte sich ihr in den Weg.

Sie verstand einfach nicht, was das sollte. Drei Jahre waren vergangen und er hatte nicht ein einziges Mal nach ihr oder ihm gefragt. Und jetzt tat er so, als ob er von alldem hier nichts gewusst hätte.

„Hey, wie heißt du, Kleiner?", sprach er fröhlich und lächelte ihn an.

„Kian", nuschelte er und versuchte sich, in Sophies offenem Haar zu verstecken.

„Wie alt bist du?"

„Wir müssen weiter."

Sophie wollte das hier vermeiden und so schnell wie möglich weg.

„Zweieinhalb."

Sie hielt den Blickkontakt und sah Gabe gespannt an. Schock stand in seinem Gesicht und sie verstand nicht genau, warum. Sie hatte ihm damals von der Schwangerschaft erzählt.

„Was ist hier los, Sophie?"

Er drehte sich zu ihr und sah sie mit bösem Blick an.

„Gabe, was soll das Theater hier? Zieh bitte nicht den Geschockten und Verletzten ab. Was hast du denn gedacht? Dass ich abtreibe?", stellte sie klar und ging ein paar Schritte zurück.

Gabe starrte sie fassungslos an und wieder zu Kian, der seine kleinen Hände in ihr Haar geklammert hatte.

Er konnte es nicht glauben. Sophie tauchte nach so langer Zeit einfach auf und hatte seinen Sohn dabei. Er verspürte so eine Wut auf sie. Ihre Worte irritierten ihn und er verstand nicht, was sie damit sagen wollte. Wenn Kian nicht hier wäre, würde er ihr sofort eine Szene machen und eine Erklärung fordern. Nur wegen ihm nickte er und gab ihr den Weg frei.

Sophie atmete schwer aus und fühlte sich erleichtert, doch hatte Angst, wie das nächste Gespräch werden würde. Sie verdrängte die Gedanken daran, denn jetzt musste sie es erst einmal ihren Eltern sagen.

„Sag mal, mein Großer, wie findest du die Idee, deine Oma und deinen Opa kennenzulernen", fragte sie und strahlte ihn an.

„Ja, Oma", jubelte Kian und sie freute sich mit ihm.

Sie schrieb David schnell eine Nachricht, dass sie zu ihren Eltern gehen würde.

Sophie klingelte und es dauerte nicht lange, da öffnete sich die Tür.

„Sophie", freute sich ihre Mutter und fiel ihr im nächsten Moment um den Hals. „Es ist so schön, dich zu sehen. Du siehst gut aus."

Sie hielt sie ein bisschen von sich weg und sah sie genau an.

„Oma?", fragte Kian mit schüchterner Stimme, dann trat er hinter Sophie hervor. Natalie machte große Augen und starrte auf ihren Enkel.

„Lass sie doch erst einmal reinkommen", mischte sich ihr Vater ein.

„Opa?", fragte Kian und sah seine Mutter an, die nickte.

„Aber er hat gar keine grauen Haare, so wie Bens Opa", meinte er und sah ihn mit skeptischem Blick an.

Matthew lachte und nahm den Kleinen hoch.

„Das liegt nur daran, dass ich nicht so alt bin", sagte er und musterte Kian.

Natalie starrte weiterhin mit weit aufgerissenen Augen ihren Enkel an.

Sophie schloss die Haustür hinter sich und zog ihre Schuhe aus. Ihr Vater ging mit seinem Enkel ins Wohnzimmer und ließ die Damen für eine Weile allein.

„Sophie …?"

„So oft war ich kurz davor, es zu erzählen, doch hatte Angst, dass ihr dann verlangt, dass ich zurückkomme. Mein Leben war kompliziert und ich habe mir vorgenommen, es ohne Hilfe zu schaffen, alles wieder in Ordnung zu bringen. Ich habe es geschafft."

Natalie strich ihrer Tochter zärtlich über die Wange und drückte sie fest an sich.

„Ich freue mich so, aber kann es nicht glauben", teilte sie ihr mit und ließ Sophie los.

Sie lächelte nur. Gemeinsam gingen sie ins Wohnzimmer, wo der Esstisch schon gedeckt war.

„Bitte Orangensaft", sagte Kian und deutete auf die Flasche am Tisch.

Matthew zögerte nicht lange und reichte ihm ein Glas. Er nahm es entgegen und trank es in einem Zug aus.

Natalie zog Sophie in die Küche, wo diese ihr dann half, das Frühstück fertigzumachen.

„Ich habe so viele Fragen", begann sie „Wer ist der Vater? Kennen wir ihn?"

„Es ist Gabe", rückte sie mit der Sprache raus.

„WAS? Davids Freund?", fragte ihre Mutter und konnte es nicht glauben.

„Ja, wir haben etwas miteinander gehabt, bevor ich hier weggegangen bin."

„Er ist Davids Boss."

„Ja, das ist mir durchaus bewusst und es war nicht geplant, dass ich davon schwanger werde. Ich habe die Pille genommen, aber anscheinend habe ich mich wegen der Drogen und dem Alkohol zu oft übergeben und somit hat sie ihre Wirkung verloren. Es war ein Versehen, doch bereuen tue ich es nicht. Er macht mein Leben besser", erklärte Sophie und legte den Käse auf den Teller.

„Es ist ein großer Schock. Ich habe immer gedacht, David wird irgendwann mit einem Enkel auftauchen, aber dass du so jung ein Kind bekommst, habe ich nicht erwartet."

„Na ja, so was kann man nicht planen", sagte sie und trug die Platte zum Tisch.

„Ich habe einen Opa", freute sich Kian und rannte zu ihr.

„Ja, das hast du."

Sie streichelte über seinen Kopf und lachte ihn an. Die Klingel ertönte und wenige Sekunden später stand David in der Tür.

Natalie bereitete das Frühstück zu Ende vor und kurz darauf saßen alle am vollen Tisch.

„Erzähl uns doch ein bisschen über dich", forderte Matthew.

„Meine Ausbildung als Rettungssanitäterin ist fertig und mit Erfolg bestanden. In ein paar Wochen kann ich in einer Feuerwache als Sanitäterin anfangen. Die Leute dort sind alle nett und ich freue mich schon darauf, die Arbeit zu beginnen", erzählte Sophie.

David hustete daraufhin und warf ihr einen dunklen Blick zu. Doch sie ignorierte ihn und lächelte ihre Eltern an.

„Ich teile mir eine Wohnung mit zwei Freundinnen, die ebenfalls Sanitäterinnen sind, und Kian hat sein eigenes Zimmer. Wir verstehen uns prima und sie helfen mir mit ihm."

„Das freut uns zu hören", gestand Natalie.

„Verrätst du uns, wo du lebst? Das hast du ja bis jetzt verschwiegen", fragte David mit finsterem Blick.

„Ja, wir wohnen in Atlanta. Ich habe Mary damals um Hilfe gebeten und ihre Cousine Alison hat mich bei sich aufgenommen. In den ersten Wochen habe ich sie als Aushilfe im Hotel unterstützt, damit ich ein Dach über dem Kopf hatte. Ich habe mir ein bisschen Geld verdient und schnell entschieden, dass eine Ausbildung zur Sanitäterin genau das Richtige ist. Es macht mir großen

Spaß und ich habe dort ein gutes Leben. Was ich damals angestellt habe, bereue ich sehr. Ich will mich bei euch allen entschuldigen. Klar, ich habe das schon öfters am Telefon gesagt. Es ist mir verdammt wichtig, dass ihr es nicht abtut, sondern erkennt, dass ich das ernst meine", sprach Sophie aus.

„Das wissen wir doch. Du bist unsere Tochter. Am Anfang waren wir geschockt und verstanden es nicht, waren danach wütend. Du hast deinen Fehler eingesehen und das ist das Einzige, was zählt. Jeder trifft schlechte Entscheidungen, die schlimme Folgen haben", sagte Matthew und legte ihr die Hand auf die Schulter. Ihre Mutter nickte zustimmend.

„Ich verzeihe dir", verkündete David.

„Mami, welchen Fehler hast du denn gemacht?", fragte auf einmal Kian und alle sahen zu ihm.

„Das ist eine lange Geschichte, die ich dir erzählen werde, wenn du größer bist", sagte sie und er gab sich damit zufrieden.

Davids Handy klingelte und Gabe rief an. Er stand auf und ging aus dem Raum, doch schon nach wenigen Sekunden kam er wieder herein und hielt Sophie das Smartphone hin. Sie zögerte, nahm es aber entgegen.

„Hey", meldete sie sich.

Sie stand auf, ging in den Garten und zog die Tür hinter sich zu, sodass niemand etwas von diesem Gespräch mitbekam.

„Treffen wir uns?", sprach er direkt aus.

„Klar, wann?"

„In einer Stunde in dem kleinen Café am Park?", fragte er.

„Okay."

Es herrschte Schweigen, bis er nichts weiter sagte und auflegte. Sophie atmete tief durch und setzte sich wieder zu ihrer Familie an den Tisch.

„Würde einer von euch später auf Kian aufpassen? Ich treffe mich mit Gabe", fragte sie und ihre Eltern nickten.

„Ich gehe mit", forderte Kian und grinste sie mit einem hoffnungsvollen Lächeln an.

„Das nächste Mal, okay? Deine Mami muss etwas Wichtiges besprechen", erklärte sie ihm.

Er verzog sein Gesicht, nickte aber widerwillig.

15. Kapitel

Sophie war früh dran und lief aufgeregt vor dem Café auf und ab. Immer wieder sah sie sich nach Gabe um.

„Hey", ertönte eine Stimme hinter ihr und sie zuckte kurz zusammen.

„Hey."

Nervös sah sie ihn an, wusste nicht, wie sie reagieren sollte. Er hatte sich verändert. Er trug einen Dreitagebart, doch hatte einiges an Muskeln aufgebaut und wirkte ein bisschen älter. Gabe nahm seine Sonnenbrille ab, steckte sie weg und musterte sie erneut.

„Du hast dich verändert", stellte er fest.

„Du dich aber auch."

Sie hatte nichts an ihrem Aussehen verändert, ihre Haare hatten die gleiche Farbe und Länge.

„Nicht äußerlich, du wirkst anders, besser kann ich es nicht beschreiben", sagte er und verschränkte die Arme vor der Brust.

Sie blickte ihm direkt in die Augen und da sah sie es. Wut.

„Setzen wir uns?", fragte sie und deutete auf einen freien Tisch. Er nickte und sie lief voran.

Sie starrten sich schweigend an und keiner wusste, wie er das Gespräch beginnen sollte.

„Wieso?", durchbrach er das Schweigen.

Sophie wollte antworten, doch dann kam die Bedienung, um ihre Bestellung aufzunehmen. Beide bestellten sich einen Kaffee und warteten, bis sie wieder verschwunden war.

„Du schreibst mir diesen Brief und ignorierst meine Anrufe. Heute stelle ich fest, dass du einen Sohn hast! Ist er von mir? Du hast es verschwiegen. Ich verstehe das alles nicht", sagte er und sie sah, dass er eine Erklärung von ihr benötigte.

„Ich habe Zeit für mich gebraucht, um das Ganze zu begreifen, deshalb die ignorierten Anrufe, aber ich habe dich zurückgerufen, als ich dazu bereit gewesen bin. Ich wollte und habe dir nie dein Kind vorenthalten, denn ich habe es dir mitgeteilt. Du hast die Wahl getroffen, uns aus deinem Leben zu verbannen. Mag sein, dass du sauer auf mich gewesen bist, nach dem, was ich getan habe, ist das verständlich, doch nie habe ich gedacht, dass du unseren Sohn, der unschuldig in der Sache ist, darunter leiden lässt", spuckte sie ihm wütend entgegen.

„Wovon redest du da bitte? Ich habe niemals die Wahl getroffen, Kian und dich aus meinem Leben zu verbannen. Ich glaube, du legst dir die ganze Wahrheit zurecht, so wie du sie brauchst. Du hast dich doch nicht verändert. Du lügst, wie damals", sagte er voller Wut.

„Denkst du das wirklich?", fragte sie und sah ihn gespannt an.

„Keine Ahnung, Sophie. Ich kenne dich nicht mehr. Du hast jeden belogen und betrogen. Mich zwar nicht direkt, aber du hast alles zerstört, was wir hatten. Ich werde dir das nie verzeihen."

Mit so einer Reaktion hatte sie gerechnet, doch dies zu hören, tat weh.

„Du hast damals eine Menge Alkohol und Drogen genommen und wir haben nur einmal miteinander geschlafen. Bist du sicher, dass er von mir ist?"

Ihre Augen weiteten sich und Wut stieg in ihr auf.

„Wenn du Zweifel hast, ob du der Vater bist, verschafft dir ein Vaterschaftstest Klarheit darüber und räumt die Ungewissheit weg", spuckte sie ihm entgegen und unterdrückte den Impuls, ihm eine zu scheuern.

„Warum bist du überhaupt verschwunden?"

Verzweiflung war deutlich in seiner Stimme zu hören und sie erkannte, dass er diese Antworten dringend brauchte, um mit dieser Sache fertig zu werden.

„Der Grund für mein Verschwinden war ein Neuanfang, mit fremden Menschen, die nicht wissen, was ich angestellt habe, und mich nicht verurteilen. Es war ein Versuch, alles wieder in Ordnung zu bringen", erzählte sie und legte eine kurze Pause ein.

Es fiel ihr schwer, ihm dies zu sagen, doch Gabe verdiente die Wahrheit. Sie nahm einen Schluck, um ihre Kehle zu befeuchten.

„Dein Undercover-Auftrag hat etwas länger gedauert und ich erfuhr genau an dem Tag, an dem du anriefst, dass ich schwanger war. Es brachte alles durcheinander und überforderte mich. Es brauchte ein bisschen Zeit, um das zu verarbeiten und zu wissen, was das Richtige ist. Schnell war der Entschluss gefasst, dass eine Abtreibung nicht in Frage kommt. Kurz überlegte ich sogar, zurückzukommen, doch dann machtest du mir klar, dass ich dir egal bin. Somit blieb ich in Atlanta und schämte mich."

„Verdammt, ich hatte ein Recht, es zu erfahren", brüllte er sie an.

Er war sichtlich wütend und blendete alle Ungereimtheiten aus, denn er sah nur, dass Sophie ihm seinen Sohn verschwiegen hatte.

Die Leute im Café verstummten und sahen zu ihnen herüber. Kurz darauf tuschelten die Gäste wild umher.

Sophie schämte sich, beschloss aber, die Haltung zu wahren. Sie streckte ihre Schultern nach hinten und saß aufrecht.

„Weißt du was? Ich verstehe, dass du sauer bist, aber du hörst mir gar nicht zu. So hat das keinen Sinn. Wir reden wieder, wenn du dich beruhigt hast", sagte sie, stand auf und ließ ihn mit seiner Wut allein.

Von draußen hörte sie das Lachen ihres Sohnes und Sophie lief direkt in den kleinen Garten, der sich hinter dem Haus befand. Sie spielten zusammen und bemerkten sie im ersten Moment nicht. Sophie beobachtete, wie ihre Mutter Kian hinterherrannte, um zu versuchen, ihn zu fangen, doch er war schneller. Sie genoss diesen Anblick, lehnte sich an die Mauer und sah ihnen zu. Ihr Sohn lachte laut auf, als Matthew ihn fing und hochhob. Er drehte seinen Kopf und entdeckte Sophie.

„Mami", rief Kian und er stellte ihn sofort auf den Boden.

Es dauerte nicht lange, da rannte er zu ihr und sie kniete sich hin, um ihn in die Arme zu nehmen.

„Na, hattest du einen schönen Tag?", fragte sie und gab ihm einen Kuss auf die Wange.

„Oma und Opa haben mit mir fangen gespielt und ich habe immer gewonnen", strahlte er.

„Echt? Das ist toll", lobte sie ihn.

„Du bist zu schnell für uns." Matthew trat zu ihnen.

„Energie hat er genug", stimmte sie zu und stand auf. „Wo ist David?"

„Lou hat ihn angerufen, ob er sie abholt, da ihr Auto nicht anspringt", erklärte Natalie und Sophie nickte.

„Er hat den Schlüssel dagelassen, damit du nicht auf ihn warten musst", meinte ihre Mutter.

„Das wäre nett. Ich möchte Kian waschen, da er verschwitzt und dreckig ist. Danach ist es Zeit für seinen Mittagsschlaf."

„Klar. Komm uns aber öfters besuchen."

Sie verabschiedete sich von ihren Eltern und lief mit Kian die paar Straßen zu Davids Wohnung. Auf dem Weg merkte sie, dass er müde war und sich die Augen rieb. Sie trug ihn und es dauerte nicht lange, da schlief er in ihren Armen ein.

Sie wollte den Schlüssel herausholen, da entdeckte sie Gabe auf den Stufen vor Davids Wohnungstür. Verwirrt blieb sie stehen, traute sich für einen Moment nicht, sich zu bewegen, aus Angst, ihn dadurch zu vertreiben.

„Sophie", sagte er, als er sie erblickte.

Er erhob sich ruckartig und sah sie mit großen Augen an.

Seine braunen Haare standen in alle Richtungen ab und er sah fertig aus, obwohl sie ihn erst vor ein paar Stunden gesehen hatte.

„Was machst du hier?", fragte sie.

„Ich bin hier, weil ich meinen Sohn kennenlernen will. Das steht mir zu", sagte er mit bitterem Unterton.

Sie nickte und holte ihren Schlüssel aus der Hosentasche, dabei ging sie vorsichtig vor, denn sie wollte ihn nicht wecken. Sie legte Kian schnell ins Bett und ließ die Tür einen Spalt offen, sodass sie sofort hörte, wenn er wach werden würde.

Sie sah Gabe an und am liebsten hätte sie ihn zum Teufel geschickt, doch für ihren Sohn benahm sie sich normal.

„Er schläft und ich möchte ihn ungern wecken", erklärte sie.

Gabe war ihr in die Wohnung gefolgt, lehnte sich an die Wand und sah sie nicht an.

„Ist ja nicht so, als ob ich schon genug verpasst hätte", murmelte er.

Seine Worte waren kaum zu hören, aber sie wusste genau, was er gesagt hatte. Sophie funkelte ihn böse an. „Das ist nicht meine Schuld."

„Spar dir deine Ausreden, davon habe ich genug. Du gehst mir, so gut es geht, aus dem Weg. Der einzige Grund, warum ich hier bin, ist unser Sohn. Mehr nicht", zischte er in ihre Richtung.

„Ja, das hast du heute und damals vor drei Jahren deutlich gemacht", sagte sie und verschränkte die Arme. „Er heißt Kian."

Er nickte ihr zu, dann ließ er sie stehen und ging ins Schlafzimmer. Vorsichtig setzte er sich auf das Bett und beobachtete ihn. Sophie lehnte sich in die Tür und musterte Gabe. Jeder seiner Muskeln war angespannt. „Keine Sorge, ich werde ihm schon nichts tun", sagte er. Damit gab er ihr zu verstehen, dass sie ihn allein lassen sollte.

Sie nickte und kam sich so nutzlos vor. Sie schnappte sich saubere Klamotten und ging unter die Dusche, dabei ließ sie sich Zeit. Erst als sie ein Weinen vernahm, band sie sich schnell ein Handtuch um und trat aus dem Bad. Kian rannte ihr schon entgegen, mit Tränen im Gesicht. Dies war nichts Neues für sie. Er weinte immer nach seinem Mittagsschlaf.

„Mami", schluchzte er und klammerte sich an ihr Bein.

„Er wollte sich nicht von mir beruhigen lassen", meinte Gabe und hielt Abstand zu ihr.

Er verschränkte die Arme vor der Brust und funkelte sie böse an.

„Mami zieht sich schnell etwas an", sagte sie und dann sah Kian mit skeptischem Blick zu Gabe. Erst jetzt nahm er ihn wahr.

„Ist er mein Dad?", fragte Kian und blickte sie mit großen fragenden Augen an. Sophie sah ihn geschockt an und verfluchte sich.

„Ja, das bin ich", antwortete Gabe und funkelte sie ihn böse an.

Er beachtete sie gar nicht und streckte Kian die Hand hin.

Er blickte sie schüchtern an, aber nickte dann und lief zu seinem Dad. Er nahm sie entgegen und ging mit ihm zurück ins Schlafzimmer.

Sophie schloss die Augen und war sich nicht sicher, was sie von den Geschehnissen halten sollte. Gabe interessierte sich für seinen Sohn und dies irritierte sie. Er hatte ihr damals klar zu verstehen gegeben, dass er nichts mit ihm zu tun haben wollte. Er hatte sie ignoriert. Sie schüttelte den Kopf und hoffte, ihre Gedanken würden damit verschwinden. Schnell schnappte sie sich saubere Klamotten und schlüpfte hinein, bevor sie zu den beiden ging. Sie sah, wie Kian Gabe mit großen Augen anstarrte und Abstand hielt. Sie kannte ihren Sohn und wusste, dass er unsicher war.

„Ist etwas?", riss Gabe sie aus ihrer Betrachtung.

Sie schüttelte den Kopf und wollte ins Wohnzimmer gehen, doch Kian hielt sie davon ab. Er stieg aus dem Bett, rannte auf sie zu und klammerte sich an ihr Bein. Mit bettelndem Blick sah er sie an und sie wusste, was er wollte. Schnell nahm Sophie ihn hoch und wiegte ihn hin und her. Es dauerte nicht lange, da schloss er die Augen und entspannte sich. Gabe beobachtete diese Szene. Nach fünf Minuten legte sie Kian ins Bett und stellte fest, dass er tief und fest schlief. Sie deckte ihn zu und ging aus dem Raum. Gabe blieb bei Kian und sie konnte es ihm schlecht verbieten.

Nach einigen Minuten hörte sie, wie Gabe zu ihr kam.

„Ist er gesund?", fragte er.

„Ja, ihm fehlt nichts."

„Zum Glück", murmelte er leise, doch sie hörte es laut und deutlich.

„Denkst du ernsthaft, ich hätte während der Schwangerschaft getrunken oder Drogen konsumiert?" Sie spürte, wie die Wut in ihr aufstieg.

Da sie nicht still sitzen bleiben konnte, stand sie ruckartig auf.

„Was weiß ich? Du bist drogenabhängig gewesen und an Alkohol hat es dir nicht gemangelt. Man merkt es nicht sofort, wenn man schwanger ist, daher ist es schon möglich."

„Nein, seitdem wir miteinander geschlafen haben, habe ich darauf verzichtet, weil ich mir fest vorgenommen habe, mein Leben wieder in den Griff zu bekommen. Falls es dich interessiert …"

„Tut es nicht", unterbrach er sie.

Er zeigte ihr die kalte Schulter, stand auf, warf ihr nicht einmal einen Blick zu, als er aus dem Wohnzimmer verschwand. Der Balkon bot ihm frische Luft, die er dringend brauchte. Sie atmete schwer aus und wollte die Situation nicht einfach auf sich beruhen lassen, doch ihr Handy klingelte.

„Hey, Caro", meldete sie sich am Telefon.

„Hey, Callie ist da."

„Hey", begrüßten sie die beiden Freundinnen.

„Was gibt es?", fragte Sophie und ging in die Küche, um sich etwas zu trinken zu holen.

„Wir wollten nur fragen, wie es dir geht?", erkundigte sich Caro.

„Meine Familie hat es gut aufgenommen, dass ich ihnen Kian verheimlicht habe. Besser, als erwartet. Sie freuen sich, mich wiederzusehen, und haben den Kleinen sofort in ihr Herz geschlossen."

„Wie soll es anders sein?", fragte Callie. „Und sein Vater?"

„Ja, Gabe hat seine Bekanntschaft ebenfalls gemacht. Sie haben nicht viel Zeit miteinander verbracht, aber er will für ihn da sein."

„Das ist toll, oder?", hakte Caro nach und sie konnte ihre Unsicherheit deutlich heraushören.

„An sich ja. Super für Kian, doch ich frage mich, woher sein Sinneswandel kommt. Die ganzen Jahre hat er sich nicht dafür interessiert und plötzlich soll alles anders sein?", sprach sie ihre Verwirrung laut aus.

„Vielleicht war es Liebe auf den ersten Blick?", fragte Callie.

„Oder er war vorher nicht bereit, Verantwortung zu übernehmen und die Rolle als Vater einzunehmen?", warf Caro ein.

„Keine Ahnung, aber ich werde es herausfinden. Ich meine, er behauptet ja, dass ich ihm Kian komplett verschwiegen habe. Entweder tut er nur so oder er lügt. Irgendetwas passt hier ganz und gar nicht zusammen", versprach sie sich selbst. „Reden wir bitte über etwas anderes? Wie ist der neue Job?"

„Der ist der absolute Wahnsinn. Die Leute sind einfach der Hammer und sie behandeln mich gut. Die Einarbeitung läuft perfekt", schwärmte Callie.

„Meiner lief nicht so ruhig wie ihrer. Ich hatte gleich einen schlimmen Fall und habe einiges gelernt. Es macht aber Spaß", erzählte Caro.

„Das freut mich zu hören. Ich fange ja erst in zwei Wochen an."

Kurz herrschte Schweigen.

„Was denn?"

„Du willst also wieder zurückkommen und nicht bei deiner Familie bleiben?"

„Keine Ahnung, wie es weitergehen soll. Ich habe meinen Vertrag nicht unterschrieben und könnte somit absagen und hierbleiben."

„Ist es das, was du möchtest?"

„In Houston wohnen und Atlanta zurücklassen? Ich würde es für Kian tun. Er hat hier eine Familie, die ich ihm nicht vorenthalten will", gestand sie und war unentschlossen, was sie tun sollte. „Außerdem kennt mein Sohn nun seinen Vater und er wird ihn nicht gehen lassen wollen."

„Wie? Er weiß es?"

„Ja, und er hat sich gefreut."

„Das glaube ich dir."

Sie hörte, wie Gabe ins Wohnzimmer trat.

„Ich muss Schluss machen, melde mich bald wieder."

„Klar, wir haben dich lieb", verabschiedeten sich ihre Freundinnen von ihr.

„Ich euch auch, und vermisse unsere gemeinsamen Abende."

Sie legte ihr Handy auf den kleinen Küchentisch und sammelte die Scherben ein.

„War das dein neuer Freund?", ertönte Gabes Stimme hinter ihr.

Sophie zuckte zusammen und hatte Glück, dass sie sich nicht in die Hand schnitt. Sie drehte sich zu ihm um und für eine Sekunde glaubte sie, Eifersucht in Gabes Gesicht zu sehen.

„Nein, das waren meine zwei Mitbewohnerinnen."

Darauf sagte er nichts und sie drehte ihm den Rücken zu, um die Scherben einzusammeln. Sie schmiss sie in den Abfalleimer und wischte das restliche Wasser auf.

„Wie lange schläft er denn normalerweise?", fragte er und deutete aufs Schlafzimmer.

„Meistens so ein bis zwei Stunden", antwortete sie ihm.

Sie schenkte sich erneut ein Glas ein und nahm einen großen Schluck. Gabe lehnte in der Tür und traute sich nicht, sie anzusehen, daher senkte er seinen Kopf und starrte den Boden an. Seine Arme hatte er vor der Brust verschränkt.

„Ich verstehe das Ganze hier nicht. Du hast keinen verdammten Grund, wütend zu sein. Ich bin diejenige, die sauer auf dich ist. Du hast mich und Kian einfach fallen lassen und jetzt möchtest du für ihn da sein. Ich werde verhindern, dass er verletzt wird. Du solltest Abstand nehmen und die Sache gründlich überdenken, bevor du eine Entscheidung triffst."

„Du willst ihn mir weiter vorenthalten? Ich habe ein Recht darauf, meinen Sohn kennenzulernen", brüllte er sie an und ging einen großen bedrohlichen Schritt auf sie zu.

Er mochte sich zwar für Kian interessieren, aber wer sagte ihr, dass das nicht nur ein Moment war. Er sah ihn, war verzaubert und sobald er Probleme bereite, ließ er ihn wieder fallen. So kannte sie Gabe nicht und so war er nicht. Vor drei Jahren hatte sie sich gewaltig in ihm getäuscht. Diesen Fehler machte sie kein zweites Mal. Ihr war das egal, doch sie musste verhindern, dass Kian darunter litt.

Sophie wollte gerade etwas darauf antworten, als die Haustür aufging.

David kam herein, hinter ihm Lou, und sie sahen die beiden fragend an.

„Alles okay?", erkundigte sich Lou und sah zwischen Gabe und Sophie hin und her.

„Das wird Folgen haben", drohte er ihr und stürmte aus der Wohnung.

„Was ist hier passiert?", fragte David und sah ihm verwundert nach.

Er kannte Gabe schon so lange, doch hatte ihn niemals eine Drohung aussprechen gehört. Nicht zu einer Person, die ihm mal die Welt bedeutet hatte.

„Mami?", ertönte auf einmal Kians Stimme.

Sophie ging sofort zu ihm und hob ihn hoch. Er brauchte immer eine Weile nach seinem Mittagschlaf, bis er wieder wach war.

„Gabe war ja offensichtlich wütend und seine letzten Worte klangen wie eine Drohung", wiederholte Lou.

Sophie hielt Kian fest im Arm, der seinen Kopf auf ihre Brust gelegt hatte und ein bisschen döste.

„Prima, die Arbeit morgen wird spaßig", meinte David ironisch.

„Wie kommt es, dass Gabe dein Boss ist?", fragte sie.

„Valentin hat sich scheiden lassen. Es war eine reine Katastrophe und ein Kampf. Seine Frau hat ihm das Leben zur Hölle erklärt, ihn auf Unterhalt verklagt und sonstige Späße mit ihm getrieben. Irgendwann hat er es nicht mehr ausgehalten und das Angebot einer Beförderung angenommen. Er ist nach New York gezogen und leitet dort das Zeugenschutzprogramm", erzählte David ihr. „Somit ist seine Stelle hier frei gewesen und Gabe hat sie bekommen."

„Er hat sie sich verdient", stimmte Lou ihm zu.

„Er hat in den Jahren, in denen du nicht da gewesen bist, immer wieder Kurse besucht, Überstunden geschoben und seine ganze Freizeit verschenkt, um zu arbeiten. Er hat darauf hingearbeitet und Fälle von anderen Städten übernommen. Dadurch hat er eine Menge dazugelernt."

In dem Moment verstand sie Gabe und sein Handeln. Damals hätte ihm ein Kind im Weg gestanden. Er hatte Karriere machen wollen und jetzt seine Ziele erreicht und Zeit für Kian. Sie schnaubte verächtlich. Sie hatte diese Entscheidung nicht gehabt und war sauer auf ihn, dass er es sich so leicht machte.

„Okay", sagte sie, da ihr die Worte fehlten.

„Ja, aber er hatte in den Jahren kein Privatleben. Er ist am Ende gewesen. Du hast ihn mit deinem Verhalten nicht nur verletzt. Es hat etwas in ihm zerstört und er hat den Boden unter den Füßen verloren. So fertig habe ich ihn nie erlebt."

„Das ist mir klar. Aber er hat sich das so ausgesucht. Es ist nicht nur meine Schuld", verteidigte sich Sophie.

Es herrschte Stille und keiner hatte die passenden Worte.

„Würde es euch etwas ausmachen, auf ihn aufzupassen? Ich würde gerne eine Runde joggen", fragte sie Lou und David.

„Überhaupt nicht, ich freue mich", sagte Lou und strahlte Kian an.

Der lachte laut auf, als sie ihn am Bauch kitzelte und sofort streckte er seine Arme nach ihr aus.

„Wie schaffst du das nur alleine?", fragte David und sah sie erstaunt an.

„Ich habe Hilfe in Atlanta. Callie und Caro, meine Mitbewohnerinnen, unterstützen mich und helfen mir. Die Ausbildungsstätte hat mir einen freien und günstigen Kindergartenplatz angeboten. Ohne das alles hätte ich es nicht geschafft", erzählte sie.

„Du hast gute Arbeit mit ihm geleistet."

David sah zu ihr und sie nickte. Es freute sie, diese Worte aus seinem Mund zu hören.

„Ich habe ihn bei unseren Eltern beobachtet. Er ist ein echtes Energiebündel, höflich und hat dein Lachen. Wenn er größer ist, wirst du ihn von den Mädchen fernhalten müssen. Er wird die Herzen in Rekordzeit brechen, mit diesem braunroten Haar und diesen blauen Augen", warnte David sie.

„Ja, das ist ebenfalls meine Befürchtung", lachte Sophie.

„Komm, geh joggen", forderte er sie auf.

Sie atmete erleichtert auf, warf sich in ihre Sportsachen und sah kurz zu Lou, David und ihrem Sohn. Sie saßen am Boden und lachten miteinander. Hier war Kian sicher und sie brauchte sich keine Sorgen um ihn zu machen.

Sie lief die Runde, die sie früher immer gewählt hatte. Schon nach wenigen Metern spürte sie die frische Luft und wie das Chaos in ihrem Kopf besser wurde.

Sie überlegte, ob sie wieder nach Houston ziehen sollte. Es war nicht ihr Wunsch. Doch sie sah ein, dass es das Beste für Kian war. Hier hatte er eine ganze Familie, die ihn liebte. Er hatte ein Recht zu erfahren, woher er kam. Sophie hatte David und ihre Eltern vermisst.

Eine Stunde war sie unterwegs. Bevor Kian sie bemerken konnte, sprang sie unter die Dusche und zog sich frische Klamotten an. Im Wohnzimmer entdeckte sie ihn mit Lou am Boden, wo sie spielten.

„Wo ist David?"

„Es gab einen Notfall bei der Arbeit", erzählte sie ihr.

„Okay, und warst du brav?"

„Ja. Sie liest besser vor als du", lobte Kian Lou.

Sophie zog die Augenbrauen hoch und lächelte ihn an.

„Na, wenn das so ist, muss ich dir nichts mehr vorlesen", sagte sie und lehnte sich zurück.

Lou sah sie kurz an, spielte aber dann mit ihm weiter.

„Worüber denkst du nach?", fragte sie, da sie merkte, dass Sophie etwas beschäftigte.

„Sag mal, Kian, wie findest du die Idee, hierherzuziehen?"

„Sehe ich meinen Daddy öfters?"

„Auf jeden Fall wirst du deine Großeltern oft besuchen", sagte sie und umging somit seine Frage.

Er nickte eifrig und freute sich wahnsinnig.

Sie rief ihren Chef in Atlanta an und erklärte ihm die ganze Situation. Er zeigte Verständnis und wollte sich morgen erneut bei ihr melden, da er einen guten Freund in Houston hatte, der auf der Suche nach einer Sanitäterin war.

16. Kapitel

Gabe und David zogen sich die Schutzwesten an und besprachen die Details des Einsatzes.

„Ist alles klar?", fragte er nach und seine Kollegen nickten.

Es handelte sich um eine Entführung von zwei Kindern, die nicht älter als fünf waren. Seit Wochen waren sie hinter dem Pädophilen her, hatten ihn bis jetzt aber nicht schnappen können. Vor weniger als einer halben Stunde hatten sie einen anonymen Tipp bekommen, dass er in einem Wohnhaus sein sollte. Sie hatten das Gebäude umzingelt und waren bereit, die beiden Kinder zu befreien. Sie hatten vier Männer einer SWAT-Einheit dabei, die die Tür aufbrachen und in das Haus einfielen. David und Gabe waren dicht hinter ihnen.

„Sicher", brüllte jemand.

Beide gingen weiter. Gabe wollte in ein kleineres Zimmer sehen, als sein Partner nach seinem Arm griff. Er war in Alarmbereitschaft. Er trat näher zu ihm und erkannte, dass eines der Opfer vor ihnen war. Der Entführer kniete auf dem Boden und hatte somit die gleiche Größe wie sie. Hinter ihm befand sich die Wand, vor ihm das Mädchen. Er hielt ihr eine Waffe an den Kopf. Sie hatten kein freies Schussfeld, denn das Risiko, das Kind zu treffen, war zu hoch. Gabe musterte ihn und ihm wurde bewusst, dass er nicht lange zögern würde, das Mädchen zu töten.

„Bleibt, wo ihr seid, oder ich lege sie um", drohte er.

David und Gabe blieben sofort stehen und ließen den Entführer nicht aus den Augen. Genau in dem Moment konnten sie hören, wie Liam und Luke das zweite Kind in Sicherheit brachten.

„Legen Sie die Waffe weg und wir können über alles reden", versuchte Gabe ihn zu beruhigen.

Der Täter war sichtlich nervös. Er zitterte und schwitzte und Gabe schätze, dass es nicht mehr lange dauern würde, bis er dem Mädchen eine Kugel verpasste, die tödlich war. Er trat einen Schritt näher heran und zielte auf den Kopf. Der Mann bemerkte es nicht und Gabe setzte an, um zu schießen. Er war gut und verfehlte nie sein Ziel. Er legte den Finger an den Abzug und war bereit, abzudrücken.

„Ich sage es nicht noch einmal, leg die Waffe weg", wies er ihn mit ruhiger Stimme an.

„Das hättet ihr wohl gerne, aber so einfach bekommt ihr mich nicht", lachte er.

In diesem Augenblick sah er Liam von der Seite und machte deutlich, dass er freies Schussfeld hatte. Er nickte ihm zu und dann fiel ein Schuss. Der Mann sackte zu Boden und Gabe eilte zu dem Mädchen. Er zögerte nicht lange und hob es hoch.

„Alles gut. Nicht hinsehen", sagte er, schlang schützend die Hände um das Kind und rannte nach draußen. Dort übergab er es sofort den Rettungskräften. Erst dann atmete er tief durch.

„Guter Schuss", rief ihm jemand zu.

Liam und David waren aus dem Haus gekommen.

„Danke", nahm er das Lob an.

Liam ging und verständigte die Spurensicherung und den Leichenwagen. David trat zu ihm und verschränkte seine Hände in der Schutzweste.

„Sag mal, können wir uns heute kurz auf einen Drink zusammensetzen?", fragte er.

„Nicht über sie", knurrte er ihn an.

„Bitte, ich …"

„Das ist eine Sache zwischen mir und ihr und die müssen wir unter uns regeln. Selbst wenn ich sie am liebsten nie wieder sehen will. Sie hat sich zu krass verändert", stellte Gabe fest und schüttelte leicht den Kopf.

David wollte widersprechen, doch sah ihm an, dass es sinnlos war, etwas dagegen zu sagen. Gabe war zu entschlossen.

„Ich werde ihr das nie verzeihen können, egal was sie tut, sie kann es nicht mehr ungeschehen machen. Das Wichtigste ist mein Sohn."

„Du willst Sophie ernsthaft für ihre Fehler büßen lassen? Hat sie nicht schon genug durchgemacht? Gib dir einen Ruck und spring über deinen Schatten und verzeih ihr. Zumindest so, dass ihr normal miteinander umgehen könnt und euch nicht gegenseitig droht." Bat er ihn und entfernte sich von ihm. „Sophie war bis jetzt sehr zuvorkommend und wir beide wissen, dass sie auch anders kann. Sie hat ein verdammt hitziges Temperament und ich rate dir, es nicht herauszufordern. Also kommt klar miteinander, zumindest für deinen Sohn."

Gabe blieb abrupt stehen und blickte ihm hinterher.

„Was hab ich den verpasst? Du hast ein Kind?", trat Liam zu ihm, der von alldem nichts wusste.

„Ja, es wird sich rumsprechen. Ich habe einen dreijährigen Sohn namens Kian", erzählte er und es erfüllte ihn mit Stolz.

Er hatte immer Kinder haben wollen und sich das mit Sophie schon vorgestellt, doch unter anderen Umständen.

„Seit wann? Ich will alles darüber wissen, wir gehen heute einen trinken", sagte Liam und klopfte ihm auf die Schulter. Auch Felix nickte ihm zu und Neugierde stand ihnen in die Gesichter geschrieben, daher willigte Gabe ein.

Wenig später saßen die Kollegen und Freunde in einer Bar mit einem Bier in der Hand. Sein Team hatte sich nicht verändert. Luka, der vor drei Jahren noch Anfänger gewesen war, war fertig mit seiner Ausbildung und übernommen worden. Felix war im Innendienst und für die Technik zuständig. Liam und David waren ebenfalls Partner.

„Wieso hast du verschwiegen, dass du einen Sohn hast?", wollte Felix wissen.

„Ehrlich gesagt wusste ich bis gestern selbst nichts von ihm", gestand Gabe und die Augen aller wurden groß.

„Dich scheint das ja nicht zu überraschen. Hast du es schon gewusst?", fragte Liam an David gewandt.

„Ich habe es genau einen Tag vorher erfahren", antwortete er und wollte Gabe den Vortritt lassen, die ganze Geschichte zu erzählen.

„Wieso hast du es vor ihm gewusst?", fragte Luke irritiert.

„Sophie ist die Mutter. Wir haben vor drei Jahren etwas miteinander gehabt, bevor sie aus der Stadt geflohen ist", sprach Gabe die Wahrheit aus.

Einen Moment herrschte Schweigen und alle starrten ihn fassungslos an. Sie brauchten eine Weile, um diese Tatsache zu verdauen.

„Sophie ist schwanger von dir gewesen und hat es drei Jahre geheim gehalten?"

Liam war der Erste, der seine Sprache wiederfand, und sah geschockt zwischen David und Gabe hin und her.

„Ja, sie ist nach Atlanta verschwunden und hat nie ein Wort darüber verloren. Vor ein paar Tagen, als sie angerufen und angekündigt hat, zu Besuch zu kommen, habe ich von Kian erfahren. Sie ist einfach mit ihm aufgetaucht", erzählte David.

„Wir sind uns im Park über den Weg gelaufen, am Spielplatz. Ich habe nicht lange gebraucht, um zu verstehen, dass es mein Sohn ist. Das Alter und die Ähnlichkeit. Sie hat es mir bestätigt und komischerweise glaube ich ihr diese eine Sache", fuhr Gabe fort.

„Das hätte ich niemals erwartet."

Liam nahm sein Bier in die Hand und exte es.

„Was ist da genau zwischen euch vorgefallen?", fragte Luke, der die Geschichte nicht mitbekommen hatte, oder nur am Rande.

Er war damals neu in das Team gekommen und über die Sache mit Sophie war nicht gesprochen worden. Zumindest nicht mit ihm. Er wusste, dass Gabe Probleme mit einer Frau gehabt hatte, mehr nicht. Sophie hatte er nur einmal gesehen, als sie ihren Bruder besuchen gekommen war.

„Sophie ist Davids Schwester. Ich habe sie damals bei einer Drogenrazzia erwischt und laufen lassen. Danach habe ich sie zur Rede gestellt und da hat sie zugegeben, dass sie kokainabhängig ist. Ich habe ihr geholfen, bin immer für sie da gewesen und habe sie beschützt, soweit ich das konnte. Doch sie hat ihren Dozenten erpresst, um gute Noten zu bekommen. Er ist nicht darauf eingegangen und sie hat die Lüge verbreitet, er habe sie sexuell belästigt. Ich habe ihr dies geglaubt, und es ist mir später schwergefallen, zu glauben, was sie getan hat. Sie ist dann im Netz gedemütigt und der Uni verwiesen worden. Ich habe Zeit gebraucht, um das Ganze zu verarbeiten, und einen Undercover-Auftrag angenommen. Als ich wieder da gewesen bin, ist sie schon verschwunden gewesen und hat mir einen Brief hinterlassen, in dem sie alles erklärt hat. Meine Anrufe hat sie ignoriert und ich habe seitdem nicht mehr mit ihr gesprochen. Bis vor ein paar Tagen, als sie plötzlich aufgetaucht ist, mit Kian", erzählte Gabe die Kurzfassung.

„Wow, krass."

Luke leerte sein Glas auf ex.

Das war eine große Nummer und er hätte ihr das niemals zugetraut.

Während ihrer kurzen Begegnung hatte sie nicht den Eindruck gemacht, als würde sie Drogen nehmen und Lügen verbreiten. Sie hatte schüchtern, zierlich und lieb auf ihn gewirkt, doch da hatte er sich echt getäuscht.

„Was hast du jetzt vor?", fragte Liam.

„Keine Ahnung, ich möchte gerne meinen Sohn kennenlernen, denn ich habe schon genug Zeit verloren."

„Und was ist mit Sophie?"

„Am liebsten würde ich sie nie wiedersehen, doch Kian ist ihr Sohn und meiner. Wenn sie hier verschwindet, dann wird er das ebenfalls, das werde ich verhindern", sagte er und war bereit, zu kämpfen.

„Nimm ihr das Sorgerecht weg, mit ihrer Vorgeschichte wird es ein Kinderspiel für dich", rutschte es Luke heraus und alle starrten geschockt zu ihm.

„Auf diesen Gedanken bin ich gar nicht gekommen. Sophie kümmert sich anständig um ihn, er wirkt glücklich und ich nehme ihr nicht ihren Sohn weg. Er hat eine Mutter verdient und ich werde sie ihm nicht entreißen", sagte Gabe und meinte es so.

Wut beherrschte ihn, doch ihr Kian wegzunehmen, das brachte er nicht über das Herz. Er war ein braver Junge und wirkte unbeschwert bei ihr, also sah er keinen Grund, ihn von ihr wegzuholen. Kian würde nur darunter leiden und Gabe würde es bereuen, diesen Schritt gegangen zu sein, denn irgendwann würde er ihm erklären müssen, wo seine Mutter war.

Sie bestellten sich eine weitere Runde und sprachen Sophie nicht mehr an. Sie unterhielten sich über lockere Sachen und Luke berichtete von seinen Dates, die er diese Woche hatte. Er war ein Frauenheld und hatte einige Geschichten zu erzählen.

David öffnete die Tür und fand seine Wohnung dunkel und still vor. Er vermutete, dass alle schon schliefen. Sophies Zimmertür war offen und er schlich sich vorsichtig ins Bad. Als er das Licht anmachte, erschrak er. Kian stand allein im Bad.

„Was machst du denn da? Solltest du nicht schon schlafen?"

„Ja, aber Pipi", meinte er und blickte auf zur Toilette, die zu groß für ihn war.

David sah ihn verwundert an und fühlte sich überfordert. Er hatte so etwas nie zuvor gemacht.

„Deine Mami hilft dir, wenn wir sie holen."

„Nein, sie schläft und ich kann das allein. Du musst hochheben", sagte der Kleine und David war echt erstaunt.

„Brauchst du keine Windel mehr?"

„Windeln sind was für Babys", warf er ein.

David lachte, hob ihn hoch und setzte Kian auf die Toilette. Er war unsicher, ob er sich allein halten konnte, darum hielt er ihn leicht fest.

„Und du gehst alleine aufs Klo?"

„Ja. Danach renne ich immer wieder in mein Bett oder zu Mami und kuschele mich an sie", gestand er.

„Du bist schon ein großer Junge", lobte er ihn.

Kian war fertig und David stellte ihn auf den Boden, dort zog er sich schnell die Hose an.

Er hob seinen Blick und sah ihn direkt an.

„Kennst du meinen Daddy?", wollte er auf einmal wissen.

„Ja, er ist ein guter Freund von mir."

„Wann sehe ich ihn wieder?"

„Bald. Er ist Polizist, genau wie ich, und eventuell nehme ich dich morgen mal mit zur Arbeit. Würde dir das gefallen?"

Kians Augen wurden augenblicklich groß und er strahlte über das ganze Gesicht.

„Fahren wir dann mit Blaulicht?", fragte er gespannt.

„Das lässt sich einrichten, aber jetzt ab ins Bett."

Kian rannte zu Sophie und legte sich sofort wieder neben sie. David blieb kurz in der Tür stehen und stellte sicher, dass er einschlief.

Sophie war am Anfang nicht begeistert von seinem Vorschlag und als sie zuerst nein sagte, weinte Kian und dies brach ihr das Herz. Er flehte sie an und David half ihm, bis sie einknickte und zustimmte. Sie machte sich gerade fertig, um mitzufahren, als ihr Handy klingelte.

Es war eine unbekannte Nummer aus Houston.

„Hallo?", meldete sie sich.

„Spreche ich mit Sophie Campbell?", fragte die männliche Stimme.

„Ja. Mit wem habe ich das Vergnügen?", erkundigte sie sich.

„Entschuldigen Sie bitte die Störung. Ich bin Chief Parker von der Feuerwache 8 in Houston. Ein Freund in Atlanta hat mir Ihre Nummer gegeben und gesagt, dass Sie auf der Suche nach einem Job sind. Stimmt das?"

„Ja, das ist richtig", bestätigte Sophie und freute sich über den Anruf.

„Wäre es möglich, für ein persönliches Gespräch heute vorbeizukommen?", fragte er.

„Ja, gern. Ich brauche zwanzig Minuten bis zur Feuerwache."

„Prima, dann bis gleich."

„Fahrt bitte ohne mich. Ich komme nach", sagte sie, nachdem sie aufgelegt hatte, und David nickte.

Wenig später betrat sie die Wache und sah sich um. Sie war modern ausgestattet und es dauerte nicht lange, da kam ein Feuerwehrmann auf sie zu und bot seine Hilfe an. Er brachte sie zum Chief. Sie unterhielten sich und er unterbreitete ihr den Vorschlag, heute einen Einsatz mitzumachen. Wenn sie einwandfreie Arbeit leistete, hätte sie den Job. Sophie nickte und war motiviert, ihre Fähigkeiten unter Beweis zu stellen.

Sie wurde den Kollegen vorgestellt und verschaffte sich einen ersten Eindruck, bevor sie mit zu einem Einsatz fuhr. Sie konzentrierte sich voll auf den Patienten und handelte schnell und überlegt. Dass sie dabei beobachtet wurde, war ihr bewusst, störte sie aber nicht. Der Chief stellte fest, dass sie eine gute Ausbildung gehabt hatte und beschloss, ihr eine Chance zu geben. Die Einzelheiten besprachen sie danach in seinem Büro, wo Sophie gleich ihren Arbeitsvertrag bekam. Sie sollte in zwei Wochen anfangen und freute sich darauf.

Auf dem Heimweg holte sie ihr Handy hervor und sah, dass sie eine Nachricht von David hatte.

Er teilte ihr mit, dass sie zu viert Essen waren und es später werden würde. Sie gönnte es ihnen und entschied, eine Runde zu joggen. Sie steckte ihr Smartphone ein und beschloss, heute ohne Musik zu laufen, denn so nahm sie die Stadt besser wahr. Nach einer halben Stunde blieb sie stehen und dehnte sich.

„Verdammt, es war riskant hierherzukommen", hörte sie eine Unterhaltung aus der Seitengasse.

Die Stimme kam ihr nicht bekannt vor, dennoch weckte sie ihr Interesse. Sophie machte einen großen Schritt zurück und beobachtete die Männer. Ihr lief ein kalter Schauer über den Rücken.

„Ja, das stimmt, aber ich brauche Geld und habe hier ein paar Aufträge, die Profit versprechen", gestand der andere und augenblicklich gefror Sophie das Blut in den Adern.

Diese Stimme kannte sie nur zu gut. Es war Oliver Grey, früher Justizminister und ihr Entführer. Er hatte Lou und sie nach Polen in ein Bordell gebracht, als Austausch für seine Freiheit. Sie hatte all die Jahre auf Neuigkeiten gehofft, doch er hatte sich auf der Flucht befunden. Er war schlau, so war es ihm gelungen, dass Interpol und das FBI ihn nicht gefunden hatten.

Sie kramte ihr Handy heraus und rief ihren Bruder an. Es klingelte und sie betete, dass er abnahm.

„David kann im Moment nicht. Er ruft dich zurück", meldete sich Gabe.

„Oliver Grey", sagte sie und hoffte, somit seine Neugierde geweckt zu haben, sodass er nicht gleich wieder auflegte.

„Was?", fragte er genervt.

„Er unterhält sich mit einem anderen Mann. Ich bin an der Ecke beim Starbucks, bei unserer früheren Joggingrunde."

„Sophie, verarsch mich nicht", meinte er und nahm sie nicht ernst.

„Glaub mir, Gabe, ich lüge nicht. Er ist …" Weiter kam sie nicht, denn sie spürte einen harten Schlag auf den Hinterkopf.

„Sieh einer an, wen wir hier haben", lachte Oliver Grey.

Sophie taumelte ein paar Schritte zurück, fasste sich an die schmerzende Stelle und richtete sich schnell wieder auf. Der Schlag war nicht stark genug gewesen, um sie zu Boden gehen zu lassen. Ein Blick nach unten verriet ihr, dass das Telefonat weiterlief.

„So sieht man sich wieder", sagte Sophie und überspielte ihre Nervosität.

Kurz dachte sie daran, wegzurennen, doch vor ihr stand Oliver Grey und hinter ihr der andere Mann. Sie wandte sich um und erkannte, dass beide eine Pistole hatten. Sie hoffte nur, dass Gabe und das FBI zügig hier sein würden. So weit war ihr Revier nicht entfernt.

Der fremde Mann zog seine Waffe und richtete sie auf sie. Sophie wich automatisch einen Schritt zurück. Oliver war schneller und packte sie am Arm. Sie schlug gegen ihn, doch damit verstärkte er seinen Griff nur. In dem Moment hörte sie die Sirenen und die Autos rasten um die Ecke. Sie stoppten vor ihnen.

„Scheiße, die Bullen. Wir müssen verschwinden", brüllte der andere Mann und rannte weg.

Sie wollte sich von Oliver Grey losreißen, doch er hielt sie eisern an ihren Haaren und dem Arm fest. Bevor Sophie eine weitere Bewegung machen konnte, spürte sie etwas Kaltes an ihrer Schläfe. Eine Pistole. Sie versteifte sich und schon im nächsten Moment sah sie Liam und einen anderen Kollegen, die dem Mann hinterherrannten.

David und Gabe zielten auf den gesuchten Entführer und waren in Alarmbereitschaft. Ihr Herz schlug wie wild und kurz überlegte sie, ob sie sich wehren sollte. „Leg die Waffe weg! Oliver, das Spiel ist vorbei", brüllte Gabe.

„Das werden wir ja sehen."

Sophie wollte sich losreißen, dann traf sie seinen Blick. Gabe sah sie intensiv an und sie erkannte die Panik in seinen Augen, blieb aber ruhig stehen.

Er hatte Angst, er war wütend auf Sophie, doch sie so in Gefahr zu sehen, brachte ihn um den Verstand. Ihm war bewusst, dass er alles tun würde, damit sie unbeschadet aus dieser Situation herauskam. Darum sah er sie eindringlich an und sie nickte. Sie wusste, dass sie jetzt stillhalten musste. Sie erkannte seine Absicht und vertraute ihm vollkommen.

Kurz darauf ertönte ein lauter Knall. Sophie wusste sofort, dass es ein Schuss war. Sie spürte Olivers Gewicht an sich ziehen und konnte sich nicht mehr auf den Beinen halten. Sie sank zu Boden. Schon im nächsten Moment war sie wieder aufgestanden und sah auf ihn herab. Er starrte sie mit offenen Augen an und hatte ein großes Loch im Kopf. Er war tot, das wusste sie. Nie zuvor hatte sie miterlebt, wie jemand in ihrer Anwesenheit erschossen wurde. Sie schluckte schwer und bewegte sich ein paar Schritte nach hinten.

„Alles okay?", fragte David und sie spürte seine Hände auf ihren Schultern.

Er drehte sie zu sich herum, um sich zu vergewissern, dass sie keine Verletzungen davongetragen hatte.

„Ja, mir ist nichts passiert", versicherte sie ihm.

„Er ist nicht weit gekommen", tauchte auf einmal Liam mit dem anderen Typ auf.

Er hatte Handschellen um und wurde ins Auto verfrachtet. David musterte seine Schwester eindringlich und ging ein paar Schritte zurück, um seinen Partner zu beobachten. Er merkte, dass Gabe aufgeregt war und sich mit den Händen durch die Haare fuhr. Er entfernte sich von ihr und gab seinem Freund die Möglichkeit, näher an sie heranzukommen. Sie drehte sich zu ihm um, sodass er direkt vor ihr stand.

„Du blutest", sagte er und fasste Sophie vorsichtig an die Stirn.

Ihre Blicke trafen sich und für einen Moment hatten beide das Gefühl, dass die Welt stehenblieb. Gabe wusste, dass er seine Hand von ihrem Gesicht nehmen sollte, doch er schaffte es nicht und strich ihr sanft über die Wange.

„Das war verdammt riskant. Du hättest sie verletzen können", zerstörte Luke den Moment.

Gabe zuckte zusammen, zog seine Hand zurück und steckte sie in seine Westentasche.

„Ich treffe mein Ziel, und zwar immer", rechtfertigte er sich.

Sophie fasste sich selbst an die Stirn und spürte etwas Klebriges. Es war Blut.

„Das ist nicht deins", beruhigte er sie.

Er warf Luke einen bösen Blick zu, der sie daraufhin wieder allein ließ. Gabe sah Sophie an und sie schenkte ihm ein schüchternes und zögerliches Lächeln. Er holte seine Hände aus der Tasche, um sie an sich herabhängen zu lassen. Dabei berührte er flüchtig Sophies Arm und genau in dem Moment durchflutete ihn die Sehnsucht nach ihr. Er fügte sich seinem Verlangen und umarmte sie, drückte sie fest an sich.

„Ich hatte solche Angst um dich", flüsterte er ihr ins Ohr.

Sie erwiderte die Umarmung und atmete seinen vertrauten Duft ein.

„Mir ist nichts passiert."

Mit diesen Worten beruhigte sie sich selbst und ihn.

„Wir bringen ihn ins Revier, willst du mitfahren, Sophie?", fragte Liam.

Gabe wollte sie nicht loslassen. Er tat es trotzdem, um sich zu ihm herumzudrehen.

„Du denkst doch nicht ernsthaft, dass sie mit dem Kerl hinten im Auto sitzt."

„Nein." Liam schüttelte den Kopf und fuhr mit Luke davon.

„Wo ist Kian?", fragte Sophie.

„Der ist bei Lou. Sie sind beide mit Felix im Büro geblieben", antwortete David und sie nickte.

Sie sah weitere Autos kommen und erst dann löste sie sich von Gabe. Er lächelte sie an.

„Ich regle das hier, fahr du mit ihr zurück ins Revier", bot ihr Bruder ihnen an, da er erkannte, dass Sophie und Gabe einen Schritt aufeinander zu gemacht hatten. Er wünschte sich, dass seine Schwester und sein bester Freund sich wieder anfreundeten und sich verstanden.

Sophie lief zum Auto und er folgte ihr. Erst als sie ihm ihren Rücken zudrehte, bemerkte Gabe das ganze Blut. So konnte sie ihren Sohn nicht treffen.

„Ich denke, es ist besser, wenn wir nach Hause fahren. Dort kannst du dich in Ruhe duschen und ich hole Kian und Lou vom Revier ab und bringe sie zu dir", schlug er vor.

„Ja, das wäre am besten", stimmte sie zu.

Schweigend verbrachten sie die Autofahrt und Sophie blickte aus dem Fenster. Zu gern wollte sie mit Gabe reden, doch der Schock verhinderte dies.

Sie schloss die Tür auf und zog sich die Schuhe aus.

„Geh am besten gleich unter die Dusche", schlug Gabe vor und ließ sie dabei nicht aus den Augen. Sie nickte ihm zu und verschwand ins Bad. Er war sich ein wenig unsicher, ob er sie allein lassen konnte. Daher setzte er sich in die Küche und schenkte sich etwas zum Trinken ein.

Die Wut und Enttäuschung, die er gegenüber Sophie verspürt hatte, waren in dem Moment verschwunden, als er gesehen hatte, wie eine Waffe an ihren Kopf gehalten wurde. Er machte sich Sorgen um sie und spürte, wie viel sie ihm immer noch bedeutete. Gabe würde es nicht ertragen, sie wieder zu verlieren.

„Ich fahr los und hole Kian", rief er durch die Tür hindurch.

„Okay."

Er nickte, obwohl sie es gar nicht sehen konnte, und machte sich auf den Weg.

Im Revier waren mittlerweile David und die anderen angekommen. David funkelte Gabe böse an, sagte aber nichts.

„Daddy!", rief Kian und rannte auf ihn zu.

„Hey, mein Großer", sagte er und hob ihn hoch.

Gabe hatte den ganzen Tag mit seinem Sohn verbracht und ihn etwas näher kennengelernt. Er war ein Kind, das schnell auftaute und Gabe war froh, dass er sich nicht distanziert verhielt. Er nannte ihn zum ersten Mal Daddy und das erfüllte ihn mit Stolz.

„Wo ist Mami?", fragte er.

„Die wartet daheim auf dich."

Er stellte Kian wieder ab und Lou kam dazu.

„Kannst du mit Lou gehen, ich habe etwas mit deinem Daddy zu besprechen", sagte David und zog Gabe schon in die Küche, wo er Tür mit einem lauten Knall schloss.

„Was war das vorhin?", fragte er ihn.

„Was meinst du?", stellte sich Gabe dumm.

„Du hast geschossen, obwohl du kein freies Schussfeld hattest. Es war zu gefährlich, zu schießen. Sophie hätte verletzt werden können."

„Ist sie aber nicht. Sie hat einen Schock davongetragen, aber es geht ihr gut. Ich war mir sicher, dass ich Oliver treffe und sie dabei nicht verletze. Ich bin ein verdammt guter Schütze und habe die Ausbildung zum Scharfschützen, im Gegensatz zu dir", rechtfertigte sich Gabe.

„Mag sein, dennoch war es nicht richtig, zu schießen", widersprach David.

„Laut Lehrbuch nicht, doch in dieser Situation hat es keinen anderen Ausweg gegeben. Oliver Grey hat den Tod verdient. Er befand sich seit fast vier Jahre auf der Flucht. Dass wir ihn hier in Houston schnappen, war unwahrscheinlich. So hat er das Ende bekommen, was ihm zusteht", sagte Gabe.

„Darum geht es nicht. Er hätte mehr leiden können. Um ihn ist es nicht schade. Es geht hier um deinen Schuss."

„Ich bereue es nicht und würde jederzeit wieder so handeln", machte Gabe deutlich und ging aus der Küche, da das Gespräch für ihn beendet war.

„Ernsthaft, hasst du Sophie so sehr, dass du es in Kauf genommen hast, sie zu verletzten?", brüllte David ihn an und ballte die Fäuste.

„Nein, ich hasse sie nicht und würde niemals etwas tun, das ihr ernsthaft schadet. Ich konnte schießen und wusste, dass ich Sophie nicht dabei treffen werde. Sie wusste das auch."

Er ging an David vorbei.

„Alles okay bei euch?", fragte Lou.

„Ja, bei mir schon", antwortete Gabe und schenkte ihr ein Lächeln.

„Lou, es ist besser, wenn wir nach Hause gehen", sagte David.

„Was ist denn los?", fragte sie und hatte keine Ahnung, was sich vor ein paar Minuten abgespielt hatte.

„Das erzähle ich dir heute Abend in Ruhe", antwortete David und sie nickte.

Kian schlief schnell ein und darüber war Sophie froh. Sie strich ihrem Sohn über den Kopf und dachte daran, was vor ein paar Stunden geschehen war. Sie hatte genau gewusst, was Gabe ihr mit seinem Blick hatte sagen wollen. Als er sie danach in den Arm genommen hatte, hatte es sich so angefühlt, als ob das alles nicht zwischen ihnen passiert war. So wie früher.

Ein leichtes Klopfen riss sie aus den Gedanken und Lou erschien in der Tür.

„Lust, ein bisschen zu reden?", fragte Lou und sie nickte.

Sie setzte sich neben Sophie aufs Bett und reichte ihr ein Glas Wasser.

„Dein Bruder hat mir erzählt, dass Oliver Grey tot ist. Gabe hat ihn heute erschossen."

Lou war froh über diese Nachricht. Die letzten Jahre hatte sie zwar keine Angst gehabt, dass er ihr erneut Schaden zufügte, aber die Ungewissheit hatte an ihr genagt. Es war Erleichterung, die Lou durchströmte.

„Ich bin joggen gewesen und habe etwas von einer Seitengasse gehört. Es hat nicht lange gedauert, da habe ich Olivers Stimme erkannt. Ich habe sofort David angerufen, doch Gabe hat abgenommen. Ich habe ihm gesagt, was Sache ist, bin unachtsam gewesen und er hat mich entdeckt", erklärte sie. „Sie sind schnell da gewesen und Gabe hat keine andere Wahl gehabt, als zu schießen."

Lou sah Sophie an und wusste nicht, was sie davon halten sollte. David hatte ihr die Situation als gewagt beschrieben. Seinen Worten nach hatte ein hohes Risiko bestanden, dass Gabe Sophie dabei verletzte.

„Er hat mich gerettet, obwohl ich die letzte Person bin, die er sehen oder sprechen möchte."

„Das habe ich nie bezweifelt, dennoch findet David, er hätte nicht schießen dürfen, da das Risiko zu hoch gewesen ist, dich zu treffen." Sie nahm einen großen Schluck. Lou hatte sich selbst ein Glas Wein mitgebracht.

„Innerlich ist mir bewusst gewesen, dass Gabe abdrücken wird. Er hat mich angesehen und ich habe geahnt, was er vorhat, daher habe ich ihm zugenickt. Es ist okay gewesen", erklärte sie ihr.

„Wie meinst du das?"

Lou hatte keine Ahnung, was sie damit meinte, darum sah sie Sophie mit hochgezogenen Augenbrauen an.

„Selbstverteidigung habe ich schon immer beherrscht und habe mein Training nicht vernachlässigt, die Jahre über. David hat mir oft genug gezeigt, wie man jemanden in so einer Situation entwaffnet. Ich habe vorgehabt, mich aus der Schusslinie zu nehmen, doch dann seinen Blick getroffen. Für einen Moment haben wir uns nur angesehen und er hat mit seinem Kopf auf Oliver gedeutet. Da hat sich etwas in mir geregt und ich habe genau gewusst, was er vorhatte. Daher habe ich ihm zugestimmt. Kurz darauf ist der Schuss ertönt. Besser ist es nicht zu beschreiben. Es war ein Gefühl."

Lou nickte und schwieg.

„Es ist komisch und du denkst höchstwahrscheinlich, ich bilde mir das nur ein. Was gut möglich sein kann. Doch als sich unsere Blicke getroffen haben, ist meine Angst verschwunden, weil ich sicher sein konnte, dass Gabe die Situation unter Kontrolle hat. Ich habe ihm zu hundert Prozent vertraut."

„Das kann ich verstehen. Zum Glück ist alles gut gegangen."

17. Kapitel

Am nächsten Morgen war Sophie mit Kian allein. David war bei der Arbeit und Lou hatte ein Vorstellungsgespräch. Sie hatte ihr gestern Abend davon erzählt. In den vergangenen drei Jahre hatte Lou ihren Collegeabschluss nachgeholt und sich bei einem gemeinnützigen Unternehmen beworben, das für Frauen in Not zuständig war. Im ersten Moment hatte es Sophie gewundert, dass sie diesen Weg eingeschlagen hatte. Lou brachte Verständnis für die Mädchen auf und hatte am eigenen Leib erfahren, wie es war, Gewalt zu erleben. Sie spürte den Drang, etwas Gutes zu bewirken und den Opfern eine Chance geben, ein normales Leben zu führen. Ohne David hätte sie das nie geschafft. Jetzt hatte sie es sich zur Aufgabe gemacht, diese Rolle für andere einzunehmen. Sophie bewunderte sie dafür – Lou war die stärkste Person, die sie kannte.

„Mami?", riss Kian sie aus ihren Gedanken.

„Sofort, mein Schatz", sagte sie und begann, die restlichen Sachen in ihre Tasche zu stopfen.

Sie war froh, heute Zeit für sich zu haben, denn sie hatte einen Termin für eine Wohnungsbesichtigung hier in der Nähe. Sie nahm Kian an die Hand und gemeinsam liefen sie zu der Wohnung, die nur eine halbe Stunde zu Fuß weg war.

„Hallo, Miss Campbell, freut mich, Sie persönlich zu treffen", begrüßte die Vermieterin sie.

Sophie schätzte sie auf Anfang vierzig. Sie hatte braunes Haar, das sie zu einem Pferdeschwanz zusammengebunden hatte. Sie trug ein klassisches Businessoutfit und dazu eine Brille und High Heels. „Vielen Dank, dass es so kurzfristig geklappt hat", erwiderte sie und reichte ihr die Hand.

„Das ist überhaupt kein Thema. Allerdings habe ich nur eine halbe Stunde Zeit, da ich einen wichtigen Termin habe", stellte sie mit einem Lächeln klar.

„Das ist schon okay", stimme Sophie zu. Kian riss sich von ihrer Hand los und rannte in den großen leeren Raum hinein.

„Entschuldigen Sie bitte, er hat einen Haufen Energie", sagte sie.

„Das macht doch nichts. Ich liebe Kinder und es ist völlig in Ordnung."

Sie schenkte ihr ein Lächeln und dann wurde Sophie durch das Apartment geführt. Es war nicht groß, aber mehr konnte sie sich erst einmal nicht leisten.

Die Wohnung beinhaltete ein kleines Schlafzimmer, ein Bad und ein Kinderzimmer. Die Küche war im Wohnzimmer integriert und bestand nur aus einer Küchenzeile. Es war nicht optimal, doch sie hatte nicht die Auswahl. Sie sah sich um, erkannte, dass hier genug Licht hereinkam und es fröhlich wirkte.

„Sie ist perfekt", lobte Sophie die Wohnung.

„Danke."

„Wenn es für Sie in Ordnung wäre, würde ich sie sofort nehmen. Oder wollen Sie sich noch andere Kandidaten ansehen?", fragte Sophie nach.

„Wohnen dann nur Sie und ihr Sohn hier?", erkundigte sich die Vermieterin.

„Ja, genau, nur wir beide. Ich habe eine Zeit lang in Atlanta gelebt und dort eine Ausbildung zur Sanitäterin absolviert. Meine Familie, also meine Eltern und mein Bruder, leben hier in dem Viertel und ich habe einen Job bei der Feuerwache ums Eck in Aussicht", erzählte Sophie ihr.

Sie nickte ihr zu und das Lächeln verschwand nicht aus ihrem Gesicht, was sie als gutes Zeichen sah.

„Es gibt noch andere Interessenten. Dabei handelt es sich um junge Studenten, die oft Partys feiern. Ich lege Wert auf Sauberkeit und pünktliche Mietzahlungen. Sie erscheinen mir von allen die Vernünftigste und ich habe ein gutes Gefühl bei Ihnen, daher überlasse ich Ihnen die Wohnung", teile die Vermieterin ihr mit.

Sophie lächelte sie an und unterdrückte den Impuls, ihr freudig um den Hals zu fallen.

„Das höre ich doch gerne", freute sie sich.

Sie besprachen ein paar Einzelheiten. Bereits heute Abend sollte sie den Mietvertrag erhalten. Sophie war überwältigt und froh, dass alles so reibungslos lief.

Sie rief Caro an und erzählte ihr von den Neuigkeiten und ihre Freundin freute sich für sie. Sie einigten sich darauf, einen neuen Mitbewohner zu suchen und dass Sophie in den nächsten Tagen ihre restlichen Sachen holen würde.

Am Abend saßen sie alle am Tisch und aßen Nudeln mit Tomatensoße. Sie unterhielten sich und lachten und Sophie nahm sich vor, ihnen von den Ereignissen zu erzählen, doch das wollte sie in Ruhe tun. Daher brachte sie Kian zeitig ins Bett und war froh, dass er heute schnell einschlief.

„Ich muss euch etwas beichten", sagte Sophie, als sie sich mit ihrer Cola zu David und Lou auf das Sofa setzte. Er griff zur Fernbedienung, schaltete den Fernseher leise und sah gespannt zu ihr.

„Kian und ich werden nach Houston ziehen. Wir bleiben hier", platzte sie heraus.

„Ist das dein Ernst?", fragte Lou, die als Erstes das Schweigen durchbrach.

Sophie erwiderte ihr strahlendes Lächeln und nickte.

„Das freut mich zu hören. Meine Wohnung steht euch zur Verfügung, bis du etwas Eigenes hast, da hast du aber Zeit", entgegnete David.

„Nächste Woche, dann habe ich eine eigene Wohnung. Sie ist nicht weit von hier entfernt und schön", antwortete Sophie und David sah sie erstaunt an. Es verschlug ihm die Sprache.

„Ich habe einen Job als Sanitäterin und somit das Geld für eine Wohnung."

„Wann bitte hast du das alles geschafft?", fragte Lou und sie konnte Verwunderung in ihrem Gesicht sehen.

„Ich habe einen Bekannten angerufen, der Chief in Atlanta ist, und der hat mir den Job hier in Houston verschafft. Die Wohnung habe ich im Internet gesehen und die Zusage heute bekommen", erzählte sie.

„Wow, ich bin begeistert", sagte David, lehnte sich zurück und sah sie mit einem Nicken an.

„Danke."

„Weiß es Gabe schon?"

„Nein."

„Brauchst du Hilfe beim Umzug?", fragte Lou und lenkte das Gespräch auf ein anderes Thema, da sie deutlich merkte, dass Sophie nicht darüber reden wollte.

„So genau weiß ich das nicht, aber über Unterstützung freue ich mich."

„Ich helfe dir immer gern", bot sich Lou an.

„Sehr nett, danke."

Sie unterhielten sich über den Umzug und beschlossen, dass Lou und Sophie gemeinsam nach Atlanta fahren würden, um ihre zurückgebliebenen Sachen zu holen und einen kleinen Ausflug dranzuhängen.

David und Lou konnten ihre Freude nicht verbergen und grinsten den ganzen restlichen Abend, und auch Sophie war glücklich.

„Oh Gott, ich habe morgen mein Schülertreffen", warf David ein und legte sein Handy weg.

„Das wird lustig werden", meinte Sophie.

„Sicher. Bei Gabe lief es alles andere als gut und ich habe die Befürchtung, dass es ebenfalls so laufen wird. Ich freue mich überhaupt nicht darauf", sprach er aus.

„Wieso, wie ist es bei ihm gelaufen?", fragte Sophie neugierig.

„Wo soll ich bloß anfangen?", überlegte David. „Angefangen hat es damit, dass er mit seiner damaligen Clique von Bar zu Bar gezogen ist. Dort haben sie eine Schlägerei angezettelt, obwohl, eher Gabe allein. Er hat es mit fünf Typen aufgenommen und ein blaues Auge bekommen. Nach dem Rausschmiss sind sie in eine andere Bar weiter. Er hat ein bisschen zu viel getrunken", erzählte David und Lou begann zu kichern, denn sie wusste, was jetzt folgen würde. „Am Morgen darauf ist er ganze vier Stunden zu spät zur Arbeit gekommen. Er hat nicht gut ausgesehen. Er hat sein Smartphone verloren und keinen Wecker gehabt, darum hat er verschlafen. Er hat versucht, sein Handy zu orten, doch es ist aus gewesen und somit hat er sich ein neues zugelegt."

Sophie wurde hellhörig, als er das Handy erwähnte. „Wann war das?", fragte sie.

„Circa zwei Monate, nachdem du die Stadt verlassen hast", antwortete David.

Mit dieser Antwort ergab plötzlich alles einen Sinn und Sophie stand ruckartig auf. Sie konnte nicht glauben, was dies zu bedeuten hatte.

„Ich muss los. Könnt ihr kurz auf Kian aufpassen?", fragte sie und stürmte ohne Erklärung aus der Wohnung.

David und Lou verstanden nicht, was los war, und sahen ihr verwundert hinterher.

„Was hat das zu bedeuten?", wollte er von Lou wissen.

„Keine Ahnung. Sie hat ausgesehen, als hätte sie einen Geist gesehen."

„Aber ich verstehe nicht, warum. Es ging ihr doch gut, seitdem sie wieder hier ist", meinte Lou.

„Sie ist immer schon eine Meisterin darin gewesen, ihre eigenen Probleme vor allen zu verstecken", gestand er ihr. „Ich weiß noch, als wir Kinder waren. Wir spielten auf dem Spielplatz und sie fiel vom Klettergerüst. Sie wollte sich und mir beweisen, dass sie es schaffte, als Erste hinaufzuklettern. Sie war zu klein und schwach und sie stürzte von weit oben hinab. Unsere Mom rannte sofort zu ihr und ich war besorgt und konnte mich nicht bewegen. Doch sie stand schnell wieder auf und grinste. Sie versicherte allen, es sei nichts passiert, und ich lachte los und sagte, dass ich recht gehabt hätte, dass sie es nicht schaffte. Sophie lächelte nur und ging weg. Mom musterte sie und ließ sie nicht aus den Augen. Sie spielte weiter", erzählte David.

„Was geschah als Nächstes?", fragte Lou.

„Es war Abend und Zeit fürs Bett und als sie sich hinlegte, bekam sie keine Luft mehr. Unsere Eltern waren in Panik und brachten sie ins Krankenhaus. Da stellte sich dann heraus, dass ihre Lunge gequetscht worden war. Sie hatte sich den ganzen Tag über normal verhalten und nicht einmal geweint. Sophie hatte nicht gezeigt, dass sie Schmerzen hatte und wir alle haben gedacht, dass sie sich nicht verletzt hat."

„Wie alt war sie damals?", fragte Lou.

„Acht oder neun", antwortete David. „Sie wollte schon immer besser sein als ich und hasste es, Schwäche zu zeigen. Sie ist stur und selbstsicher und manchmal beneide ich sie dafür."

Sophie klopfte und klingelte wie eine Verrückte an Gabes Tür. Sie verfluchte sich selbst, dass sie nicht darauf gekommen war.

„Sophie?"

Sie zuckte zusammen und stieß einen kleinen Schrei aus.

Er öffnete nicht, wie sie erwartet hatte, die Tür, sondern stand hinter ihr. Sie drehte sich ruckartig um und hielt sich die Hand auf ihr Herz, das für eine Sekunde stehen geblieben war.

„Was machst du hier?", fragte Gabe und sah sie fragend an.

„Wir müssen dringend miteinander reden. Ich weiß, dass du wütend auf mich bist, aber es gab da ein verdammt großes Missverständnis", sprudelte es aus ihr heraus.

„Okay", sagte er und zog die Augenbrauen nach oben.

Er war sich nicht sicher, was er von ihrem Auftauchen halten sollte, da sie durcheinander wirkte. Sie trug nicht einmal Schuhe. Ihre roten Haare waren zu einem unordentlichen Pferdeschwanz gebunden. Die Hälfte hing heraus.

„Hast du getrunken?", fragte er, während er die Haustür aufsperrte.

„Was? Nein", meinte sie und verstand nicht, wie er darauf kam. Verwirrt sah sie ihn an, dann glitt ihr Blick an sich selbst herab und sie erkannte, dass sie barfuß, im Herbst, vor seiner Tür stand. Außerdem hatte sie eine Leggins mit einem zu großen Pulli an, ihre Haare waren ein einziges Desaster und sie konnte nachvollziehen, wie er auf diesen Gedanken gekommen war, und schämte sich.

Gabe musterte sie und nickte dann nur. Er hielt ihr die Tür auf, damit sie eintreten konnte.

„Was ist los?", fragte er und sie hielt ihm ihr Handy hin.

„Lies unseren letzten Chat", forderte sie auf und er verstand nicht, was sie von ihm wollte.

Er nahm es und begann zu lesen. Es dauerte ein paar Augenblicke, bis er den Chat durchhatte.

„Das habe ich niemals geschrieben", verteidigte er sich und starrte geschockt auf das Display.

„Ich habe heute davon erfahren. Es ist es genau der Zeitraum, als du es verloren hast. Das heißt, irgendjemand hat mir die SMS von deinem Handy aus geschickt."

Er blickte sie ungläubig an und sah dann auf das Datum der Nachrichten. Auf einmal wurde es ihm bewusst.

„Oh Gott", stieß er hervor. „Ich hatte da das Schülertreffen."

„Ich versteh nur nicht, warum und wer mir so etwas geschickt hat", sagte sie und sah ihm direkt in die Augen.

„Ich bin damals so sauer auf dich gewesen und habe meinen ehemaligen Freunden von dir erzählt. Wir sind danach einen trinken gewesen und ich habe ihnen Bilder gezeigt. Irgendwie muss ich es dann verloren haben. Sie haben es eine kurze Zeit in der Hand gehabt, während ich abwesend gewesen bin", erklärte er.

Keiner der beiden konnte glauben, was hier passiert war. „Das heißt, sie haben mir in deinem Namen diese Nachrichten geschickt!", sagte sie entsetzt und dies stellte ihre ganze Welt auf den Kopf. „Ich habe dich danach circa eine Woche mit Anrufen gestalkt, aber du bist nie rangegangen."

„Ja, ich hatte es verloren. Ich habe gedacht, du hättest uns schon aufgegeben, weil ich dich davor ewig versucht habe zu erreichen. Ich wollte nicht wie ein liebeskranker Idiot rüberkommen und habe gedacht, du wolltest mich nicht mehr sehen. Du hast in deinem Brief geschrieben, dass du Zeit brauchst, die habe ich dir gegeben. Aber niemals hätte ich so etwas getan. Ich habe nie erfahren, dass du schwanger gewesen bist."

„Ja, das ist mir jetzt erst bewusst. Die ganzen Jahre habe ich in dem Glauben gelebt, dass du mit uns nichts zu tun haben willst."

Er hatte, genau wie Sophie, Probleme, zu verarbeiten, was hier vor sich ging. Er fuhr sich aufgewühlt durch die Haare und begann, im Flur auf und ab zu laufen.

„Aber was ich nicht verstehe: Warum hat David nichts gesagt? An seiner Stelle wäre ich ausgerastet und hätte mich zur Rede gestellt", meinte er und sah sie fragend an.

„Wahrscheinlich hätte er es getan, wenn er davon gewusst hätte. Ich wollte es ihm sagen und als ich dann diese Nachricht bekommen habe, war mir die ganze Situation peinlich. Darum wusste niemand davon. Ich habe einige Fehler gemacht und dessen war ich mir bewusst und habe mich für alles geschämt", gestand sie ihm.

„David hatte keine Ahnung von seinen Neffen?"

„Nein, selbst meine Eltern haben es erst vor Kurzem erfahren."

Geschockt starrte Gabe sie an und hoffte, dass er gleich aufwachen würde und dies alles nur ein böser Alptraum wäre.

„Das heißt, nur durch die Dummheit meiner ehemaligen Freunde, habe ich drei Jahre im Leben meines Sohnes verpasst", knurrte er.

„Das wollte ich nie und es tut mir so leid", entschuldigte sie sich und sah ihn an.

Er verspürte eine verdammt große Wut, doch nicht auf sie. So viele Gedanken schossen ihm durch den Kopf. Er konnte keinen davon greifen, dafür waren sie zu durcheinander.

„Wie geht es weiter?", fragte er und blieb endlich stehen.

„Ich weiß es nicht", antwortete sie und hob die Schultern.

„Ehrlich, wie soll das funktionieren? Du wohnst in Atlanta und ich hier!"

Verärgert fuhr er sich durch die Haare.

„Dieses Problem habe ich schon gelöst. Ich habe hier eine Wohnung und einen neuen Job gefunden und werde morgen Nachmittag fliegen, um meine Sachen zu holen."

„Du ziehst wieder hierher?", fragte er überrascht.

„Ja, Kian hat hier Familie", meinte sie.

„Okay", sagte er und lächelte sie an. „Tut mir leid, ich kann das immer noch nicht glauben und muss das klären, mit den Jungs."

„Was willst du tun? Hinfahren und ihnen den Marsch blasen? Was nützt das? Ihr habt alle ein bisschen zu viel Alkohol intus gehabt und es ist schon drei Jahre her. Rückgängig oder ungeschehen kannst du es dadurch nicht machen", warf sie ein und lehnte sich an die Wand.

Er fuhr sich über das Gesicht und blickte dann zu ihr.

„Wie kannst du so ruhig bleiben? Ich bin rasend vor

Wut."

„Ich habe mir die Nachrichten immer wieder durchgelesen und mich gefragt, warum du ihn leiden lässt, habe es nie verstanden, doch jetzt tue ich es und fühle mich nur erleichtert, dass du das nicht gewesen bist", meinte sie und er sah sie kurz ungläubig an.

Er ließ sie stehen und ging in die Küche, um sich ein Bier aufzumachen. Sie folgte ihm und lehnte sich in den Türrahmen. Er nahm einen großen Schluck und stellte die Flasche dann wieder auf den Tisch.

„Es ist besser, wir schlafen erst mal darüber. Da ich morgen für ein paar Tage weg bin, hast du die Zeit und Möglichkeit, deinen Sohn in Ruhe kennenzulernen", meinte sie.

„Du nimmst ihn nicht mit?"

„Nein, Lou fliegt mit und hilft mir. Kian bleibt bei David. Wenn du etwas wissen willst, kannst du mich jederzeit anrufen."

Sie ging auf ihn zu.

„Es tut mir so leid."

„Du musst dich nicht entschuldigen, denn das ist meine Aufgabe. Es ist alles meine Schuld, ich trage die Verantwortung für das, was passiert ist."

Sie legte die Hand auf seine Schulter, schenkte Gabe ein kurzes und schüchternes Lächeln, bevor sie ihn mit seinen Gedanken allein ließ. Sophie sah ihm deutlich an, dass in ihm Chaos herrschte und sie da nicht helfen konnte, daher gab sie ihm den Raum, den er benötigte, wenn es ihr auch schwerfiel.

18. Kapitel

Sophie verabschiedete sich schweren Herzens von Kian und stieg dann mit Lou in das Flugzeug. Es fiel ihr verdammt schwer, Kian so lange allein zu lassen, obwohl sie wusste, dass er in guten Händen war.

Sie hatten jeweils zwei Koffer dabei. Die würden sie brauchen, da sie viele Sachen hatte, die sie mit nach Houston nehmen wollte. Der Flug endete schneller als gedacht und schon konnte sie ihre Freunde wieder in die Arme schließen. Callie und Caro freuten sich, sie wiederzusehen, selbst wenn sie wussten, dass es ein Abschied war.

„Das ist Lou, die Freundin meines Bruders", stellte Sophie sie vor und sie begrüßten sich gegenseitig.

„Wir haben deine Sachen nicht angerührt, da wir nicht wissen, was du wie mitnehmen willst. Wir wollen dich nicht rausschmeißen, daher haben wir alles so gelassen, wie du es verlassen hast", sagte Caro.

„Das ist schon in Ordnung. Lou und ich machen uns gleich an die Arbeit und werden dann heute Abend etwas essen gehen", weihte Sophie sie in den Plan ein.

„Das klingt, als ob du es eilig hättest, von hier wieder wegzukommen. Du weißt, dass du Grant das Herz brechen wirst, wenn er erfährt, dass du gehst", sagte Caro.

„Ach, so schlimm wird es schon nicht werden … Wartet! Was habt ihr geplant?", fragte Sophie und kannte ihre Freundinnen gut genug, um zu wissen, dass sie etwas ausheckten.

„Nichts, wie kommst du darauf?", sagten beide gleichzeitig.

„Raus mit der Sprache!", forderte sie.

„Wir haben eine kleine Abschiedsparty für dich organisiert, die morgen Abend in Joes Bar steigen wird. Es sind alle Freunde von uns eingeladen", beichtete Caro.

„Wusste ich es doch", sagte Sophie mit einem fetten Lächeln im Gesicht.

„Das war Grants Idee. Er stand vor unserer Tür und fragte, ob du da bist, da haben wir es ihm erzählt. Er sah so traurig aus."

„Ich habe ihm aber nie Hoffnungen gemacht", verteidigte sie sich.

„Ja, das stimmt. Insgeheim hat er auch gewusst, dass er nie eine Chance bei dir haben wird, da er immer vermutete hat, dass du noch was mit Kians Vater offen hast", sagte Callie. „Seid ihr jetzt zusammen? Wir wollen alles wissen!" Sie drehte sich ruckartig und mit großen Augen zu ihr um und starrte sie gespannt an.

„Nein."

„Wir wollen Details!", forderte Caro, die Mühe hatte, sich auf die Straße zu konzentrieren.

„Die bekommt ihr heute Abend", sagte Sophie und grinste frech in sich hinein.

Lou mischte sich nicht in die Unterhaltung ein, beobachtete sie und die anderen aber. Sie schienen alle glücklich zu sein und Lou bekam einen ersten Eindruck in das Leben, das Sophie hier geführt hatte.

Die Fahrt vom Flughafen zur Wohnung dauerte eine Stunde und als Sophie aus dem Wagen stieg, war sie froh, sich endlich die Beine vertreten zu können.

„Die Stadt ist wunderschön", sagte Lou zu ihr.

Callie und Caro waren schon vorangegangen und trugen die Koffer hoch.

„Das ist sie und kleiner als Houston", erwiderte Sophie. „Komm, ich zeig dir alles."

„Nein, ich würde sagen, wir fangen an, die ersten Sachen zusammenzupacken und machen uns danach einen gemütlichen Abend. Erst die Arbeit, dann das Vergnügen", sagte sie und ging voran, obwohl sie nicht einmal wusste, wohin sie musste.

Sophie sah ihr mit einem Grinsen nach und folgte ihr. Sie hatte bemerkt, dass Lou sich verändert hatte. Sie war lockerer und offener geworden und Sophie freute sich wahnsinnig für sie. Lou hatte etwas erlebt, das die meisten sich niemals vorstellen konnten, und war dadurch nur stärker geworden.

Es dauerte gute drei Stunden, bis sie die ersten Sachen in den Trolleys verstaut hatten. Sophie hatte schnell entschieden, dass es besser war, wenn sie etwas hierließ und verkaufte. Die meisten Sachen gehörten Kian und er brauchte schon einen ganzen Koffer für sich.

„Du hast ihm ja viele Klamotten und viel Spielzeug gekauft", stellte Lou fest.

„Ich wollte, dass es ihm an nichts fehlt", sagte sie.

„Was ist mit den ganzen Möbeln? Mit seinem Bett und seinem Schrank?"

„Ich habe vorhin im Internet geschaut, den Transport könnte eine Firma für mich übernehmen. Es kostet gar nicht so viel, daher habe ich einmal angefragt und warte auf eine Rückmeldung", erzählte sie ihr.

„Gut, ich dachte schon, du lässt die hier."

„Nein, das werde ich nicht, aber meine Schänke und das Bett bleiben hier. Das wird die nächste Mitbewohnerin übernehmen, somit muss ich mich damit nicht beschäftigen", sagte Sophie erleichtert.

Die anderen Mädels saßen am Boden und legten Kians Klamotten sorgfältig in den Koffer.

„Sag mal, wer ist dieser Grant, den die beiden erwähnt haben?", fragte Lou neugierig nach.

„Er hat mit mir die Ausbildung absolviert und für mich geschwärmt und sich mehr erhofft. Ich habe ihm niemals Hoffnungen gemacht", erklärte Sophie.

„Weil dein Herz immer noch an Gabe hängt", stellte Lou fest.

„Ja, und wie. Ich habe oft an ihn gedacht und mir unsere Zukunft ausgemalt. Mir vorgestellt, dass er glücklich ist ohne mich. Als ich ihn wiedergesehen habe, habe ich gewusst, dass meine Gefühle nie weg gewesen sind. Sie sind so stark wie noch nie zuvor und ich würde alles für eine zweite Chance bei ihm tun", gestand sie ihr offen.

Sie erzählte Lou von dem Missverständnis, was sie auseinandergebracht hatte. Dass Caro und Callie dieses Gespräch mithörten, bemerkte keine der beiden.

Nachdem sie den größten Teil in den Koffern verstaut hatten, machten sie sich frisch und beschlossen, essen zu gehen.

Dieser Tag war anstrengender als gedacht gewesen, daher waren beide froh, sich auf dem Sofa niederzulassen. Sophie zog ihr Handy hervor und rief ihren Bruder an, um sich nach Kian zu erkundigen, der mit hoher Wahrscheinlichkeit schon schlief.

„Hey, wie war euer Tag?", fragte David.

„Anstrengend", antwortete Sophie. „Wie geht es Kian?"

„Gut. Ich war heute auf dem Schülertreffen, aber er hat mit seinem Dad einen schönen Tag gehabt und jetzt schlafen beide. Warte, ich schicke dir ein Foto", sagte David.

Auf ihr Gesicht stahl sich ein großes, breites Lächeln, als sie das Bild öffnete. Kian hatte sich dicht an Gabe gekuschelt und hielt sein Shirt mit seinen kleinen Fäusten fest. Gabe lag auf dem Rücken und hatte beschützend einen Arm um ihn gelegt. Sophie konnte nicht anders, als dieses Foto anzustarren. Es war das Schönste, das sie jemals gesehen hatte. Es war deutlich zu erkennen, dass Kian ihm vertraute. Sie bereute die Entscheidung nicht, ihn bei Gabe gelassen zu haben. Sie konnte sehen, welche positiven Auswirkungen es auf die beiden hatte.

„Bist du noch dran?", riss David sie aus ihren Gedanken.

„Sorry, ja. Ich habe dich auf Lautsprecher gestellt. Lou hört mit", teilte sie ihm mit.

Lou und David unterhielten sich, doch sie bekam das Bild nicht mehr aus dem Kopf, daher lehnte sie sich zurück und überließ ihrem Bruder und Lou das Reden. Sophie nahm nur die Hälfte der Unterhaltung wahr. Das Gespräch dauerte nicht lange und beide waren froh, ins Bett zu kommen. Sie schlief mit Lou in ihrem Zimmer. Es war zwar klein, doch reichte für zwei zierliche Personen.

Am nächsten Morgen wurde Sophie von einem lauten Knall geweckt. Sie schreckte hoch und drehte sich, aber in die falsche Richtung, sodass sie mit Schwung aus dem Bett fiel. Hart landete sie auf dem Boden. Sie richtete sich auf und blickte zu Lou, die ebenfalls aufrecht saß. Fragend sahen sie sich an und Sophie schnappte sich schnell ihren oversized Pulli und folgte dem Geräusch.

„Oh mein Gott, was ist hier passiert?", fragte sie im nächsten Moment, denn der ganze Boden war voll mit Farbe.

„Ich habe gestern Farbe gekauft und sie geöffnet", begann Caro.

„Ich habe den Eimer nicht gesehen und bin drüber gestolpert", erklärte Callie mit einem unschuldigen Lächeln. Sophie konnte sich ein Lachen nicht verkneifen. Lou tauchte hinter ihr auf und sah die drei schockiert an.

„Seid froh, dass Kian nicht hier ist, der würde die Farbe überall verteilen. Vor allen an den Stellen, wo sie gar nicht hingehört", lachte Sophie und die anderen stimmten mit ein.

„Bitte, tu einfach überrascht. Er hat sich echt Mühe gegeben", wies Callie Sophie an.

Sie verdrehte nur die Augen, nickte aber dann. Sie fühlte sich hin und her gerissen, denn sie freute sich wahnsinnig, ihren Freundeskreis wiederzusehen, doch wusste, dass es ein Abschied war. Sie hatte es geschafft, in Atlanta ihr Leben in den Griff zu bekommen und einen komplett neuen Lebensabschnitt zu beginnen. Sie hatte hier Freunde gefunden, die ihr geholfen hatten. Dieser Abschied fiel ihr nicht leicht.

Sie betrat die Bar und alles sah normal aus, wie sonst auch, doch dann gingen die Lichter aus und alles wurde dunkel und still. Sie konnte erahnen, was jetzt kommen würde, und wappnete sich dafür, einen überraschten Gesichtsausdruck aufzusetzen.

Es dauerte nur Sekunden, dann ging das Licht an und es flog Konfetti durch die Luft. Ihre ganzen Freunde versammelten sich am Eingang und schenkten ihr ein breites Grinsen.

„Oh mein Gott!", stieß Sophie aus und hielt sich die Hände vor den Mund.

„Wir können dich doch nicht gehen lassen, ohne eine richtige Abschiedsfeier." Grant tauchte auf und umarme sie.

„Du hast das alles organisiert?", fragte sie überrascht, obwohl sie die Antwort schon kannte.

„Ja, nur für dich", sagte er und ließ sie los.

„Danke, das bedeutet mir sehr viel", erwiderte sie und strahlte ihn an, entfernte sich aber ein paar Schritte von ihm.

„Wir haben alle zusammengelegt und dir ein kleines Abschiedsgeschenk gekauft", sagte Callie, packte sie an den Schultern und führte sie zum Bartresen.

„Das wäre doch nicht nötig gewesen", tat Sophie ab, als sie das Geschenk vor sich liegen sah.

Es waren zwei Päckchen, das eine länglich und flach, das andere klein und dick. Sie waren in weißes Geschenkpapier mit vielen bunten Herzen eingewickelt und sie starrte sie an. Sie fragte sich, was es war, konnte es aber nicht erahnen.

„Mach auf", forderte Grant sie auf.

Sie nickte und nahm das längliche Päckchen in die Hand. Während sie es langsam öffnete, versuchte sie zu erraten, um was es sich handelte. Sie erkannte schnell, dass es ein Fotorahmen war und erst als sie es vollständig von der Verpackung befreit hatte, sah sie es. Sophie hielt für eine Sekunde inne und starrte das Geschenk an, denn sie war fassungslos. Es waren Fotos von all ihren Freunden und von besonderen Momenten. Sie waren klein und zu einer Collage zusammengestellt. Es war wunderschön und nach Jahren geordnet. Oben links befand sich das erste Bild, das sie mit Callie und Caro gemacht hatte, und das letzte unten rechts. Dieses zeigte sie mit ihrem Zeugnis. Sie war sprachlos und es sammelten sich Tränen in ihren Augen. Sie blickte auf und sah ihre Freundinnen an.

„Das ist der Wahnsinn", brach sie hervor und fiel Callie und Caro um den Hals.

Sie lächelte die beiden an, bevor sie sich dem zweiten Geschenk widmete. Sie sah es an und schüttelte es vorsichtig. Es raschelte ein wenig und Sophie konnte nicht erahnen, was sich darin befand. Als sie es öffnete, kam ein großer Karton zum Vorschein. Schnell klappte sie ihn auf und musste laut lachen. Lou sah über ihre Schulter, da sie neugierig war. Es war eine Tasse mit dem lustigen Spruch: **Leg dich nie mit einem Sanitäter an, wir kennen Orte, an denen dich niemand findet.** Daneben lagen Süßigkeiten verpackt in Spaßverpackungen. Sie sahen so aus wie Medikamente. Auf den Packungen stand „Laber mich nicht zu", „Pille" oder „Scheißegal". Es war eine schöne Idee. Sophie nahm jedes Teil in die Hand und grinste dabei.

„Danke, ich freue mich über dieses Geschenk", sagte sie und lächelte in die Runde.

Sie sah zu Grant, der sie lachend ansah und sich dann wegdrehte, um dem DJ Bescheid zu geben, dass Musik gespielt werden sollte. Es ertönte ein bekanntes Lied aus den Lautsprechern und augenblicklich hatte Sophie ein Bier in der Hand. Callie stand neben ihr und hatte es ihr gereicht.

„Haben die beiden echt nichts verraten?", fragte Grant und sah sie skeptisch an.

„Nein, sie haben dichtgehalten. Sie haben mich überredet, einen Abschiedsdrink mit ihnen trinken zu gehen. Damit hätte ich nie gerechnet", sagte sie, um ihn glücklich zu machen.

Sie erkannte, dass er sich hier Mühe gegeben hatte, und da es so kurzfristig gewesen war, musste er die letzten Tage im Stress gewesen sein. Sie war ihm von Herzen dankbar. Es waren all ihre Freunde und Bekannten da und sie freute sich, den Abend mit ihnen zu verbringen.

„Hey, ich bin Grant", stellte er sich vor.

„Lou", erwiderte sie den Handschlag.

„Woher kennst du Sophie?"

„Ich bin die Freundin ihres Bruders David", antwortete sie.

„Ist er da, um dich beim Umzug zu unterstützen?", fragte Grant und nahm einen großen Schluck von seinem Bier.

„Nein, er ist in Houston geblieben, ich bin allein hier, um ihr dabei zu helfen", antworte Lou für sie.

„Wir sind auch noch da", mischte sich Callie ein.

„Wir sind so gut wie fertig. Morgen früh kommt die Umzugsfirma und nimmt die Möbel mit, und die meisten Sachen sind schon in den Koffern verstaut", ergänzte Sophie.

„Dann gehst du ernsthaft von hier weg", stellte Grant fest und sah kurz betrübt in sein Bier.

„Ja, es ist besser so. Aber ihr könnt mich gerne mal besuchen kommen und ich besuche euch natürlich auch", schlug sie vor.

„Oh ja, auf jeden Fall. Ich wollte schon immer mal nach Houston", verkündete Caro.

„Ist Kian hier?"

„Nein, er ist bei Gabe und David", antwortete Sophie und nahm selbst einen großen Schluck von ihrem Bier.

„Sein Vater?"

„Hör doch auf, sie so auszufragen. Ich dachte, das hier wäre eine Party", unterbrach Caro ihn und zog Sophie mit sich zur Bar, um sich etwas zum Trinken zu holen.

„Danke."

„Es macht ihm zu schaffen und ich glaube, er hatte die Hoffnung, dass du es dir anders überlegst", gestand sie ihr.

Sophie nickte und warf einen Blick über die Schulter. Grant unterhielt sich mit Lou und sie sah ihm deutlich an, dass ihm die Fragen nach Gabe und ihr auf der Zunge lagen.

Den restlichen Abend versuchte sie ihm aus dem Weg zu gehen. Sie schlich sich kurz nach draußen, um eine Minute für sich zu sein. Außer Grant bemerkte es niemand. Er folgte ihr unauffällig.

„Alles okay bei dir?", fragte er sie.

Sie zuckte zusammen, da sie nicht damit gerechnet hatte, dass ihr jemand gefolgt war.

„Ja, ich brauchte nur mal frische Luft."

Er nickte ihr zu und lehnte sich, genau wie sie, an die Wand und starrte einfach auf den Weg.

„Sophie, willst du echt von hier weg?", durchbrach er das Schweigen.

„Es ist besser so. Mein Leben hier ist toll und ich werde es vermissen, doch das ändert nichts an dem Entschluss, von hier wegzugehen. Kian hat es verdient, in einer guten Familie aufzuwachsen."

„Droht Gabe dir? Will er dir deinen Sohn wegnehmen, wenn du nicht in seine Nähe ziehst?", hakte Grant nach und sie sah ihn verwundert an.

Im ersten Augenblick verstand sie nicht, worauf er hinauswollte.

„Nein, das würde er nicht tun", murmelte sie so leise, dass sie hoffte, er hörte es nicht.

„Er ist nicht mehr sauer und interessiert sich plötzlich für dich und ihn?"

Sie sah ihn an und hatte keine große Lust, auf seine Fragen einzugehen, doch irgendetwas sagte ihr, dass sie es ihm schuldig war.

„Das mit mir und Gabe ist kompliziert und wir haben einige unausgesprochene Sachen zwischen uns. Er lernt seinen Sohn kennen. Doch seit dem Vorfall vor ein paar Tagen ist etwas anders und ich habe die Hoffnung, dass wir das hinbekommen. Dass er mir meine Taten von damals verzeihen kann."

„Was ist passiert?"

Sie verdrehte die Augen, weil sie gar nicht vorgehabt hatte, dies zu erwähnen.

„Ich war abends joggen und so ein irrer Geisteskranker hat mich angegriffen, während ich mit meinem Bruder telefoniert habe. Gabe und seine Kollegen sind sofort gekommen und haben mir geholfen", erzählte sie kurz.

„Ist dir was passiert?", fragte er geschockt.

„Nein, bis auf einen kleinen Schock ist alles gut gegangen", meinte sie und sah wieder auf den Weg, in der Hoffnung, er würde das Thema endlich fallen lassen.

„Ich muss dir etwas sagen", begann Grant plötzlich und Sophie hielt für einen Moment den Atem an, denn sie ahnte, was jetzt folgte.

„Grant, es ist besser, wenn wir wieder …"

„Ich liebe dich …", platzte es aus ihm heraus.

Mit großen Augen starrte sie ihn an und hatte keine Ahnung, was sie darauf erwidern sollte.

„Du musst jetzt nichts sagen, doch ich will, dass du weißt, dass ich alles für dich tun würde. Wenn du mir sagst, dass es eine Chance für uns zwei gibt, werde ich mit dir nach Houston ziehen", überrumpelte er sie.

Sie blickte ihn an und bemerkte, dass seine Hände leicht zitterten. Er war nervös und sah sie gespannt an.

„Das zwischen uns kann und wird nie funktionieren. Es tut mir leid", gestand sie ihm.

„Du liebst Gabe, selbst nach all den Jahren", stellte er fest und sie nickte.

Sophie legte ihre Hand auf seine Schulter, sah ihn an, dann ging sie wieder zur Party zurück. Es tat ihr leid, seine Gefühle auf diese Art zu verletzen, und sie hatte gehofft, dass es heute nicht zur Sprache kommen würde, doch es war geschehen und sie bedauerte dies.

„Ist alles okay?", fragte Lou.

„Klar", überspielte sie und bestellte sich ein Bier.

Grant tauchte nach seinem Geständnis nicht mehr auf der Party auf und darüber war Sophie erleichtert. Sie unterhielt sich mit ihren Freunden und verabschiedete sich, was in einem Meer aus Tränen endete.

Sie hatten einen halben Tag in Atlanta und besuchten Touren für Touristen, somit bekam Lou einiges von der Stadt zu sehen. Sophie fiel es dadurch umso schwerer, von hier wegzugehen. Sie verband nur Gutes mit diesem Ort. Hier hatte sie Kian zur Welt gebracht, war clean geworden und hatte einen Job erlernt, der ihr Spaß machte. Sie verdankte dieser Stadt so viel und ging mit einem lachenden und einem weinenden Auge von hier weg, denn sie freute sich auch auf den Neuanfang in Houston. In ihr herrschte die Hoffnung, dass sie und Gabe wieder zueinander finden konnten und sie dort glücklich werden würde.

„Wir müssen uns beeilen", sagte Lou und sie nickte ihr zu.

Sie hatten ihre Koffer schon aufgegeben und machten sich auf den Weg zum Check-in. Sie atmete erleichtert aus, als sie die lange Schlange davor sah.

„Wir haben Zeit", beruhigte sich Sophie.

Sie stellten sich hinten an und betraten bereits wenige Minuten später das Flugzeug und nahmen Platz.

„Du hast dir ein neues Leben in Atlanta aufgebaut", sagte Lou, als sie den Boden verließen.

„Es ist nicht immer einfach gewesen, aber ich bin dankbar für die Chance und habe sie genutzt. Es war für eine Weile schön dort, doch es ist Zeit, nach Hause zurückzukehren", entschied Sophie und Lou nickte ihr zu.

„Ich bewunderte dich für das, was du geschafft hast", sagte Lou.

„Danke, aber das brauchst du nicht. Nicht du. Du hast mehr gemacht und erreicht als ich."

„Ich habe mir nur mein Leben zurückgeholt", tat Lou ab.

„David hat mir erzählt, dass du den Highschool-Abschluss als eine der Besten abgeschlossen hast und dass das Sozialpädagogikstudium gut läuft."

„Ja, es macht mir Spaß und schon nächstes Jahr werde ich damit fertig sein. Ich hoffe, ich finde danach einen guten Job."

„Auf jeden Fall. Wenn nicht, David kennt eine Menge Leute, er kann dich da unterstützen. Aber warum ausgerechnet das Studium?", fragte Sophie.

„Ich möchte Menschen gerne helfen, vor allem jungen Frauen. Daher ist mir das in den Sinn gekommen und es hat sich als gut herausgestellt. Es macht mir Spaß und es fühlt sich richtig an", sagte Lou und lächelte Sophie zu.

Den restlichen Flug über schwiegen sie, denn es war schon spät am Abend und beide schlossen ihre Augen, um sich etwas auszuruhen.

„Ich bin so froh, wenn ich ins Bett komme", meinte Lou und Sophie konnte ihr da nur zustimmen. Doch zuvor wollte sie unbedingt Kian sehen. Sie hatte ihn schrecklich vermisst.

David wartete am Gate, um die beiden abzuholen. Jeder von ihnen trug zwei Koffer und ihr Handgepäck war ebenfalls vollgestopft.

„Mehr konntest du nicht mitnehmen, oder?", scherzte er, als er sie sah.

„Leider nein, daher habe ich ein paar Sachen zurückgelassen."

Sie umarmte ihn und trat dann zur Seite, um Lou den Vortritt zu lassen. Er gab ihr einen Kuss und sie hielten sich kurz in den Armen. Sophie hörte, wie er ihr leise ins Ohr flüsterte, dass er sie vermisst hatte. Sie lächelte die beiden an und es tat gut zu sehen, wie glücklich Lou und David miteinander waren.

„Wo ist Kian?", fragte Sophie, als sie im Auto waren.

„Der hat die letzten beiden Nächte bei Gabe verbracht, und du glaubst es kaum, sie kommen perfekt zurecht", sagte David. „Kian und Jasper haben heute mit ihren Vätern einen Ausflug gemacht. Was sie genau vorhatten, wollten sie uns nicht verraten."

Sophie zog überrascht die Augenbrauen nach oben und es freute sie, dies zu hören. Kian war am Anfang oft zurückhaltend und schüchtern, doch dass er so aufblühte und Gabe vertraute, war neu.

„Es ist spät. Sie schlafen bestimmt."

„Kian auf jeden Fall. Gabe ist wach", antworte David und parkte den Wagen vor der Tür. „Die Koffer kannst du ja erst einmal im Auto lassen, außer du brauchst etwas davon."

Die meisten Sachen waren nicht so wichtig, daher entschied Sophie, nur das Handgepäck mit in die Wohnung zu nehmen.

„Eine Dusche wird nicht schaden. Ich fühle mich so

dreckig nach der Reise", sagte Lou und verschwand schon im Bad.

„Willst du etwas essen? Ich könnte bestellen?", fragte David.

„Nein, danke."

Ein Geräusch hinter ihr ließ sie ihren Kopf drehen und genau in diesem Augenblick trafen sich ihre Blicke. Gabe stand in der Tür und starrte sie für einem Moment an.

„Kian schläft", sagte er mit rauer Stimme.

„Habe ich mir fast gedacht. Es ist seine Zeit", bemerkte sie.

Normalerweise wären sie früher da gewesen, doch das Flugzeug hatte eine Verspätung von einer Stunde gehabt. Daher waren sie später angekommen als geplant.

„Ich glaube, ich gehe dann mal", sagte Gabe und winkte zum Abschied.

Sie wollte ihn daran hintern, doch da war er schon aus der Tür verschwunden.

Sophie und David fuhren in ihr neues Apartment und luden die Sachen dort ab. Später kamen Liam, Mary und ihr Dad dazu und halfen ihr, die Wohnung auf Vordermann zu bringen. Heute war die erste Nacht, die sie hier verbringen würde, und sie freute sich darüber, denn dies hier war ihr Neubeginn.

19. Kapitel

Kian war bei David eingeschlafen und da sie ihn nicht aus dem Schlaf reißen wollte, stellte Sophie sich ihren Wecker auf vier Uhr morgens, machte sich dann fertig und ging zu ihrem Bruder. Sie wusste, dass er seinen Zweitschlüssel unter dem kleinen Blumentopf versteckt hatte. Somit schlich sie sich in die Wohnung und legte sich zu Kian.

„Mami, du bist wieder da", begrüßte er sie und ließ sie nicht los.

„Ja, ich gehe nicht mehr weg", beruhigte sie ihn und strich über die zerzausten Haare.

„Daddy und ich waren gestern mit Jasper und Liam im Kletterpark", sagte er ihr.

„Was, echt? Das klingt toll!", freute sie sich und er setzte sich auf, ließ sie aber nicht aus den Augen.

„Ja, er wollte unbedingt höher klettern als ich und dann ist er runtergefallen. Sein Knie war blutig", erzählte er weiter.

Japser war gut zwei Jahre älter als Kian und somit schon fünf.

„Wo war denn seine Schwester?", fragte sie.

„Kate ist ein Mädchen und wollte nicht mit", tat er ab. „Ich war total stark."

„Das hast du toll gemacht", lobte sie ihn.

„Können wir auf den Spielplatz gehen?", fragte er sie und seine Augen leuchteten auf.

Sophie konnte nicht widerstehen und nickte.

Sie zog ihn schnell an, hinterließ David eine Nachricht und machte sich auf den Weg. Sie setzte sich an den Rand des Sandkastens und half Kian, kleine Sandburgen zu bauen.

Danach holten sie sich ein Frühstück und bestellten den anderen etwas mit. Doch als sie die Bäckerei verließen, sah Sophie Gabe auf der gegenüberliegenden Straßenseite mit einer Frau. Sie trugen beide Joggingklamotten und dehnten sich. Sie war groß und hatte blonde Haare, die sie zu einem lockeren Pferdeschwanz zusammengebunden hatte. Ihre Figur brachte jede andere Frau dazu, vor Neid zu erblassen. Sie sah umwerfend aus. Sophie blieb stehen und beobachtete die beiden. Sie unterhielten sich und Gabe lachte. Es versetzte ihr einen schmerzvollen Stich und sie schaffte es nicht, ihren Blick davon abzuwenden. Als damit fertig waren, ihre Muskeln zu dehnen, liefen sie weiter. Sophie fragte sich, wer diese Frau war.

„Mami, können wir gehen?", riss Kian sie aus ihren Gedanken und zog leicht an ihrer Hand.

Sophie war froh, dass er seinen Vater nicht entdeckt hatte. Sie setzte ein Lächeln auf und nickte, dann gingen sie gemeinsam wieder nach Hause.

Bei David angekommen, machte sie Kaffee und deckte den Tisch, damit alles bereit für das Frühstück war. Als Lou erwachte, rannte Kian sofort zu ihr. Sie begrüßten sich und Sophie verschwand im Bad und brauchte länger als sonst, denn das Bild von Gabe und dieser Frau wollte ihr nicht mehr aus dem Kopf gehen.

Als sie zu den anderen ins Wohnzimmer stieß, saßen Kian und Lou am Tisch und lachten.

„Wo ist David?", fragte sie.

„Er ist heute schon früh aufgestanden, um in die Arbeit zu gehen. Sie haben ein wichtiges Meeting."

„Okay." Sophie setzte sich und schenkte sich eine Tasse Kaffee ein.

Lou musste am späten Nachmittag zu ihrer Schicht antreten, somit war sie mit ihrem Sohn allein.

Sie zog sich und Kian an und machte sich auf den Weg zu ihrer eigenen Wohnung. Heute würden die Möbel für sein Zimmer angeliefert werden. Sie zeigte ihm die neue Umgebung und er fühlte sich sofort wohl, als er sein Spielzeug entdeckte. Er setzte sich auf den großen Teppich im Wohnzimmer und begann zu spielen. Sophie war erleichtert, denn sie hatte nicht gewusst, wie er auf das neue Zuhause reagieren würde, doch es machte ihm überhaupt nichts aus.

Die Monteure kamen am Nachmittag und Sophie erklärte ihnen, wo sie die Sachen aufbauen sollten. Sie ließ sie ihre Arbeit machen, während sie sich mit Kian beschäftigte.

„Mami, warum bist du nicht mit Daddy zusammen?", fragte er plötzlich und sah sie mit neugierigen Augen an.

„Das ist eine lange Geschichte, die ich dir erzählen werde, wenn du älter bist."

„Ich bin schon groß", protestierte Kian und funkelte sie böse an.

„Das stimmt, das bist du, aber nicht alt genug dafür."

Er sah sie an und überlegte kurz, ob er dazu etwas fragen sollte, dann spielte er weiter.

„Ihr kommt bald wieder zusammen und dann werden wir bei ihm einziehen und eine ganze Familie?", fragte er nach einer Weile und Sophie hatte gewusst, dass ihm ihre Antwort nicht gut genug war.

Heimlich ertappte sie sich dabei, wie sie ja sagen wollte, denn das wünschte sie sich. Nicht nur wegen Kian, sondern weil sie merkte, dass ihre Gefühle für Gabe stärker wurden und sie sich eine Zukunft mit ihm vorstellen konnte. Doch ob er das genauso sah, bezweifelte sie.

„Ich und dein Daddy werden immer für dich da sein und wir sind eine Familie, die nicht zusammenwohnt", erklärte sie und hoffte, dass ihn dies nicht zu traurig machte.

„Wir wären dann fertig", unterbrach einer der Monteur die Unterhaltung.

Sophie lächelte und stand auf, holte ihren Geldbeutel und gab ihnen Trinkgeld und verabschiedete sie.

„Willst du dein neues Zimmer sehen?", fragte sie und Kian sprang sofort auf und rannte zu ihr.

Gemeinsam gingen sie in das Kinderzimmer, was noch nicht komplett fertig war.

„Das ist größer als mein altes", sagte er voller Freude.

„Ja, das ist dein eigenes Reich", meinte sie und es erwärmte ihr das Herz, ihn so glücklich zu sehen.

„Wie findest du die Idee, wenn ich heute Lasagne koche und wir Onkel David einen Überraschungsbesuch abstatten?", fragte sie ihn und er nickte.

„Uh, das riecht aber lecker", stellte David fest, als er in die Küche kam.

Er war von der Arbeit nach Hause gekommen und sah fertig und müde aus.

„Ja, ich habe gekocht. Lou kann sich später etwas warm machen", sagte Sophie und holte die Lasagne aus dem Ofen.

Es klopfte an der Tür und David öffnete sie sofort.

„Hey", begrüßte Gabe ihn. „Stör ich? Ich wollte nur Kian sehen. Sophie meinte, dass er hier ist."

„Daddy!", rief Kian und rannte auf ihn zu.

Gabe lächelte und konnte es immer noch nicht glauben, dass er ihn so nannte, nach dieser kurzen Zeit. Es tobte Stolz in ihm und er nahm Kian sofort hoch und drückte einen Kuss auf seine Stirn.

David trat beiseite und ließ ihn in die Wohnung.

„Mami hat lange gemacht", sagte er und strahlte ihn an.

Er verstand nicht, was er damit sagen wollte.

„Er meint Lasagne. Er kann das Wort nicht so gut aussprechen", trat Sophie in den Flur und sah ihn an.

Gabe nickte ihr zu und sie verschwand wieder in der Küche.

„Ist etwas passiert zwischen euch?", fragte David, dem die Blicke seiner Schwester nicht entgangen waren.

„Nicht, dass ich wüsste", gab er zu.

Er ging zu Sophie in die Küche.

„Willst du mitessen?", fragte sie an Gabe gewandt. „Es ist genug für alle da."

Er nickte und sie schenkte ihm einen weiteren unsicheren Blick.

Sie stellte das Essen auf den Tisch und verschwand daraufhin schnell, um das Besteck zu holen.

„Was ist passiert?", fragte David sie leise, der ihr gefolgt war.

„Was meinst du?", tat sie unschuldig.

„Du und Gabe, ihr seid so angespannt. Ihr redet kaum ein Wort miteinander und benehmt euch eigenartig", erzählte er ihr.

„Es ist nichts", meinte sie und hatte keine Lust, auf das Thema einzugehen, daher ließ sie ihn stehen.

Während des Essens schwieg sie und sah nur David und Kian an. Er merkte, dass da etwas zwischen den beiden vorgefallen war und wollte ihnen Zeit zum Reden geben. Gemeinsam räumten sie das Geschirr in die Küche und David hoffte, dass Sophie mit Gabe reden würde. Doch sie sagten kein Wort und mieden es, sich anzusehen.

„Ich hole mal Lou von der Arbeit ab", verabschiedete er sich, obwohl er wusste, dass es dafür zu früh war, doch dies war nicht mehr auszuhalten. Daher machte er sich so schnell wie möglich aus dem Staub.

„Ich glaube, es ist besser, wenn wir gehen. Kian muss in die Badewanne und danach ins Bett", sagte Sophie.

„Du hast schon deine eigene Wohnung?", fragte Gabe.

„Ja, seit gestern. Heute sind die Monteure gekommen und haben die Möbel in Kians Zimmer aufgebaut."

„Wo ist sie denn?"

„Drei Blocks von hier entfernt."

„Dann will ich euch nicht aufhalten", sagte Gabe und lächelte sie an.

„Kommst du mit?", fragte Kian und sah ihn mit fragenden Augen an.

Er wollte ja sagen, war sich aber nicht sicher, ob er dies sollte, daher sah er zu Sophie und hoffte auf ihre Zustimmung. Sie hielt dem Blick kurz stand, dann nickte sie.

Gemeinsam fuhren sie zu ihrer Wohnung. Gabe trat ein und sah sich gespannt um.

„Sie erinnert mich ein wenig an dein altes Apartment hier in Houston", gestand er und stellte seine Schuhe zu ihren.

„Ja, die Einrichtung ist ähnlich. Der Schnitt ist total anders. Sie ist zwar ein bisschen klein, aber gemütlich", sagte sie.

Eine größere Wohnung wäre toll gewesen, doch mehr hatte sie sich nicht leisten können. Gespartes hatte sie nicht und mit ihrem neuen Job als Rettungssanitäterin verdiente sie nicht die Welt.

„Ich werde dir Unterhalt für ihn zahlen", sagte Gabe und sie sah ihn verwundert an.

Dieser Gedanke war ihr noch gar nicht gekommen und sie verlangte das auch nicht.

„Das musst du nicht. Wir kommen schon klar", wehrte sie ab.

„Daddy, gehst du mit mir in die Badewanne?", fragte Kian und griff nach ihm.

Er erwiderte sein Lächeln und nahm seine Hand. Sophie deutete auf die Tür und Kian und Gabe verschwanden dahinter. Zu gerne wäre sie mitgegangen und hätte den beiden zugesehen, doch sie ließ ihnen die Zeit. Sie ging in die Küche, holte sich ein Wasser aus dem Kühlschrank und sah sich um. Ihre Wohnung war noch nicht komplett eingerichtet. Aber alle Möbel standen und sie hatte das Gefühl, dass sie sich hier wohlfühlen würde. Es würde eine Umstellung werden, wieder alleine zu wohnen und nicht ständig ihre Freundinnen um sich zu haben, doch sie hatte Kian und das war das Wichtigste.

Sie hörte ein lautes Lachen und wusste genau, dass es von ihm und Gabe kam. Automatisch musste sie lächeln, blieb aber in der Küche stehen. Ihr Handy klingelte und sie zog es aus ihrer Hosentasche.

„Hey, Mary", begrüßte sie.

„Hey, ist bei dir alles in Ordnung?"

„Mir geht es gut. Wenn du die Tage mal Zeit hast, können wir uns treffen", schlug Sophie vor.

„Oh ja. Ich habe dich vermisst und würde Kian gerne einmal persönlich kennenlernen", freute sie sich.

„Morgen ist mein erster Tag in der Feuerwache, aber die Woche sollte es auf jeden Fall klappen. Wie arbeitest du die Tage?", hakte Sophie nach.

Mary und sie waren immer in Kontakt geblieben. Zwar hatte sie ihr Kian ebenfalls verschwiegen, ihr dafür aber alles andere erzählt. Nur mit Marys Hilfe hatte sie es damals geschafft, in Atlanta so schnell Fuß zu fassen.

„Ich habe Frühschicht, daher können wir uns gerne am Abend treffen", schlug sie vor.

„Das klingt gut."

„Ich wünsche dir einen guten Start in deinen neuen Job", fügte sie hinzu.

„Danke, bis die Tage."

Sophie beendete das Gespräch und legte ihr Handy auf die Küchentheke. Dann ging sie zu den beiden, die mittlerweile im Bad fertig waren.

„Mein Zimmer ist megacool", staunte Kian und strahlte über das ganze Gesicht.

Gabe sah erstaunt auf die Tapete. An einer Wand, an der auch sein Bett stand, befanden sich kleine Kästchen mit vielen Autos. Sophie wusste, dass dies Kians Lieblingsspielzeug war und wollte ihm mit dieser Wanddekoration eine große Freude machen. Es war sein Zuhause und er sollte sich hier geborgen fühlen.

„Wirst du hier einziehen", fragte Kian an Gabe gewandt.

„Nein. Ich wohne nicht weit von hier entfernt", antwortete er und lächelte ihn an.

Für einen kurzen Moment sah er unschlüssig zu ihm hoch, nickte aber dann, selbst wenn sein Lachen aus dem Gesicht verschwand.

„Es wird Zeit fürs Schlafengehen", sagte er und Kian legte sich widerwillig ins Bett.

„Geschichte vorlesen?", fragte er und Gabe nickte. „Mama."

Sie lächelte, holte ein Buch aus dem Regal und setzte sich neben ihn aufs Bett. Er rückte etwas zurück, lehnte sich in den Türrahmen und beobachtete die beiden. Erst da wurde ihm bewusst, dass Kian entspannter war, wenn sie in seiner Nähe war. Sie wirkten vertraut miteinander und es erweckte den Eindruck, dass sie sich ohne Worte verstanden.

Es dauerte nicht lange, da war Kian eingeschlafen und Sophie legte das Buch beiseite, gab ihm einen Kuss auf seine Stirn und stand auf.

„Wir müssen miteinander reden", sagte Gabe und sie nickte.

„Möchtest du etwas trinken?", bot sie ihm an, doch er schüttelte den Kopf.

Sie wusste nicht genau, wo sie anfangen sollte, und fühlte sich unwohl. Leise schloss sie die Tür zu Kians Zimmer und ging dann in die Küche. Er folgte ihr.

„Ich habe nichts von Kian gewusst. Ich hätte dich doch nie im Leben mit ihm allein gelassen", begann Gabe das Gespräch.

Sie lehnte sich an die Küchentheke, während er im Türrahmen angelehnt stehen blieb. Einen kurzen Moment blickten sie sich in die Augen.

„Ich habe das zwar lange Zeit geglaubt und es nie verstanden, weil ich dich niemals so eingeschätzt hätte, doch ich habe gedacht, dass du wütend und enttäuscht bist und nichts mehr mit mir zu tun haben willst."

„Ja, ich war und bin verdammt sauer und verärgert. Du hast auf mich zählen können und ich habe alles getan, um dir zu helfen, damit es besser wird. Deine dunkelsten Geheimnisse waren bei mir sicher und sogar David, meinem besten Freund habe ich nichts gesagt und zu dir gehalten. Ich dachte, wir wären ehrlich zueinander, doch als ich herausgefunden habe, dass du die Belästigung und die Erpressung deines Dozenten nur erfunden hast, habe ich das Gefühl gehabt, dass alles nur gelogen und gespielt gewesen ist. Bevor ich dich darauf ansprechen konnte, warst du verschwunden und ich kam mir so benutzt und dumm vor", erzählte er und in seinem Gesicht konnte sie deutlich die Wut sehen, die noch immer in ihm schlummerte.

„Das ist nie meine Absicht gewesen und es tut mir unglaublich leid. Ich wollte das alles nicht", sagte sie mit leiser Stimme.

„Ja, das mag sein, dennoch habe ich so empfunden. Ich kam mir so benutz vor", wiederholte er. „Das liegt schon ganze drei Jahre zurück und jetzt bist du wieder da und hast unseren Sohn hergebracht."

Sie nickte und sie sahen sich tief in die Augen.

„Ich werde immer für dich und ihn da sein. Ihr seid meine Familie. Daher werde ich dir Unterhalt zahlen, damit du genug für ihn zur Verfügung hast", stellte er klar.

„Nein, Gabe, ich habe das die letzten Jahre geschafft und brauche keine Almosen von dir", entgegnete sie.

„Das mag sein. Du bist nicht mehr allein. Leg deinen Stolz ab und lass dir doch einmal im Leben helfen", fluchte er leise.

„Okay, wenn du unbedingt Unterhalt für ihn zahlen willst, bitte, ich halte dich davon nicht ab. Aber wirf du mir nicht an den Kopf, dass ich zu stolz sei, Hilfe anzunehmen. Ja, früher vielleicht, ich wollte Fehler nicht zugeben und keine Unterstützung. Doch denkst du ernsthaft, dass ich das alles mit Kian, der Ausbildung und meinem Leben in Atlanta ohne Hilfe geschafft habe?", fragte sie. „Ich habe dort einige Freunde gehabt, die mir unter die Arme gegriffen haben. Allein ist das ein Ding der Unmöglichkeit. Er ist der Grund, warum ich mein Leben wieder in den Griff bekommen und nicht aufgegeben habe. Wegen ihm wurde ich zu einem besseren Menschen, denn er hat nur das Beste verdient."

„Das ist genau das Problem. Du hast dich verändert, das habe ich schon bei unserem ersten Treffen gesagt, und ich kenne die jetzige Sophie nicht mehr. Die Frau, die mich vor drei Jahren verlassen hat, ist verschwunden und ich weiß nicht, wie ich die neue finden soll", sagte er und einen Moment schwiegen sie sich an.

„Wie geht es jetzt mit uns weiter?", fragte sie mit leiser und schüchterner Stimme.

„Ich werde für Kian sorgen und möchte das gemeinsame Sorgerecht haben. Es ist mein Recht und ich will in die Entscheidungen über ihn miteinbezogen werden. Er ist unser Sohn und ich übernehme alles, was dazu gehört."

„Das kann ich verstehen und das ist kein Problem", sicherte sie ihm zu.

„Gut. Was uns beide angeht: Es ist ein dummes Missverständnis gewesen, dass ich meinen Sohn drei Jahre lang nicht gesehen und kennengelernt habe. Daraus kann und werde ich dir keinen Vorwurf machen. Doch dass du mich einfach verlassen und wie Dreck zurückgelassen hast, kann ich nicht vergessen. Ich werde für dich da sein, in Bezug auf Kian, aber zwischen uns wird nichts mehr laufen. Noch einmal mache ich das nicht mit, das halte ich nicht aus", sagte er und stellte sich aufrecht hin.

In seinen Augen sah sie, dass er sauer auf sie war und das Gesagte ernst meinte.

„Okay."

Sophie schluckte die aufsteigenden Tränen herunter.

Diese Worte schmerzten und erst jetzt merkte sie, wie gerne sie etwas anderes gehört hätte. Sie sah ihn an und erkannte, dass ihre Hoffnung auf eine gemeinsame Zukunft in tausend Teile zersplittert wurde.

„Gut, dass wir das geklärt haben."

Kurz sahen sie sich an, dann verschwand er und ließ Sophie allein. Sie atmete tief durch und starrte weiter auf den Fleck, wo Gabe vor ein paar Sekunden noch gestanden hatte. Sie hatte geahnt, dass es nicht leicht werden würde, zurückzukommen und sich ihren Taten zu stellen. Etwas sagte ihr, dass dies erst der Anfang war. Sie lehnte sich an die Tür und ließ den Tränen freien Lauf.

„Mami, aufstehen!", weckte Kian sie.

Müde drehte sie sich zu ihm um. Nur mit Mühe schaffte sie es, die Augen aufzumachen und ihren Sohn anzulächeln. Sie griff nach ihrem Handy und sah auf die Uhr, die ihr verriet, dass ihr Wecker in genau zehn Minuten klingeln würde.

„Heute gehts zur Omi", freute er sich und Sophie starrte ihn erstaunt an. Jedes Mal wieder war sie überrascht, wie viel Energie er am Morgen hatte.

Sie bereitete Kian schnell Frühstück zu, was aus einer Scheibe Toastbrot mit Wurst und einem Glas Milch bestand. Sie duschte sich und machte sich für die Arbeit fertig. Währenddessen stieg ihre Aufregung.

„Hallo, Chief Colton, ich bin Sophie, die Neue", stellte sie sich dem Chef vor, den sie als Erstes entdeckte.

„Hey, nenn mich Ed. Komm mit, ich stell dir schon mal die anderen vor", begrüßte er sie und gemeinsam gingen sie in den Aufenthaltsraum. Dort sah sie ihre Kollegen an einem Tisch, wo sie gemeinsam frühstückten.

„Leute, hört mal her. Das ist Sophie, sie wird Maddie mit dem Rettungswagen unterstützen", stellte Ed sie vor.

„Hallo", ertönte es gleichzeitig und alle winkten ihr mit einem Lächeln zu.

„Vergiss die Jungs. Die haben keine Manieren", erhob sich die einzige Frau am Tisch. „Ich bin Maddie, deine neue Kollegin."

Sie reichte ihr die Hand und Sophie schüttelte sie. Maddie hatte schwarze Haare und trug diese zusammengebunden zu einem lockeren Pferdeschwanz. Sie hatte eine Uniform an, die erkenntlich machte, dass sie Rettungssanitäterin war.

„Ich zeig ihr alles", sagte sie an den Chief gewandt, der ihr dankend zunickte.

„Als Erstes stelle ich dir die Jung vor", begann sie. „Das hier ist Gaio und vor seinem zweiten Kaffee spricht er meistens kein Wort."

Maddie klopfte ihm auf die Schulter und er nickte ihr schweigend zu. Er hatte den Kopf gehoben und sah Sophie freundlich an.

„Der Vielfraß dahinten ist Barney, vor ihm ist kein Essen sicher." Sie lachte und Sophies Blick wanderte zum Ende des Tisches.

Dort saß ein Mann, der über seinem Teller mit Spiegelei hing und sich große Löffel in den Mund schob. Er hob nur die Hand, um ihr kurz zuwinken zu können.

„Ich kann mich selbst vorstellen. Ich bin Samu, auch der Charmeur genannt", scherzte er und erhob sich vom Tisch, um ihr die Hand zu geben.

„Denny hier ist unser Feinschmecker und macht jedes Essen perfekt. Falls du dir was Spezielles wünschst, rate ich dir, sei nett zu ihm", fuhr Maddie fort.

„Ich bin nicht euer Koch, sondern Feuerwehrmann", protestierte er, lächelte ihr aber freundlich zu.

„Jaja, das ist Lui, er ist erst seit drei Wochen dabei."

Er nickte ihr schüchtern zu und Sophie erkannte, dass er noch sehr jung war.

„Neben ihm sitzen Neil und Calvin. Die zwei sind Brüder und vor denen sollte ich dich warnen. Die sind sich für keinen Scherz zu schade."

„Das stimmt doch gar nicht. Wir sind total lieb", sagte Calvin, der Ältere von beiden.

„Trau ihnen nicht", zischte Maddie ihr zu. „Komm, ich zeig dir erst einmal die Umkleiden, dann kannst du dich umziehen."

Sophie schlüpfte schnell in ihre Uniform und danach zeigte ihr Maddie den Rest der Wache. Sie war nicht allzu groß, aber modern eingerichtet. Es gab einen riesigen Pausenraum, wo die Jungs saßen und aßen. Dieser beinhaltete ein Sofa und einen Tisch. Es gab zwei Bereitschaftsräume, wo man sich nach einem Einsatz ausruhen konnte, und Duschen und Toiletten. Dann führte sie Sophie durch die Halle, in der alle Fahrzeuge parkten.

Bevor sie zurück zu den Jungs in den Aufenthaltsraum gehen konnten, ertönte das Signal. Maddie zog ihre Schlüssel hervor und setzte sich automatisch hinter das Steuer. Sophie folgte ihr in den Wagen.

Als sie am Unfallort ankamen, rannten sie zu dem Mann, der auf dem Boden lag. Er war von einem Auto angefahren und vom Fahrrad geholt worden. Die beiden halfen ihm sofort, Sophie fühlte sich ein wenig unerfahren und unbeholfen, daher befolgte sie Maddies Befehle und sah zu und unterstützte sie. Maddie war geduldig und erklärte ihr alles und ließ sie selbst etwas machen. Für Sophie waren dies neue Erfahrungen und sie versuchte ihr gelerntes Wissen anzuwenden. Maddies Nicken bestärkte sie in ihrem Vorgehen. Sie beendeten den Einsatz, indem sie den Patienten ins Krankenhaus fuhren.

„Das hast du gut gemacht, für deinen ersten Einsatz", lobte Maddie sie und Sophie nickte ihr dankend zu. Sie wollten aus dem Wagen steigen, da ertönt erneut der Alarm und Maddie startete den Motor.

„Dein erster Tag wird aber hektisch", sagte sie und fuhr gleich wieder los.

Diesmal folgten ihnen die Männer mit dem Feuerwehrauto, denn es handelte sich um einen Brand. Nach diesem Einsatz kam ein weiterer und dann endete ihre Schicht. Sophie fühlte sich erschöpft. Es war anstrengend und informativ zugleich gewesen. Sie hatte heute einiges dazugelernt und freute sich schon auf den zweiten Tag.

Als sie ihr eigenes Auto vor dem Haus ihrer Eltern parkte, konnte sie es kaum erwarten, Kian in den Arm zu nehmen und einen gemütlichen Abend mit ihm zu verbringen. Sie klingelte und es dauerte nicht lange, da öffnete ihre Mama die Tür.

„Hey, wie war dein erster Tag?", fragte sie gleich und starrte sie mit großen Augen an.

„Anstrengend, doch wahnsinnig schön. Drei Einsätze habe ich heute gehabt und sie sind alle lehrreich für mich gewesen", erzählte sie ihr.

„Oh, aber hoffentlich keine schlimmen?", hakte sie nach.

„Es ging. Der erste war ein Fahrradunfall. Er hatte Schürfwunden und eine Gehirnerschütterung. Der zweite war ein kleiner Brand in einer Bäckerei, da hatte jemand vergessen, den Ofen auszumachen. Es waren ein paar Rauchvergiftungen dabei. Der dritte war eine ältere Dame, die in ihrer Wohnung gestürzt ist und sich das Bein und die Hüfte gebrochen hat", erzähle sie.

„Mami!", hörte sie ihren Sohn und sah zu ihm.

Er stand oben am Geländer und sah sie mit einem strahlenden Lächeln an. Er lief vorsichtig die Treppe herunter und ihr Dad hatte seine Hand fest umschlungen, damit er nicht fiel.

Als Kian die letzten Stufen erreicht hatte, schlang sie ihre Arme um ihn.

„Na, wie war dein Tag, Großer?", fragte sie und drückte ihm einen Kuss auf die Wange.

„Toll", sagte er und erzählte ihr alle Einzelheiten seines Tages. „Können wir Daddy besuchen?"

„Ich ruf ihn mal an", antwortete sie und holte ihr Handy heraus.

„Hey, was gibts?", meldete er sich nach dem ersten Klingeln.

„Hast du Zeit? Kian möchte dich gerne sehen", fragte sie.

„Klar, treffen wir uns bei dir? Soll ich Essen besorgen?", erkundigte er sich.

„Er hat schon bei meinen Eltern gegessen, aber für uns gern", antwortete sie.

„Gut, ich spring nur schnell unter die Dusche und komm dann zu euch."

Den ganzen Abend sagte Gabe kein Wort zu ihr. Jedes Mal, wenn sie versuchte, ein neutrales Gespräch zu führen, beschäftigte er sich wieder mit Kian und sprach nur das Nötigste mit Sophie. Sie nahm das hin, da sie der Meinung war, dass sie das verdient hatte. Sein Verhalten schmerzte sie und sie wünschte sich, dass er ihr irgendwann verzeihen konnte.

20. Kapitel

Sie brachte Kian schnell zu ihren Eltern und machte sich dann auf den Weg zu ihrer Schicht. Diese begann ruhig und Sophie hatte Zeit, sich mit den Kollegen zu unterhalten und alle näher kennenzulernen. Sie waren nett und das Gespräch wurde nur unterbrochen, als sie zu einem Einsatz gerufen wurden.

„Das ist an der Uni", stellte Sophie fest.

„Ja, irgendwelche Studenten, die sich wieder einmal geprügelt haben", zuckte Maddie mit den Schultern und stieg ein.

Sophie verspannte sich, denn an ihrer ehemaligen Uni studierten ihre einstigen Freundinnen und Mitstudenten immer noch und es bestand die Möglichkeit, ihnen zu begegnen. Angst machte sich in ihr breit.

„Ist alles okay?", fragte Maddie, bevor sie in die Straße abbog.

„Ja. Ich habe dort ein, zwei Semester verbracht." Maddie warf ihr einen fragenden Blick zu, da dies nicht ihre Angespanntheit erklärte.

Es blieb keine Zeit, um weitere Fragen zu stellen. Schnell schnappten sie sich ihre Taschen und liefen zu der Dekanin Astrold. Sie öffnete den Mund, um ihnen zu sagen, wo sie hinmussten, doch als sie Sophie erblickte, verstummte sie und sah sie überrascht an.

„Wo müssen wir hin?", fragte sie.

Abfällig sah sie Sophie an.

„Da lang", sagte sie und deutete auf den Weg.

Sie eilten los und wurden in einen Hörsaal geführt, den Sophie nur zu gut kannte. Als sie den Raum betrat, sah sie zwei Polizisten bei dem Opfer stehen.

„Was ist passiert?", fragte Sophie.

„Ein Student ist auf unseren Dozenten losgegangen. Er hat auf ihn eingeschlagen", klärte die Dekanin sie auf.

Sie wechselte einen Blick mit Maddie und dann liefen sie die Stufen hinunter, um dem Verletzten zu helfen. Zwar erkannte Sophie ihn nicht gleich, da einige Menschen vor ihm standen, doch sie hatte eine Ahnung, wer dies war, und fühlte sich von Minute zu Minute unwohler.

„Was genau ist passiert?", drängte sich Maddie durch die Menge und sah die Studenten und die Polizisten an.

„Er belästigt die Studentinnen und hat das verdient", brüllte ein Kerl und spuckte in die Richtung.

Sophie sah ihn erschrocken an, sagte aber nichts.

„Jetzt ist Schluss. Wir nehmen ihn mit aufs Revier und werden dort alles klären", meinte der Officer und führte den jungen Studenten ab. Sie blickte ihnen schockiert hinterher. Erst dann senkte sie ihren Blick und erkannte ihren ehemaligen Dozenten. Er saß am Boden und hatte eine Platzwunde knapp über dem rechten Auge. Außerdem bildete sich ein Bluterguss auf dem Wangenknochen. Kurz sahen sie sich an und plötzlich begann er zu lachen.

„Das ist ein schlechter Scherz."

„Er hat drei Schläge abbekommen und ist dann mit dem Kopf auf das Pult geschlagen", teilte die Dekanin ihnen mit.

Sophie sah sie kurz an und nickte und setzte sich dann gemeinsam mit Maddie auf den Boden. Diese gab ihr die

Anweisung, die Wunde zu untersuchen. Sophie gab ihr das Zeichen, dass sie verstanden hatte, und näherte sich ihrem Dozenten.

„Nein, sie untersucht mich nicht. Ich will sie nicht in meiner Nähe haben. Sie ist doch an alldem schuld. Sie hat das Gerücht verbreitet, dass ich mich Studentinnen gegen ihren Willen aufdränge", spuckte er ihr verächtlich entgegen und rutschte weg von ihr.

„Na, sieh einer an, wen wir da haben", ertönte eine bekannte Stimme hinter ihr.

Sie schluckte schwer und Maddie sah sie fragend an.

„Erkläre ich dir später", murmelte Sophie und sie nickte und begann den Dozenten zu untersuchen.

Sophie erhob sich, zog ihre Handschuhe aus und stopfte sie in ihre Hosentasche, bevor sie sich umdrehte und Pia, Nele, Clara und Kim entgegentrat.

„Ja, ich bin wieder da", erwiderte sie mit einem gezwungenen Lächeln.

„Schade, ich dachte, ich müsste dich nie wieder sehen", spuckte ihr Nele entgegen.

„Sieh doch, was du angerichtet hast", sagte Clara und deutete auf den Dozenten. „Das Gerücht, das du in die Welt gesetzt hast, hat sich bis jetzt gehalten und macht ihm das Leben schwer."

„Das war nicht meine Absicht … Es war ein Fehler und ich bereue ihn", versuchte sie sich zu verteidigen.

„Sophie, wir müssen los. Er hat eine Gehirnerschütterung und eine Gehirnblutung ist nicht ausgeschlossen. Du fährst und holst erst einmal eine Trage, und zwar schnell", sagte Maddie und warf ihr den Autoschlüssel zu. Sie drehte ihren Oberkörper und fing den Schlüssel auf.

„Du bist jetzt Rettungssanitärin. Das nenne ich mal Ironie", hörte sie Kim sagen, als sie aus dem Hörsaal rannte, um die Trage zu holen. Sie spürte die Blicke der anderen Studenten, versuchte sie aber gekonnt zu ignorieren und sich auf ihren Job zu konzentrieren. Sophie beeilte sich, Maddie schnellstmöglich die Trage zu bringen und ihr zu helfen.

„Ist doch praktisch, dass sie Sanitäterin ist, da kann sie sich günstig mit ihrem Stoff versorgen", hörte sie einen Studenten reden, als sie wieder in den Saal kam.

„Ich habe gehört, sie wollte sich gute Noten durchs Hochschlafen verschaffen. Was für eine Schlampe", sagte eine andere mit verächtlicher Stimme.

Sophie wusste, dass sie extra lauter sprachen, damit sie sie hören konnte. Sie drehte sich nicht um und sah niemanden an, versuchte die Geräusche und Worte, die ihr zugerufen wurden, zu verdrängen.

„Bestimmt setzt sie sich gleich einen Schuss mit Schmerzmitteln. Sie sitzt ja an der Quelle."

„Hey, wenn du es mal nötig hast, durchgenommen zu werden, kannst du gerne zu mir kommen. Ich besorg es dir hart."

Sie reichte Maddie die Materialien, stopfte sie wieder in ihren Koffer und schloss diesen, während der Dozent sich auf die Trage zog.

„Wir müssen los", sagte sie zu ihr und hängte sich ihre Tasche um. Sophie packte mit an und gemeinsam schafften sie den Dozenten in den Rettungswagen. Als Maddie die Türen zuwarf und Sophie nach vorne gehen wollte, versperrten ihr ihre ehemaligen Freundinnen den Weg.

„Ich hoffe, du hast daraus gelernt", sagte Nele und spuckte ihr ins Gesicht.

Sophie war geschockt von der Geste, dann hörte sie ein Lachen. Viele Studenten hatten sich versammelt und lachten sie aus.

Es tat weh, so behandelt zu werden. Kurz überlegte sie, ob sie sich rechtfertigen sollte, doch entschied sich dagegen, denn sie wollte nur weg von hier. Sie schluckte schwer, schob dann ihre ehemaligen Freundinnen aus dem Weg und setzte sich hinter das Steuer.

„Es mag zwar alles stimmen, was ihr erzählt, aber ihr als meine Freundinnen habt mir nicht einmal eine Chance gegeben, mich zu erklären, sondern seid mir direkt in den Rücken gefallen. Ihr seid genau solche Lügnerinnen wie ich", sagte Sophie, bevor sie die Tür zuknallte und losfuhr.

„Was war das?", fragte Maddie und sah sie mit hochgezogenen Augenbrauen an.

Sophie lud die Trage zurück ins Auto und schloss die Tür mit einem lauten Knall. Der Dozent war im Krankenhaus und sie sollten zurück zur Wache fahren.

„Ich habe dort an der Uni Architektur studiert und einige Fehler begangen", antwortete sie grob.

„Die anderen sagten etwas von Koks?", hakte sie nach und beide setzten sich ins Auto.

Sophie sah Maddie an und wusste nicht, wie weit sie ihr vertrauen konnte. Wenn sie das dem Boss erzählte, war sie sich nicht sicher, ob sie diesen Job behalten durfte.

„Du kannst mir vertrauen, ich werde es niemandem sagen", beruhigte Maddie sie.

„Mein Bruder arbeitet beim FBI und vor paar Jahren hat er einen Fall gehabt, der mit Menschenhandel zu tun gehabt hat. Ich bin da mitreingezogen und entführt worden", begann sie und Maddie sah sie mit großen, geschockten Augen an.

„Keine Sorge, mir ist dort nichts passiert, doch das, was ich gesehen habe, hat mich aus der Bahn geworfen. Ich konnte es nicht verarbeiten und habe angefangen, Koks zu nehmen, damit ich diese Bilder aus dem Kopf bekomme. Dadurch habe ich mich besser gefühlt, bin aber mit der Uni gar nicht mehr zurechtgekommen und habe mich geschämt, dass ich derart versage, während mein Bruder das reinste Vorbild ist. Mein ganzes Leben wollte ich besser sein als er und gestand mir nicht ein, dass ich Hilfe brauchte."

Maddie lehnte sich in dem Sitz zurück und musterte sie. „Was passierte dann?"

Sophie fiel es nicht leicht, darüber zu reden.

„Ich wollte alles allein schaffen und nicht versagen, daher erpresste ich den Dozenten, damit er mir gute Noten gibt. Ich wollte niemals, dass es so ein Ausmaß annimmt, aber irgendwie kam die Lüge, durch meine Schuld, heraus, dass er mich sexuell belästige. Ich stimmte zu, in der Hoffnung, das Semester zu bestehen."

„Oh Gott." Maddie konnte kaum glauben, was sie da hörte.

„Es ist rausgekommen, dass es eine Lüge gewesen ist, und daraufhin bin ich von der Uni geschmissen worden. Zu Recht, doch nie im Leben hätte ich gedacht, dass das solche Ausmaße annimmt. Es wurde klargestellt, dass er gar nichts angestellt hat und unschuldig ist", erzählte sie weiter.

„Hat er dich angezeigt?", fragte sie.

„Nein, hat er nicht, und ich frage mich heute noch, warum er das nicht getan hat."

„Na ja, es hätte sich nicht gelohnt. Du wärst vorbestraft gewesen, hättest Sozialstunden ableisten müssen, eine Strafe zahlen, das war es dann schon. Der Aufwand und die Nerven, die es ihn gekostet hätte, waren es nicht wert."

„Aber, bitte, sag dem Chief nichts davon", bat Sophie.

„Nein, keine Sorge, deine Geschichte ist bei mir sicher", versprach Maddie und fuhr los.

Die Geschehnisse in der Uni nagten an Sophie. Sie hatte zwar gewusst, dass sie Fehler gemacht hatte, die unverzeihlich waren, doch dass es bis heute solch schlimme Folgen für den Professor hatte, hätte sie nicht gedacht. Schuldgefühle stiegen in ihr hoch und sie verspürte den Drang, dies wiedergutzumachen, daher fuhr sie kurz nach der Arbeit ins Krankenhaus, um ihren Dozenten zu besuchen. Sie schrieb Gabe, ob es ihm möglich wäre, Kian bei ihren Eltern abzuholen, und er willigte ein. Damit hatte sie eine Sorge weniger.

Mit zitternden Händen stand sie vor dem Patientenzimmer und erst als sie all ihren Mut zusammengenommen hatte, klopfte sie und trat ein. Ihr Dozent lag im Bett und seine Miene verfinsterte sich, als er sie sah.

„Was suchst du hier?", zischte er sie an.

„Ich möchte mich versichern, dass es Ihnen gut geht, oder zumindest den Umständen entsprechend", gestand sie. „Ich bin hier, um mich zu entschuldigen."

„Das kannst du dir sparen. Das bedeutet mir nichts. Verschwinde!", schrie er sie an.

„Das kann ich gut verstehen, aber ich möchte, dass Sie wissen, dass es mir leidtut, was ich damals gemacht habe. Wenn ich etwas für Sie tun kann, dann sagen Sie es", meinte sie und fühlte sich unwohl.

Sie war froh, dass er ein Einzelzimmer hatte und somit keine Zuhörer. Er sah sie an und sagte kurz nichts.

„Du hast genug angerichtet. Tu mir den Gefallen und lass dich nie wieder blicken, sonst wirst du es bereuen. Du hast mein Leben zerstört", brüllte er sie an.

„Das wollte ich nicht. Es war egoistisch von mir und ich hatte nur meine eigenen Vorteile im Sinn. Niemals dachte ich, dass es solche Auswirkungen haben wird."

„Solche Auswirkungen? Dein Ernst? Mein Leben ist zerstört. Die Studenten nehmen mich nicht ernst. Die weiblichen haben Angst vor mir und die männlichen hetzen gegen mich. Die Uni kann ich nicht wechseln, da mich keine nimmt, wegen des schlechten Rufs, den ich dir zu verdanken habe. Dass es zu Übergriffen kommt, war nicht das erste, aber das letzte Mal, denn die Dekanin hat klargestellt, dass sie mich nicht länger beschäftigen kann, wenn es so weitergeht. Das ist allein deine Schuld. Ich habe nie etwas Falsches gemacht", brüllte er sie an. „Raus hier, sonst wirst du dir wünschen, du hättest mich nie getroffen."

Sophie taumelte ein paar Schritte zurück und konnte nicht glauben, was sie da hörte. Sie stand für einen Moment geschockt da und sah ihn an. Er warf ihr einen bösen und zornigen Blick zu. Sie schluckte schwer und trat langsam aus dem Zimmer. Sie hatte Mühe, ihre Tränen zurückzuhalten.

Sie eilte aus dem Krankenhaus hinaus und suchte sich einen Ort, wo sie ungestört war. Sie fand einen Platz und ließ sich zu Boden fallen, dass er nass und kalt war, interessierte sie nicht. Sophie ließ ihren Tränen freien Lauf und alle Gefühle, die sie damals gehabt hatte, kamen wieder hoch. Sie fühlte sich so dreckig, schuldig und voller Scham.

„Alles okay?", fragte Gabe, als er ihr die Haustür öffnete.

Er musterte sie von oben bis unten und sie sah nicht gut aus. Überall an ihren Klamotten klebte Dreck und ihre Augen sahen verquollen und rot aus.

„Ja, alles gut", antworte sie.

Er glaubte ihr zwar nicht, trat aber beiseite und ließ sie herein.

„Ist was passiert?", fragte er und wollte nicht so leicht aufgeben, dabei sollte es ihm doch egal sein.

„Nein, war nur ein anstrengender Tag", log sie.

Er atmete tief durch und rief sich in Erinnerung, dass es ihn nichts anging. Daher schwieg er.

„Schau mich nicht so komisch an. Es war einfach nur ein langer und harter Tag", versuchte sie ihn zu beruhigen, doch er ahnte, dass mehr dahintersteckte.

„Okay. Kian war ein bisschen müde, daher liegt er schon mal schlafend auf dem Sofa. Deine Mama meinte, sie sind heute im Tierpark gewesen und er hat er keinen Mittagsschlaf gehabt." Gemeinsam gingen sie zum Wohnzimmer.

„Das klingt ja toll", meinte sie und sah zu ihrem Sohn.

„Die nächsten zwei Tage kann ich ihn am Abend leider nicht sehen. Ich habe immer bis spät abends Meetings und Videokonferenzen, bei denen ich anwesend sein muss. Es wird spät werden, da wird Kian schon lange schlafen", sagte er und sah sie an.

„Okay, dann weiß ich da Bescheid. Danke", erwiderte sie und nickte.

„Mami", ertönte Kians verschlafene Stimme.

„Hey, mein Großer", sagte sie und setzte sich zu ihm ans Sofa.

„Ich habe heute viele Tiere gesehen", erzählte er ihr müde.

„Uh, was denn alles?"

„RAAWWR", machte er und Gabe und Sophie lachten.

„Einen Löwen?", hakte er nach.

„Zwei und ein Baby", sagte Kian und schmiss die Decke, die Gabe sorgfältig über ihn gelegt hatte, beiseite und sprang auf.

Von Müdigkeit war nichts mehr zu sehen und sie ahnte, dass es heute schwierig werden würde, ihn ins Bett zu bekommen.

„Oh, das ist aber schön", lachte Sophie

„Ja, und Pinguine, Eisbären, Affen. Ich durfte sogar eine Ziege streicheln", freute er sich und sie konnte die Begeisterung in seinen Augen sehen.

Er erzählte immer weiter und sie konnte ihre Sorgen dadurch für einen kurzen Augenblick vergessen.

„Komm, ich bring euch beide nach Hause", bot Gabe ihr an.

Gabe blieb, bis Kian im Bett lag und schlief. Er hatte bei ihm nicht lange geschlafen, gerade einmal eine halbe Stunde, daher wunderte es ihn nicht, dass er sofort einschlief.

Gabe merkte, dass mit Sophie nicht alles in Ordnung war und versuchte sich einzureden, dass es ihn nichts anging und er sich von ihr fernhalten sollte.

„Was ist los, Sophie?", brachen die Worte aus ihm heraus.

„Ach, alles gut", tat sie ab und seine innere Stimme schrie danach, es dabei zu belassen, doch er konnte es nicht. Er wollte es sich nicht eingestehen, aber sie war ihm trotz allem wichtig.

„Komm, raus mit der Sprache", forderte er sie auf.

„Ich hatte heute einen Einsatz an meiner alten Uni", sagte sie.

Sie hatte ihm den Rücken zugedreht, verschränkte ihre Arme und drehte sich langsam um. Er erwiderte nichts, sondern ließ ihr ein bisschen Zeit.

„Mein ehemaliger Dozent Evans war mein Patient. Er wurde von einem Studenten angegriffen, wegen seines Rufs", begann sie und ihr war die ganze Situation unangenehm, daher setzte sie sich auf das Sofa.

Er folgte ihr, blieb aber stehen und ließ sie nicht aus den Augen.

„Ich habe sein Leben mit meiner Dummheit und meinen Lügen zerstört. Dabei habe ich damals alles klargestellt, dass das nur eine Intrige gewesen und nie etwas passiert ist. Das Gerücht hält sich sogar bis heute und einige glauben es." Sie stütze ihren Kopf auf die Hände ab.

Gabe nickte und setzte sich auf den kleinen Sessel.

„Mag sein, doch komplett unschuldig ist er nicht. Er hat eine Affäre mit einer Studentin gehabt", erwiderte Gabe.

„Stimmt, und das ist moralisch nicht okay, aber ich bin die Letzte, die darüber urteilt. Dennoch hat er nicht verdient, was ihm passiert ist. Er fliegt von der Uni, weil er nicht mehr tragbar ist, und eine andere Universität möchte ihn nicht anstellen, wegen seines Rufs. Er ist arbeitslos und seine Karriere somit beendet", meinte sie und fuhr sich mit ihren Händen durch das Gesicht.

„Was willst du jetzt tun?", fragte Gabe.

Sie hob ihren Kopf und sah ihm direkt in die Augen.

„Ich war heute nach meiner Schicht bei ihm in Krankenhaus und habe ihn besucht. Er will mich nicht sehen und ich kann leider gar nichts für ihn tun, damit es ihm besser geht", sagte sie. „Ich habe überlegt, ob ich noch einmal zur Uni fahre und versuche, alles richtig zu stellen."

„Das wird nichts bringen. Das Gerücht wird so nicht verschwinden. So etwas braucht Zeit", gab Gabe zu bedenken.

„Und ich soll einfach so weitermachen?", fragte sie ihn.

„Ich weiß, dass du das nicht kannst, aber denk erst darüber nach, bevor du handelst, sonst verschlimmerst du alles", riet er ihr.

„Ja, ich habe aus meinen Fehlern gelernt", meinte sie und sah ihn an.

„Okay, ich kann dir da leider nicht weiterhelfen", sagte er und stand auf.

Gabe wirkte distanziert und Sophie war dies nicht entgangen, aber sie nickte nur und ließ ihn ziehen.

„Wir sehen uns", verabschiedete er sich und umarmte sie flüchtig, bevor er die Tür hinter sich zuzog und tief durchatmete.

Er holte sein Handy raus und überlegte, wen er anrufen sollte. Sein erster Gedanke galt David, doch mit ihm konnte er schlecht über Sophie reden. Liam war beschäftigt und zu sehr in die Sache involviert, daher beschloss er, seinen Kollegen Felix anzurufen, um ihn zu fragen, ob er Lust auf ein Bier hatte. Zum Glück war ihm danach und so trafen sie sich ein paar Minuten später in der Bar.

„Was los?", fragte er ihn, nachdem sie die ersten Schlucke genommen hatten.

„Ich hab dir doch von Sophie erzählt", begann er und er nickte. „Sie hat mir Kian, meinen Sohn, nicht verschwiegen."

„Das heißt, du wusstest die ganze Zeit von ihm?", hakte er nach.

„Nein, ich habe erst vor ein paar Tagen davon erfahren."

„Okay, jetzt komm ich nicht mehr mit." Verwirrt starrte Felix ihn an.

„Ich bin vor gut drei Jahren auf einem Schülertreffen gewesen, was du vielleicht weißt", sagte Gabe.

„Ja, du bist verkatert, mit Restalkohol und einem blauen Auge vier Stunden zu spät zur Arbeit gekommen. Den Anblick vergisst man so schnell nicht."

„Ja, genau, ich habe damals mein Handy verloren. Anscheinend haben meine früheren Kumpel sich einen Spaß erlaubt. Sophie hat mich an dem Abend kontaktiert und mir erzählt, dass sie schwanger ist. Sie hat gedacht, sie schreibt mit mir. Irgendjemand hat ihr zurückgeschrieben, dass sie fernbleiben soll und mir das alles egal ist."

„Was?"

„Sie hat nicht sofort aufgegeben und öfters angerufen, doch da ich mein Handy nicht bei mir gehabt habe, bin ich natürlich nicht rangegangen. Sie hat es als Zeichen gesehen, dass ich nichts mehr mit ihr zu tun haben will. Sie hat geglaubt, dass ich von ihr und dem Kind nichts wissen möchte."

„Oh Gott, das ist schon arg krass", gestand Felix und brauchte einen großen Schluck Bier, um dies zu verdauen.

„Ja, ich kann ihr nicht vorwerfen, dass sie mir meinen Sohn drei Jahre verschwiegen hat", meinte er.

„Aber was ich nicht verstehe, warum hat David dich nicht ein einziges Mal darauf angesprochen? Er ist Sophies großer Bruder und beschützt sie doch so."

„Sie hat sich für alles geschämt und es niemandem von hier erzählt, dass sie ein Kind hat. Meine angebliche Reaktion hat dieses Gefühl verstärkt und sie hat sich erst getraut, mit der Wahrheit herauszurücken, als sie hier angekommen ist."

Felix nickte ihm zu und Gabe trank sein Bier auf ex und bestellte ein zweites.

„Was hast du jetzt vor?", fragte er ihn.

„Ehrlich gesagt, keine Ahnung. Ich kann und will das Risiko nicht noch einmal eingehen, von ihr so verletzt zu werden. Ich werde für sie und Kian da sein, aber mehr wird nicht zwischen uns sein", redete er sich selbst ein.

Felix merkte dies und zog seine Augenbrauen nach oben.

„Das glaubst du doch nicht ernsthaft. Dieser Satz klingt wie einstudiert." Er lachte.

„Ist er auch", grummelte Gabe und nahm das Bier, das die Bedienung brachte, entgegen.

„Liebst du sie noch?", fragte Felix direkt.

Gabe hob seinen Kopf, stellte die Bierflasche ab und sah ihn an.

„Ich weiß es nicht. Sie ist mir verdammt wichtig. Heute ging es ihr nicht gut und es macht mich fertig, sie so traurig und durcheinander zu sehen. Am liebsten würde ich sie in den Arm nehmen und ihr versprechen, dass alles wieder gut wird", meinte er.

„Hast du denn eine Idee, wie es mit euch weitergehen soll?", fragte er.

„Ich kann und werde ihr nicht erneut die Chance geben, mein Herz in tausend Teile zu zerreißen. Diese Frau ist mein Untergang und meine große Liebe. Aber das zwischen uns wird nie gut gehen", meinte er. „Daher werde ich versuchen, sie aus dem Kopf zu bekommen."

„Das wird nicht einfach. Du kannst ihr nicht aus dem Weg gehen. Sie ist die Mutter deines Sohnes", gab Felix zur Antwort.

„Ja, und Sophie macht sich keine Hoffnungen auf uns. Das ist mein Vorteil, aber lange werde ich vor ihr nicht mehr verbergen können, was sie mir bedeutet. Wenn das passiert, wird sie versuchen mich umzustimmen", gab er zu.

„Bereut sie ihre Fehler?"

„Ja, das tut sie und sie hat sich bei mir entschuldigt, doch damit macht sie es nicht wieder gut", entgegnete er. „Ich habe keine Ahnung, wie das weitergehen soll mit uns."

„Lass mich raten, das bringt dich um den Verstand", stellte Felix fest.

Gabe sah zu ihm und nickte. Das erste Mal in seinem ganzen Leben war er planlos und überfordert. Er hasste das Gefühl und sehnte sich sein altes Leben herbei, in dem Sophie nur Davids kleine Schwester gewesen war.

21. Kapitel

„Gabe hat in einer Woche Geburtstag. Weißt du, ob er feiert?", fragte Sophie ihren Bruder.

Sie hatten sich vor der Arbeit zum Joggen verabredet. Kian war heute extrem früh wach geworden und Sophie hatte ihn frühzeitig zu ihren Eltern gebracht. Somit hatte sie Zeit für eine Runde Sport am Morgen.

„Nein, er hat keine Andeutungen dazu gemacht. Es wird darauf hinauslaufen, dass er mit uns in eine Bar geht und etwas ausgibt. Er hat seinen Geburtstag nie groß gefeiert", meinte David. „Wieso, was hast du vor?"

„Nichts, ich habe nur gedacht, wir könnten eine Überraschungsparty für ihn schmeißen", schlug sie ihm vor. „Aber er soll nicht wissen, dass das meine Idee ist. Er hat mir klar zu verstehen gegeben, dass er nichts mehr von mir möchte und das muss ich akzeptieren."

„Tust du es denn?", hakte er nach.

„Ich versuche es zumindest. Ich habe mir schon eine zweite Chance bei ihm erhofft, da ich immer noch Gefühle für ihn habe, aber kann zu gut verstehen, dass er mir die nicht gibt. Ich an seiner Stelle würde genauso handeln", meinte sie und sah David an. Er nickte und bewunderte sie. Sophie hatte einiges durchgemacht und es allein geschafft, sich da rauszuarbeiten. Sie hatte ihr Leben in den Griff bekommen, und das ohne seine Hilfe. Sie war erwachsen geworden und stark. Er erkannte in diesem Moment, dass sie seinen Schutz nicht brauchte.

„Das mit der Überraschungsparty klingt gut", wechselte David das Thema und auf Sophies Gesicht machte sich ein Lächeln breit.

„Gut, dann werde ich alles vorbereiten", freute sie sich und klatschte vor Aufregung in die Hände.

David schüttelte den Kopf und grinste vor sich hin. Den Rest der Strecke joggten sie schweigend nebeneinander her, dann ging jeder zu seiner Arbeit.

Am Abend, nachdem sie Kian abgeholt hatte, besuchte sie Mary. Lou wollte später nachkommen.

„Hey, oh Mann, es ist einfach zu lange her, dass ich dich gesehen habe", fiel sie ihr um den Hals und Sophie schlang ihre Arme und sie und drückte sie fest an sich.

„Ich habe dich so vermisst", gestand sie und für einen Moment blieben sie genau so stehen.

„Hey, Kian", begrüßte sie ihn.

Fragend sah Sophie zu ihrer Freundin, die ihren Sohn bisher noch nicht kennengelernt hatte.

„Als du in Atlanta gewesen bist, war Gabe mit ihm hier. Liam, Jasper und er haben etwas unternommen", erklärte sie und trat beiseite.

Kian entdeckte Marys Sohn und wollte sofort losrennen. Gerade noch rechtzeitig konnte Sophie ihn zurückhalten und zog ihm die dreckigen Schuhe aus, bevor er zu Jasper konnte.

„Es ist so schön, dich zu sehen", wiederholte Mary und sie strahlte sie an.

„Das finde ich auch."

Sie holten sich schnell ein Wasser und setzten sich dann ins Wohnzimmer zu ihren Kindern, die am Boden spielten.

„Kate und Jasper sind groß geworden", stellte Sophie erstaunt fest und musterte die beiden.

Kian spielte mit Jasper und Kate saß abseits und beschäftigte sich allein mit ihren Puppen.

„Ja, sie wachsen so schnell. Du kennst das ja jetzt auch", sagte Mary.

„Oh ja, gerade habe ich etwas für Kian gekauft, passt es ihm ein paar Wochen später schon nicht mehr", gestand sie und sah zu ihrem Sohn, der lachte und Spaß hatte.

„Eins musst du mir verraten: Wie kannst du immer noch so eine Wahnsinnsfigur haben?", fragte sie.

„Ich habe während der Schwangerschaft gar nicht so viel zugelegt. Nach der Geburt bin ich so mit Kian und der Ausbildung beschäftigt gewesen, dass dies Bewegung genug gewesen ist und ich gar keinen Sport gemacht habe. Ich habe durch den ganzen Stress einige Tage lang durchgemacht, entweder wegen ihm oder zum Lernen, dass ich oft nicht zum Essen gekommen bin, daher habe ich meine Figur schnell wieder gehabt."

„Es war nicht leicht, oder?", fragte Mary.

„Nein, überhaupt nicht. Ich habe oft Tage gehabt, da bin ich so hart am Verzweifeln gewesen und habe überlegt, warum ich mir das hier antue, aber dann habe ich Kian angesehen und die Antwort gewusst. Ich wollte unbedingt alles richtig bei ihm machen. Er ist das Beste, was mir je passieren konnte", sagte sie und drehte ihren Kopf zu ihrem Sohn.

„Das sieht man", stellte Mary fest.

„Ja, ich habe vor, für Gabe eine Überraschungsparty zu schmeißen. Kannst du Liam bitte nichts davon erzahlen, aber dir den Abend freihalten und einen Babysitter besorgen?", wechselte sie das Thema.

„Klar, wann?", fragte Mary und war begeistert von der Idee.

„Gabes Geburtstag ist nächsten Freitag und ich habe mir überlegt, dass wir ihn in der Bar überraschen.

Einzelheiten habe ich noch nicht geplant, werden aber die Tage folgen. Nur, dass du dir das Datum schon mal merkst", erklärte sie ihr.

„Klar, wenn du Hilfe brauchst, sag Bescheid", bot sie ihr an.

„Werde ich", sagte Sophie. „Ich muss gestehen, dass ich Gabes Freundeskreis nicht mehr so gut kenne. David, Lou, dich, Liam und diesen Felix würde ich auf jeden Fall mal einladen."

„Das ist schon mal gut. Frag David, der kann dir die Nummern und Namen der anderen noch geben", riet sie ihm.

„Das hätte ich sowieso", gab Sophie zurück und lächelte sie an.

Sophie hatte neben der Arbeit, Kian und Gabes abendlichen Besuchen versucht, die Party zu planen. Dies gestaltete sich als schwerer als gedacht, denn er durfte davon nichts mitbekommen. Sie backte ihm sogar seinen Lieblingskuchen: Schokoladenkuchen mit flüssigem Kern. Die Girlanden und das andere Partyzeugs konnte sie bei Maddie, ihrer Kollegin, verstecken, so lief Sophie nicht Gefahr, dass er es in ihrer oder Davids Wohnung entdeckte. Sie wollte ihm damit eine Freude machen und während der ganzen Planung hatte sie sich in die Hoffnung hineingesteigert, dass er ihr verzeihen und eine zweite Chance geben würde.

„Du hast dir da viel Mühe gegeben", sagte Maddie und half ihr das große Banner mit der Aufschrift „Happy Birthday" aufzuhängen.

„Ja, er ist mir wichtig", erwiderte sie.

„Das sieht man. Der Kuchen und dein Geschenk sind einfach unglaublich", gestand sie und deutete auf den Tisch, wo bis jetzt nur ihres stand.

„Ich hoffe, er freut sich", sagte Sophie. „Denkst du wirklich, mein Geschenk wird ihm gefallen?" Sie war von der Leiter herabgestiegen und sah sie fragend an.

Maddie hielt inne und umfasste die Leiter mit einem festen Griff, denn diese unsichere Seite an Sophie war neu für sie.

„Ja, auf jeden Fall. Du schenkst ihm ein Fotoalbum eures Sohnes, sodass er die Augenblicke, die er verpasst hat, auf Fotos hat, und somit schenkst du ihm einen Einblick in Kians Leben. Die Videos, die du zu einem Film zusammengestellt hast, werden ihm gefallen. Und nicht zu vergessen der leckere und riesige Schokokuchen." Maddie grinste stieg von der Leite.

„Ich hoffe, er wird sich freuen."

Bevor sie noch etwas erwidern konnte, trafen die ersten Gäste ein und stellten ihre Geschenke auf den Tisch.

David schrieb ihr, dass sie schon auf dem Weg waren und in zehn Minuten da sein würden.

„Das ist mein Stichwort, zu gehen", verabschiedete sich ihre Kollegin.

„Vielen Dank fürs Helfen", meinte Sophie und drückte sie fest.

Maddie verschwand und die anderen Gäste stürmten in den Raum. Sie versteckten sich, dann machten sie das Licht aus. Sie hörte, wie die Tür aufging.

„David, die Bar hat heute geschlossen, das steht doch …", hörte sie Gabe sagen und im nächsten Augenblick ging das Licht an und alle Gäste sprangen auf.

„HAPPY BRITHDAY", brüllten sie und er blieb regungslos stehen.

Gabe starrte seine Freunde und Bekannten mit großen Augen an und für einen Moment konnte Sophie sehen, dass er überwältigt war.

„WOW", brachte er nach einigen Minuten hervor und sah zu David.

„Dank nicht mir. Das war nicht meine Idee", gestand er und genau in diesem Moment ertönte die Musik aus den Lautsprechern und die anderen Gäste gingen auf Gabe zu und wünschten ihm alles Gute.

Sophie hielt sich zurück und beobachtete die Szene. Ihr war nicht entgangen, dass er sie nicht entdeckt hatte, aber auch nicht nach ihr Ausschau gehalten. Er war zu beschäftigt damit, die Glückwünsche seiner Freunde entgegenzunehmen.

Eine Frau trat zu Gabe und Sophie spannte sich automatisch an. Sie hatte blonde Haare und eine Figur, für die so ziemlich jede Frau töten würde. Sie umarmte ihn länger als die anderen und sie flüsterte ihm etwas ins Ohr, das ihn zum Schmunzeln brachte. Er hielt sie fest in seinen Armen. Dies versetzte ihr einen Stich und sie spürte den Schmerz im ganzen Körper.

Die Frau drehte ihr Gesicht zur Seite, sodass Sophie es nun deutlich erkennen konnte. Es war dieselbe, die sie vor ein paar Wochen mit Gabe beim Joggen gesehen hatte.

„Alles gut?", trat Lou zu ihr und musterte sie.

„Ja", sagte Sophie und zwang sich zu einem Grinsen. „Wer ist das?"

„Melanie", antwortete Lou. „Er hat sie vor einigen Monaten kennengelernt. Sie ist Anwältin und sie sind ein paar Mal miteinander ausgegangen. Mehr hat er David nicht über sie erzählt."

„Okay", sagte Sophie und behielt das gezwungene Lächeln im Gesicht.

Gabe entdeckte Sophie, als er die Umarmung mit Melanie löste, und sah ihren verletzten Blick. Er drehte sich schnell wieder weg, denn sie sollte nicht wissen, dass er sie gesehen hatte. Er hatte sie bereits zuvor wahrgenommen, war ihr aber gekonnt ausgewichen, sodass es den Anschein erweckte, er hätte sie gar nicht bemerkt.

„War das deine Idee?", fragte Gabe an Melanie gewandt, denn er hatte immer noch keine Ahnung, wer diese Party für ihn geschmissen hatte.

„Nein, leider nicht. David hat es mir vor ein paar Tagen gesagt und mich eingeladen. Ich habe damit nichts zu tun", antwortete sie ehrlich.

„Okay", sagte er.

„Komm, wir tanzen", forderte sie ihn auf und bevor er etwas erwidern konnte, schnappte sie sich seine Hand und zog ihn auf die Tanzfläche.

Sophie konnte ihren Blick nicht von den beiden nehmen und David entging dies nicht. Er wusste nicht, was er tun konnte, damit seine Schwester sich besser fühlte.

„Lass sie", hielt Lou ihn zurück.

Er zögerte, doch blieb bei Lou und zog sie kurz darauf selbst auf die Tanzfläche. Sophie schaffte es, den Blick abzuwenden und David und Lou anzusehen. Sie strahlten richtig. Lou hatte sich verändert. Sie wirkte lockerer und gelassener. Sport trieb sie öfters, dies konnte sie an ihrer Figur erkennen, und sie freute sich so für ihren Bruder.

„Die Party ist dir wirklich gelungen", tauchte Mary neben ihr auf.

„Danke."

„Hast du schon mit ihm geredet?"

„Nein, er ist ja zu beschäftigt mit Tanzen", sagte sie, sah wieder zu ihnen und wünschte sich, sie hätte es nicht getan.

Melanie lachte laut auf, drehte sich und drückte Gabe einen Kuss auf die Lippen. Er zögerte, doch dann presste er sie eng an sich und erwiderte den Kuss. In diesem Moment vergaß Sophie das Atmen und es fühlte sich an, als würde ihr Herz in tausend Teile zerrissen werden.

„Ich glaube, ich bin hier fehl am Platz", sagte sie und bevor Mary oder jemand anderes sie aufhalten konnte, schnappte sie sich ihre Sachen und stürmte aus der Bar.

Gabe bemerkte, wie Sophie die Bar fluchtartig verließ und sein erster Impuls war es, ihr hinterherzugehen, doch er entschied sich dagegen. Die Bar war voll mit Gästen, die ihm die Sicht nach draußen versperrten. Dass er sich mit der Aktion selbst wehgetan hatte, wurde ihm erst jetzt bewusst. Es machte ihn fertig, sie so unglücklich zu sehen.

„Tut mir leid, ich wollte dich nicht küssen", sagte Melanie und rückte ein wenig von ihm ab.

„Nicht?", hakte er nach und sah sie fragend an.

„Doch, schon, aber ich weiß, dass es falsch war", gestand sie ihm. „Das zwischen uns wird nie funktionieren. Du bist nicht über Sophie hinweg und ich suche nichts Festes."

„Genau aus diesem Grund ist es eine optimale Lösung. Wir beide haben einfach unverbindlich Spaß. Was spricht dagegen?", fragte Gabe.

Er wusste, dass das billig und unfair gegenüber ihr war, doch er hoffte, endlich über Sophie hinwegzukommen. Das würde ein langer Weg werden, denn als er den Kuss mit Melanie vertieft hatte, hatte er sich vorgestellt, Sophie wäre an ihrer Stelle gewesen.

„Das halte ich für keine gute Idee. Mein Platz ist nicht das Trostpflaster", sagte sie mit klarer Stimme und er stimmte ihr da zu.

Gabe merkte, dass die Situation angespannt war, nickte ihr lächelnd zu und freute sich, als David zu ihm trat.

„Willst du nicht mal die ersten Geschenke aufmachen?", fragte er und deutete auf den vollen Geschenketisch.

„Das wird ja ewig dauern. Die mache ich lieber allein, in Ruhe daheim auf", entgegnete er. „Aber gegen ein Bier hätte ich jetzt nichts einzuwenden."

David lachte und gemeinsam gingen sie zur Bar. Liam und Felix traten zu ihnen.

„Sag mal, was läuft da mit der Anwältin?", fragte Liam direkt heraus.

„Es ist nichts Festes zwischen uns und wird es nicht werden. Wir verstehen uns gut und haben eine lockere Beziehung", gestand er und bestellte sich ein Bier.

„Wow", entgegnete Felix und in dem Moment stellte der Kellner die Getränke auf den Tisch. Gemeinsam stießen sie auf Gabe an.

„Aber jetzt mal ehrlich, Jungs, wer hat das alles organisiert?", fragte er und sah erst zu David, der den Kopf schüttelte, genau wie die anderen.

„Es war Sophie", rückte er mit der Wahrheit heraus.

„Sie hat das alles für mich gemacht?" Verwundert sah Gabe in die Runde. Das hatte er nicht erwartet und es überraschte ihn ehrlich.

David half Gabe, die ganzen Geschenke in seinen Kofferraum zu laden. Gabe freute sich schon, alle morgen früh aufzumachen, denn heute Abend würde er es nicht mehr schaffen. Sein Alkoholpegel war definitiv zu hoch, um jetzt zu fahren, daher beschloss er, das Auto stehen zu lassen und sich ein Taxi zu nehmen. Als er das letzte Päckchen in den Wagen legen wollte, erkannte er auf der Karte die Schrift und den Namen von Sophie und hielt inne.

„Ist alles okay?", fragte David.

„Ja, das werde ich so mitnehmen."

Er schlug seinen Kofferraum zu.

„Von Sophie?", hakte er nach und Gabe nickte.

Er blickte kurz vom Geschenk auf, dann zu David, der ihn nur ansah. Sein Blick schweifte zur leeren Bar. Alle anderen Gäste waren gegangen und seine Uhr verriet ihm, dass die Sonne bald aufgehen würde.

Er verabschiedete sich von ihm und ging in die entgegengesetzte Richtung. Gabe fing an zu laufen. Währenddessen konnte er den Blick nicht von der großen Schachtel abwenden, die hübsch und liebevoll verpackt war. Er fragte sich, was da drin war und zum ersten Mal seit Langem fühlte er sich so ungeduldig wie ein kleines Kind vor Weihnachten.

Daheim angekommen, streifte er sich schnell seine Schuhe ab, schmiss sie achtlos ins Eck und riss die Verpackung auf. Im ersten Moment war er irritiert, was er mit einem Fotoalbum sollte, doch als er die erste Seite aufblätterte, sah er Sophie hochschwanger und wusste, welche Bilder sich darin befanden. Außerdem war eine kleine Packung dabei, die er aufriss und deren Papier er auf den Boden warf. Gabe öffnete die Schachtel und fand darin eine CD. Er hatte einen Verdacht, was da drauf war, legte sie sofort in seinen Fernseher ein und startete das Video.

Es zeigte Kian, als Neugeborenes im Krankenhaus. Er war so winzig und Gabe konnte seinen Blick nicht vom

Bildschirm nehmen. Er starrte seinen Sohn an und Freude stieg in ihm auf. Er pausierte, als die Kamera eine Nahaufnahme von ihm zeigte. Er wusste, dass er diesen Augenblick verpasst hatte, doch freute sich umso mehr, jetzt eine Aufnahme davon zu sehen, um zumindest ein bisschen dabei zu sein. Er drückte auf Play und sah sich das Video komplett an, machte aber immer wieder Pausen, um bestimmte Momente etwas länger anzusehen. Er konnte Kian an seinen ersten Tagen sehen, die er im Krankenhaus verbracht hatte, und wie er mit seiner Mutter nach Hause durfte. Er entdeckte sein neues Kinderzimmer und fand es wunderschön. Er erkannte, dass sich Sophie sehr viel Mühe mit ihm gegeben hatte.

Gabe sah sich die Videos an und blätterte dann durch das Fotoalbum und in ihm stieg das Gefühl von Stolz auf. Er war stolz auf seinen Sohn und auf Sophie. Sie hatte gut für Kian gesorgt und auf den Bildern war zu sehen, dass sie ihn über alles liebte und es ihm an nichts gefehlt hatte. Sein Blick blieb an einem Foto hängen. Kian lag auf dem Boden und spielte mit seinem Mobile, Sophie saß neben ihm. Gabe fiel auf, dass sie auf dem Bild gar nicht gut aussah. Sie war dünn, hatte deutliche Augenringe unter den Augen und sah schrecklich müde aus. Zum ersten Mal konnte er sich in ihre Lage hineinversetzen. Sie hatte sich angestrengt, Kian eine gute Mutter zu sein und gleichzeitig eine Ausbildung zu machen. Jahrelang hatte sie geglaubt, dass er sie mit ihm im Stich gelassen hatte und das erschütterte ihn. Er wusste, dass es nicht ihre Schuld und nicht seine war. Es war einfach eine dumme Aktion von seinen Freunden gewesen. Aber wer hätte gedacht, dass dies so ausartete?

Er merkte, wie seine Augen immer schwerer wurden

und als er seinen Kopf hob, erkannte er, dass die Sonne schon langsam wieder aufging. Er legte das Fotoalbum vorsichtig beiseite und begab sich ins Bett.

22. Kapitel

Sophie bekam das Bild nicht aus dem Kopf und dachte die ganze Nacht darüber nach. Er hatte sie abgehakt und fing neu an. Gabe konnte für Kian ein guter Vater sein und eine Freundin haben, das eine schloss das andere nicht aus. Sie überlegte sich sämtliche Szenarien und keins war besser als das andere. Sie wälzte sich unruhig umher und bekam kein Auge zu.

„Mami?", hörte sie auf einmal die Stimme ihres Sohnes und sofort war sie hellwach.

Sie knipste das Licht am Nachttisch an und sah Kian in der Tür stehen. Mit einer Hand rieb er sich die Augen und mit der anderen hielt er seinen Stoffhasen fest umklammert.

„Was ist denn los, mein Großer?", fragte sie und er lief auf sie zu und legte sich zu ihr ins Bett.

„Schlechter Traum", sagte er und klammerte sich sofort an sie.

Sie schlang ihre Arme um ihn und strich beruhigend über seinen Rücken.

Kian drückte sich so fest an sie, dass Sophie schon fast seinen Herzschlag spürte. Die sanften Streicheleinheiten ließen ihn aber schnell wieder einschlafen. Sie merkte, wie sie selbst etwas ruhiger wurde und es dauerte nicht lange, da schlief sie mit ihm im Arm ein und konnte die Gedanken an Gabe verdrängen.

Die Sonnenstrahlen weckten Sophie und sie bewegte sich vorsichtig, denn sie spürte, dass Kian nah bei ihr lag. Langsam und behutsam zog sie ihren Arm von ihm fort, setzte sich im Bett auf und schnappte sich ihr Handy. Eine Nachricht von Lou.

„Hast du heute Zeit? Ich brauche dringend jemanden zum Reden."

Sophie schrieb sofort zurück.

„Klar, komm einfach vorbei."

Die Antwort folgte prompt.

„Ich bin in einer Stunde bei dir."

Sie lächelte und wunderte sich, was Lou für ein Problem haben konnte. Lange konnte sie sich darüber nicht den Kopf zerbrechen, denn genau in dem Moment wachte Kian auf.

„Na, mein Großer, gut geschlafen?", fragte sie.

Er rieb sich müde die Augen und blickte sie verschlafen an. Doch als er ihr Grinsen sah, musste er ebenfalls lächeln.

Sie standen gemeinsam auf und Sophie machte ihm sein Frühstück, bevor sie beide unter die Dusche gingen. Viel Zeit blieb ihnen nicht, denn in dem Moment, als sie sich ihre Klamotten anzog, klingelte es an der Tür. Sie schnappte sich ihren grünen Pulli und zog ihn über den Kopf, während sie zur Haustür ging. Lou stand davor und hatte einen Gesichtsausdruck, der Sorge und Angst in Sophie hervorrief.

„Was ist passiert?", fragte sie und trat beiseite, um Lou Platz zu machen.

Lou zog ihre Schuhe schnell aus und hielt ihr dann einen kleinen Stab vor das Gesicht. Sie brauchte einen Moment, um zu verstehen, was das war. Sophie schloss die Tür, bevor jemand etwas mitbekam.

„David war heute früh joggen und da habe ich den Test gemacht", sagte sie und starrte ihre Freundin mit großen Augen an.

Lou war schwanger und ihrem Gesichtsausdruck nach zu urteilen freute sie sich nicht darüber.

„Das ist doch gut, oder?", fragte Sophie vorsichtig.

„Das war nicht geplant", sagte Lou und sie konnte deutlich Angst in ihren Augen erkennen.

„Ich hab mir nicht einmal Gedanken gemacht, ob ich überhaupt Kinder will", meinte sie und sah sie nur an. Sorgen spiegelten sich in ihrem Gesicht wider.

„Ich verstehe gar nicht, wie das passieren konnte. Wir haben immer verhütet."

Panik klang in ihrer Stimme.

„Jetzt mal ganz ruhig", sagte Sophie und trat zu Lou heran. „Weiß es David schon?" Sie schüttelte energisch den Kopf.

„Okay, wir setzen uns erst mal hin", schlug sie vor, packte Lou vorsichtig an den Schultern und dirigierte sie zum Sofa, wo sie sich einfach fallen ließ.

Kian blickte von seinen Spielsachen auf und sah Lou verwundert an.

„Bist du krank?"

Sie zwang sich zu einem Lächeln und schüttelte den Kopf.

„Schatz, willst du in deinem Zimmer weiterspielen?", fragte Sophie ihn liebevoll.

Er nickte sofort, klemmte sich seine Autos unter den Arm und rannte in sein Zimmer.

Sie folgte ihm kurz und lehnte die Tür an.

„Möchtest du etwas trinken?"

„Ein Wasser, bitte", sagte sie und Sophie ging in die Küche.

Den Schwangerschaftstest legte sie achtlos auf die Küchentheke und ging dann zu ihr zurück.

„Was mache ich denn jetzt nur?", fragte Lou mit verzweifelter Stimme.

„Erst einmal musst du nichts sofort entscheiden. Lass dir Zeit und überlege dir genau, wie es weitergehen soll. Es ist deine Entscheidung", versuchte Sophie sie zu beruhigen.

„Wie ist es dir damals ergangen, als du erfahren hast, dass du schwanger bist?", fragte Lou.

„Ich war geschockt. Genau wie du dachte ich, dass wir verhütet haben. Ich fühlte mich total überwältigt und wusste gar nicht, was ich damit anfangen sollte", gestand Sophie.

„Wie hast du gewusst, dass du das Kind bekommen willst?",

„Ich habe erfahren, dass ich schwanger bin, und es hat mich überfordert, doch gleichzeitig bin ich glücklich darüber gewesen. Zwar ist es nicht geplant gewesen, doch ich habe den Gedanken an eine Abtreibung einfach nur unerträglich gefunden. Daher ist der Entschluss schnell gefasst gewesen, dass ein Abbruch nicht in Frage kommt. Meine Situation ist aber eine komplett andere als deine gewesen."

„Das stimmt, du warst allein. Aber ich weiß nicht einmal, ob ich schon bereit für ein Kind bin."

Lou ließ sich gedankenverloren in die Kissen sinken.

„Was soll ich nur tun?"

Mit flehendem Blick sah sie zu Sophie auf.

„Lass dir Zeit und denk über alles genau nach. Sowas kann man nicht sofort entscheiden. Das ist erst einmal ein großer Schock, den du verdauen musst", riet sie ihr.

„Oh Gott, ich muss es David sagen", sagte Lou und richtete sich wieder auf.

„Ja, das solltest du, aber das hat Zeit. Geh zum Arzt und lass das mal genau abklären und dir Informationen geben. Auf ein paar Tage mehr oder weniger kommt es nicht an."

„Kannst du mir mehr über deine Schwangerschaft erzählen?", bat Lou.

„Am Anfang ist mir oft übel gewesen und ich bin so verdammt geruchsempfindlich gewesen. Das hat sich aber schnell wieder gelegt, hat nur so ein paar Wochen angehalten. Danach ging es mir gut. Ich bin oft müde und geschafft gewesen und habe jede freie Minute mit Schlafen verbracht. Aber an sich kann ich mich nicht über meine Schwangerschaft beschweren. Die lief ohne Probleme ab, darüber bin ich froh", erzählte Sophie.

„Und die Geburt?", fragte Lou weiter.

„Die ist schmerzvoll gewesen, da ich alle Schmerzmittel verweigert habe. Ich habe schon einmal ein kleines Drogenproblem gehabt und keine Mittel einnehmen wollen. Daher ist dies schmerzvoll gewesen, aber es hat sich gelohnt", meinte sie.

Lou sagte nichts darauf, sondern sah sie einfach nur an.

Sophie konnte erkennen, dass sie ihren eigenen Gedanken nachhing.

„Kannst du es für dich behalten?", fragte sie und Sophie nickte.

Eine Weile blieben die beiden schweigend nebeneinander sitzen und starrten in die Leere. Es war still und bis auf das Spielen von Kian war nichts zu hören.

„Danke fürs Zuhören. Würdest du die Tage mit mir zum Arzt gehen?", fragte Lou.

„Gerne. Immerhin werde ich Tante", gab Sophie zurück und grinste sie an.

Lou schien kurz wie versteinert, doch dann bildete sich ein Lächeln auf ihren Lippen und es war das erste, das aus ihrem Herzen heraus kam.

Nachdem Lou gegangen war, ging Sophie zu Kian und spielte mit ihm. Als sie das Mittagessen machen wollte, klingelte es. Sie öffnete und Gabe stand vor der Tür. Verwundert blickte sie ihn an, denn sie waren nicht verabredet. Bevor sie etwas sagen konnte, rannte Kian auf ihn zu.

„Daddy", schrie er und fiel ihm um das Bein.

„Hey, mein Großer", begrüßte ihn Gabe und hob ihn mit einer Leichtigkeit hoch, die sie bewunderte. Mittlerweile wog er schon einiges und Sophie konnte ihn nur noch für kurze Zeit tragen.

Sie trat beiseite, um den beiden Platz zu machen, und Gabe nickte ihr dankend zu. Im Eingangsbereich blieb er stehen und sah Sophie an.

„Ich hoffe, ich störe nicht."

„Nein, alles gut. Ich wollte Spagetti Bolognese machen. Willst du mitessen?", fragte sie ihn.

„Ja", brüllte Kian und strahlte Gabe an.

„Wenn du das sagst, bleibt mir gar keine andere Wahl", stimmte Gabe ihm zu.

„Komm", sagte Kian, als Gabe ihn wieder absetzte. Kian nahm seine Hand und zog ihn augenblicklich in sein Zimmer, um ihm seine Figuren zu zeigen. Sophie lächelte und beschloss die beiden allein zu lassen und in der Zeit das Essen zu kochen.

In der Küche angekommen, sah sie den Schwangerschaftstest und nahm ihn in die Hand. Genau in dem Augenblick kam Gabe zu ihr.

„Ich hätte vorher Bescheid sagen sollen, dass ich komme. Tut mir leid", entschuldigte er sich.

Sophie sah ihn an und dann fiel sein Blick auf den Test. Er blieb wie angewurzelt stehen.

„Du bist schwanger?", fragte er geschockt.

„Nein, das ist nicht meiner", beruhigte sie ihn und schmiss den Schwangerschaftstest schnell in den Mülleimer.

„Ach, echt? Warum liegt er dann bei dir in der Wohnung?", fragte er und wusste nicht, was er von der ganzen Situation hier halten sollte.

„Ich habe jemandem versprochen, es für mich zu behalten, daher kann ich dir nicht sagen, von wem der ist, doch es ist nicht meiner. Ich bin nicht schwanger", sagte sie und sah ihn mit ernstem Blick an.

Kian kam in die Küche.

„Mami wird Tante", verkündete er und Sophie starrte ihn an.

Sie liebte ihren Sohn, aber manchmal könnte sie ihn einfach packen und schütteln. Er war aufmerksam und sie hätte wissen müssen, dass er etwas mitbekommen hatte.

„Was?", fragte er und sah zwischen Kian und Sophie hin und her.

„Ja, Lou war heute früh da und hat mir den Schwangerschaftstest, völlig aufgelöst, gezeigt", sagte sie. „Lass uns später darüber reden."

Sie deutete auf Kian und Gabe verstand und nickte ihr zu. Daher ging er wieder mit Kian in sein Zimmer und spielte mit ihm, solange Sophie kochte.

Sophie schloss die Tür zu Kians Zimmer und sah Gabe an. Jetzt konnten sie ungestört darüber reden, ohne dass Kian etwas davon mitbekam, denn er schlief tief und fest.

„Was hat es mit diesem Test auf sich?"

„Erstens verstehe ich nicht, warum du dich so aufregst. Ich mein, wir sind nicht zusammen und wenn ich was mit einem anderen habe, dürfte dich das nicht stören. Du hast mir klar und deutlich vermittelt, dass zwischen uns nichts mehr laufen wird. Damit habe ich mich abgefunden", sagte sie und blickte ihn mit strengem Blick an.

Er brauchte einen Moment, bis er ihre Worte aufgenommen hatte. Sophie kam sich etwas unwohl vor, daher verschränkte sie die Arme vor der Brust und sah ihn fragend an.

„Du hast recht, es geht mich nichts an", begann er und lief auf und ab. „Als ich den Test in deinen Händen gesehen habe, war ich geschockt und es macht mich wahnsinnig zu wissen, dass du etwas mit einem anderen haben könntest", sprach er die Wahrheit aus.

Er blieb stehen und sah sie direkt an. Sophies Herz setzte aus und ihre Arme sanken kraftlos an ihr herab.

„Was soll das jetzt wieder heißen?", fragte sie mit krächzender Stimme.

„Verdammt, Sophie, du bist mir wichtig und ich muss ständig an dich denken", schmiss er ihr entgegen.

Sie starrte ihn mit großen und überraschten Augen an.

„Ich habe gestern Nacht damit verbracht, dein Geschenk anzusehen. Und ob ich will oder nicht, ich habe noch Gefühle für dich. Seit dem Augenblick, in dem du mir begegnet bist, gehst du mir nicht mehr aus dem Kopf und ich würde so gerne da weiter machen, wo wir vor drei Jahren aufgehört haben."

Diese Worte schockierten nicht nur sie, sondern auch Gabe. Er hatte, ohne darüber nachzudenken, seine Gedanken ausgesprochen. Es war die Wahrheit.

„Ich verstehe dich einfach nicht. Erst zeigst du mir die kalte Schulter und sagst, dass ich dich in Ruhe lassen soll, weil du mir nicht verzeihen kannst, und dann haust du solche Sachen raus", sagte sie. „Ich weiß nicht, was ich davon halten soll."

„Da sind wir schon zu zweit", gestand er.

Es war totenstill und sie starrten sich an. Sophie konnte nicht glauben, was sie gehört hatte und fühlte sich überrumpelt. Gabe hatte ihr das nicht an den Kopf werfen wollen und verfluchte sich innerlich, bei ihr immer die Kontrolle zu verlieren. Er unterbrach den Moment, indem er seinen Blick abwandte.

„Ich sollte gehen."

Seine Worte waren kaum mehr als ein Flüstern und Sophie blieb regungslos stehen. Er sah sie nicht einmal an, sondern verschwand aus ihrer Wohnung.

Am nächsten Tag holte Gabe Kian früher von ihren Eltern ab, da er den Nachmittag freihatte und diesen mit seinem Sohn verbringen wollte. Sophie freute sich darüber und fand es gut, dass er eine Bindung zu ihm aufbaute.

So hatte sie nach der Arbeit Zeit, eine Runde joggen zu gehen und über gestern nachzudenken. Gabe hatte diese Worte gesagt und damit hätte sie niemals gerechnet. Sie beide empfanden noch das Gleiche füreinander, doch was sollte das bedeuten? Fragen türmten sich in ihrem Kopf und sie hatte keine Antworten.

Nach dem Sport sah sie kurz auf ihr Handy, um festzustellen, dass ihr nicht mehr viel Zeit blieb, denn Gabe würde in fünfzehn Minuten hier sein, da Kian hungrig und müde war. Essen hatte er zum Glück besorgt. So schnell sie konnte hüpfte sie unter die

Dusche, zog sich etwas an und band ihre nassen Haare zu einem unordentlichen Dutt zusammen. Sie hatte kaum Zeit, den Tisch zu decken, da klingelte Gabe bereits.

„Mami", schrie Kian und im nächsten Moment sprang er ihr in die Arme.

„Hey, mein Schatz. Hattet ihr einen schönen Tag?", fragte Sophie.

Sie erhob sich und nahm Kian mit. Dann begegnete ihr Gabes Blick und sie bemerkte das große Ding, das er in der Hand hielt.

„Ich habe den besten Daddy der Welt."

„Wir waren heute auf einem kleinen Jahrmarkt, außerhalb, und da gab es eine Schießbude, wo man sein Können unter Beweis stellen konnte. Die hatten als Hauptpreis dieses Auto. Er wollte es unbedingt haben. Daher habe ich es ihm geschossen", gestand Gabe und stellte das Spielzeugauto im Gang ab.

„Ich durfte damit fahren", freute Kian sich und Sophie lächelte automatisch.

Sie wusste, dass er sich so ein Auto schon immer gewünscht hatte und wie teuer diese waren. Leider hatte das Geld nie dafür gereicht.

„Danke", formte sie die Worte in Gabes Richtung, ohne dass ihr Sohn etwas davon mitbekam.

Er nickte ihr nur zu und sie ließ Kian wieder herunter, der sofort zu seinem neuen Spielzeug rannte. Gabe holte schnell die Tasche mit dem Essen aus dem Auto.

„Das war keine große Arbeit, ihm das Auto zu schießen", meinte er, lächelte Sophie an und reichte ihr die Tüte.

„Das riecht lecker", sagte sie und ein köstlicher Duft stieg ihr in die Nase.

„Ich habe für uns Burger mitgenommen und für ihn ein kleines Schnitzel mit Pommes", gestand er und sie ging mit dem Essen an den Tisch, den sie nicht fertig gedeckt hatte.

„Er ist heute echt schnell eingeschlafen", stellte Gabe fest und trat zu Sophie ins Wohnzimmer.

Er schloss leise die Tür zu Kians Zimmer, sodass er nicht aufwachte.

„Wundert es dich, nach dem langen Tag, den er mit dir verbracht hat?", fragte sie und lächelte ihn an.

„Nein, ich habe mich ehrlich gesagt schon gewundert, dass er so viel Energie hat. Teilweise hat er sogar mich abgehängt", sagte Gabe und hockte sich auf das Sofa.

„Das kann ich mir bei ihm gut vorstellen."

Sie setzte sich auf den kleinen Sessel gegenüber.

Sie sahen sich in die Augen und Sophie hatte das Gefühl, dass die Lockerheit, die zwischen ihnen geherrscht hatte, verschwand.

Zu gern hätte sie diese behalten, wusste nicht, was sie sagen sollte, damit es so blieb.

„Lou hat es noch niemandem außer dir gesagt, oder?", hakte Gabe nach und unterbrach somit die Stille.

Sophie schüttelte den Kopf. „Ich hoffe, du hast ihm nichts verraten?"

„Nein, habe ich nicht. Aber ich verstehe nicht, warum sie wartet. David wollte schon immer Kinder haben und wird sich darüber freuen. So wie ich ihn kenne, wird er sofort in einen Laden stürmen und alle Sachen, die er findet, kaufen und es jedem erzählen", meinte Gabe.

Sie konnte sich das gut vorstellen, was ihr ein kleines Lächeln aufs Gesicht zauberte.

„Ja, das würde er machen, doch das Problem liegt nicht bei David, sondern bei Lou. Sie hat sich mit dem Thema noch gar nicht beschäftigt und weiß nicht, wie sie damit umgehen oder darüber denken soll. Lass ihr einfach ein bisschen Zeit, das Ganze zu verarbeiten", forderte Sophie ihn auf.

Er sah sie an und sie konnte deutlich sehen, dass er überlegte.

„Stimmt. Sie hat es gerade erst geschafft, ihr Leben in den Griff zu bekommen. So viel ich von David weiß, geht sie regelmäßig zur Therapie. Da sie manchmal nicht mit der Vergangenheit zurechtkommt", sagte er und Sophie konnte Verständnis aus seiner Stimme heraushören, doch da war noch etwas anderes, das sie nicht einordnen konnte.

„Denkst du etwa, ich lüge?", fragte sie und sprach somit ihren Verdacht laut aus.

„Ehrlich gesagt habe ich das am Anfang geglaubt, doch dann habe ich mich gefragt, was du davon hast. Und es leuchtet mir nicht ein, warum. Aber das bedeutet nichts", sagte er und stand auf.

„Erstens lüge ich dich in dieser Sache nicht an und zweitens habe ich erkannt, dass Lügen immer nur Probleme verursachen. Du magst es mir zwar nicht glauben, was verständlich ist nach unserer Vergangenheit, doch ich habe mich geändert und lüge nicht mehr", sagte sie und stand ebenfalls auf.

„Genau hier haben wir beide ein Problem. Ich sehe, dass du dich verändert hast, und erkenne dich nicht wieder. Ich weiß nicht, was ich darüber denken soll. In manchen Sachen erkenne ich dich und dann wieder nicht. Es ist einfach schwierig für mich", sagte er und sah ihr tief in die Augen.

Er hatte seine Stimme nicht erhoben, sondern redete leise und ruhig mit ihr.

„Verständlich. Wir haben uns drei Jahre nicht gesehen und ich habe einiges gelernt und bereue, was ich getan habe. Ich habe mein Leben wieder in den Griff bekommen und das erste Mal im Leben Verantwortung für etwas getragen. Ich stehe zu meinen Fehlern und habe mir geschworen, dass ich alles tun werde, um Kian ein gutes Leben zu ermöglichen. Wegen ihm bin ich der Mensch geworden, der ich heute bin", erzählte sie und Gabe nickte ihr zu.

„Du bist reifer geworden", stellte er fest.

Dann sprudelte aus ihm heraus: „Lass uns die Woche essen gehen und uns einfach besser und näher kennenlernen. Du kannst mir ja mehr Sachen über Kian erzählen." Sophie freute sich, diese Worte zu hören.

„Gern", stimmte sie zu und lächelte ihn an und er erwiderte es.

„Gut, wann hast du Zeit?", fragte er.

„Soll Kian mit?"

„Nein, nur wir beide."

„Dann am Freitag?"

„Ja, passt gut", stimmte er zu.

„Ich muss mal meine Eltern fragen, ob sie ihn da länger nehmen."

„Okay, wir sprechen morgen noch einmal darüber", bot er ihr an und Sophie entging nicht, dass dieses Gespräch steif und angestrengt klang, daher nickte sie nur.

„Bis dann. Einen schönen Abend", wünschte Gabe ihr und ging.

Nachdem sie die Tür hinter ihm geschlossen hatte, sprang sie im Kreis und freute sich. Sie konnte nicht glauben, dass Gabe Zeit mit ihr verbringen wollte, ohne Kian.

Die Sonne ging auf, schien jedoch nicht mit ihrer vollen Kraft. Sie schaffte es gerade einmal so, den dichten Nebel zu verdrängen. Doch dies störte Gabe und David nicht, denn die beiden waren zu sehr konzentriert auf ihre morgendliche Joggingrunde.

„Ist alles okay, du bist so still?", fragte Gabe im Laufen.

„Keine Ahnung. Lou benimmt sich in letzter Zeit einfach komisch und ich weiß nicht, was ich machen soll", gestand David und atmete schwer aus.

„Inwiefern?"

„Sie geht mir aus dem Weg. Sie redet kaum und wenn ich sie darauf anspreche, lächelt sie und sagt, dass alles gut ist. Aber ich merke, dass etwas nicht stimmt", sprach er seine Gedanken laut aus. „Sie distanziert sich von mir und irgendetwas beschäftigt sie, doch sie will mir einfach nicht sagen, was. Das treibt mich in den Wahnsinn."

Gabe verlangsamte sein Tempo und starrte David an. Der merkte erst ein paar Augenblicke zu spät, dass Gabe langsamer geworden und hinter ihm war.

„Was?", fragte er und zog die Augenbrauen nach oben.

Dann sammelte sich Gabe wieder und holte David ein.

„Hast du einen Verdacht, was es sein könnte?"

Er schämte sich in diesem Moment. Er hatte Sophie unterstellt, sie würde lügen, was die Sache mit Lou anging. Gabe hatte seine Zweifel an ihr gehabt und jetzt, da David ihm bestätigte, was Sophie ihm erzählt hatte, nagten Schuldgefühle an ihm. Er hatte ihr Unrecht getan. Zugleich kam Freude in ihm auf, denn er hatte sich getäuscht und das bedeutete, Sophie hatte sich doch verändert. Zumindest war dies seine Hoffnung.

„Hast du mir überhaupt zugehört?", riss David ihn aus seinen Gedanken.

Schuldbewusst sah er zu ihm und schüttelte den Kopf.

„Weißt du etwas?", fragte er.

„Nein, keine Ahnung, was mit Lou los ist. Ich habe sie seit meiner Geburtstagsfeier nicht gesehen und dort haben wir nur ein paar Worte gewechselt", antwortete er und David musterte ihn kurz, bevor er nickte. Den restlichen Weg liefen sie schweigend nebeneinanderher.

Die Woche verging schnell und Sophie konnte kaum erwarten, dass ihre Schicht endete, denn heute war Freitag. Das bedeutete, dass sie einen schönen Abend mit Gabe verbringen würde.

„Sag mal, ist etwas passiert?", riss Maddie sie aus ihren Gedanken.

Sophie zuckte leicht zusammen und sah sie dann an. Sie saßen im Auto und hatten gerade einen Patienten im Krankenhaus abgeliefert.

„Nein, warum?", fragte sie und wusste nicht, worauf sie hinauswollte.

„Du lächelst den ganzen Tag schon und hast extrem gute Laune", sagte Maddie und startete den Motor.

„Ich habe heute Abend ein Date mit Gabe." Sie grinste über das komplette Gesicht und Maddie konnte nicht anders, als ebenfalls zu lächeln.

„Ist alles wieder gut zwischen euch?"

„Keine Ahnung. Ich glaube, er ist immer noch sauer, dass ich ihn einfach ohne ein Wort verlassen habe. Er sieht, dass ich mich verändert habe und ist sich unschlüssig, was er davon halten soll. Wir kommen gut miteinander aus und ich hoffe, dass sich mehr daraus entwickelt. Sodass wir eine echte Familie sind." Das wünschte Sophie sich wirklich.

„Dann drücke ich dir die Daumen, dass es ein schöner Abend wird. Wird Kian dabei sein?", fragte sie.

„Nein, der bleibt über Nacht bei meinen Eltern. Sodass wir keinen Zeitdruck haben."

„In der Harwin Drive gab es eine Schießerei Höhe Harwin Park. Ein Officer und drei Zivilisten wurden schwer verletzt."

„Das ist hier nur einen Block entfernt", stellt sie fest und sah zu Maddie, die ihr zunickte.

„Einsatzwagen 45 übernimmt", sagte sie und bekam wenige Sekunden später das Okay von der Zentrale.

Sofort schaltete Maddie die Sirene ein und drückte aufs Gaspedal.

Als sie ankamen, konnten sie Schüsse hören. Sophie sah aus dem Fenster und war skeptisch, ob sie aussteigen sollten. Maddie erging es ebenso. Sie beobachteten, wie sich Officer hinter dem Polizeiwagen versteckten und immer wieder Schüsse abgaben.

„Ist es normal, dass wir zu solchen Einsätzen gerufen werden?", fragte Sophie und sah skeptisch zu Maddie herüber.

„Nein, glaub mir, das ist es nicht", gestand sie. „Ich arbeite schon seit drei Jahren als Sanitäterin und so etwas habe ich noch nie erlebt."

„Gut zu wissen. Was machen wir?"

Sophie richtete ihren Blick wieder nach draußen. Sie war froh, dass Maddie den Wagen in sicherer Entfernung stehen gelassen hatte.

„Ich gehe da nicht raus, bevor die Lage nicht gesichert ist", sagte Maddie und sah ängstlich zu ihr.

Sophies Herz schlug wie wild und sie hatte Angst, denn nie zuvor war sie in so eine Situation geraten. Sie sah nach draußen und in dem Moment, traf ein bewaffneter Täter einen Polizisten in die Schulter. Er sackte verletzt zu Boden, vor ihrem Krankenwagen. Sofort und ohne zu zögern stieg Sophie aus, schnappte sich den Rucksack und eilte zu dem Polizisten, der verwundet auf der Straße lag. Sie kniete sich hin und hörte, wie Maddie ihr folgte. Sie drehte den Officer auf die Seite und sah, dass es ein glatter Durchschuss und er bei Bewusstsein war. Sie holte eine Mullbinde aus dem Koffer und drückte sie auf die stark blutende Wunde. Dann bemerkte Sophie, wie die Schüsse erstarben und blickte kurz nach oben. Die Beamten hatten die Situation unter Kontrolle bekommen.

„Er muss so schnell wie möglich ins Krankenhaus. Er verliert eine Menge Blut", berichtete Sophie und Maddie holte eilig eine Trage, um ihn zu transportieren.

Gerade als sie den Officer in den Krankenwagen schob, trafen drei weitere Rettungswagen ein. Sophie stieg beruhigt hinten ein und versorgte den Polizisten, bis sie ihn im Krankenhaus an die Ärzte übergaben.

„Das war verdammt mutig von dir", sagte Maddie.

„Ich habe nicht nachgedacht. Ich sah ihn zu Boden gehen und habe gehandelt", antwortete sie.

„Zum Glück sieht es so aus, dass er durchkommt", meinte sie und lächelte Sophie zu. „Gute Arbeit."

Sophie nickte und nahm das Lob gern an. Dann sah sie, wie die anderen Sanitäter noch mehr Verwundete hereinbrachten. Es waren vier weitere Menschen verletzt worden. Ein weiterer Officer und drei Opfer oder Täter. Gespannt und geschockt starrte sie ihnen hinterher und schnappte ein bisschen was auf.

„Was ist da nur passiert?", fragte Maddie und sah fragend zu ihrer Partnerin herüber. Sie wusste, dass sie ihr keine Antwort darauf geben konnte.

„Das war heftig."

Gemeinsam gingen sie zu ihrem Rettungswagen.

„Ja. Jetzt ab auf die Wache, umziehen und in den verdienten Feierabend", seufzte Maddie und Sophie nickte ihr zu und ließ sich in den Sitz fallen.

„Ich brauche erst einmal eine Dusche", sagte sie und Maddie lachte.

„Da schließe ich mich gleich an."

Sie sahen sich kurz an, bevor sie losfuhren. Sophie war dankbar, dass sie so eine tolle Partnerin hatte.

Die Dusche hatte gutgetan und nun stand sie nur in ein Handtuch gewickelt vor dem Kleiderschrank und starrte ihre Klamotten an. Sophie hatte keine Ahnung, was sie anziehen sollte. Gabe und sie hatten nie ein richtiges Date gehabt und sie hatte in den Jahren in Atlanta nicht die Zeit und die Gelegenheit gehabt, sich mit Männern zu treffen. Nervosität machte sich in ihr breit und ein Blick auf die Uhr verriet ihr, dass sie noch eine Stunde hatte.

Sie wusste nicht, was Gabe geplant hatte und was das Abendprogramm für heute war. Daher fiel es ihr umso schwerer, das richtige Outfit zu finden. Sie zog etliche Sachen aufs Bett und legte sie nebeneinander hin, wog ihre Optionen ab und konnte sich am Ende nicht entscheiden. Sie war überfordert. Normalerweise machte sie sich nicht solche Gedanken und zog das an, was ihr als Erstes in den Blick oder den Sinn kam.

Sophie zog sich zehnmal um und keins der Outfits stellte sie zufrieden. Sie probierte eine Skinny Jeans, die hellblau war, und dazu ein weißes lockeres Top, das einen V-Ausschnitt hatte. Sie war nicht so überzeugt davon, drehte sich weiter und musterte sich. Dann schüttelte sie den Kopf und wollte es gerade schon wieder ausziehen, da klingelte es an der Tür.

Erschrocken wirbelte sie herum und sah panisch auf die Uhr.

„Fuck", murmelte sie, rannte zur Tür und öffnete sie.

„Hey, ich bin ein bisschen früh dran", begrüßte Gabe sie und lächelte verlegen.

„Ich brauche noch fünf Minuten. Aber komm schon mal rein", sagte sie und trat beiseite.

Er schloss die Tür und musterte Sophie. Für einen Moment blieb ihm der Atem weg. Sie sah ihn an und stellte fest, dass er gar nicht mal so schick gekleidet war. Er trug ein weißes T-Shirt und eine Lederjacke obendrüber, dazu eine helle Jeans und seine Sneakers.

„Ich bin gleich wieder da", sagte Sophie und rannte ins Bad.

Sie schloss leise und vorsichtig die Tür und atmete tief durch. Mit geschlossenen Augen versuchte sie ihren Herzschlag zu beruhigen. Dann ging sie an den Spiegel, prüfte ihr Make-up, das sie zum Glück schon vor der Outfitwahl aufgetragen hatte. Sie kämmte sich ihre Haare und beschloss, sie nicht offen zu lassen. Sie nahm die vorderen und band sie zu einem lockeren Dutt zusammen, die restlichen blieben offen. Sie sah ein letztes Mal in den Spiegel, griff schnell nach ihrem Parfüm und dann verließ sie das Bad.

„Ich glaube, du solltest eine Jacke mitnehmen. So warm ist es nicht mehr, wenn die Sonne untergeht", sagte Gabe mit einem Grinsen und sah sie an.

Innerlich fluchte Sophie, denn sie hätte jetzt gern ein anderes Outfit angezogen.

„Okay", antwortete sie und verschwand wieder im Schlafzimmer. Die Klamotten lagen immer noch auf dem Bett und teilweise auf dem Boden. Sie schnappte sich schnell eine Jeansjacke und schlüpfte hinein.

„Sorry, dass du warten musstest", meinte Sophie und grinste ihn an.

„Kein Thema, wenn man zu früh kommt, muss man damit rechnen", nahm Gabe es locker hin.

„Gut, wenn du willst, können wir los." Sophie ging zur Eingangstür und zog sich eilig ein paar passende Schuhe an.

„Was hast du vor?", frage sie und schloss die Haustür hinter sich ab.

„Ich wollte mit dir essen gehen und danach in eine Bar, wo eine Liveband spielt, die echt gut ist. Es ist aber ein Stück von hier entfernt und wir müssen mit der U-Bahn fahren." Er wirkte ein wenig nervös. „Wenn du willst, können wir etwas anderes machen", schlug er schnell vor und sie konnte ein leichtes Zittern in seiner Stimme heraushören.

Sophie grinste ihn an und war erstaunt, dass Gabe einmal schüchtern sein konnte. Sonst trat er immer so selbstbewusst auf und jetzt wirkte er alles andere als das.

„Nein, klingt gut", beruhigte sie ihn und er atmete erleichtert aus.

„Gut", sagte er und beide machten sich auf den Weg.

Den Weg zur U-Bahn legten sie schweigend zurück und Sophie konnte eine gewisse Anspannung fühlen und wusste nicht, wie sie dies ändern sollte.

„Wie war dein Tag?", brach sie das Schweigen und hoffte, die Atmosphäre zwischen ihnen ein bisschen zu lockern.

„Es ging, war heute nicht viel los. Wir haben keine großen und spannenden Fälle aktuell", antwortete er und in diesem Moment kam die U-Bahn. Sie stiegen ein und suchten sich schnell einen Platz.

„Das ist doch gut. Das bedeutet, weniger Straftaten werden verübt", sagte Sophie.

„Ja, darüber bin ich echt froh, aber das sind die schlimmsten Tage in meinem Job. Denn dann sitzt man nur rum, geht alte Akten durch und versucht, die Zeit zu überbrücken. Sie kommen zwar nicht häufig vor, aber es gibt sie", erklärte er.

Sie wollte etwas erwidern, als die U-Bahn stehen blieb und eine Gruppe Jugendlicher mit lautem Gebrüll hereinstürmte. Automatisch drehten sich Gabe und Sophie zu ihnen um, die schon sichtlich angetrunken waren. Als sie weiter in den nächsten Wagon liefen, setzten sie sich wieder normal hin und lächelten einander zu.

„Wann musst du Kian abholen?", wechselte Gabe das Thema.

„Er schläft heute bei meinen Eltern. Da er früher schlafen geht, als dass wir fertig sind", antwortete sie und er nickte ihr mit einem Lächeln zu. Es war angespannt und beide waren sichtlich nervös.

„Hier müssen wir raus", merkte er an und sie erhoben sich und stiegen aus.

Als sie die Treppen der U-Bahn hinaufstiegen und Sophie sah, wo sie waren, blieb sie kurz stehen. Sie war heute schon einmal hier gewesen.

„Ist alles okay?", fragte Gabe.

Er musterte sie mit fragendem Blick.

„Ja, heute habe ich einen Einsatz hier gehabt", antwortete sie und schüttelte kaum merklich den Kopf.

„War er so schlimm?"

„Nein, nur der erste, der lebensbedrohlich für meinen Patienten gewesen ist", gestand sie.

„Hat er es denn überlebt?", erkundigte er sich.

„Das ist das Schlimme an dem Job. Man liefert die Opfer ab und weiß nicht, was danach mit ihnen geschieht. Es kann beides der Fall sein. Die Ärzte meinten, es sieht nicht schlecht aus. Seine Chancen sind gut", erzählte sie ihm.

„Dann hast du doch einen guten Job gemacht", sagte Gabe und kurz darauf standen sie vor dem Lokal. Sophie blickte hoch zum Schild und erkannte, dass es ein spanisches Restaurant war.

„Warst du hier schon mal?", fragte sie Gabe, während er ihr die Tür aufhielt.

„Ich habe mir hier öfters was geholt. Das Essen ist gut", meinte er und ein Kellner kam auf sie zu.

„Haben Sie reserviert?", fragte er.

„Ja, auf Harper."

Die Bedienung sah kurz im Buch nach, bevor er sie bat, ihm zu folgen.

Er brachte die beiden zu einem Tisch, der weiter hinten und ein wenig abgelegener von den anderen war. Sie nahmen Platz, zogen ihre Jacken aus und hängten sie über die Stühle.

„Darf es schon etwas zu trinken sein?", fragte der Kellner höflich.

„Ich nehme ein Glas Wasser, bitte", bestellte Sophie.

„Ich auch", fügte Gabe hinzu.

Der Kellner nickte und verschwand daraufhin wieder.

„Ich habe gedacht, jeder sucht sich fünf Tapas aus und wir teilen sie uns", schlug Gabe vor und sie lächelte.

„Das finde ich eine gute Idee", stimmte Sophie ihm zu.

Sie öffneten beide die Speisekarte und brauchten nicht lange, um eine Auswahl zu treffen. Gerade klappten sie die Karte zu, als der Kellner kam und das Wasser brachte. Er nahm schnell die Bestellung auf und verschwand dann wieder.

„Dein Geschmack hat sich nicht geändert", stellte Gabe fest und lächelte sie an.

„Wieso?", fragte sie verwundert.

„Du hast früher schon Garnelen geliebt", antwortete er. „Du hast sie immer und bei jeder Gelegenheit gegessen."

„Das stimmt, das hat sich nicht geändert", gab sie zu. „Obwohl sich mein Geschmack verändert hatte, während ich schwanger war."

„Echt? Was hast du denn für Gelüste gehabt?", fragte er sie und lehnte sich entspannter in den Stuhl.

„Am Anfang war es nur Heißhunger auf Schokolade, danach habe ich dazu Ketchup gegessen. Oder habe Chips mit Eis gelöffelt."

„Okay, das klingt eklig", gestand er und verzog das Gesicht.

„Jetzt würde ich das nicht mehr essen, doch damals war ich verrückt nach dem Zeug", lachte sie und Gabe stimmte mit ein.

„Ich bin mal gespannt, wie es Lou damit ergeht", sagte Sophie.

„Sie hat es David immer noch nicht gesagt, oder?", fragte er und sie zuckte mit den Schultern. „Er ahnt etwas."

„Wie meinst du das?"

„Wir waren heute Morgen Joggen und da hat er angedeutet, dass er sich Sorgen um Lou macht", begann Gabe und nahm einen Schluck Wasser. „Sie distanziert sich von ihm und er merkt, dass es ihr nicht gut geht und ist echt am Verzweifeln."

„Du hast ihm doch nichts gesagt, oder?", hakte sie nach.

„Nein, es ist mir zwar nicht leichtgefallen, meinen besten Freund anzulügen, aber ich habe dichtgehalten. Dennoch bin ich der Meinung, dass Lou es ihm langsam mal sagen sollte, bevor er komplett durchdreht."

„Ja. Ich versuche, morgen mit ihr zu reden, vielleicht bringt es ja was", meinte sie und hoffte es inständig.

„David wird sich wahnsinnig freuen", prophezeite Gabe.

„Ja, auf jeden Fall. Er wollte schon immer Vater werden und ehrlich gesagt kann ich ihn mir gut in dieser Rolle vorstellen."

Bevor Gabe etwas sagen konnte, kam der Kellner und stellte die Tapas auf den Tisch.

„Das sieht lecker aus." Sophie musterte das Essen.

„Und es riecht köstlich", sagte er und atmete den Duft ein.

Kurz sahen sie sich an, im nächsten Moment stürzten sie sich schon darauf, da beide großen Hunger hatten. So sprachen sie während des Essens kaum ein Wort miteinander. Zwischendrin blickten sie sich immer wieder an und grinsten sich mit vollem Mund zu.

„Oh mein Gott, war das lecker", lobte Sophie, lehnte sich zurück in ihren Stuhl und starrte auf die leeren Teller.

„Das kannst du laut sagen. Ich bin so satt", sagte Gabe und streichelte über seinen Bauch.

„Hat es geschmeckt?", kam der Kellner dazwischen und nahm das Geschirr mit.

„Ja, sehr lecker", lobten beide und grinsten wieder.

„Darf es eine Nachspeise sein?", fragte er und Gabe und sie wechselten einen kurzen Blick und nickten dann gleichzeitig.

Der Kellner reichte ihnen die Karte.

„So viel zu ich bin so satt, ich mag nichts mehr", scherzte Sophie.

„Nachtisch zählt nicht."

„Was nimmst du?"

Sie hatte sich bereits entschieden und legte die Karte auf seine.

„Den warmen Schokokuchen", sagten beide gleichzeitig. Sie lachten laut auf.

„Wollen wir uns dann einen teilen?", fragte Sophie und Gabe nickte.

Sie bestellten und mussten nicht lange warten, bis der Nachtisch mit zwei Löffeln vor ihnen stand.

„Weißt du, was mir aufgefallen ist?"

Er hob seinen Blick und sah sie fragend an.

„Das hier ist unser erstes richtiges Date", sprach Sophie laut aus.

Gabe verharrte kurz in der Position und sah sie an, dann nickte er.

„Stimmt, wir kennen uns schon so lange und haben es nie auf die Reihe gebracht, anständig auszugehen."

„Du hast mich ja nie gefragt", sagte sie.

„Das ist wahr, aber das hatte seine Gründe. Immerhin bist du Davids kleine Schwester. Zwischen uns liegen elf Jahre Altersunterschied und als das mit uns angefangen hat, hast du andere Probleme gehabt, als dass ich dich zu einem Date einlade", meinte er und sie nickte, denn er hatte recht.

„Ich weiß, das eben sollte kein Vorwurf sein", warf sie ein.

„Ich habe das nicht so aufgefasst", sagte er, tauchte seinen Löffel in den warmen Schokokuchen und nahm den ersten Bissen.

„Hattest du nach mir Dates?", fragte sie ihn direkt.

„In den ersten zwei Jahren überhaupt nicht. Ich habe nur gearbeitet. Dann im dritten habe ich Melanie getroffen, durch einen Fall. Sie ist Anwältin und hat einen meiner Verdächtigen verteidigt. Sie und ich sind ein paar Mal miteinander ausgegangen", offenbarte er ihr.

„Sie war an deinem Geburtstag da", merkte Sophie an und legte den Löffeln weg, denn ihr gefiel das Thema nicht. Trotzdem wollte sie es wissen.

„Es war nie was Ernstes zwischen uns. Sie hat genug Probleme mit ihrem Exmann und sucht nach etwas Lockerem und Ungezwungenem. Gefühle sind von beiden Seiten aus nie im Spiel gewesen", sagte er und Sophie glaubte ihm.

„Okay."

„Und bei dir?", fragte er nach und sie nahm den Löffel und schob sich ein großes Stück in den Mund, sodass ihre Antwort auf sich warten ließ.

Er wollte es wissen und wusste nicht, wie er darauf reagieren würde, wenn sie einen anderen gehabt hatte.

„Ja, ein paar", gestand sie und er schluckte schwer. „Sie waren alle immer wunderschön und haben mich am Ende kaputt und müde gemacht. Teilweise kam ich gar nicht zum Schlafen."

Gabe verschluckte sich am Kuchen.

Besorgt sah sie zu ihm und als sie aufstehen wollte, um ihm auf den Rücken zu klopfen, fing er sich wieder.

„Ich rede hier von den Nächten, die ich mir mit Kian um die Ohren geschlagen habe."

Sie lachte los und er sah sie mit einem ungläubigen Blick an. Das brachte Sophie nur noch mehr zum Lachen.

Dann stimmte er mit ein und das Lachen der beiden hallte durch das ganze Restaurant. Sophie hatte genau erkannt, dass er ihr einen Moment geglaubt hatte und geschockt gewesen war. Darum lachte sie immer weiter und er tat es ihr gleich. Sie hörten erst auf, als ihnen die Bäuche wehtaten.

„Da hast du mich erwischt", sagte er mit einem fetten Grinsen im Gesicht.

Er lehnte sich im Stuhl zurück und grinste sie an.

„Sorry, aber das konnte ich mir echt nicht verkneifen", lachte sie.

„Schon klar".

Sie atmeten tief durch, dann aßen sie die letzten Bisse vom Schokokuchen auf.

„Es war nicht leicht für mich, die ganzen Jahre in Atlanta. Kian, meine Ausbildung und finanziell zurechtzukommen, das alles war nicht einfach."

Gabe sah sie an und erwiderte nichts darauf. Er selbst hatte sich Gedanken darüber gemacht. Nachdem er das Fotobuch und die Videos angesehen hatte, war ihm bewusst geworden, dass Sophie zu kämpfen hatte.

„Ich habe in den Nächten gelernt und jede freie Minute mit Kian verbracht. Da blieb mir kaum Zeit für Freunde oder Freizeit. Ich war so unendlich froh, dass mich Callie und Caro unterstützt haben, ohne sie hätte ich es nicht geschafft", erzählte sie ihm.

„Du hast echt einen guten Job gemacht und dich verändert. Die Sophie, die ich gekannt habe, hätte aufgegeben", sprach er seine Gedanken laut aus.

„Da war ich nicht weit von entfernt. Nachdem du mir diese angeblichen Nachrichten geschickt hast, wusste ich nicht, was ich mit mir anstellen sollte. Ich war verzweifelt und schämte mich unglaublich für die Taten, die ich angerichtet hatte. Mein erster Gedanke war, alles zu vergessen und der Wirklichkeit für einen Moment zu entfliehen. Ich dachte daran, mir Alkohol zu kaufen und mir den Rest zu geben, damit es ein wenig erträglicher wird. Doch dann dachte ich an Kian und ließ es bleiben, denn ich wollte ihm nicht schaden. Ich wusste, dass ich mich ändern musste. Ich musste besser für ihn sein."

„Das hast du geschafft. Er ist glücklich und ihm fehlt es an nichts. Er liebt dich, das sieht man", versicherte Gabe ihr.

„Danke."

„Wie findest du die Idee, wenn wir zahlen und einen kurzen Abstecher in die Bar mit der Liveband machen?", wechselte er das Thema und sie nickte.

Die Bar quoll über. Überall standen Menschen rum und hielten ihre Getränke. Es war kaum ein Platz an einem der Stehtische oder einer der Sitzecken frei. Die Leute unterhielten sich, doch die Musik der Band übertönte das meiste. Sophie war erstaunt, wie laut und voll es hier war. Sie sah kurz etwas hilflos zu Gabe. Der nahm sie an der Hand, denn er war größer als die meisten hier und konnte somit einen Platz am Ende der Bar entdecken. Er schlängelte sich durch die Menge und hielt Sophies Hand dabei fest. Immer wieder drehte er seinen Kopf zu ihr, um sicherzugehen, dass sie ihm folgen konnte.

„Kommst du öfters hierher?", fragte Sophie.

„Einmal im Monat vielleicht. Sie spielen hier alle zwei Wochen und ich find die echt gut", gestand er und drehte dem Barkeeper den Rücken zu, um der Band zuzusehen, die mitten im Lied war.

„Was darfs sein?", fragte der Mann hinter dem Tresen.

„Ein Bier", raunte Gabe ihm zu.

„Ich nehme ein Ipanema", bestellte Sophie und er nickte.

Sie schwiegen und sahen und hörten einfach der Band zu. Sie waren so gefesselt von der Musik, dass sie nicht einmal bemerkten, wie der Barkeeper die Getränke hinstellte. Erst als er Gabe antippte, damit er zahlen konnte, wurden sie unterbrochen.

„Gehst du noch feiern?", fragte sie ihn.

„Nein, hatte in den letzten Jahren keine Zeit dafür", gestand er.

Er wollte die Gegenfrage stellen, doch dann fiel ihm die Antwort ein und er ließ es bleiben.

„Trinkst du gar keinen Alkohol mehr?", fragte er und deutete auf ihren alkoholfreien Cocktail.

„Ich habe es auf ein Minimum reduziert. Ab und zu ein Bier oder ein Glas Wein, aber ich verzichte darauf, so gut es geht", gestand sie und er nickte. „Erstens möchte ich Kian später einmal ein gutes Vorbild sein und zweitens weiß ich, wie viel Schaden es anrichten kann."

„Das kann ich gut verstehen", sagte er, nahm sein Bier und trank einen großen Schluck.

Dabei ließ er sie nicht aus den Augen. Sie hatte ihren Blick schon abgewandt und hörte der Band zu. Gabe erkannte sie nicht wieder. Sie hatte sich in den Jahren verändert, und das zum Positiven hin. Er sah immer noch die alte Sophie in ihr, die höflich und liebenswert war und alles für die Menschen tat, die sie liebte. Genau die, in die er sich verliebt hatte. In den drei Jahren hatte sie ihre schlechten Seiten abgelegt und ihre Probleme in den Griff bekommen. Er war unglaublich stolz auf sie. In den Moment wurde Gabe bewusst, dass er dabei war, sich wieder in sie zu verlieben. Diese Erkenntnis traf ihn mit voller Wucht und er stand ruckartig auf. Sophie und ein paar andere Gäste sahen zu ihm.

„Ist alles okay?", fragte sie ihn besorgt.

„Klar, ich muss nur mal für kleine Jungs", redete er sich raus und verschwand im nächsten Moment. Sie sah ihm irritiert hinterher und verlor ihn in der Menschenmenge.

Es dauerte nicht lange, da kam er zurück und wirkte völlig normal. Kurz sah Sophie zu ihm. Gabe bemerkte ihren Blick und grinste ihr zu, dann wandten sich beide wieder der Band zu.

Gute zwei Stunden blieben sie in der Bar, erst dann machten sie sich auf den Heimweg. Da die U-Bahn etwas entfernt war, mussten sie ein Stück laufen.

„Es war ein schöner Abend. Danke", sagte Sophie und lächelte ihn an.

„Ja, das fand ich auch", stimmte er ihr zu.

Sie liefen schweigend nebeneinanderher und immer wieder berührten sich ihre Hände flüchtig, was beiden ein Lächeln ins Gesicht zauberte.

„Ich bring dich heim", bot er an, als sie in die U-Bahn stiegen.

„Danke." Sie setzten sich auf einen freien Platz.

Die U-Bahn war fast leer, bis auf einen Obdachlosen, der auf der Bank eingeschlafen war, und einer jungen Frau, die nur auf ihr Handy starrte.

„Danke fürs Einladen", sagte sie.

„Gern."

Sie fuhren nur fünf Stationen und stiegen wieder aus. Erst vor ihrer Tür blieben beide stehen. Sophie wurde etwas nervös, denn sie wusste nicht, wie es weitergehen würde. Sie hoffte auf einen Kuss, wollte sich aber nicht allzu große Hoffnungen machen. Unruhig stand sie auf ihren Beinen und spielte mit ihren Haaren.

Gabe ging es ähnlich. Er hatte keine Ahnung, wie er sich verhalten sollte. Sophie war für ihn keine Fremde, doch dies hier war ihr Neuanfang und er wusste einfach nicht, wo das hinführen sollte. In ihm herrschte Chaos.

„Es war ein schöner Abend", begann Gabe das Gespräch und wiederholte sich somit.

„Ja, fand ich auch." Sie lächelte ihn an und trat einen Schritt auf ihn zu.

Er blieb stehen und verspürte den gleichen Wunsch wie sie. Zu gern hätte er sie an sich gezogen und seine Lippen auf ihre gedrückt, doch irgendetwas in ihm hielt ihn davon ab. Daher ging er langsam und vorsichtig zurück. Er suchte Abstand.

„Wir sollten nichts überstürzen", erklärte er ihr und in dem Augenblick machte sich Enttäuschung in Sophie breit.

„Klar."

Sie zwang sich zu einem Lächeln und sah ihn an.

„Wir sehen uns", verabschiedete er sich und umarmte sie flüchtig. Dabei stieg ihm ihr Duft in die Nase. Gabe wusste, dass er ihn die ganze Nacht verfolgen würde.

„Ja, komm gut nach Hause", sagte sie und er nickte ihr zu und winkte ihr kurz, bevor er sich auf den Weg machte.

Sophie blieb stehen und blickte Gabe nach, bis er an der nächsten Ecke abbog und sie ihn nicht mehr sah.

Er hatte ihre Blicke in seinem Rücken gespürt und es hatte ihn einiges an Selbstbeherrschung gekostet, nicht einfach umzudrehen und sie zu küssen. Doch die Angst, wieder so schlimm von ihr verletzt zu werden, hatte ihn davon abgehalten. Er war nicht bereit, dieses Risiko erneut einzugehen.

23. Kapitel

Erst ein lautes, schrilles Klingeln und danach ein energisches Klopfen an ihrer Tür ließen Sophie aus dem Schlaf hochschrecken.

„Sophie, mach auf", hörte sie ihren Bruder vor der Tür.

Verwundert stand sie auf, rieb sich die Augen und wickelte sich in ihre Bettdecke. Sie ging zur Tür und öffnete diese.

„Guten Morgen, Schlafmütze. Komm, wir gehen trainieren", sagte David und grinste sie frech an.

Sophie sah ihn an und verspürte den Drang, ihn zu erwürgen. Doch schon im nächsten Moment roch sie Kaffee. Sie blickte auf die Pappbecher in seiner Hand. Sie lächelte und sehnte sich danach.

„Extra stark, ohne Zucker und Milch. So wie du ihn immer getrunken hast."

Dankend nahm sie den Becher entgegen und trank sofort einen großen Schluck.

„Komm, zieh dich an. Die anderen warten schon", wies er sie an.

„Wer?", fragte sie und zog die Augenbrauen nach oben.

„Liam, Mary, Felix und Gabe." Er sah sie mit einem Grinsen an. „Ich weiß von eurem Date gestern."

Sie sah ihn erstaunt an, sagte aber vorerst nichts dazu, sondern schüttelte nur ungläubig den Kopf und verdrehte die Augen.

„Unsere Eltern wissen Bescheid, dass du Kian mittags abholen kommst. Sie sind so froh, mehr Zeit mit ihm verbringen zu können", gestand er.

„Ich mach mich schnell fertig", sagte sie und nahm ihren Kaffee mit ins Bad.

Erst auf dem Weg dorthin sah sie auf die Uhr und stellte fest, dass es sieben Uhr morgens war.

„Was habe ich nur für einen verrückten Bruder", murmelte Sophie und schloss die Badezimmertür.

Es dauerte fünfzehn Minuten, bis sie fertig war und mit David ihre Wohnung verließ.

„Die anderen warten schon an der Trainingshalle", teilte er ihr mit, als sie fragend auf sein leeres Auto starrte.

Sie stieg ein und wartete darauf, dass er den Motor startete, doch er blickte sie nur an.

„Ist was?", wollte sie wissen und zog ihre Augenbrauen hoch.

„Du wusstest es, oder?".

„Was?", fragte sie und hatte keine Ahnung, worauf er hinauswollte, doch ein weiterer Blick in sein Gesicht machte ihr bewusst, wovon er sprach.

„Ja, sie hat es mir erzählt und war total durcheinander. Sie brauchte ein wenig Zeit, damit klarzukommen", gab sie ihm die Antwort.

„Kann ich verstehen. Sie hat es mir gestern Abend gesagt." Er strahlte über das ganze Gesicht.

„Glückwunsch, du wirst Vater." Sophie grinste und umarmte ihn.

„Ja, unglaublich. Ich kann es immer noch nicht fassen. Es fühlt sich so toll an", meinte er und startete den Motor.

„Das glaube ich dir aufs Wort", freute sie sich für ihn.

„Wissen es die anderen schon?"

„Nein, ich wollte es ihnen heute sagen", sagte David. „Eigentlich wollten Lou und ich es gemeinsam machen, aber sie hatte Nachtschicht und ist erst vor einer Stunde heimgekommen."

„Sie schuftet immer noch in dieser Bar?", fragte sie.

„Ja, das möchte sie. Sie ist in der vierten Woche. Außerdem arbeitet sie nur freitags und samstags. Denn unter der Woche hat sie Uni."

Sophie war zwar drei Jahre in Atlanta gewesen, doch hatte regelmäßig mit ihm und ihren Eltern telefoniert und war somit auf dem Laufenden geblieben. Daher wusste sie, dass Lou ihren Highschool-Abschluss gemacht hatte und Sozialpädagogik studierte. Seit dem Studium lebte sie bei David und arbeitete nur nebenbei in einer Bar.

„So, wir sind da. Die anderen haben wahrscheinlich schon angefangen", sagte er und parkte sein Auto direkt neben Gabes. Sophie erkannte es sofort.

„Oh Gott, ich habe lange nicht mehr trainiert", stellte sie fest und David reichte ihr ihre Sporttasche.

„Dann wird es ja ein Leichtes für mich sein, dich fertigzumachen", provozierte er sie und lachte dabei.

„Das glaubst nur du." Sophie gab ihm einen Klaps auf die Schulter.

Sie hatte sich ihre Sportsachen schon angezogen und eine Bluse und eine Jeans eingepackt, damit sie danach gleich Kian abholen konnte.

„Hey", begrüßte Mary sie und nahm sie in den Arm.

Sophie erwiderte die Begrüßung.

„Siehst du, ich hatte recht. Du schuldest mir fünf Mäuse", sagte Gabe grinsend zu Liam.

„Ja, ja", winkte er mit der Hand ab und ging zu Sophie, die ihn fragend ansah.

„Guten Morgen."

Er umarmte sie.

„Die zwei haben gewettet, ob du kommst. Liam war der felsenfesten Überzeugung, dass es David nicht schafft, dich aus dem Bett zu bekommen und dann zu überreden, mit uns zu trainieren", mischte sich Felix ein und lächelte ihr zu.

„Ich habe vollstes Vertrauen in dich gehabt", sagte Gabe und schlug David leicht auf die Schulter.

„Da bin ich aber erleichtert."

Er fasste sich an die Brust und seufzte übertrieben gespielt.

„Ob ihr es glaubt oder nicht, ich bin dank der letzten Jahre geübt darin, wenig Schlaf zu bekommen", meinte Sophie und grinste in die Runde.

Jetzt war von ihrer Müdigkeit nichts mehr zu sehen.

„Na, dann kann es ja losgehen", sagte Liam und begann damit, sich aufzuwärmen. Sophie und die anderen folgten ihm und liefen ein paar Runden.

„Gehen wir danach frühstücken?", fragte David an alle gewandt.

„Was ist das für eine Frage?", erwiderte Gabe und sah ihn mit einem ungläubigen Blick an.

„Okay, sorry, dass ich gefragt habe", lachte er, ballte seine Hände zu Fäusten und ging spielerisch auf ihn los. Sie sah den beiden zu und musste feststellen, dass sie einiges gelernt hatten seit dem letzten Mal. Sie waren schneller und sicherer geworden. Es waren weitere Griffe hinzugekommen, die Sophie nicht kannte.

„Na, dann zeig mal, was du draufhast", sagte Mary und ging auf sie los.

Sophie hatte ihren Angriff kommen sehen und wich ihr geschickt aus.

Eine Stunde trainierten sie und Sophie musste sich eingestehen, dass sie nicht mehr daran gewöhnt war. Sie hatte in den drei Jahren kaum etwas an Selbstverteidigung gemacht. Wenn sie Zeit für sich gehabt hatte, dann war sie joggen gegangen. Für was anderes hatten ihr die Zeit und Energie gefehlt.

„Du hast ganz schön nachgelassen", stellte Gabe fest, als Sophie ihre Trinkflasche ansetzten wollte.

„Ja, ich weiß. Ich habe in den letzten drei Jahren keine Selbstverteidigung trainiert", gestand sie und nahm einen großen Schluck von ihrem Wasser.

„Wenn du willst, können wir gerne öfters trainieren, damit du wieder fit wirst", bot er ihr an.

David wollte zu seiner Flasche gehen, doch sah die beiden und blieb stehen. Er hielt auch Felix zurück, damit Sophie und Gabe noch einen Augenblick für sich hatten.

„Ja, wenn wir dafür Zeit finden, gern", sagte sie und lächelte ihm zu.

„Wohin wollen wir frühstücken gehen?", erkundigte sich Felix und unterbrach damit den Moment zwischen den beiden.

„Wie immer in das Dinner ein paar Blocks weiter?", schlug Liam vor.

Jeder nickte.

Eine halbe Stunde später saßen alle geduscht und umgezogen in dem Lokal und bestellten sich Kaffee.

„Wer passt auf die Zwillinge auf?", fragte Sophie Mary.

„Wir haben einen Babysitter, der bis mittags auf die beiden aufpasst", antwortete sie und in dem Moment stellte der Kellner die Kaffeebecher auf den Tisch.

„Leute, ich muss euch etwas mitteilen", begann David und alle sahen gespannt zu ihm. „Ich werde Vater."

„Oh mein Gott, das ist ja toll. Herzlichen Glückwunsch", freute sich Mary für ihn und kurz danach blickte sie zu Liam, ihrem Mann.

Sie gratulierten ihm alle und Gabe sah zu Sophie, die ihn anlächelte.

„Ich kann es kaum erwarten, Tante zu werden", sagte sie und strahlte über das ganze Gesicht.

„Freu dich nicht zu früh, denn das bedeutet, dass du das ein oder andere Mal babysitten musst", warnte David sie vor.

„Damit kann ich leben."

Sie lächelte und legte kurz ihren Kopf auf seine Schulter.

„Ich bin so froh, dass du wieder da bist", gestand er, lehnte sich an sie und grinste dabei zufrieden.

„Nicht nur du", stimmte Mary ihm zu.

Sophie löste sich von ihrem Bruder und sah in die Runde. „Ich bin so froh, wieder hier zu sein."

„Wir hatten gar keine Gelegenheit, über Atlanta zu reden. Du musst uns auf jeden Fall einige Fragen beantworten", forderte Mary und die anderen nickten zustimmend,

Es dauerte nicht lange, da wurden schon die ersten gestellt. Sophie beantwortete alle und sah dazwischen immer wieder zu Gabe, der sie ebenfalls ansah. David entging dies nicht, er sagte aber nichts dazu, sondern lächelte nur, denn er hoffte, dass Sophie und sein bester Freund eine richtige Familie werden würden.

„Was starrt ihr mich alle so an?", fragte Gabe und zog verwundert die Augenbrauen hoch.

„Ach, nichts", sagte Mary und widmete sich ihrem Frühstücksteller, genau wie die anderen.

„Gabe?", ertönte auf einmal eine weibliche Stimme hinter Sophie.

Automatisch hob jeder am Tisch den Kopf und blickte zu der Frau, die zu ihnen kam. Sophie erkannte sie auf Anhieb. Es war Melanie, von der Geburtstagsparty.

Augenblicklich hatte sie die Bilder von ihr und Gabe wieder vor Augen.

„Mel? Was machst du denn hier?", fragte Gabe und stand auf, um sie zu umarmen.

„Ich wollte mir nur einen Kaffee holen, da ich auf den Weg zu einer Freundin bin", gestand sie und löste sich viel zu langsam von ihm, was Sophie nicht entging.

Sie atmete tief durch, wandte dann ihren Blick ab und versuchte, die beiden so gut wie möglich zu ignorieren. Sie hoffte, dass Melanie bald wieder verschwinden würde.

„Entschuldigt mich kurz", sagte Gabe und ging mit Mel zu dem Tresen, wo sie sich einen Kaffee to go bestellte.

Zwar wollte Sophie nicht hinsehen, konnte ihren Blick aber nicht von den beiden losreißen.

Die anderen schenkten Gabe und Melanie keine Beachtung mehr und nahmen ihr Gespräche wieder auf.

„Ich mag sie ebenfalls nicht", flüsterte ihr auf einmal Felix ins Ohr.

Sophie zuckte leicht zusammen und sah ihn fragend an.

„Im letzten Jahr ist sie immer wieder bei uns aufgetaucht. Er hat zwar nie über sie gesprochen, doch ich bin nicht blind und dumm. Man konnte deutlich sehen, dass sie was am Laufen hatten. Gabe hat sich nie ins Zeug gelegt oder besondere Freude gezeigt, wenn sie ihn von der Arbeit abgeholt hat", flüsterte er ihr leise zu.

Sophie sah ihn schweigend und irritiert an, da sie nicht wusste, was sie mit dieser Information anfangen sollte und was Felix bezwecken wollte.

„Sorry, ich will dich damit nicht verletzen. Gabe hat mir erzählt, was zwischen euch passiert ist und warum du weggegangen bist. Was ich mit meiner kurzen Rede sagen will, ist, dass Melanie scharf auf ihn ist und es offensichtlich nicht zugibt. Sie wird Gabe nicht einfach so gehen lassen, sie wird um ihn kämpfen, und keiner hier mag sie", erklärte er ihr.

„Okay, und was habe ich damit zu tun? Mir gefällt es eben wenig, dass sie um Gabe herumlungert, doch so wie ich das sehe, hat sie die besseren Karten."

„Das glaube ich kaum. Du hast ein Kind mit ihm. Selbst wenn er sich das im Moment nicht eingestehen will: Er hängt an dir und das wird sich so schnell nicht ändern. Sie hat nicht die geringste Chance gegen dich", meinte Felix.

Niemand der beiden hatte bemerkt, dass die Gespräche am Tisch verstummt waren und alle der Unterhaltung lauschten.

„Da gebe ich ihm absolut recht. Keiner hier mag sie. Sie ist okay, aber sie und Gabe? Nein", mischte sich Liam ein und schüttelte angewidert den Kopf.

„Sie ist ein berechnendes Biest. Sind wir doch mal ehrlich", sprach Mary die hässliche Wahrheit aus.

Alle drehten sich unauffällig zu den beiden um. Sophie sah, wie Melanie lachte und eine Hand auf Gabes Oberarm legte, ihn dabei anhimmelte. Bei diesem Anblick hatte sie Mühe, ihr Frühstück im Magen zu behalten.

„So weit würde ich nicht gehen, sie so zu bezeichnen, aber na ja, recht hast du", stimmte ihr Felix zu.

„Ich kenne sie nicht und habe nicht einmal ein Wort mit ihr gewechselt", sagte Sophie, denn die Blicke waren auf sie gerichtet.

Liam wollte etwas sagen, doch dann kehrte Gabe zurück an den Tisch und alle schwiegen.

„Habe ich was verpasst?", fragte Gabe und blickte skeptisch in die Runde.

„Nein", ertönte es wie aus einem Mund.

David lächelte ihm zu und begann wieder ein Gespräch. Doch Sophie hörte kaum zu, denn sie war zu beschäftigt damit, die Bilder von ihm und Melanie aus dem Kopf zu bekommen. Eifersucht stieg in ihr hoch und sie wusste, wenn es hart auf hart kam, würde sich Gabe für sie entscheiden. Diese Erkenntnis traf sie mit voller Wucht und durch ihren gesamten Körper fuhr ein Schmerz, der sie für einen kurzen Augenblick lähmte. Felix merkte es nur zu gut und empfand Mitleid mit ihr, verspürte das Bedürfnis, zu helfen.

„Das müssen wir auf jeden Fall wiederholen", freute sich Mary, als sie aufstanden.

„Ja, gerne", stimmte ihr Sophie zu. „Wartet ihr bitte, ich geh nur schnell auf die Toilette."

„Okay, wir warten draußen", antwortete Gabe.

Sie gingen aus dem Lokal und unterhielten sich weiter. Nur Felix nicht. Er folgte Sophie. Sie drehte sich um und sah ihn fragend an.

„Keine Sorge, ich bin kein Stalker, hole mir nur einen Kaffee to go und wollte kurz mit dir reden", sagte er.

„Okay, über was?", fragte sie und sah ihn neugierig an.

„Melanie verhält sich zurzeit etwas ruhig und das gefällt mir nicht, denn das war sie zuvor nicht. Ich vermute, sie möchte Gabe Freiraum einräumen, doch das hält nicht lange an, denke ich", teilte er seine Gedanken mit ihr.

„Danke für die Vorwarnung", erwiderte Sophie und wollte sich schon wieder abwenden.

„Heute rede ich irgendwie um den heißen Brei herum. Was ich damit sagen will: Ich mag dich und finde, du passt besser zu Gabe. Ich sehe doch, dass da mehr zwischen euch ist."

„Das mag sein, aber er hat mir klar zu verstehen gegeben, dass er sich nicht noch einmal auf mich einlassen wird. Er will nur ein gutes Verhältnis schaffen, wegen Kian", erklärte sie ihm und es schmerzte, diese Worte auszusprechen.

„Das versucht er sich im Moment selbst einzureden und ich glaube, früher oder später wird er erkennen, dass das Bullshit ist. Komm schon, Sophie, ich bin nicht blind, genau so wenig wie die anderen. Du empfindest etwas für ihn und er für dich", sagte er.

Seine Stimme wurde ein kleines bisschen lauter.

„Ja, du liegst richtig, was mich angeht. Ich liebe ihn und er ist meine große Liebe, daran wird sich nichts ändern. Er sieht und empfindet es aber anders. Wir waren gestern Abend aus und da hat er mir deutlich gezeigt, dass wir gut miteinander auskommen, nicht mehr und nicht weniger." Sophie wusste selbst nicht, warum sie so ehrlich zu ihm war.

„Dann ist er ein Idiot und jemand muss ihm die Augen öffnen", stellte Felix klar und sah sie eindringlich an.

„Ach, und wie soll das bitte gehen? Ich kann ihn schlecht zwingen, mit mir zusammen zu sein", meinte sie und wollte sich schon abwenden.

„Zwingen nicht, aber ich habe da so eine Idee, wie ihm bewusst wird, wie viel du ihm bedeutest", sagte er und grinste sie an.

„Felix, es ist nett von dir, dass du versuchst, mir zu helfen, selbst wenn ich nicht verstehe, warum. Ich meine, wir kennen uns kaum und du dürftest nicht so tolle Geschichten über mich gehört haben. Aber ich denke, es ist eine Sache, die nur mich und Gabe etwas angeht", sagte Sophie und sah ihn an.

„Ja, das stimmt und ich wollte mich gar nicht einmischen. Er hat mir erzählt, was damals zwischen euch passiert ist und dass es da ein großes Missverständnis gegeben hat, sodass er so lange nichts von Kian gewusst hat. Natürlich weiß ich ebenfalls, was du getan hast. Du hast ihm das Herz gebrochen und so etwas steckt man nie leicht weg. Aber ich sehe doch, wie ihr beide leidet und denke, er braucht dringend einen Stoß in die richtige Richtung."

„Und den möchtest du ihm geben?", fragte sie und hatte seinen Plan immer noch nicht durchschaut.

„Nein, wir gemeinsam. Allein schaffe ich das nicht. Wenn du Gabe zurückhaben willst, dann habe ich dafür einen Plan …"

„Sagt mal, wo bleibt ihr denn?", fragte Mary und sah die beiden an.

„Ja, wir kommen ja schon", antwortete Sophie.

„Gib mir schnell dein Handy, dann gebe ich dir meine Nummer und kann dir ungestört von dem Plan erzählen", forderte er sie auf.

„Ich weiß nicht, ob das so eine gute Idee ist", zögerte Sophie und holte es hervor.

„Mag sein, aber willst du ernsthaft kampflos aufgeben?", fragte Felix und sah sie eindringlich an.

Sie überlegte und musste sich eingestehen, dass sie verzweifelt war, so wie das Date gestern gelaufen war. Somit überreichte sie ihm sein Handy. Nur wenige Sekunden später hatte sie es wieder und starrte auf die Nummer.

„Ich weiß nicht", sagte sie unsicher.

„Hör dir erst einmal meinen Plan an und danach kannst du immer noch entscheiden. Glaub mir, ich will dir und Gabe nur helfen. Ich mag ihn und habe schon so einige Geschichten über euch gehört", gestand er. „Außerdem sehe ich doch, wie viel du ihm bedeutest. Er ist nur zu stolz, es zuzugeben, und wir könnten dies ändern."

„Okay", sagte sie und öffnete die Tür.

„Nein, heute Abend kann ich leider nicht, treffe mich mit Melanie", hörte Sophie Gabe zu ihrem Bruder sagen und diese Worte versetzten ihr einen Stich.

„Hey, soll ich dich bei unseren Eltern absetzen?", bot ihr David an, als er sie entdeckte.

Sie wohnten ein gutes Stück weg und es wäre definitiv zu weit zum Laufen.

„Lass schon, fahr du zu Lou. Ich übernehme das", bot Gabe an.

„Okay", sagte er und nickte. Bevor Sophie protestieren konnte, war er verschwunden.

„Wir sehen uns bald", verabschiedete sich Mary und drückte Sophie.

„Ja, bis dann", erwiderte sie.

„Ich ruf dich später an", sagte sie leise zu Felix, der nickte. Gabe bemerkte zwar, dass sie flüsterte und wunderte sich, aber hörte das Gesprochene nicht. Er fragte sich, worüber die beiden geredet hatten, da er sie die ganze Zeit durch die Fenster beobachtet hatte. So war ihm nicht entgangen, dass sie Nummern ausgetauscht hatten.

Er würde sich heute mit Melanie treffen und somit hatte Felix recht gehabt, sie würde ihn nicht lange in Ruhe lassen. Sophie wollte jetzt im Auto mal mit Gabe reden und auf gestern Abend anspielen und hoffte, dass sie Felix' Hilfe nicht benötigen würde.

„Danke, dass du mich fährst", bedankte sie sich, als sie bei Gabe auf dem Beifahrersitz saß.

„Ja, gerne, so kann ich Kian ein wenig sehen." Er lächelte sie an.

„Ja", sagte sie und atmete tief durch.

„Gestern Abend war schön, das können wir gern wiederholen."

Diese Worte kosteten sie einiges an Überwindung und sie sah gespannt zu Gabe, der erst einmal keine Regung zeigte.

„Ja, es war ein schöner Abend", stimmte er zu und konzentrierte sich auf die Straße.

Sophies Anspannung blieb, denn sie hoffte, er würde erwidern, dass sie das wiederholen sollten, doch er schwieg.

„Wenn du möchtest, können wir ja nächste Woche noch einmal miteinander ausgehen?", fragte sie und hielt den Atem an, denn sie hatte Angst vor der Antwort.

„Hör zu, ich will ehrlich mit dir sein. Ja, der Abend war schön und wir hatten Spaß. Doch ich habe erkannt, dass du dich verändert hast, auf positive Weise. Ich erkenne die alte Sophie in dir, in die ich mich damals so sehr verliebt habe. Aber dennoch bin ich der Meinung, dass es niemals so werden kann wie früher."

„Was willst du damit sagen?"

Diese Worte zerstörten ihre letzte Hoffnung und Sophie hatte Mühe, ihre Tränen zurückzuhalten.

„Du bist mir wichtig, aber mir ist gestern bewusst geworden, dass wir nicht mehr als Freunde sein können", sagte er ihr klar.

Er hielt an der roten Ampel und sah sie eindringlich an.

„Ist es wegen Melanie?", fragte sie direkt.

„Nein, deswegen nicht. Du hast zu viel in mir zerstört. Auch wenn ich weiß, dass du mir Kian nie verschwiegen hast, ändert dies nichts daran, dass du mich ohne ein Wort verlassen hast, nachdem ich alles für dich getan und dir blind vertraut habe. Das hast du mit Leichtigkeit weggeschmissen."

„Das ist nicht fair, Gabe. Ich weiß, ich habe damals Fehler gemacht, doch ich versuche sie wiedergutzumachen. Du kannst mir nicht vorwerfen, dass ich dir Kian vorenthalten habe, darum suchst du nach Ausreden." Er parkte das Auto.

„Das denkst du also? Sophie, du hast mich angelogen, mein Vertrauen missbraucht und bist, als es schwierig geworden ist, abgehauen, ohne ein Wort zu sagen. Du hast mir das Herz herausgerissen und in tausend Stücke zerrissen. Das, was du abgezogen hast, war nicht einfach nur ein Fehler, den mal so nebenbei macht. Dieser Ausrutscher trägt Konsequenzen mit sich. Du hast das Leben deines ehemaligen Dozenten komplett zerschlagen und mir einen Schmerz zugefügt, von dem ich nicht einmal wusste, dass er existiert. Du hast mich zerstört, ich war am Ende, als ich zurückgekommen bin und festgestellt habe, dass du weg warst und ich nicht die Möglichkeit hatte, mit dir darüber zu reden. Du hast mich verlassen, ohne nur mit der Wimper zu zucken, und mir nur einen dämlichen Brief dagelassen", schrie er sie an. „Du hast mir das Gefühl gegeben, dass ich dir nichts bedeute und nur ein Mittel zum Zweck gewesen bin."

„So darfst du nicht denken, denn das warst du nie. Denkst du, mir ist nicht bewusst, dass ich einen schlimmen Fehler gemacht habe? Ich schiebe das nicht auf die Drogen. Ja, es ist meine Entscheidung gewesen, das mit den Lügen und Intrigen und dem Weggehen, aber alles wäre anders gelaufen, wenn ..."

„Wenn mein Handy nicht verloren gegangen wäre. Das ist erbärmlich, Sophie. Sind wir mal ehrlich. Wenn du damals nicht schwanger geworden wärst, hättest du dich in absehbarer Zeit bei mir gemeldet?", fragte er sie und sah sie eindringlich an.

„Nein", gab sie zu und sah zu Boden. Es war die Wahrheit.

„Ich kann und will das Risiko nicht eingehen, von dir so verletzt zu werden. Noch einmal so etwas und ich überlebe es nicht. Du bist mein Schwachpunkt. Das warst du schon immer und wirst es auch immer sein", gestand Gabe ihr offen und ehrlich.

„Das mag zwar jetzt hart und verletzend sein für dich, aber ich schätzte dich, als Mutter unseres Sohns und als gute Freundin. Mehr als Freundschaft wird nie wieder zwischen uns sein, daran ändert gestern Abend nichts. Es tut mir leid, wenn es dir wehtut, aber es ist die Wahrheit."

Sie versuchte mit aller Mühe ihre Tränen zu unterdrücken und nickte.

„Gut", sagte sie und stieg aus dem Wagen. Sie atmete durch und kämpfte mit den Tränen.

Sophie holte schnell ihre Tasche und verschwand, ohne sich umzudrehen, in das Haus ihrer Eltern. Gabe hatte die aufsteigenden Tränen gesehen und verfluchte sich innerlich dafür, was er gesagt hatte. Als er sie so verletzlich vor sich gesehen hatte, hatte er das Bedürfnis gehabt, sie in den Arm zu nehmen und all seine Worte zurückzunehmen, doch er war nicht bereit, sie wieder so nah an sich heranzulassen. Er atmete schwer durch und es schmerzte in seinem Herzen, dass es so zwischen ihnen endete. Er ertrug es nicht, Sophie heute länger zu sehen. Ihre Nähe tat ihm weh, deswegen schloss er kurz die Augen und fuhr dann los.

Kian schlief tief fest und nachdem sie sich davon ein zweites Mal überzeugt hatte, holte sie ihr Handy hervor und rief Felix an.

„Hallo?", meldete er sich.

„Hey, hier ist Sophie. Ich glaube, ich komme auf deinen Plan zurück."

Sie weigerte sich, sich mit dem Gedanken daran anzufreunden. Sie war verzweifelt und wollte um alles auf dieser Welt Gabe zurückbekommen, wusste aber nicht, wie.

„Das ist schon einmal gut zu hören", meinte er und sie konnte laute Musik im Hintergrund wahrnehmen.

„Wenn es nicht passt, kann ich später oder morgen noch mal anrufen", bot sie an.

„Nein, alles gut", sagte Felix und die Musik verstummte.

„Willst du das jetzt mit mir am Telefon durchgehen?"

„Von mir aus gern."

„Ich kann hier nur schlecht reden. Würde es dir etwas ausmachen, wenn ich vorbeikomme?", fragte er.

„Nein, ich schick dir meine Adresse, aber bitte klingle nicht, Kian ist eingeschlafen."

„Geht klar. Ich bin in einer halben Stunde bei dir", sagte er und legte dann auf.

Sie wollte sich nicht auf Felix' Vorschlag einlassen, selbst wenn sie nicht einmal wusste, was er vorhatte. Doch sie hatte erkannt, dass sie Gabe verloren hatte und daran nichts ändern konnte. Sie kannte Gabe und er war nicht zu überreden. Wenn er sich erst einmal etwas in den Kopf gesetzt hatte, ließ er sich durch nichts und niemanden davon abbringen. Er hatte beschlossen, Sophie abzuschreiben und nur wegen Kian mit ihr in Kontakt zu bleiben. Sie hatte nichts zu verlieren. Schlimmer als jetzt konnte es nicht zwischen ihnen werden. Somit war sie verzweifelt genug, auf fremde Hilfe zurückzugreifen.

Felix rief an und sie wusste, dass er vor der Tür stand. Sofort erhob sie sich und öffnete ihm.

„Hey, komm rein", bot sie ihm an und automatisch sah er sich in der Wohnung um.

„Hübsch", sagte er und zog seine Schuhe aus.

„Wir sollten nur nicht so laut sein. Kian hat zurzeit einen leichten Schlaf", erklärte sie und er nickte. „Kann ich dir etwas anbieten?"

„Wenn du hast, ein Bier?", fragte er und sie verzog das Gesicht.

„Leider habe ich keins da, aber wie wäre es mit einer Cola oder Limo?"

„Cola", antwortete er ihr.

Sie holte ihm eine, dann setzten sie sich aufs Sofa.

„Also, lass mal hören, deinen tollen Plan." Sophie sah ihn gespannt an.

„Es war nur ein kurzer Gedanke, doch ich habe heute ein bisschen darüber nachgedacht und glaube, es könnte funktionieren. Aber was hat deine Meinung geändert?" Felix sah sie neugierig an.

„Was meinst du?"

„Heute früh warst du total unentschlossen und ich habe nicht damit gerechnet, dass du anrufen wirst. Doch jetzt wirkst du entschlossen und selbstsicher, was das hier angeht", gestand er ihr.

„Ja, heute Morgen habe ich echt gezweifelt, ob das so eine gute Idee mit dir ist, habe aber erkannt, dass ich keine Chance mehr bei Gabe habe. Ehrlich, ich bin verzweifelt und weiß nicht weiter", erzählte Sophie und Felix nickte interessiert.

„Mag sein, dass mein Plan nicht durchdacht und bescheuert ist, aber er könnte funktionieren", meinte er und lehnte sich im Sessel zurück.

„Okay, dann lass mal hören", forderte sie ihn auf.

„Du bist Gabe wichtig, das hatten wir ja bereits, und er möchte dir keine zweite Chance geben, warum auch immer", begann er.

„Ich habe ihm das Herz rausgerissen und ihn aufs Übelste verletzt. Er will das Risiko nicht noch einmal eingehen, dass ich ihm das Herz breche."

„Das mag sein, aber das klingt für mich eher nach Ausreden", sagte Felix. „Mein Plan ist, Gabe klarzumachen, dass er dich verlieren könnte."

„Worauf willst du hinaus?", fragte sie und wurde hellhörig.

„Na ja, er trifft sich mit einer anderen und sieht, dass es dir etwas ausmacht. Warum den Spieß nicht umdrehen und ihm zeigen, was er verliert", begann er zu erzählen.

„Ihm wird es nicht gefallen, dich mit einem anderen zu sehen."

„Das klingt logisch, aber dein Plan hat nur einen Haken. Ich finde so schnell niemanden, der mit mir ausgeht. Und zweitens möchte ich niemandem falsche Hoffnungen machen."

„Das musst du nicht. Ich biete mich an. Mir ist durchaus bewusst, dass ich keine Chance bei dir habe. Außerdem bist du nicht so mein Typ, wenn ich das so ehrlich sagen darf", sagte er. Sophie war über seine Offenheit verwundert.

„Okay, das heißt wir tun was genau?", fragte sie ihn.

„Wir gehen offiziell aus und sorgen dafür, dass Gabe das mitbekommt. Er wird sehen, dass du dich gut mit mir verstehst und aus uns mehr werden kann", schlug er ihr vor.

„Es soll seine Eifersucht wecken und ihm bewusst machen, was er verlieren kann, sodass er mir eine zweite Chance gibt", fasste sie zusammen.

„Ja, genau."

„Der Plan ist gut, er hat nur einen Haken", sagte sie und ihre Hoffnung schwand.

„Welchen?"

„Gabe kennt dich. Er wird niemals ernsthaft glauben, dass wir zwei miteinander ausgehen", gestand sie ihm.

„Warum nicht? Weil er mein Boss und mein Freund ist?", frage er sie.

„Genau. Du riskierst hier die Freundschaft mit ihm. Ist die Ex des Kumpels nicht tabu?"

„Theoretisch, doch Liam und David stehen ihm näher, als ich es jemals tun werde. Ja, wir sind Freunde, aber nicht die besten und somit ist die Ex nicht tabu. Selbst wenn, was will man schon gegen seine Gefühle tun. Dann haben wir uns halt verliebt, dafür kann niemand etwas", verteidigte er ihren Vorwurf. „Wart ihr je richtig zusammen?"

Sie schüttelte den Kopf.

„Also bist du auch nicht seine Ex."

„Du hast für alles eine Antwort, oder?", fragte sie ihn ehrlich erstaunt.

„Ja, ich bin flexibel und reagiere schnell, und glaub mir, wenn wir das durchziehen, wird Gabe rasend vor Eifersucht werden", versprach er. „Natürlich gibt es keine Garantie, dass es funktioniert, aber was haben wir zu verlieren?"

Sie sah ihn an und musste zugeben, dass ihr keine andere Möglichkeit blieb.

„Okay." Sophie nickte. „Wie gehen wir weiter vor?"

Felix starrte sie erstaunt an und sagte nichts.

„Das ging schnell. Ich habe damit gerechnet, dich länger überzeugen zu müssen und mir nichts Konkretes überlegt." Er grinste verlegen.

Sophie lachte und sah ihn dabei kopfschüttelnd an.

„Du bist echt unglaublich", meinte sie und lächelte über das komplette Gesicht.

„Ja, das habe ich schon öfters gehört", stimmte Felix ihr zu. „Wir müssen dafür sorgen, dass er uns zusammen sieht und misstrauisch wird."

„Ja, aber wie? Ich glaube, nach heute wird er mir versuchen aus dem Weg zu gehen", gestand sie.

„Ja, das ist ein Problem", gab er zu. „Als Erstes könnten wir ein Bild von uns machen, auf dem ich den Arm um dich lege, und das dann posten, im Status."

„Ja, das ist gut, aber kommt doch überstürzt", wandte sie ein.

„Ja, ich meinte nicht heute und sofort. Ich muss sowieso morgen mit ihm arbeiten und da lass ich fallen, dass ich bei dir gewesen bin und wir und einen Film angeschaut haben. Dann sehe ich schon, wie er reagiert", schlug Felix vor.

„Okay", willigte Sophie ein, denn sie hatte in dieser Sache kaum etwas zu verlieren.

24. Kapitel

Gabe atmete erleichtert aus und setzte sich an den Tisch, an dem die anderen ihre Pizzakartons öffneten.

„Dieser blöde Papierkram macht mich wahnsinnig", seufzte er und ließ sich genervt auf einen Stuhl fallen.

„Das kann ich mir vorstellen, du siehst fertig und müde aus", stellte David fest und nahm sich als Erster ein großes Stück Pizza.

„Ja, war eine lange Nacht", meinte er und trank einen Schluck Kaffee, in der Hoffnung, dass er schnell wirkte.

„Bei Felix auch", sagte Liam und deutete auf ihn, der im Stuhl hing und gähnte.

„Ja, bei mir ist es spät geworden", gab er zu. Er war bei Sophie und im Fitnessstudio gewesen und hatte somit wenig Schlaf bekommen.

„Was hast du denn gestern gemacht?", fragte Gabe und Felix hatte große Mühe, sich ein Grinsen zu verdrücken.

„Ich bin bei einer Freundin gewesen. Wir haben uns gut unterhalten und es ist eben spät geworden", antwortete er. „Und was war bei dir los?"

„Ich habe mich mit Melanie getroffen", platze es aus Gabe heraus.

„Ernsthaft? Du hast es wirklich durchgezogen. Schieß sie ab!", meinte er und bevor Gabe dazu etwas sagen konnte, klingelte Davids Handy.

„Entschuldigt mich", sagte er und verließ den Raum, nicht ohne sich ein großes Stück Pizza zu schnappen.

„War das gestern ein Date?", hakte Liam bei Felix nach.

„Nein, wir waren nur bei ihr, haben etwas zu essen bestellt und uns unterhalten", antwortete er und grinste dabei.

„Wer ist sie?", fragte Liam.

„Kennen wir sie?" Jetzt war Gabe auch neugierig.

„Ja, ihr kennt sie. Mehr sage ich dazu nicht. Wir wollen uns heute noch einmal treffen", antwortete er.

„Uhhh", machten beide gleichzeitig.

„Läuft da was zwischen euch?", fragte Gabe.

Felix grinste ihn an und hoffte, dass sein Plan aufging.

„Sie ist nett und ja, sie ist mein Typ, mal schauen, wie sich das zwischen uns entwickelt", gestand er und merkte, dass Gabes Interesse geweckt war.

„Kennen wir sie?", fragte er erneut.

„Okay, ja, ihr kennt sie. Es ist Sophie. Sie ist genau mein Typ und wir haben uns gestern im Café gut unterhalten. Sie scheint nett zu sein. Mir ist bewusst, dass du mal was mit ihr gehabt hast, hoffe, es ist okay", platzte Felix mit der Sprache heraus und beobachtete seine Reaktion.

Gabe versteifte sich und für einen Moment wich ihm alle Farbe aus dem Gesicht, dann fasste er sich wieder und lächelte ihn an.

„Klar. Sie ist die Mutter meines Sohnes und eine gute Freundin, mehr nicht. Du bist ein anständiger Kerl und ihr passt gut zusammen", log er und zwang sich zu einem Lächeln.

„Gut, dann haben wir das auch geklärt. Was macht ihr heute Abend?", fragte Felix und lenkte somit von sich ab.

„Ich werde mit meiner Familie einen schönen und entspannten Abend machen", sagte Liam und man konnte ihm die Freude deutlich ansehen.

„Ich weiß noch nicht. Wahrscheinlich Kian besuchen", antwortete Gabe und hatte immer noch damit zu kämpfen, was Felix ihm gerade eröffnet hatte.

Es gefiel ihm ganz und gar nicht, dass er sich mit Sophie traf. Gabe wusste, dass er jetzt keine Eifersucht zeigen und Einwände bringen durfte. Dieses Recht hatte er abgegeben und die Vorstellung der beiden zusammen trieb ihn in den Wahnsinn. Alles in ihm tobte. Er trank seinen Kaffee aus, aber ignorierte die Pizza, denn der Appetit war ihm vergangen.

„Denkst du, das ist wirklich so eine gute Idee?", fragte Sophie Felix.

„Glaub mir, das wird schon gutgehen. Wenn er kommt, verschwinde ich schnell wieder und sage nur, dass ich meine Jacke gestern Abend hier vergessen habe."

Von der gestrigen Unterhaltung sagte er ihr nichts. Ihm war nicht entgangen, dass Gabe seine Hände zu Fäusten geballt hatte und leichenblass geworden war. Er konnte es aber gut überspielen, das musste er ihm lassen.

Sophie fühlte sich nicht wohl dabei, doch jetzt war es zu spät, einen Rückzieher zu machen, das bewies die Klingel.

„Daddy kommt", schrie Kian, rannte zur Tür und öffnete sie schon im nächsten Augenblick.

„Hey, mein … Großer", begrüßte Gabe ihn und sah Felix überrascht an.

„Ich bin schon weg", sagte er.

„Vergiss deine Jacke von gestern Abend nicht", meinte Sophie und reichte sie ihm.

„Danke. Und wir telefonieren später?"

Sie nickte, dann nahm er seine Jacke und verschwand. Gabe trat ein und sah ihm mit finsterem Blick nach.

Sie schloss die Tür mit einem breiten Grinsen, da sie seinen Gesichtsausdruck bemerkte.

„Du triffst dich mit Felix?", fragte er.

„Wir haben uns beim Training gut verstanden und Nummern ausgetauscht. Er ist gestern spontan vorbeigekommen", antworte sie ihm und zuckte die Schultern.

„Okay", sagte Gabe und verzog keine Miene. „Er ist ein guter Kerl."

Sophie starrte Gabe an. Mit dieser Reaktion hatte sie nicht gerechnet. Es schien ihm wenig auszumachen, am Anfang war er überrascht gewesen, doch jetzt machte es den Eindruck, als ob es ihn gar nicht störte.

„Ich weiß, er ist ein guter Freund und ich möchte nicht zwischen euch stehen, daher hoffe ich, es ist okay, wenn ich mit ihm ausgehe."

„Klar, warum nicht", antwortete er, aber sah dabei Kian an, denn er konnte die Eifersucht nicht unterdrücken.

Er nahm seine Hand und ging mit ihm in sein Zimmer. Sophie holte ihr Handy raus und schrieb Felix.

Sophie: Dein Plan ist scheiße.

Felix: Warum?

Sophie: Weil es ihm egal ist, dass wir uns treffen. Er meinte, du seist ein guter Kerl.

Felix: Ja, bin ich ja auch.

Sophie verspürte Wut auf sich selbst. Sie war so dumm gewesen, sich auf diesen bescheuerten Plan einzulassen, und hatte sich damit wieder Hoffnungen gemacht. Sie verfluchte sich selbst, dass sie so naiv war und gedacht hatte, dies würde seine Meinung ändern. Etwas in ihr schrie, dass sie nicht so schnell aufgeben sollte.

Sophie: Hast du jetzt Zeit?

Felix: Was hast du vor?

Sophie: Können wir einen Kaffee trinken gehen?

Felix: Was hast du vor?

Sophie: Ja oder nein?

Felix: Ja.

Sophie: Gut, dann treffen wir uns an der Bäckerei beim Park, in zehn Minuten?

Felix: Okay.

Sie grinste und wusste selbst nicht, was sie hier tat, doch sie ging in Kians Zimmer und sah die beiden lachend und spielend.

„Hey ihr, wie ich sehe, versteht ihr euch prächtig", sagte Sophie und lehnte sich an den Türrahmen.

Gabe blickte auf und sah sie mit finsterer Miene an. Sie neigte ihren Kopf und gab ihm zu verstehen, dass sie ihn kurz unter vier Augen sprechen wollte. Widerwillig erhob er sich und ging zu ihr.

„Ich will euch nicht lange stören, aber würde es dir etwas ausmachen, wenn ich für so eine Stunde verschwinde? Ich würde mich gern mit Felix treffen."

Gabe starrte sie an und zeigte keine Regung, obwohl alles in ihm tobte.

„Nein, ist okay", sagte er, drehte sich mit einem Lächeln um und spielte weiter mit Kian, als ob nichts gewesen wäre.

Sophie verspürte den Drang, das Kuscheltier, das vor ihr am Boden lag, zu nehmen und ihm an den Kopf zu schmeißen. Doch sie drehte sich um und flüchtete aus der Wohnung.

Wenig später saß sie mit Felix im Café und erzählte ihm alles.

„Er spielt nur den Harten. Er hat dir gestern eine krasse Ansage gemacht. Wenn er am nächsten Tag gleich wieder einknickt, würde das seinen Stolz treffen. Lass ihm ein bisschen Zeit. Er wird schon einknicken", versicherte Felix ihr.

„Ganz ehrlich: Ich glaube nicht daran. Ich möchte mir nicht unnötig Hoffnungen machen und am Ende verletzt werden. Es ist Zeit, sich damit abzufinden, dass er mir keine zweite Chance geben wird", sagte sie und nahm einen Schluck von ihrem Kaffee.

„So hätte ich dich nicht eingeschätzt", meinte er und lehnte sich lässig im Stuhl zurück.

Fragend sah sie zu ihm.

„Dass du so schnell aufgibst."

„Ich gebe nicht auf, sondern sehe den Tatsachen ins Auge", sagte sie und erhob sich. Genau in dem Moment ertönte ein erschütternder Schrei.

Felix sprang sofort auf und Sophie war in Alarmbereitschaft.

„Ist hier ein Arzt?", schrie eine Angestellte.

Kurz sah sie sich um. Als keiner der Gäste reagierte, trat sie vor.

„Ich bin Rettungssanitäterin."

Sophie folgte der Kellnerin und als sie in der Küche ankamen, stockte ihr für einen Moment der Atem.

Ein Mann lag bewusstlos auf den kalten Fliesen. Es tropfte Blut aus seinem Kopf und Sophie zögerte keine Sekunde. Sie kniete sich zu ihm auf den Boden.

„Ich brauche eine kleine Taschenlampe", sagte sie und sofort reichte ihr jemand eine.

Sie leuchtete in seine Augen und erkannte, dass die Pupillen normal reagierten.

„Was ist passiert?"

„Er war heute schon den ganzen Tag so komisch und als er aus seiner Pause kam, fiel er einfach um und schlug sich den Kopf auf", erklärte die Küchenhilfe.

„Der Rettungswagen ist in circa fünfzehn Minuten da", sagte eine andere Kellnerin.

Sophie konnte feststellen, dass die Wunde nicht tief war. Sie tastete seinen Hals ab und bemerkte, dass die Atemwege heftig geschwollen war. Sie achtete auf die Atmung und diese wurde immer langsamer.

„Wie lange braucht der noch?", fragte sie und sah sich um.

„Circa zehn Minuten", sagte die Kellnerin und sah sie panisch an.

Sophie wusste genau, dass er das nicht schaffen würde. Seine Atemwege waren angeschwollen und er musste sofort intubiert werden, doch dazu hatte sie hier keine Möglichkeiten.

„Ich brauche ein steriles scharfes Messer und einen Strohhalm", schrie sie und augenblicklich suchten alle danach.

Es dauerte nicht lange, da wurden ihr die Sachen gereicht.

„Was hast du vor?", fragte Felix, der hinter ihr stand.

„Er bekommt keine Luft und seine Lungen versagen. Ich muss intubieren, aber da ich keine Geräte hier habe, muss ich einen Luftröhrenschnitt machen", erklärte sie ihm leise und desinfizierte das Messer.

Sie setzte es an und ihre Hände zitterten.

„Ich glaube, du solltest auf den Rettungswagen warten", raunte er ihr zu.

„So lange hält er nicht mehr durch", gestand sie ihm und atmete tief durch.

Sie hatte das noch nie an einem lebenden Menschen gemacht, aber oft geübt. In der Theorie und an Puppen wusste sie, wie es funktionierte.

Sophie setzte an und schnitt. Dabei kam Blut heraus und schwappte auf sie über, doch dies störte sie nicht.

Sie hatte den ersten Schritt geschafft. Sie griff zum Strohhalm und fügte ihn in die kleine Öffnung ein. Dann sah sie gespannt auf seinen Brustkorb, der sich plötzlich ruckartig nach oben bewegte. Sophie atmete erleichtert aus, denn das bedeutete, er bekam genug Luft.

„Seine Lungen werden mit ausreichend Sauerstoff versorgt", sagte sie und lehnte sich ein bisschen zurück.

„Hast du das schon einmal gemacht?", fragte Felix sie.

Sie sah in mit ernstem Blick an und schüttelte leicht den Kopf.

Sie hielt den Strohhalm fest und es dauerte gefühlt eine Ewigkeit, bis die Rettungssanitäter eintrafen.

Sie stockten und sahen geschockt zu ihr und dem Patienten.

„Seine Lungen sind kollabiert. Atemwege angeschwollen. Pupillenreaktion normal. Leichte Platzwunde am Hinterkopf, die genäht werden sollte", informierte sie die Sanitäter, die dankend nickten.

„Sind Sie Sanitäterin?", fragte der eine.

„Ja."

„Dann ist es, glaube ich, besser, wenn sie ihn komplett intubieren", sagte er und schob seinen Koffer zu ihr und sie nickte.

Sie sah die benötigten Materialien und zog den Strohhalm vorsichtig heraus, um ihn durch einen sterilen und richtigen Tubus zu ersetzen. Dann hängte sie einen Luftbeutel an und drückte ihn fest zu, sodass die Lungen weiter mit Sauerstoff versorgt wurden.

Sophie entschied sich dafür, mit ins Krankenhaus zu fahren und zu erfahren, ob er es schaffte.

Sie sah Felix kurz an und er sagte, er würde hinterherfahren und sie wieder abholen.

Sophie hatte komplett vergessen, dass ihre Hände voller Blut waren, und verteilte es versehentlich auf ihrem Gesicht. Sie fluchte leise.

Sie fühlte sich so schuldig und schlecht, denn sie zweifelte, ob es die richtige Entscheidung gewesen war. Was war, wenn sie einen Fehler gemacht und alles nur verschlimmert hatte? Was, wenn er durch ihre Hand starb? Nervös lief sie vor dem Behandlungsraum auf und ab und es kam ihr vor wie eine Ewigkeit, bis der Arzt zu ihr herauskam.

„Wo ist mein Bruder?", fragte auf einmal eine Stimme, die Sophie nur zu gut kannte.

Sie drehte sich um und erkannte, dass ihr ehemaliger Dozent auf die Krankenschwester zu rannte.

„Mir wurde gesagt, er wurde hier eingeliefert", sagte er und sah sich um. Als er Sophie entdeckte, verfinsterte sich sein Blick.

„Warten Sie bitte hier, der Arzt kommt gleich", informierte die Krankenschwester ihn.

Sie sah ihn an und wusste nicht, wie sie reagieren sollte. Er drehte seinen Kopf weg und lief, genau wie sie vorhin, auf und ab.

Der Arzt kam auf sie zu.

„Sie waren die Sanitäterin, die den Luftröhrenschnitt durchgeführt hat?", fragte er sie.

Sophie nickte und blickte ihn mit großen fragenden Augen an.

„Sehr gute Arbeit. Der Schnitt war präzise und einwandfrei. Dank Ihnen wird er überleben. Sie haben ihm das Leben gerettet", lobte er sie und Sophie konnte gar nicht glauben, was sie da hörte.

„Sie sind der Bruder?", fragte der Arzt im nächsten Atemzug.

„Was hat sie mit ihm getan?", schrie Professor Evans. „Reicht es nicht, dass du mein Leben kaputt gemacht hast? Musst du auch noch meinen Bruder da mitreinziehen?"

„Beruhigen Sie sich bitte", forderte der Arzt ihn auf. „Sie sollten ihr danken. Sie hat ihrem Bruder das Leben gerettet."

Es dauerte einige Sekunden, bis das Gesagte bei Professor Evans ankam.

„Wie?", fragte er.

„Ihr Bruder hatte einen allergischen Schock, dadurch sind seine Atemwege angeschwollen. Es war ein Luftröhrenschnitt notwendig, um seine Organe mit ausreichend Sauerstoff zu versorgen. Wäre sie nicht vor Ort gewesen, wäre der Rettungsdienst nicht rechtzeitig gekommen. Sie sollten ihr danken und sie nicht beschuldigen", sagte der Arzt und Professor Evans sah geschockt zu ihr.

„Kann ich jetzt zu meinem Bruder?", wollte er wissen und ließ Sophie einfach stehen.

Sie blickte ihm nach und konnte das Geschehene kaum glauben.

„Hey, wie gehts ihm?", fragte Felix auf einmal neben ihr.

Sie zuckte kurz zusammen und sah ihn dann an.

„Er kommt durch. Ich habe alles richtig gemacht", gestand sie ihm und sich selbst ein.

„Das ist gut. Aber ich glaube, es wäre besser, wenn wir jetzt nach Hause gehen", meinte er und musterte Sophie von oben bis unten.

Ihre Hände waren voller Blut und da sie sich unbedacht durch das Gesicht gefahren war, klebte es an ihren Wangen und sogar ein bisschen an ihren Klamotten. Sie bemerkte seinen Blick und musste einsehen, dass sie auf die anderen beängstigend wirkte.

Felix fuhr sie heim und auf dem Weg dorthin sprachen sie kein Wort.

„Danke", sagte sie zu ihm, als er vor ihrer Wohnung hielt.

„Gern", erwiderte er und musterte sie.

„Bis dann", verabschiedete sie sich und er nickte ihr zu. Sophie stieg aus und ging nach oben.

Sie sah ihre Hände an, die blutrot waren, und fühlte sich auf einmal ekelig, verspürte das Bedürfnis, dringend und heiß zu duschen.

„Hey, da bist du ja endlich. Ich habe dich drei Mal angerufen. Wo zum Teufel …", zischte Gabe ihr wütend zu, als sie die Tür aufmachte und hereintrat.

Er verstummte sofort, als er sie sah. Sie blickte ihn kurz an und erkannte Panik in seinen Augen.

„Was ist passiert?", fragte er und hielt den Atem an, denn er hatte Angst vor der Antwort.

Doch gleichzeitig sah er sie genauer an, um ausschließen zu können, dass sie verletzt war.

„Keine Sorge, das ist nicht mein Blut. Mir geht es gut. Und tut mir echt leid, dass ich deine Anrufe nicht annehmen konnte, denn ich war dabei, ein Leben zu retten. Und jetzt entschuldige mich", sagte sie, ließ ihn stehen und verschwand ins Bad.

Sie duschte sich und wusch das Blut ab, was sich so gut anfühlte. Während des Duschens ging Sophie das Ganze erneut durch und Stolz machte sich in ihr breit. Sie hatte einem Mann das Leben gerettet und den richtigen Instinkt gehabt. Sie ließ sich Zeit und dachte nicht daran, dass Gabe hier war, doch als sie aus der Dusche trat und sie gegen ihn lief, da er vor der Tür stand, starrte sie ihn nur mit großen Augen an.

„Du bist ja noch hier", stellte sie fest.

Sie war froh, dass sie sich schon saubere Klamotten im Bad angezogen hatte und jetzt nicht nur mit einem Handtuch bekleidet vor ihm stand.

„Was ist passiert?", fragte er.

Sie sah ihn an und erkannte die Sorge in seinen Augen. Sophie atmete tief durch.

„Das geht dich nichts mehr an. Du hast mir deutlich zu verstehen gegeben, dass zwischen uns nie wieder mehr sein wird als Kian. Damit finde ich mich ab. Das bedeutet für dich, dass mein Leben, alles, was nicht mit unserem Sohn zu tun hat, meine Sache ist und es dich nichts mehr angeht." Diese Worte kosteten sie einiges an Überwindung. „Ich verkrafte es nicht, nur befreundet mit dir zu sein."

Es war zu ihrer eigenen Sicherheit, denn am Ende würde sie sich nur unnötig Hoffnungen machen, die er wieder zertrümmerte.

„So war das doch nicht gemeint. Natürlich bist du mir immer noch wichtig und wirst es immer sein. Aber mehr als Freunde werden wir nicht mehr. Das wollte ich dir gestern damit sagen und es sollte nicht so hart klingen."

„Das ist nett, doch ehrlich gesagt kann ich nicht mit dir befreundet sein. Wir arrangieren uns, was Kian angeht, aber mehr bin ich aktuell nicht bereit zu geben", stellte sie klar und entfernte sich von ihm.

Gabe schluckte schwer, denn mit dieser Reaktion hatte er nicht gerechnet.

„Sophie …", begann er.

„Nein, nichts Sophie. Du hast die Entscheidung getroffen, uns als Paar keine zweite Chance zu geben, das muss ich akzeptieren, selbst wenn mir das schwerfällt. Denn ich habe gedacht und gehofft, dass wir eine zweite Chance haben und es tut verdammt weh, dass du meine Gefühle nicht erwiderst", sagte sie ihm direkt ins Gesicht.

„Ich habe lange genug meinen Mund gehalten und dein komisches und verletzendes Verhalten akzeptiert, weil ich der Meinung gewesen bin, das gehört dazu, wenn ich es wiedergutmachen will, doch jetzt ist damit Schluss. Ich werde nicht länger Rücksicht auf dich nehmen."

Er starrte sie kurz an, dann lachte er ironisch auf.

„Du denkst ernsthaft, dass ich deine Gefühle nicht erwidere? Verdammt, ich liebe dich Sophie", brüllte er.

Sie schluckte schwer, denn das war eine Wendung, mit der sie nicht gerechnet hatte. Es war das erste Mal, dass er diese Worte zu ihr sagte.

„Aber du bist nicht bereit, das Risiko einzugehen, noch einmal so von mir verletzt zu werden", fügte sie leise hinzu und sah zu Boden.

„Denkst du, mir fällt diese Entscheidung leicht? Ich kann an nichts anderes mehr denken als an dich. Du bist ständig in meinem Kopf und das macht mich verrückt", sagte er.

„Selbst nachdem du mich verlassen hast und ich endlich bereit war, wieder andere Frauen zu treffen, habe ich immer dich in ihnen gesucht. Sie kamen einfach nicht an dich heran und ich habe mir nichts sehnlicher gewünscht, als dass du zu mir zurückkommst."

„Das bin ich", sagte sie. „Ich habe Zeit gebraucht, mein Leben auf die Reihe zu bekommen. Ich wollte und konnte nicht immer von dir abhängig sein. Du bist alles für mich und ich weiß, dass du alles für mich tun würdest, doch ich musste mein Leben aus eigener Kraft wieder in den Griff bekommen", erklärte sie ihm.

„Das kann ich sogar verstehen und macht es eben ein Stück schwieriger."

Sie fuhr sich durch die Haare und gab einen frustrierten Laut von sich.

„Verdammt Gabe, wir drehen uns im Kreis. So kann es nicht weitergehen. Es ist das Beste, wenn wir nur das Nötigste miteinander reden. Dies beschränkt sich auf unseren Sohn. Wir gehen uns aus dem Weg. Entweder holst du Kian von meinen Eltern am Abend ab oder ich. So müssen wir uns kaum sehen. Alles andere können wir am Telefon regeln", spuckte sie ihm entgegen und sah direkt in seine Augen.

Ihr reichte es, er hatte sie genug verletzt und sie machte dieses Theater nicht mehr mit.

Gabe starrte sie wortlos an und nickte zögerlich.

„Gut, bis dann", sagte er und wenige Sekunden später war er aus ihrer Wohnung verschwunden.

Sophie lehnte sich an die Wand und ließ sich langsam auf den Boden gleiten, dann ließ sie ihren Tränen freien Lauf. Es fühlte sich so an, als ob sie nie wieder damit aufhören könnte. Sie merkte nicht einmal, dass sie irgendwann vor Erschöpfung auf dem Boden einschlief.

Die nächsten paar Wochen verliefen ruhig und sie ging Gabe, soweit es möglich war, aus dem Weg. Sie sah ihn immer nur kurz zwischen Tür und Angel und sie wechselten kaum ein Wort miteinander. Das fiel Sophie zwar schwer, aber schützte ihr Herz. Sie lernte damit umzugehen, und mit der neuen Freizeit, die sie davor nicht gehabt hatte. Sie hatte das ganze Wochenende für sich allein, weil Kian bei Gabe Kian war. Sie hatten es so geregelt, dass sie sich mit den Wochenenden abwechselten und er unter der Woche am Abend was mit ihm machte, wenn er Zeit hatte und es seine Arbeit zuließ. Sophie fand das gut gelöst, selbst wenn es sie im

Herzen immer noch schmerzte, dass Gabe und sie so distanziert waren.

„Hey, da bist du ja endlich", freute sich Maddie und umarmte sie.

„Ja, sorry für die Verspätung, meine U-Bahn ist nicht gefahren", sagte sie, hängte ihre Tasche über den Stuhl und grüßte ihre Kollegen.

„Na ja, macht nichts, jetzt bist du ja da und kannst die erste Runde ausgeben", lachte Denny.

„Träum weiter", sagte sie und lächelte ihn kopfschüttelnd an.

„Sag mal, wer passt heute auf Kian auf?", fragte Maddie und die anderen nahmen ihre Gespräche wieder auf.

„Er ist über das Wochenende bei Gabe", antwortete sie und bestellte bei der Bedienung eine Cola.

„Habt ihr noch einmal miteinander geredet?", fragte sie und hoffte auf positive Nachrichten.

„Nein, seit drei Wochen gehen wir uns aus dem Weg und reden nur über Kian", sagte sie und wollte dabei kühl klingen. Sie wollte nicht, dass Maddie sah, wie viel ihr das ausmachte.

„Hey, Sophie und Maddie, seid ihr dabei?", fragte Lui.

„Bei was?"

„Bei dir kann es nichts Gutes bedeuten", meinte sie lachend.

„Gaio, Denny, Neil und ich möchten danach in den Club zwei Blocks weiter gehen und ein bisschen feiern. Lust?", fragte er.

„Klar sind wir dabei", meinte Maddie und nickte ihm zu.

Sophie lächelte und willigte ebenfalls ein. Sie hatte sich die letzten drei Wochen viel mit ihren Kollegen unterhalten. Da es nicht viele Einsätze gegeben hatte, hatte sie eine gute Gelegenheit gehabt, sie alle näher und besser kennenzulernen. Sie fühlte sich wohl in dem Team.

Sie aßen etwas, tranken und unterhielten sich gut. Als sie das Restaurant verließen, fühlte sich Sophie glücklich und war so froh, dass sie neue Freunde gefunden hatte und sich gut in das Team einbrachte.

„Oh Mann, müssen wir uns da anstellen?", jammerte Maddie und verzog das Gesicht.

Sie folgte ihrem Blick und sah die lange Schlange vor dem Club.

„Das dauert ja ewig, bis wir da reinkommen, danach ist ja schon morgen", stimmte Sophie ihr zu und sah skeptisch zu den Jungs.

„Zerbrecht euch nicht eure hübschen Köpfchen. Natürlich müssen wir uns da nicht anstellen", grinste Denny sie an.

„Na komm", forderte Neil und legte Sophie einen Arm über die Schultern.

„Da bin ich aber gespannt", sagte sie und ging mit ihm zu der Security.

„Hey, lässt du mich und meine Freunde durch?", fragte er und der Türsteher grinste und begrüßte ihn mit einem Handschlag.

„Dich doch immer", antwortete der dann und machte Platz.

„Wie kann das sein? Das ist einer der angesagtesten Clubs, da lassen die Türsteher nicht mit sich reden", sagte Sophie erstaunt.

„Tja, bei mir machen die meisten eine Ausnahme."

Er zwinkerte ihr zu und sie grinste. Erst jetzt nahm er den Arm von ihren Schultern. Die anderen standen hinter ihnen.

„Auf gehts", sagte Maddie, schnappte sich Sophies Hand und zog sie mit sich.

Es dauerte nicht lange, da standen sie an der Bar und kippten schon ihren zweiten Shot runter. Danach gingen sie auf die Tanzfläche und tanzten.

Sophie fühlte sich unsicher und komisch. So lange war es her, dass sie richtig feiern gewesen war, und irgendwie kam ihr das hier falsch vor. Doch sie wollte auch nicht die Spielverderberin sein, die ihren Kollegen die Laune vermieste.

„Komm, lass dich doch fallen", brüllte ihr Maddie ins Ohr. Sophie zwang sich ein Lächeln auf und versuchte es dann wirklich. Erst als ihr Lieblingslied gespielt wurde, schaffte sie es, erst dann warf sie den Kopf in den Nacken und bewegte sich zum Rhythmus.

„Geht doch", sagte auf einmal Neil dicht hinter ihr.

Sie drehte sich um und sah ihn an.

„Hast du wieder eine Wette mit Samu abgeschlossen?", fragte sie und grinste ihn an.

Er beugte sich ein wenig nach vorn zu ihrem Ohr und legte unauffällig die Hände auf ihre Hüfte.

„Wo denkst du nur schon wieder hin?"

„Ich kenn euch beide." Sophie lachte und tanzte weiter. Sie spürte seine Berührungen an ihrer Hüfte und es war ihr egal, was an dem Alkohol in ihrem Blut lag. Sie tanzten und er kam ihr immer näher. Dann drehte sich Sophie um, die Hände verschwanden nicht und sie tanzten eng umschlungen. Sie hatte Spaß und gestand sich ein, dass sie das ein wenig vermisst hatte.

„Hey, lacht mal", schrie Maddie und hielt ihr Handy über die Köpfe.

„Zum Lachen bekomme ich dich mit Sicherheit", sagte Neil und sie konnte seinen Atem an Hals und Ohren spüren. Sie lehnte sich gegen ihn.

„Ach ja, und wie?", provozierte sie ihn.

Seine Hände, die an ihren Hüften waren, wanderten unter ihr Shirt und sie war gespannt, was er machte. Dann plötzlich kitzelte er sie und sie lachte laut auf. Sophie drehte sich um und versuchte dabei, sich zu befreien, doch er drückte sie nur fester an sich. Er hörte auf mit dem Kitzeln und sie beruhigte sich wieder.

„Das war gemein", meinte sie und sah ihn an.

„Mag sein, aber ich habe dich zum Lachen gebracht", sagte er mit einem zufriedenen Lächeln und ließ von ihr ab.

„Du bist echt unmöglich." Mit einem Kopfschütteln ging sie an die Bar, wo die anderen waren.

„Das müssen wir öfters machen", stellte Samu fest und bestellte gleich eine weitere Runde für alle.

„Das stimmt."

„Warten wir mal den Morgen ab, da werden wir die Idee verfluchen", antwortete Neil und kippte seinen Shot runter.

„Das sagen nur Anfänger", lachte Gaio.

„Dann oute ich mich als Anfängerin und verabschiede mich mal", sagte Maddie.

„Da bin ich dabei", fügte Sophie schnell hinzu.

„Sollen wir euch nach Hause bringen?", boten Samu und Denny gleichzeitig an.

„Nein, danke. Wir kommen zurecht. Habt ihr noch einen schönen Abend", verabschiedete sich Maddie von ihren Kollegen.

Sophie schloss sich ihr an und gemeinsam verließen sie den Club. Erst an der frischen Luft merkte sie, dass sie Alkohol nicht mehr gewöhnt war und zu viel getrunken hatte. Sie wusste genau, dass sie dies morgen bereuen würde.

Die beiden teilten sich ein Taxi und als sie ihre Wohnung betrat, war sie so müde und kaputt, dass sie samt ihrer Schuhe und Jacke ins Bett fiel und in einen tiefen Schlaf sank.

Sie hatte recht gehabt, sie bereute es am nächsten Morgen, zu viel getrunken zu haben. Ihr Kopf tat höllisch weh. Mit einem schmerzerfüllten Stöhnen stand Sophie auf und rieb sich die Stirn. Nur mit Mühe konnte sie ihre Augen öffnen und ihr erster Gang war in die Küche, wo sie ein Glas Wasser mit einer Schmerztablette zu sich nahm. Danach duschte sie und fuhr zu ihrem Bruder und Lou.

„Hey, was verschafft mir die Ehre", begrüßte David sie und lächelte.

„Ich habe gedacht, wir frühstücken zu dritt, habe frische Brötchen dabei", sagte sie und grinste ihn an.

„Na, dann mal schnell rein mit dir. Lou ist unter der Dusche."

„Wie gehts ihr?", fragte Sophie.

„Ganz gut. Sie ist zwar öfters müde, aber sonst in Ordnung", antwortete er. „Wo ist Kian?"

„Bei Gabe. Er bringt ihn erst heute Abend", meinte sie. Sein Lächeln verschwand.

„Ihr wollt das ernsthaft so durchziehen? Euch ignorieren, obwohl ihr beide dasselbe empfindet?", fragte David und sah seine Schwester eindringlich an.

Bevor sie etwas erwidern konnte, wurde die Tür geöffnet und Lou trat zu ihnen.

„Habe ich doch richtig gehört, dass du gekommen bist", sagte sie und umarmte Sophie. Die war dankbar dafür, denn so kam sie um eine Antwort herum.

„Nur weil Lou aufgetaucht ist, heißt das nicht, dass du mir keine Erklärung mehr schuldest."

Sophie verdrehte genervt die Augen und sah David mit ernstem Blick an.

„Um was geht es denn?", fragte Lou, die ahnungslos zwischen David und ihr hin und her blickte, doch die beiden lieferten sich ein Duell, wer länger dem Blick des anderen standhielt.

Er gab am Ende auf.

„Ich wollte wissen, wie lange sie das durchziehen wollen. Sie ignorieren sich beide, dabei ist es so offensichtlich, dass Gabe und Sophie etwas füreinander empfinden."

„Ja, das mag sein, aber das ist nicht allein meine Entscheidung gewesen. Er hat mir deutlich gemacht, dass er uns keine zweite Chance gibt und ich gehe auf Abstand, weil ich seine Nähe nicht ertragen kann", verteidigte sie sich. „Reicht dir das?"

Bevor David antworten konnte, nahm sie ihm die Tüte mit den Brötchen aus der Hand und ging ins Wohnzimmer. Lou sah ihn mit einem Kopfschütteln an und schlug ihm leicht auf die Schulter, bevor sie Sophie folgte.

David wollte ihnen folgen, als es an die Tür klopfte. Verwundert drehte er sich um und öffnete.

„Gabe? Was machst du denn hier?", fragte er verwundert.

„Ich dachte, ich komme zum Frühstück vorbei", sagte er mit einem gezwungenen Lächeln und hielt eine Tüte vom Bäcker in die Höhe.

„Onkel David", begrüßte Kian ihn und fiel ihm ums Bein.

„Hey, mein Großer", sagte David und hob ihn hoch.

Doch dann entdeckte er seine Mama, kämpfte sich aus Davids Umarmung und rannte auf sie zu.

„Mami", sagte er und David sah, wie Sophie Kian hochnahm und einen fetten Kuss auf die Backe drückte.

Dann sah er wieder zu Gabe, der wirklich nicht gut aussah. Deutliche Augenringe zeichneten sein Gesicht und er wirkte wie erstarrt, als er Sophie erblickte.

Sophie war so mit Kian beschäftigt, dass sie Gabe nicht ansah. David ging auf ihn zu und schloss die Haustür hinter ihm.

„Gabe, willst du das weiter so durchziehen?", fragte er mit ernster Stimme.

„Was meinst du?", fragte er und zog die Augenbrauen nach oben.

„Tu nicht auf dumm. Ich beobachte das schon seit circa einem Monat. Du und Sophie geht euch aus dem Weg und ignoriert euch. So kann es doch nicht weitergehen. Ihr leidet beide", sagte David und Gabe lachte laut auf.

„Sie leidet? Das glaub ich nicht."

David konnte deutlich die Ironie heraushören und verstand ihn nicht.

„Was meinst du damit?", fragte er nun.

Gabe sah ihn an, dann holte er sein Handy raus und zeigte ihm ein Video, das Maddie gestern Abend auf Instagram gepostet und Sophie in ihrer Story geteilt hatte. Darauf war auch zu sehen, wie nahe sie und Neil sich gestern gekommen waren.

David sah das Video an und fand daran nichts Schlimmes.

„Na dann hat sie endlich nach vorne geblickt", meinte er ernst und sah Gabe dabei genau an.

Der sah ihn jedoch nur verständnislos an.

„Was hast du gedacht? Dass sie für immer single bleibt und andere Männer kein Interesse an ihr haben? Sie ist eine klasse Frau, da wundert es mich nicht, dass sie Verehrer hat", sagte David.

„Ach, du hast ja keine Ahnung."

„Anscheinend macht dich dieser Anblick fertig. Aber jetzt mal ehrlich? Du gibst ihr mehr als deutlich zu verstehen, dass sie sich keine Hoffnungen machen soll, und dann erwartest du, dass sie wie eine Nonne lebt? Es bleiben dir genau zwei Möglichkeiten. Entweder du akzeptierst es und kommst damit klar, dass Sophie sich mit anderen trifft. Oder du redest mit ihr und ihr versucht es ein weiteres Mal miteinander. Deine Entscheidung", sagte David und sah Gabe an, der sich die Worte noch einmal durch den Kopf gehen ließ.

„Denk nicht zu lange darüber nach, sonst verlierst du sie für immer."

Mit dieser Aussage verschwand er und gab ihm Zeit, es zu realisieren.

„Hey, wo bleibt Gabe?", fragte Lou und sah ihn fragend an.

Sophie hielt in ihrer Bewegung inne und sah zu ihrem Bruder. Sie war dabei, den Tisch zu decken, als Gabe hinter David in die Wohnung trat.

„Wenn es dich nicht stört, würde ich gerne mit frühstücken", sagte er und sah Sophie an, die zögerlich nickte. Dann wandte sie ihren Blick ab und deckte weiter den Tisch.

„Wie geht es dir?", erkundigte sich Gabe an Lou gewandt.

„Sehr gut. Ich bin zwar mehr müde als sonst, aber die Übelkeit ist fast gar nicht vorhanden", antwortete sie stolz.

„Bist du krank?", fragte Kian und sah sie mit neugierigen Blicken an.

„Ähm, nein", sagte sie und wusste nicht, was sie genau sagen sollte. Hilfesuchend blickte sie zu Sophie.

„Lou bekommt ein Baby", meinte sie und Kian sah sie an.

„Oh, wie toll", freute er sich und sah wieder zu Lou. „Wann kommt der Storch?"

„Das dauert ein bisschen", antwortete sie und er lächelte.

„Kannst du mich dann holen? Denn ich möchte ihm sagen, dass er mir eine Schwester bringen soll", sagte er und sah sie hoffnungsvoll an.

„Ich werde es ihm für dich ausrichten", meinte Lou und er fiel ihr dankend ums Bein.

Den restlichen Vormittag verbrachten sie bei David. Dabei achteten Gabe und Sophie darauf, sich so wenig wie möglich zu unterhalten. Gabe redete viel mit David und Lou und Sophie spielten mit Kian. Dann wurde Kian müde und Sophie beschloss, mit ihm nach Hause zu gehen, damit er sich für seinen Mittagsschlaf hinlegen konnte.

„Ich fahr euch, dann seid ihr schneller daheim", bot Gabe an.

Sophie nickte ihm mit einem schüchternen Lächeln zu und nur wenige Minuten später waren sie in ihrer Wohnung.

Gabe fuhr zu sich, um Kians restliche Sachen zu holen. Als er wiederkam, war Kian bereits eingeschlafen.

„Danke", sagte sie und nahm ihm die Tasche ab.

Sie spürte seinen Blick im Rücken und drehte sich um.

„Ist was?", wollte sie wissen und zog die Augenbrauen nach oben.

„Du warst gestern aus?", fragte er sie.

„Ja, ich habe mich mit meinen Kollegen getroffen und wir sind ein bisschen feiern gegangen. Warum interessiert dich das?"

„Was wäre gewesen, wenn etwas mit Kian passiert wäre und ich deine Hilfe gebraucht hätte?", fragte er und sah sie mit ernstem Blick an.

„Ich hatte mein Handy dabei und war erreichbar", antwortete sie und verschränkte die Arme vor der Brust. „Was wird das hier, Gabe?"

„Nichts. Ich gehe dann mal wieder."

Er zuckte mit den Schultern und drehte sich um, doch hielt inne und konnte die Tür nicht öffnen.

Es fühlte sich so an, als würde er sie verlieren, wenn er jetzt ging.

„Ich habe das Video gesehen, wie du mit einem anderen Mann tanzt", sagte er und drehte sich wieder um.

Sie runzelte die Stirn, wusste zwar genau, von welchen Aufnahmen er sprach, aber verstand nicht, warum es ihm etwas ausmachte.

„Ich bin verdammt eifersüchtig und habe gedacht, dass es besser wäre, uns auf Abstand zu halten, doch das bringt mich innerlich um. Ich ertrage es nicht, dich mit einem anderen zu sehen. Bevor du mir jetzt sagst, dass ich kein Recht darauf habe, muss ich dir sagen, dass ich das selbst weiß. Aber es bringt mich um. Es fühlt sich an wie die Hölle."

Sophie war sich nicht sicher, was das bedeuten sollte.

„Gabe, du hast die Entscheidung getroffen, dass du uns keine zweite Chance geben willst. Du musst mit den Konsequenzen leben. Ich werde und kann nicht ewig darauf warten, dass du deine Meinung änderst", sagte sie ihm klar und deutlich.

„Was ist, wenn ich sie geändert habe?"

Sie starrte ihn mit großen Augen an und ihr Herz schlug wie wild. Sophie konnte nicht glauben, was sie da gehört hatte, und glaubte fest daran, dass dies ein böser Scherz von ihm war.

„Ich meine das ernst, Sophie. Es bringt mich um, nicht an deinem Leben teilzuhaben. Ich habe gedacht, es wird mit der Zeit besser, aber das Gegenteil trifft zu. Jeder Tag ohne dich wird einfach schlimmer und ich frage mich, wie ich die letzten drei Jahre überlebt habe, ohne dass du in der Nähe gewesen bist.",

Dass diese Worte ihm nicht leicht fielen, konnte sie deutlich sehen. Gabe fuhr sich nervös mit den Händen durch die Haare und begann unruhig zu werden.

„Was genau willst du damit sagen?", fragte sie und schluckte schwer.

„Das heißt, ich war ein verdammter Idiot. Ich liebe dich und will mit dir mein Leben verbringen. Ich will dich", gestand er und ging auf sie zu.

Er nahm ihr Gesicht langsam in seine Hände und beugte sich herunter, um sie zu küssen. Dabei wartete er ihre Reaktion ab. Sophie konnte es kaum erwarten, daher zog sie ihn zu sich runter. Endlich trafen sich ihre Lippen und beide stöhnten gleichzeitig auf.

„Verzeih mir bitte. Ich war so ein Idiot", entschuldigte sich Gabe und sah sie an.

„Da gibt es nichts zu verzeihen. Ich bin diejenige, die um Verzeihung bitten muss."

„Ich verzeihe dir", sagte er und küsste sie daraufhin wieder.

Er umfasste ihren Po und automatisch hob er sie hoch. Sie schlang ihre Beine um seine Hüften und löste den Kuss auf.

„Ich liebe dich", sagte Sophie und sah ihm tief in die Augen.

„Ich dich auch", erwiderte Gabe und führte den Kuss fort.

ENDE

DANKSAGUNG

Als erstes will ich meinen Testlesern Anne, Ina und Julia danken, die mir sehr hilfreiche Tipps gegeben haben. Aber auch meiner Spätschreibergruppe. Ich bin so froh, dass ich euch habe. Ihr habt mich immer wieder motiviert, wenn ich es gebraucht habe. Es macht mir so unglaublich viel Spaß, mit euch zu schreiben.

Aber auch will ich meiner Korrektorin Mareike Westphal danken, dass sie so gute Arbeit geleistet hat und so viel Verständnis und auch Geduld mit mir aufgebracht hat.

Auch will ich meiner besten Freundin Miriam Schwardt danken, die mich beim plotten immer unterstützt hat und mir weiterhilft, wenn ich mal wieder nicht weiß, wie es weiter gehen soll.

Für den, den es interessiert, findet ihr auf der nächsten Seite noch eine Playlist, die zu dem Buch passt.

PLAYLIST

Daughtry – Waiting for Superman
Natalia Kills- Wonderland
Michael Schulte - Stay
Kesha – Take it of
Nea- Some say
Litte Sis Nora – MDMA
Purple Disco Maschine – Hypnpotized
Tove Lo – cool Girl